OS VIAJANTES

REGINA PORTER

Os viajantes

Tradução
Juliana Cunha

COMPANHIA DAS LETRAS

*Grafia atualizada segundo o Acordo Ortográfico da Língua Portuguesa de 1990,
que entrou em vigor no Brasil em 2009.*

Título original
The Travelers

Capa
Elisa von Randow

Foto de capa
Consuelo Kanaga. *Young Girl in Profile*, 1948. Brooklyn Museum, presente
de Wallace B. Putnam do Estate of Consuelo Kanaga/ Bridgeman Images/ Fotoarena

Foto da quarta capa
De cima para baixo, em sentido horário, partindo do canto superior esquerdo:
imagem da p. 211; Marion Post Wolcott/ Biblioteca do Congresso, Divisão de Fotografia
e Impressões; pp. 116, 267, 181 e 47; Biblioteca do Congresso, Divisão de Fotografia
e Impressões; p. 339; Thomas J. O'Halloran/ Biblioteca do Congresso, Divisão de
Fotografia e Impressões; pp. 350 e 264; Stanley Wolfson/ Biblioteca do Congresso,
Divisão de Fotografia e Impressões.

Preparação
Ana Cecília Agua de Melo

Revisão
Jane Pessoa
Clara Diament

Dados Internacionais de Catalogação na Publicação (CIP)
(Câmara Brasileira do Livro, SP, Brasil)

Porter, Regina
   Os viajantes / Regina Porter ; tradução Juliana Cunha. —
1ª ed. — São Paulo : Companhia das Letras, 2020.

   Título original: The Travelers.
   ISBN 978-85-359-3404-5

   1. Ficção norte-americana I. Título.

20-46930   CDD-813

Índice para catálogo sistemático:
1. Ficção : Literatura norte-americana   813

Cibele Maria Dias — Bibliotecária — CRB-8/9427

[2020]
Todos os direitos desta edição reservados à
EDITORA SCHWARCZ S.A.
Rua Bandeira Paulista, 702, cj. 32
04532-002 — São Paulo — SP
Telefone: (11) 3707-3500
www.companhiadasletras.com.br
www.blogdacompanhia.com.br
facebook.com/companhiadasletras
instagram.com/companhiadasletras
twitter.com/cialetras

Para minha mãe, meu pai e para os contadores de histórias reais
que adentraram a casa deles.

Lista de personagens

JIMMY VINCENT PAI: *bombeiro da zona rural do Maine*

NANCY VINCENT: *esposa de Jimmy pai; bibliotecária*

JAMES SAMUEL VINCENT, JR.: *advogado de Manhattan; também conhecido como James, o cara*

SIGRID VINCENT: *primeira esposa de James, o cara; produtora de elenco*

RUFUS VINCENT: *filho legítimo de James, o cara; estudioso da obra de James Joyce*

ELIJAH E WINONA VINCENT: *casal de gêmeos; filhos de Rufus Vincent e Claudia Christie; cinco anos de idade*

ADELE PRANSKY: *segunda esposa de James, o cara; artista*

AGNES CHRISTIE: *esposa de Eddie Christie; urbanista*

EDDIE CHRISTIE: *marido de Agnes Christie; veterano da Marinha*

BEVERLY CHRISTIE: *filha mais velha de Agnes e Eddie; enfermeira*

CLAUDIA CHRISTIE: *filha mais nova de Agnes e Eddie; estudiosa de Shakespeare; esposa de Rufus Vincent; mãe de Elijah e Winona Vincent*

MINERVA C. PARKER: *filha adolescente de Beverly*

PETER PARKER, O AMENDOIM: *filho adolescente de Beverly*

KEISHA E LAMAR: *gêmeos; filhos de Beverly; quatro anos de idade*

KEVIN PARKER: *ex-marido de Beverly; ex-policial*

CHICO: *namorado de Beverly; vendedor de comida indiana*

BARBARA CAMPHOR: *casada com Charles Camphor; amante de James, o cara*

CHARLES CAMPHOR: *banqueiro; marido de Barbara Camphor*

HANK CAMPHOR: *filho de Barbara e Charles; cabelo castanho*

SUSAN WEATHERBY CAMPHOR: *esposa de Hank*

TESS CAMPHOR: *filha de Hank e Susan; três anos de idade*

BIG SEAMUS CAMPHOR: *primo de primeiro grau de Charles Camphor; grandalhão*

CHARLES JOHNSON: *amante de Agnes Christie e primo distante de Eloise Delaney; engenheiro*

ELOISE DELANEY: *amiga e namorada de infância de Agnes Christie; aventureira*

HERBERT DELANEY: *pai de Eloise; trabalhador do ramo de comida enlatada*

DELORES DELANEY: *mãe de Eloise; trabalhadora do ramo de comida enlatada*

KING TYRONE: *único primo (do lado materno) de Eloise que é uma pessoa legal; pescador*

SARAH E DEIDRE: *esposa e filha de King Tyrone; respectivamente, uma é pescadora, a outra é bióloga marinha*

FLORA APPLEWOOD: *amiga e amante de Eloise Delaney; assistente social aposentada*

JEBEDIAH APPLEWOOD: *primo de Eddie Christie; veterano da Marinha e funcionário de uma empresa de mudanças*

REUBEN APPLEWOOD: *primo de primeiro grau de Eddie Christie; oficial da Marinha*

LEVI APPLEWOOD: *primo de primeiro grau de Eddie Christie e irmão mais novo de Reuben*

Este romance vai de meados dos anos 1950 até o primeiro ano do primeiro mandato de Obama.

LOCAÇÕES IMPORTANTES

Amagansett, Long Island; Condado de Buckner, Geórgia; Manhattan; Memphis, Tennessee; Portsmouth, New Hampshire; Bretanha, França; Berlim, Alemanha e Vietnã.

PANO DE FUNDO

A peça *Rosencrantz e Guildenstern estão mortos*, de Tom Stoppard, que estreou no Festival Edinburgh Fringe no dia 24 de agosto de 1966. Trata-se de uma comédia existencial contada a partir da perspectiva dos malfadados companheiros de Hamlet, Rosencrantz e Guildenstern, enquanto eles viajam de navio para a Inglaterra.

ESPALHE A NOTÍCIA

1946   1954   1964   1971   1986   2000   **2009**

Quando o menino tinha quatro anos, perguntou ao pai por que as pessoas precisavam dormir. O pai respondeu: "Para Deus conseguir desfoder tudo que elas foderam".

Quando o menino tinha doze anos, perguntou à mãe por que o pai tinha ido embora. A mãe disse: "Pra poder foder tudo o que passar pela frente".

Quando o menino tinha treze anos, quis saber por que o pai tinha voltado para casa. A mãe respondeu: "Tenho quarenta e um, não estou a fim de ficar procurando alguém para foder".

Aos catorze, quando palavrões pareciam jorrar da boca dos amigos feito água de um cano furado, a palavra *foda* não exercia nenhum fascínio sobre o garoto. Nenhum. Nem. Um. Pingo.

Aos dezoito, o garoto (Jimmy Vincent, Jr.) deixou Huntington, em Long Island, para frequentar a Universidade de Michigan. Todos diziam que Jimmy era muito bom aluno e bonito a ponto de distrair os demais. Ele podia ter a garota que quisesse, mas, como às vezes acontece, quem chamou a sua atenção foi uma garota maravilhosamente comum chamada Alice. Jimmy se convenceu de que amava Alice e os dois calouros se davam muito bem num sexo quente e acrobático. Encantada com a própria sorte, Alice abraçava Jimmy com gratidão e dizia: "Ah, Deus. Ele escolheu a mim. A *mim?* Que foda, que foda, que foda".

Quando terminou a faculdade, Jimmy voltou para a Costa Leste. Conseguiu um emprego como assistente jurídico em um renomado escritório de advocacia e conheceu uma garota alta da Nova Inglaterra. Jane era estudante de medicina, mas parecia modelo de passarela. Não falava palavrão, e sempre que entrava em algum lugar, as pessoas se viravam para olhá-la. Ali estava uma garota com quem Jimmy poderia não apenas se casar, mas amar, mesmo aos tenros vinte e dois anos. Ele levou Jane para a casa dos pais dele no Natal, data em que comemoravam seu primeiro ano juntos.

Depois de um jantar maravilhoso no qual a mãe de Jimmy servira uma receita tirada de seu livro favorito e que tinha passado o dia preparando, o pai entrou na sala e sentou-se entre Jimmy e Jane. Tomou um gole de vinho do Porto e relembrou sua infância na zona rural do Maine. "Dá pra curar terçol com uma batata quente. Pôr uma batata crua debaixo do braço funciona melhor que desodorante. Coloque uma batata no sapato e dê adeus ao resfriado. São os truques da fazenda. Eu ficava indo de um campo de batatas para outro. Long Island era cheia de plantação de batata, sabia?" Quando Jane foi até a cozinha ver se a mãe de Jimmy precisava de ajuda, o pai virou para ele e disse: "Filho, você está comendo essa daí? Não deixe escapar, vê se não fode com tudo. Jimmy, Jimmy, se eu tivesse uma dessas...". Jimmy, que passara a vida sendo chamado de Jimmy Jr., decidiu naquele instante que preferia ser chamado de James. James foi aceito na faculdade de direito de Columbia e se afastou de Jane.

Cardápio de Natal de Nancy Vincent

"Banquete de costelinha assada"

Rosbife, batata assada, anéis de cebola fritos, brócolis com molho holandês, salada com rodelas de maçã, pãezinhos doces, bolo, café quente, canecas de leite.

Casa & Jardim: Edição Festas
(Nova York: Meredith Press, 1959)

Quando James tinha trinta e um anos, virou sócio do escritório. Era rico, mas não a ponto de chocar. James já tinha visto dois sócios não muito mais velhos que ele saírem da firma depois de um ataque cardíaco, então deu um jeito de tirar folgas e viajar para dentro e fora do país. Isso de sair com todo tipo de mulher foi uma coisa ótima para ele. Casou-se com uma garota bonita de Middlebury num lugar não muito longe da faculdade onde ela tinha estudado, em uma colina cheia de mirtilos em Vermont. James e Sigrid compraram um apartamento de três quartos com vista para o Central Park. Sua adorável esposa só tinha um defeito: uma cicatriz no nariz, presente de um estranho qualquer que a derrubara de sua bicicleta rosa enquanto ela e os pais pedalavam no Prospect Park. "Sai da frente, sua fodida do caralho", dissera o estranho, com roupa de lycra e patins camurça, passando por ela a mil. James achava essa história profética de algum modo. Ele amava Sigrid tanto quanto Sigrid o amava. Ela o divertia muito. Tiveram um filho. Deram ao menino o nome de Rufus e o chamavam de Ruff. Sigrid disse a James que não teria mais nenhum. Depois de um ano de licença-maternidade, ela voltou à sua carreira de editora de texto.

Quando fez quarenta anos, nada mudou dentro dele. Tinha lido em algum lugar que na casa dos quarenta as pessoas ficavam infelizes, mas ele estava satisfeito em levar Ruff aos jogos de beisebol no Yankee Stadium e em tocar aquele trabalho monótono, porém bem remunerado, de segunda a sexta. Começou a dar aula em Columbia, onde havia estudado, e acabou gostando mais disso do que da vida de advogado.

Quando fez quarenta e dois, tudo mudou dentro dele, especialmente depois de ver o pai já velho sendo enterrado em um jazigo da família em Cabot, no Maine. Antes do funeral, um colega do escritório chamou James de lado e disse: "Você tem sorte de ter convivido com seu pai já adulto. Nem todo mundo chega aos oitenta e um". James queria ter respondido: *Vá se foder, eu não convivi com meu pai em idade alguma.* Em vez disso, disse: "Obrigado por ter vindo até o Maine. Muito obrigado".

Quando James fez quarenta e cinco anos, Sigrid disse que passava muito tempo sozinha em casa e queria mudar de vida. Eles faziam sua visita anual a Vermont e se encontravam a poucos metros da estação de esqui e da colina de mirtilo onde ele a pedira em casamento. Foi um fim de semana sem graça. James consultou o mesmo colega que comparecera ao funeral de seu pai. "A menopausa é um problema", disse o colega. "Hora de trocá-la." James achou a ideia um pouco prematura e pediu a opinião da mãe. Ela lhe enviou uma receita da *Casa & Jardim*. James se virou para Sigrid diante de um prato de risoto de cogumelo que passara quase a tarde inteira preparando e disse: "Mudar de vida pode ser a melhor ou a pior das opções". Sigrid pegou o filho deles, Rufus, e cruzou o país para morar em um apartamento decorado ao estilo espanhol em Los Angeles. Hoje ela corre na praia quase todas as manhãs e bebe uma Sapporo à noite com o namorado.

Quando James tinha cinquenta anos e estava dormindo com uma assistente japonesa muito mais nova chamada Akemi, Rufus ligou de Venice Beach aos prantos. "Pai, aconteceu uma merda muito séria. Você pode vir me buscar em Los Angeles, por favor?" James não estava preparado para a má notícia do filho. Desligou o telefone não sem antes dizer: "Desculpe, Ruff, mas estou tentando dormir, para ver se consigo desfoder tudo o que Deus andou fodendo".

Akemi, cujo nome significa "grande beleza" em japonês, ficou olhando James esticar o braço para pegar a caixa de pizza no criado-mudo. Notou que ele estava criando esse hábito de comer na cama. Ela puxou as cobertas até os ombros e decidiu parar de fingir que o amava. "Você não sabe envelhecer." James disse que precisava ficar sozinho e, quando Akemi foi embora, ligou para Rufus.

Quando James tinha cinquenta e oito anos e se encontrava bem casado com Adele, de cinquenta e seis, a quem amava porque nenhum dos dois precisava falar demais, ele foi visitar sua mãe idosa na casa de repouso que ela agora chamava de lar. A mãe tinha cabelos brancos e dentaduras brancas e seu sorriso falso era tão arrebatador que James ficou surpreendido. Ele nunca dissera à mãe que ela era bonita. Era o tipo de mulher que não teria gostado do elogio. "Mãe, como a senhora está?"

Sua mãe olhou para ele e disse: "Já basta". James achou que aquela era uma declaração necessária, mas parecia uma indireta. Ficou se perguntando se ela estava pensando em ir embora da casa de repouso. Era uma escolha covarde, mas que ele próprio nunca descartaria. Ela apontou para um velho de roupão de seda gasto a duas mesas dali. O velho cágado estava em uma conversa agitada com uma visitante que podia ser sua filha ou uma esposa muito mais jovem. "Não tenho um minuto de paz. Aquele velho caquético dá em cima de mim o tempo todo."

"Mãe, a senhora continua com tudo em cima", disse James.

A mãe sorriu e apertou a bochecha dele. Não era o mesmo que dizer que era linda. Mas já bastava. Ela empurrou a cadeira para trás e disse a James que esperava vê-lo no próximo domingo.

Quando James tinha sessenta anos e Rufus, que já era casado havia vários anos e tinha filhos gêmeos, ligou para perguntar: "Pai, como faço para manter meu casamento?", ele simplesmente respondeu: "Basta não se separar". Rufus havia se casado com uma mulher negra chamada Claudia Christie, o que significava que os netos de James, Elijah e Winona, eram multirraciais, birraciais, *metade negros*. Em Manhattan, para todo canto que James ia havia *metade-metades*. Certa vez, ele cometeu o erro de usar o termo *mulato*. Rufus chamou o pai de canto e explicou que aquela palavra estava proibida. Se repetisse aquilo, jamais veria os netos novamente. Ainda assim, quando James andava na rua com Elijah e Winona, seus sentimentos eram tão mesclados quanto a cor da pele deles. "Eles são tão maravilhosos", era o que as pessoas diziam. *Mas não se parecem comigo*, confessou James a Adele.

Numa tarde ensolarada de agosto, James jogava softbol com Elijah no quintal. Agora ele passava a maior parte do verão e do outono com Adele, na casa de praia que tinham em Amagansett. Eles estavam cuidando dos netos naquela semana, enquanto Rufus e Claudia participavam de uma conferência sobre Joyce em Dublin. James e Adele gostavam de tomar um martíni ao meio-dia. O martíni do meio-dia virou um ritual em Amagansett, mas o golfe não. Jamais golfe. James ficou preocupado quando Adele saiu da cozinha num maiô da década de 1940 estilo *Alma em suplício* e depositou Winona no velho donut flutuante. O donut era azul e branco, com caranguejos estampados, mas dava para ver que remontava a tempos bíblicos porque os caranguejos agora exibiam um tom rosa-ferrugem. James dividiu sua atenção entre Winona na piscina e Elijah, que lançava uma bola curva bem cruel. O garoto tinha um bom braço. Com a luz correta — olha que engraçado —, o menino parecia com ele.

"Vovô", disse Elijah, se preparando para outro arremesso — um lance que acertou a palma da mão de James com um baque forte. "Por que as pessoas precisam dormir?"

Eles estavam no amplo gramado do quintal. Ambos de sunga. Suas sungas eram do mesmo tom verde-azulado. Adele gostava que tudo na casa de praia tivesse tons vibrantes e cores combinando, como o Caribe. A ideia de que tudo devia ser branco numa casa de praia era obscena. Falando em Adele, onde ela estava? Winona cantava na sua boia de donut. Cantava e chutava. Água e chute para todo lado. James ficou confuso por um instante. Isso de envelhecer não era fácil. Às vezes ele tentava voltar a fita lá para 1942, ano em que nascera.

"O que você disse, Elijah?"

"Como é essa história de que todo mundo precisa dormir, vovô?"

James podia ver Adele pela janela do pátio. Ela estava preparando outro martíni. Falava ao telefone — provavelmente com um de seus amigos artistas — sobre aonde levariam as crianças para jantar à noite. Agora que todos tinham netos, jantar era parte da rotina. Jantares e martínis.

"Elijah", disse James, voltando-se para a piscina. Winona cochilava. Winona dormia. Seu corpo estava largado sobre o donut, flutuando em direção à parte mais funda da piscina.

"Ninguém sabe por que a gente precisa dormir", James escutou sua própria voz respondendo ao neto. "O sono é um mistério."

ESTRADA DE DAMASCO

1966 1976 1977 1988 1999 **2010**

Uma semana depois que terminaram de construir a Damascus Prep, aquela escola para crianças ricas que não seriam aceitas em nenhum outro lugar, um jacaré de cinco metros veio se arrastando do pântano para inspecionar sua antiga casa. No corredor do primeiro andar, entre o Laboratório de Ciências e a Sala de Artes, o diretor míope e o jacaré de cinco metros se encontraram. O diretor, um homem do Norte, ex-professor de latim em Amherst, lembrou-se de ter lido em algum lugar que se você cruzasse com uma cobra num túnel ou com um jacaré no chão, devia correr em zigue-zague, trocando as pernas. Ele achou que o zigue-zague podia ser lento demais e disparou para a Sala de Artes ali perto, onde sacou o celular e ligou para o Centro de Controle de Zoonoses.

Como o Centro de Controle não apareceu, o diretor chamou o xerife local. Quinze minutos depois, um policial aposentado que era um dos melhores atiradores da região chegou numa picape Ford e matou o jacaré a tiros. O policial, que mesmo na velhice continuava tendo cabelos loiros muito claros, recusou o pagamento. Ele e uns outros policiais aposentados levaram a carcaça embora. Agnes ouviu dizer que se você fosse ao Great Byrd Lodge numa noite qualquer, veria que o jacaré estava lá, empalhado e preso na parede. Dava para tentar adivinhar o quanto ele media e pesava no auge de sua vida. Tinha uma lousa de madeira presa num canto com um pedaço de giz amarrado num barbante. Toda noite, o cliente que chegasse mais perto de acertar o peso e o comprimento do jacaré ganhava uma fatia de torta de noz-pecã ou uma cerveja feita na região. Senhora de idade e filha pródiga do Condado de Buckner, na Geórgia, Agnes M. Christie nunca jantou no Great Byrd Lodge. Ela preferia vinho a cerveja, e torta de noz-pecã era doce demais para o seu gosto. Agnes tampouco se aventurou a ir à Damascus Prep, embora conhecesse muito bem a estrada que levava à escola.

"Você está tomando essa Coca-Cola como se tivesse que ir para algum lugar."

Era 1966. Agnes Miller tinha dezenove, era *majorette* da banda da faculdade e cursava o segundo ano de graduação na Universidade do Condado de Buckner. Usava um vestido chemise azul-clarinho armado e bufante estilo "Diana Ross e as Supremes". Para ser *majorette* tem que ter pernas bonitas. As pernas de Agnes eram tão compridas que podiam saltar de uma margem à outra do Nilo. A barra de seu vestido era bem-comportada. Trabalhava meio período na biblioteca da faculdade e sempre que alguém perguntava o que ela queria ser quando crescesse, respondia automaticamente que queria ser professora. Se Agnes gostava ou não da profissão era o de menos. A resposta soava agradável e adequada.

"Tenho muita coisa pra fazer", disse Agnes, sorrindo para o homem bem-vestido de pele marrom-escura sentado do outro lado do balcão do Kress Five & Dime. Na verdade, ela não ia a lugar algum, só para casa, e não tinha nada para fazer, só dever de casa. As aulas haviam terminado e o ensaio das *majorettes* acabara duas horas antes. Agnes estava se recompensando com seu copo de Coca-Cola diário. Ao seu lado estava sua amiga de infância, Eloise, que nunca usava vestido quando podia estar de calça. Era fim de tarde e o balcão estava estranhamente quieto. Os protestos tinham passado pelo Condado de Buckner causando tensão, repressão e uma enorme vontade de olhar para o lado e fingir que nada estava acontecendo. Os brancos tinham reagido primeiro com raiva, depois com uma lógica fria: voltaram sua atenção para os subúrbios ricos, para os bairros onde negros não ousavam entrar, e abriram restaurantes e lojas, construíram casas de dois andares estilo rancho colonial.

"Bem, meu nome é Claude e tenho tempo de sobra." Claude Johnson deslizou rápido de um banco ao outro até ficar bem ao lado de Agnes. Disse que era engenheiro e tinha acabado de ser contratado para trabalhar na Southeast Aviation. Vestia calça cinza, camisa, gravata e um blazer de sarja com reforços de couro no cotovelo. A roupa lhe caía bem e ele parecia confortável dentro dela, embora tivesse ombro e pescoço de quem cresceu na roça. Ele pediu uma segunda rodada de Coca-Cola para as meninas. Sua atenção estava claramente voltada para Agnes, mas fez o possível para incluir Eloise na conversa. Tudo nela gritava *cai fora*, especialmente o modo como se inclinava para Agnes sempre que Claude dizia alguma coisa.

"Sem querer ser chato, mas vou te ligar hoje à noite", prometeu Claude quando os três deixaram o Kress. Ele disse às meninas que era de uma pequena cidade chamada Tuxedo, na Geórgia, e que tinha estudado na Universidade Morehouse. Em sua primeira tentativa de civilidade, Eloise mencionou que tinha parentes em Tuxedo, mas depois acrescentou: "É uma cidadezinha bem caipira. Meus parentes pobres têm parentes pobres em Tuxedo que eles preferem nem lembrar que existem".

Claude ligou naquela mesma noite. Ligou antes que Agnes fizesse sua ginástica noturna. Antes que a mãe e o pai de Agnes apagassem a luz do quarto no andar de cima. Antes que Eloise, que morava na casa de Agnes, escovasse os dentes com a escova da amiga por pura maldade e abrisse as gavetas da cômoda com pés de garras que Agnes tinha.

"Agnes, é você?", disse ele.

"É eu. Embora se eu for mesmo virar professora talvez devesse dizer *sou* eu."

"Querida, acho que no conforto do seu lar você deve falar do jeito que quiser."

"Não é meu lar, é a casa dos meus pais."

"Você é feliz aí?"

"Bem, não é que eu fique refletindo muito sobre isso, mas acho que poderia ser feliz em qualquer lugar", disse Agnes, dando risada e se assustando porque sua voz tinha ficado aveludada de repente.

"Queria que você fosse feliz comigo", disse Claude.

"Eu não te conheço, Claude."

"A gente pode resolver isso. Que tal um filme no sábado? Posso te buscar para jantar umas seis?"

"É um começo."

Agnes desligou o telefone e só depois se deu conta de que Claude não tinha o endereço. Começou a contar. Ele levou sessenta segundos para ligar novamente. Eloise estava na porta do quarto de Agnes. Ela usava uma das camisolas de Agnes.

"Espero que ninguém termine matando esse marmanjão", disse Eloise. Agnes revirou os olhos para a amiga. Ela não sabia que a mesquinharia estava fora de moda? Mesquinharia faz os dentes caírem antes do tempo. Mesquinharia te deixa com bafo.

"Por que você fala essas coisas?"

Eloise balançou a cabeça. "Tem algo na cara dele que me faz pensar isso."

Nessas noites de outono de 1966, não era incomum que Eloise estendesse a mão sobre o travesseiro e puxasse os lençóis do lado de Agnes da cama. Às vezes, as coxas de Eloise se imiscuíam entre as pernas de Agnes, e Agnes olhava a lua e o céu estrelado pela janela do quarto, acariciando a parte de trás da cabeça de Eloise, sua nuca, a linha delgada de suas costas firmes e todas as outras partes do corpo da amiga que a excitavam. Os movimentos das duas eram silenciosos e eficientes, não podiam arriscar gemidos ou palavras. O quarto do diácono e da sra. Miller ficava do outro lado do corredor.

Na manhã seguinte, as duas acordavam animadas, prontas para mais um dia.

Claude levou Agnes para assistir *Nada além de um homem* no cinema para negros que ficava nos arredores da cidade. Eles comeram pipoca com manteiga extra derramada por cima. Depois do filme, Agnes disse: "Deus do céu, eu queria ser bonita como a Abbey Lincoln".

"Você é mais bonita que ela", disse Claude.

"Claude, você mente demais. Onde te ensinaram a ser tão galanteador?"

"Calma aí. Se eu dissesse que você canta melhor que a Abbey Lincoln, aí sim seria mentiroso."

"Agora você falou uma verdade. Não consigo nem segurar uma nota", disse ela, rindo. "Me colocaram para fora do coro da igreja. E olha que meu pai é um diácono importante lá."

"Isso é ruim."

"Depois disso eu nem voltei mais."

"Que orgulhosa."

"Você não parece um cara lá muito humilde."

"Deixa eu te ouvir cantar um pouco."

Agnes abriu a boca e começou a cantar "Baby Love" enquanto caminhavam em direção ao carro de Claude, um Chevrolet Impala 1961. Não era tão novo quanto ela esperava, mas estava limpo e o aquecedor funcionava. Um minuto de cantoria e Claude pegou sua mão.

"Então... Acho que com essa voz você não vai louvar a ninguém, muito menos ao Senhor."

Ela deu um cutucão nele. "Eu sou falsete. É raro uma mulher ser falsete."

Ele a cutucou de volta. "Você sabe o que dizem do orgulho, né? A altivez do espírito precede a queda."

Claude Johnson morava de aluguel em uma edícula em cima de uma garagem, a uns três quilômetros do bairro negro mais privilegiado. Lá onde Agnes morava, as portas da frente eram pintadas de vermelho para deixar claro que seus habitantes eram donos do imóvel. O apartamento de Claude pertencia ao sr. Gilbert, único negro da cidade que tinha uma loja de móveis. Agnes fez uma ronda pelos dois cômodos do apartamento, examinando as paredes e estantes brancas recém-pintadas; a maioria dos livros era de engenharia ou de não ficção: *Mil dias: John*

F. Kennedy na Casa Branca, *A autobiografia de Malcolm X* e *A estrutura das revoluções científicas*. Os diplomas da Universidade Morehouse e do Instituto Hampton estavam pendurados na parede da sala. Numa mesinha de canto, várias fotografias do que lhe parecia ser uma grande família estendida, composta sobretudo de mulheres e crianças. Na mesinha de centro feita de nogueira, flores de verdade.

Agnes pegou um dos porta-retratos, virou-se para Claude e perguntou: "Quantos irmãos você tem?".

"Perguntou a filha única", disse ele, sorrindo. "O bastante para manter a mulherada da família ocupada."

"Mulherada da família?" Ela franziu o nariz e sentiu o cheiro das flores antes de devolver a fotografia à estante de livros. "Três, é meu limite. Mais provável que sejam só dois."

"Parece um número bom e razoável."

Abbey Lincoln começou a cantar ao fundo e Agnes deixou o corpo balançar. Ela fez um sinal de aprovação para Claude e estalou os dedos.

"Tem razão, ela canta bem."

Claude estava sentado em um sofá marrom, que, como a maioria dos móveis ali, pertencia ao proprietário. O inquilino só retocara o ambiente com umas almofadas brilhantes da Sears e um tapete felpudo.

"Preciso te contar que não pretendo ficar aqui", disse ele.

Ela continuou estalando os dedos. "Você decorou este apartamento sozinho?"

"Estou me dando dois, três anos no máximo. Depois disso é Califórnia ou Nova York."

"Eles não estão te tratando bem na Southeast Aviation?"

"Não faça perguntas se não estiver preparada para ouvir as respostas."

Ela parou de estalar os dedos. É claro que a vida dele não devia ser um mar de rosas. Era alto, grande e tinha a pele escura. Falava corretamente e não andava em farrapos. "Assim tão ruim?"

Claude inclinou-se para a frente. "A gente nunca vai bater nos nossos filhos. Você nunca vai me deixar fazer isso. Promete? Meu pai acreditava na pedagogia do cinto. Ele pegava o chinelo por qualquer coisinha. Acho que não sabia fazer de outro jeito. Eu era um menino negro de língua solta. Ele dizia: 'Filho, isto aqui é o Sul. Por que não segura a língua feito seus irmãos e irmãs? Temos que baixar essa sua crista ou você vai se dar muito mal lá fora'. O que pega é que por muito tempo eu odiei o velho, mas hoje consigo entender. De segunda a sexta eu vou para o trabalho e baixo a minha crista."

"Só você?", disse ela, erguendo as sobrancelhas.

"Tenho opções melhores longe daqui. Minha formação é boa, continuo tendo boas relações com meus colegas de faculdade. Nova York, Nova Jersey, Washington. Até Massachusetts. Não descarto nada, mas agora é hora de ir construindo um currículo e de ajudar minha família da melhor forma possível."

"Entendi", disse Agnes. Ela percebeu que os olhos cor de mel dele estavam mais ternos.

Claude deu um tapinha no sofá, indicando o lugar ao seu lado. "Mas chega de falar de mim. Me conte o que *você* quer da vida, Agnes."

Agnes ficou perplexa por um instante. Era o primeiro homem a sentar e ouvir enquanto ela tentava articular em voz alta quais eram seus sonhos. "Qualquer coisa, menos dar aula."

"Ele é meu primo, de terceiro grau", disse Eloise na última noite em que dormiu na cama de Agnes. Agnes se afastou e sussurrou para ela: "Não está na hora de você encontrar um homem para você?".

"Ele é meu primo por parte de mãe. Todo mundo do lado da minha mãe morre cedo", insistiu Eloise.

Agnes desceu da cama de solteiro de Eloise. "Não posso mais fazer isso."

Eloise não tentou segurá-la, embora Agnes sentisse que ela queria ter feito isso. Eloise ficou ruminando aquelas palavras de Agnes, a ideia de que ela podia ou devia encontrar um homem. "Que homem?", perguntou a Agnes. "Claude faz por você o que eu faço?" Agnes saiu correndo do quarto, uma enxurrada repentina de lágrimas rolando de seu rosto bonito, mas, na manhã seguinte, quando desceram para tomar café, ela e Eloise já eram melhores amigas de novo. As duas meninas se fartaram de ovos mexidos com bacon, suco de laranja, leite e maçãs verdes cortadas do jeito que Eloise gostava.

"Você tem sido incrivelmente boa comigo", disse Eloise à sra. Miller, mãe de Agnes. A sra. Miller era confeiteira. Quase todo dia levantava antes de o sol nascer e ia trabalhar na padaria judaica da Jefferson Street. Naquele dia, tinha ligado para dizer que estava doente. O espírito lhe dissera que devia ficar em casa. A sra. Miller já fora jovem como a filha e, embora não fosse culta nem nada, não era surda, nem cega, nem burra.

A sra. Miller montou uma sacola com itens de viagem para Eloise, mas se retirou quando Agnes perguntou à amiga: "Para onde você vai agora?".

"Para a casa do meu primo, King Tyrone. Deve ser o único que presta."

Na primeira vez em que Agnes dormiu na casa de Claude, os pais dela não disseram nada. Mas, na noite seguinte, depois do jantar, o pai, um pedreiro que tinha ajudado a erguer um quarto dos prédios do Condado de Buckner, puxou Claude num canto e perguntou ao jovem quais eram suas intenções com a filha dele. Claude chamou Agnes e disse que não falaria de suas intenções sem consultá-la para saber se as intenções de ambos coincidiam. Agnes disse que queria terminar a faculdade. Ela estava no terceiro ano. Claude disse que ficaria no Condado de Buckner até Agnes concluir a graduação. A mãe de Agnes disse que até Claude colocar um anel no dedo da filha, ela não dormiria fora novamente. Na mesma noite, Claude estacionou em frente à loja de conveniência Jackson Quick e Agnes entrou para comprar uma dúzia de caixas de biscoitos Cracker Jack. Na sexta caixa, por entre farelos de caramelo, eles escavaram um pequeno anel de plástico com uma pedra magenta falsa e jogaram fora as caixas restantes.

Tem essa pequena cidade a cinquenta quilômetros da Damascus Prep que já passou por maus bocados. Nas duas guerras mundiais, um terço de seus habitantes foi trabalhar em fábricas de cidades maiores. Mas, na década de 1990, quando drenaram o pântano, construíram o dormitório, o campus, as quadras de tênis e a residência dos professores, muita gente da cidade arranjou emprego cuidando da manutenção do campus ou trabalhando na cafeteria, como zelador, segurança, jardineiro. Os imóveis continuaram acessíveis. O ambiente era agradável. A procura por vagas no dormitório da escola aumentou e as mensalidades também. Agora os lojistas da Main Street conseguiam contratar vendedores em tempo integral. Havia constante demanda por pequenos produtos e mercadorias de luxo. O barbeiro da região, um cara que gostava de fazer pregações espirituosas e por vezes alcoolizadas, trabalhava todos os domingos para dar conta dos alunos e funcionários da Damascus Prep. Eles gostavam do *blue-grass* que tocava no salão e do pandeiro Grover que ele batucava enquanto aparava o cabelo da clientela. O cinema, centenário, que diziam pertencer a um vampiro e a dois fantasmas, agora passava filmes de arte em sessões lotadas e fazia as vezes de casa de shows. E como o privilégio costuma vir acompanhado de uma vontade de comer produtos frescos e carne magra de boa qualidade, uma loja de alimentos naturais e um mercado gourmet foram abertos para saciar o apetite dos estudantes da Damascus Prep e dos moradores mais preocupados com a saúde. A loja de equipamentos de pesca passou a vender varas de grife, e os pescadores locais agora ofereciam passeios de barco pelo pântano de manhã e à noite. No fim do ano letivo, as famílias fretavam barcos desde a Geórgia até o litoral do Maine. Uma pequena escola de elite no que antes era uma estrada escura e solitária, quase sem postes e com um silêncio interrompido apenas pelo estrilar dos gafanhotos e pelo coaxar das rãs-touro da Geórgia, revitalizou uma cidade inteira. É claro que Agnes M. Christie não soube desse renascimento em primeira mão. Ela leu sobre a Damascus Prep durante um intervalo na Biblioteca do Condado de Buckner, onde é voluntária três dias por semana desde que voltou para o Sul. Às vezes você fica velho e deixa as coisas para lá. Outras vezes, você se apega a elas.

No último ano de Agnes na Faculdade do Condado de Buckner, Claude falou que Abbey Lincoln ia se apresentar em Atlanta. Ele ficou animado porque era uma oportunidade perfeita para passar na casa dos pais e apresentar Agnes a alguns de seus irmãos de Morehouse e a suas adoráveis esposas e namoradas. A sra. Miller beijou o anel de plástico e deu sua bênção ao casal. O diácono Miller deu uma nota de cinquenta dólares a

Claude e perguntou se o tanque estava cheio o bastante para a viagem. A agulha do medidor do Chevrolet batia no teto, mas o pai de Agnes pôs um galão extra no porta-malas mesmo assim. "Não seja burro de fumar nesse carro", disse o sogro enquanto eles iam embora.

A parada em Tuxedo, uma cidade rural que dava para cruzar a pé em cinco minutos, foi rápida e objetiva. Os pais de Claude eram uma gente sossegada que punha a mesa com a melhor toalha da casa e os talheres de prata desemparelhados. Serviram um assado simples que estava suculento, embora não gozasse da devoção da sra. Miller a frutas sem caroço e ervas do Mediterrâneo. Não havia enfeite ou centro de mesa. A mãe de Claude serviu chá gelado em copos de requeijão. Durante a visita, que durou duas horas cronometradas no relógio de Claude, um comitê acolhedor de irmãos e irmãs corpulentos se reuniu para dizer oi. Ficou claro que eles depositaram não só suas esperanças como algumas de suas economias no irmão mais novo. Claude abraçou todos eles e prometeu que da próxima vez ficariam mais tempo. "Ossos do ofício, mamãe", disse ele enquanto deixava na mesa um envelope que Agnes sabia conter seu suado dinheiro. "Ainda não faltei nenhum dia por doença, nem tirei folga. Estou guardando tudo para quando puder aproveitar."

Foi no caminho de casa para Atlanta — depois do show de Abbey Lincoln, que durou uma hora a mais do que o previsto, e depois que Agnes conheceu a maior parte dos amigos de Claude — que o casal caiu em um engarrafamento horrível na Rodovia Federal 80, a Dixie Overland Highway. Claude e Agnes escutavam o rádio dando risada e dissecando os eventos da noite, das músicas que Abbey tinha cantado à forma como os amigos de Claude escrutinaram Agnes na maior cara de pau e ofereceram suas opiniões. "Então, Claude, o embrulho é lindo e o presente não fica atrás." Agnes passara de um sentimento de superioridade em relação à família de Claude para uma sensação de que era boba e superficial perto dos amigos dele, muito mais ativos no movimento por direitos civis do que ela ou os pais jamais foram. Ela prometeu a si mesma que leria com atenção alguns daqueles livros de não ficção de Claude.

"Você foi ótima", disse Claude.

"Achei alguns deles muito pretensiosos", disse Agnes. "Não sei como você aguenta."

"Com o tempo as pessoas mostram quem são de verdade", disse Claude. "Eu esperei eles tirarem a máscara."

Eram duas da manhã quando Claude pegou a Estrada de Damasco, um longo trecho deserto que ele normalmente evitaria, mas que era um atalho para o Condado de Buckner. Ele estava bem atento ao limite de velocidade, embora seu pé pressionasse o acelerador com mais força que o habitual. Nem Claude nem Agnes notaram o carro da polícia até que ele entrou na estrada de sirene e luzes acesas. Claude reduziu a velocidade na hora e estacionou no acostamento. Era lua cheia, o céu estava escuro como obsidiana e eles estavam cercados por árvores baixas sufocadas em brejo e pântano. Quando o policial se inclinou em direção ao banco do motorista e acendeu a lanterna, Claude já estava com o documento na mão.

"Boa noite, senhor policial", disse Claude, com olhos que nem encaravam o policial nem se desviavam dele.

"Está correndo atrás da lua?", perguntou o policial.

"Como assim?", disse Claude.

"Apressado para chegar a algum lugar?" O policial era magro, tão magro quanto Claude era grande. Seu cabelo castanho-acinzentado estava ficando ralo no topo e ele tinha um bigode cheio, em formato de guidão, que se curvava nas pontas.

"Eu estava acima do limite de velocidade, senhor?", perguntou Claude em um tom neutro.

O policial pegou a carteira de motorista. "Acredito que sim." Assim como Claude, Agnes olhava fixamente para a frente.

O policial se inclinou ainda mais em direção ao interior do veículo e parecia prestes a devolver a carteira de Claude quando fez uma leve menção de tirar o chapéu para Agnes. "Acho que eu também teria pressa se estivesse transportando uma carga *dessas*."

Agnes notou que Claude se encolheu no banco, e ela colocou a mão esquerda no cotovelo dele. O policial examinou novamente a carteira de motorista. "Vou dar uma conferida, espere aí."

Enquanto o oficial se dirigia ao carro de patrulha, Claude deixou escapar um discreto assobio. Era uma noite fria. Mais fria que o habitual e Claude podia ver o vapor da própria respiração.

"Vou dar partida, Agnes", disse ele.

"É isso que ele quer, Claude. Ele quer que você dê um motivo."

"Não gostei da cara dele."

"Só fique quieto e seja educado."

"Onde eu estava com a cabeça quando inventei de pegar esta estrada?"

O policial Jamie Haig pediu reforço e quinze minutos depois seu colega William Byrd, melhor atirador do condado, chegou à cena. William Byrd era um homem de ombros largos e bem barbeado com olhos que cintilavam uma luz turquesa quando ele sorria, o que raramente acontecia. Ele tinha bochechas de um vermelho-queimadura e cabelos loiros que conseguiria manter até a velhice. O policial Haig, magrelo, conversou com o policial Byrd, fortão, e os dois decidiram que Claude e Agnes deviam sair do carro enquanto eles inspecionavam o veículo. Quando Claude perguntou no tom mais civilizado que conseguiu empregar o que exatamente eles estavam procurando, o policial Byrd colocou a mão grossa no rifle e disse a Claude que era bom ele não atrapalhar a busca. Os policiais revistaram o porta-malas e viram se não tinha nada escondido entre as almofadas no banco da frente e de trás do Chevrolet. Eles conferiram o porta-luvas e enfiaram a cabeça sob o capô antes de dizer a Claude para voltar para o carro. Claude esperou Agnes se sentar no banco do passageiro.

O policial William Byrd sacudiu a cabeça decidido. "Precisamos dar uma olhada na bolsa dela."

Agnes abriu a elegante bolsinha de mão preta que havia ganhado da mãe. *Um vestido e uma bolsa nova. Uma roupa bonita para usar no show da Abbey Lincoln.* Ver os dedos desajeitados do policial vasculharem seus objetos pessoais foi lhe dando um nó no estômago.

"Jamie", disse o policial William Byrd a seu parceiro, "acho que precisamos levar essa jovem para prestar esclarecimentos."

"Que tipo de esclarecimento?", disse Claude, avançando involuntariamente em direção a Agnes.

O policial William Byrd apontou para a bolsa. "Tem contrabando aqui."

Agnes sentiu a própria raiva começar a subir. "Não tem contrabando nenhum. Só tem batom, perfume e minha carteira de identidade!"

"Jamie", disse o oficial Byrd de um jeito casual e seguro, "acho que talvez a gente precise pedir mais reforço."

"Veja bem", disse o oficial Haig, voltando-se para Agnes.

"Isso não é algo que possa ser resolvido em uns minutos. Podemos esclarecer esse assunto dando um passeio aqui na trilha." Ele apontou para um caminho aberto por entre salgueiros-chorões e pântano.

"O amigo dela...", disse o oficial William Byrd com um aceno de cabeça em direção a Claude, que tinha os punhos retesados, "ele está um pouco nervoso."

"Você ama esse homem?", perguntou o policial Jamie Haig.

Agnes olhou para Claude e pensou nas palavras de Eloise. *Todos os homens da minha família morrem cedo.* Pensou no policial grandalhão que acariciava o rifle com os dedos.

"Isso é assunto nosso", disse Claude, o corpo balançando com uma fúria contida.

Agnes assentiu. "Sim, eu... *amo.*"

William Byrd, o policial loiro, seguiu pela estrada e foi com Agnes para o meio das árvores e do pântano. Quinze minutos depois, sua cara pálida assomava de volta, e ele vinha sem a garota. Suas bochechas, que já eram vermelhas, ganharam uma cor adicional e ele sorriu para Claude de um jeito solto e alegre. Tirou um frasco de uísque do bolso da camisa e ergueu-o para tomar uma golada. "Jamie, acho que ela não está com contrabando nenhum, mas você sabe que eu não enxergo lá muito bem."

Claude agora estava algemado. Um lento fluxo de sangue corria na parte de trás da cabeça, que havia colidido violentamente contra o cassetete do policial Jamie Haig. Antes de se desculpar, o oficial Haig sussurrou para Claude: "Não tente com o Willie o que tentou comigo. É um conselho que eu te dou". Haig passou os dedos pelo cabelo ralo enquanto, dando a volta no carro, mergulhava na escuridão.

"Vai se sentir melhor depois de um drinque", disse o policial William Byrd, chegando perto de Claude e chutando os pés do rapaz que estavam no seu caminho. Ele inclinou o frasco em direção à boca de Claude e derramou a bebida em seu rosto. Claude virou a cabeça e apertou os lábios, recusando-se a beber aquele líquido que queimava feito sopa quente em sua pele.

Pouco depois, o policial Haig voltou pela estrada com Agnes ao seu lado. O oficial Haig abriu a porta do passageiro para Agnes, e Agnes, ainda olhando para a frente, entrou no carro. O oficial Haig pôs a bolsa no colo de Agnes. A bolsa deslizou por seu vestido.

"Quero que vocês dois cheguem em casa a salvo", disse o policial William Byrd, removendo as algemas de Claude e pressionando-o contra o banco do motorista do Chevrolet. "Foi uma noite longa para todos nós. E do jeito que essas coisas são, podia ter sido muito pior."

Claude ligou a ignição e arrancou com o carro. Ele não sabia, mas estava chorando. Agnes manteve a compostura, tentando conter as lágrimas quando Claude perguntou se deveria levá-la ao hospital. Tentando conter as lágrimas quando ele perguntou se deviam passar na casa da sra. Francine, a parteira negra da cidade, acostumada a ser acordada em horas ímpias. Então ele perguntou se ela estava bem, e foi aí que Agnes olhou as próprias mãos e notou que o anel da caixa de biscoito não estava mais em seu dedo. Ela se virou para Claude gritando histericamente, implorando para ele fazer o retorno.

"Agnes", disse Claude. "Eu vou te comprar mil anéis da Cracker Jack, meu bem. Mas se a gente voltar esses caras vão nos matar. Não tenho como fazer esse retorno."

"Então me leve para casa", disse Agnes. "Me leve para casa agora."

Nos dias seguintes, quando viu que Agnes não chegava perto do telefone nem retornava as ligações de Claude, a sra. Miller pensou que o encontro com a família dele não tivesse ido bem. Quando criança, o diácono Miller — um homem nos moldes de Booker T. Washington — tinha sido cruelmente repreendido por sua pele escura. Achou que aquela turma mais clara e culta de Atlanta devia ter esnobado sua única filha e que Agnes fazia bem em pagar na mesma moeda.

Num domingo de manhã, antes de irem para a igreja, Claude apareceu à sua porta. Ele não dava as caras fazia duas semanas. O diácono Miller não o convidou para entrar, mas Agnes aceitou recebê-lo na varanda. Claude se ajoelhou aos seus pés e mostrou um anel de noivado com o maior diamante que ela já tinha visto. Aquilo devia ter custado todas as suas economias.

"Claude", disse ela. "Não é culpa sua."

"Agnes", disse Claude, repetindo o nome dela várias vezes.

Mas ela não aceitaria se casar com ele. Agnes avaliou as opções que tinha para garantir que Claude não chegasse perto e que ela não cedesse. No mês seguinte, conheceu Edward Christie, um homenzinho gregário e robusto, na festa de casamento de sua prima Charlotte. Agnes tinha uns bons trinta centímetros a mais que Eddie Christie, que a pediu em casamento logo no primeiro encontro. Não deu tempo nem de fazer uma cerimônia na igreja. Confusos e de coração partido, a sra. Miller e o diácono assistiram a sua única filha se casar no cartório. Agnes fez as malas e foi para o Norte, para morar com a família do marido. Seis semanas após o casamento, Eddie foi para o Vietnã.

A família de Eddie tinha uma casa de tijolos no sul do Bronx, a poucos quarteirões de Little Italy. Para uma garota do Sul que sempre tinha vivido num mundo imerso em preto e branco, Little Italy era uma novidade. Os tumultos do Bronx ainda não haviam acontecido. Bonita e charmosa, Agnes aprendeu a falar italiano com os italianos, que simpatizavam com aquela moça alta que sempre dizia *por favor, obrigada, como vai*. Agnes se matriculou na Universidade Fordham, onde concluiu o curso que a Estrada de Damasco havia interrompido.

Agnes não se tornou professora de inglês. Arranjou trabalho na prefeitura, como assistente de projeto. O que começou como um tranquilo emprego público com uma boa aposentadoria mais tarde se transformou numa bem-sucedida carreira na área de desenvolvimento urbano. Agnes e Eddie deram à sua primeira filha (nascida nove meses depois do casamento) o nome de Beverly, que era como se chamava a avó de Eddie. Assim que começou a engatinhar, Beverly seguia Agnes para todo lado. O jeito grudento da menina enchia Agnes de dúvida e decepção, mas no que importava ela era uma criança bem saudável, de temperamento alegre como Eddie.

As idas e vindas de Eddie Christie facilitavam a felicidade conjugal. Quando o marido voltava para casa, Agnes não precisava fingir que o amava. O amor era um músculo. Tinha que ser usado. Você exercitava o amor e ele te recompensava com força e flexibilidade.

Na primavera de 1969, um ano após o assassinato do dr. King em Memphis, Agnes recebeu um telefonema tarde da noite. Era Eloise, que estava visitando a família no Condado de Buckner.

"Agnes", disse Eloise, "eu quase tive que matar essa sua mãe para convencê-la a me dar o seu número." Ao ouvir a voz de

Eloise, Agnes protegeu o estômago com a mão. Estava no terceiro trimestre de gravidez de seu segundo filho.

"Como você está, Eloise?", Agnes ouviu-se dizer.

"Você me conhece. É só ter onde me agarrar que eu fico bem."

"Então você está bem?"

Ela fez uma pausa antes de responder. "Na maioria dos dias, estou."

"Que bom."

"Escute", disse Eloise depressa. "Claude foi encontrado morto no apartamento dele em Dorchester, Massachusetts. A tiros. Eles acham que pode ter sido um assalto à mão armada. Um colega de trabalho o encontrou."

"Claude?", Agnes escutou sua própria voz dizendo aquele nome. Um nome que ela não pronunciava havia três anos. "Claude? Morto?" Massachusetts ficava a menos de cinco horas de onde ela morava.

"Sinto muito, Agnes", disse Eloise. "Tem gente que não nasceu para a cidade grande."

Agnes desligou o telefone e foi para a cama. A mãe de Eddie chamou o médico. Quando ele perguntou a Agnes qual era o problema, ela respondeu que tinha mil agulhas por debaixo da pele. O médico disse que ela tinha bursite aguda e que algumas grávidas sofriam disso. A sra. Miller e o diácono vieram cuidar de sua única filha, mas as confusões do Bronx e Nova York como um todo eram uma perturbação e duas semanas depois eles voltaram para o Condado de Buckner.

A segunda filha de Agnes e Eddie Christie nasceu quatro semanas antes do tempo. Ela veio ao mundo na ala da maternidade do Columbia Presbyterian Medical Center. Dessa vez, Agnes ansiava por segurar a filha no colo, por resgatar a criança da incubadora e da luz artificial do hospital. Ela gostou de conversar com essa nova filha, de lhe cantar canções de ninar. E gostou ainda mais de levar a menina para casa. Ela chamou a filha de Claudia e, quando Eddie, recém-chegado da guerra, mencionou que não tinha ninguém na família chamado Claudia, Agnes massageou os calos nas mãos do marido e disse: "O nome me soa bem".

HOSPITAL NÃO É LUGAR DE CIGARRO

2009

Sou enfermeira no atendimento de emergência do Columbia Presbyterian Medical Center. Meu cargo oficial é coordenadora de recursos. Tem outras quatro enfermeiras abaixo de mim: outras quatro enfermeiras sob minha liderança. Eu podia andar por aqui feito uma ditadora, se quisesse. Podia andar feito um desses cirurgiões que têm o rei na barriga, como se Deus tivesse colocado o poder da cura na ponta dos dedos deles. Mas quando venho trabalhar, sei que as coisas não giram ao meu redor. Nem ao redor dos meus colegas. Elas precisam girar ao redor das pessoas que estão aqui neste hospital. Talvez meu rosto seja a última coisa que alguém veja na vida. Isso é uma bênção. Uma honra. É algo que te faz manter os pés no chão.

Eu também podia ter sido médica, mas nunca consegui me inscrever no processo seletivo da faculdade de medicina. Nas minhas aulas de enfermagem, eu só tirava dez. Amendoim, meu filho de quinze anos, lia minhas tarefas. Ele olhava para a folha que eu tinha acabado de escrever e dizia: "Caramba, mãe, como você é inteligente".

Eu só sorria e balançava a cabeça. "Achou que tinha puxado isso só do lado do seu pai?"

O pai dos meus filhos, o Kevin, é policial. Corrigindo: era policial. Agora está no oeste, no deserto do Arizona, fazendo batidas de imigração junto com os guardas da fronteira, enviando gente desesperada de volta para o México. Ainda bem que aprendemos espanhol no colégio. Crescemos no sul do Bronx, a alguns quarteirões de onde ficava Little Italy. Na época, o Bronx estava cheio de porto-riquenhos e aprendemos espanhol na rua, depois escolhemos a matéria na escola porque era mais fácil. É o que sempre digo aos meus filhos: hoje você carrega os livros, amanhã os livros carregam você. A gente não começa a trilha vendo o fim do caminho, então, vá com calma e comece direito. Claro que Kevin não perdia a chance de ficar me pirraçando, dizendo que só aprendi espanhol tão fácil porque meu avô era cubano, mas ele era da geração que só falava inglês.

Depois que eu tive filho — tive quatro —, os papéis da minha ficha de inscrição no processo seletivo da faculdade de medicina nunca mais saíram da gaveta da cômoda. Kevin e eu vivíamos para pagar os boletos. Talvez um dia eu faça mestrado em enfermagem. Seria uma boa assistente para os médicos. Os horários são menos insanos. O que eu vejo é que esses médicos já não têm tempo para nada. E nem estão ganhando tão bem quanto antigamente. Com os médicos é só entra e sai, entra e sai. Outro dia ouvi um médico gritando com o supervisor dele, um supervisor que está sempre enchendo o saco, fungando no cangote dos outros. "Como eu vou examinar vinte e cinco pessoas em um dia? E se eu deixar passar alguma coisa? Sou médico, não sou mágico de circo." Até eu, que quase sempre odeio aquele arrogante, fiquei do lado dele.

Esse é James, o cara. A Claudia, minha irmã, chama o sogro dela assim: James, o cara. Na primeira vez em que me falou dele, eu perguntei: "Por que você chama ele assim? Ele é preconceituoso ou coisa parecida?". Claudia fez que não. "Ele não é preconceituoso", disse ela. "É um perdido."

James, o cara veio parar aqui na Unidade de Terapia Intensiva Neurológica. Prometi para Claudia que daria uma olhada nele no meu intervalo. Ela e o marido, Rufus, estão em algum lugar do sul da França. Primeiro, conferência em Dublin. Depois, férias na França. Tem gente que leva uma vida e tanto. Agora estão voltando para os Estados Unidos porque o velho bateu a cabeça na borda da piscina olímpica que ele tem em casa tentando salvar a Winona, minha sobrinha, que quase se afogou. Não sei se a história é exatamente essa, fui juntando as peças. Quando encontrei o Elijah, o irmão da Winona, puxei o menino num canto e perguntei: "O que houve?".

O Elijah, que tem cinco aninhos, respondeu: "O troço que flutua escapuliu e a Winnie teve que nadar".

Aquilo me deixou doida. Passei de preocupada a puta da vida, com vontade de soltar os cachorros em cima da Claudia. Eu podia cuidar da Winona e do Elijah. Tenho um apartamento em Washington Heights, construído antes da guerra, com três quartos e um sofá-cama maravilhoso. Podia fazer dar certo. Os primos iam se ver, uma coisa que quase nunca acontece. *Todo mundo* ia se divertir. Eu levaria as crianças para ver os Victorian Gardens ou o zoológico do Bronx. Tenho um ingresso-família, as crianças iam poder ver aqueles tigres siberianos assustadores. Iam poder visitar o borboletário ou andar de monotrilho. Será que a Claudia acha que o Amendoim é inteligente por acaso, por natureza? Mas aí que está: eu *faço* coisas com os meus filhos. Eu não abandono eles, nunca abandonei, nunca abandonarei. Não estou dizendo que eu tenho uma paciência enorme o tempo todo, mas que mãe tem? Qual é a mãe que diz todo santo dia: *Vocês são meus, eu amo vocês?* E não tem um minuto em que ela solta um *FODA-SE ESSA MERDA FODA-SE ESSA MERDA FODA-SE ESSA MERDA.*

Agora James Samuel Vincent está aqui, preso numa UTI Neurológica, quase de coma, com a cabeça toda fodida, enquanto Adele, a namoradinha dele, leva *meus* sobrinhos para a FAO Schwarz e para a Dylan's Candy Bar na rua 60 porque eles quase se afogaram. E em vez de estar fumando meu cigarro como eu queria, estou dando uma olhada no James, o cara porque *prometi para a* Claudia que faria isso. De um jeito ou de outro, eu sempre cumpro as minhas promessas.

Se a Claudia por acaso tivesse se dado ao trabalho de perguntar, saberia que tenho meus próprios problemas: uma pilha de pentelhações e dores de cabeça. Fui ligar para a Lydia, babá dos meus gêmeos, para ver se minha filha Minerva tinha ido buscar os irmãos na escola — porque a Minerva nunca atende o celular — e já recebi uma mensagem do Amendoim: *Preciso mesmo ir à aula de robótica? Preciso mesmo buscar Keisha e Lamar?* E eu, tipo, *pega leve nem que seja um caralho de um minuto.* Por favor. *Amendoim. Pega leve.*

Mas a Minerva apareceu. A Lydia me ligou para contar. E meu coração deu esse pequeno saltinho de felicidade. Talvez dê tudo certo com a Minerva. Mal posso esperar para contar a ela que James e a bêbada da segunda esposa dele quase afogaram o primo dela. Mal posso esperar para contar que a Adele agora está colocando panos quentes no Dylan's Candy Bar. A Minerva *odeia* o Dylan's Candy Bar, e olha que ela é louca por doce e chocolate.

Aí é que está: eu sabia que a Minerva daria trabalho desde que ela fez dez anos de idade e eu a levei até o Serendipity's, no Upper East Side, para um dia de princesa entre mãe e filha.

Queria levá-la ao Serendipity's porque li em algum lugar que a Diana Ross pegava uma limusine com as filhas e ia lá nos aniversários delas para tomar um baldão de sorvete com calda quente de chocolate. Achei que eu fosse mostrar para a Minerva como viviam as celebridades. No entanto, a gente chegou lá e deu com a cara na porta. O Serendipity's fechou, faliu. Eu nem tinha pensado em ligar antes. Fiquei me sentindo realmente idiota, mas a Minerva deu de ombros e disse: "Para onde agora, mãe?", e eu saí da minha catatonia em um segundo e entrei no modo *sou senhora dessa situação*. Começamos a andar como se eu soubesse para onde ir. A cada passo naquelas ruas do Upper East Side eu ia sentindo esse jugo de ser pobre bafejando no meu pescoço. O Upper East Side faz isso com as pessoas. Das manicures de luxo às pequenas butiques com sinos de prata que você precisa tocar para entrar, passando pelos cafés de janelas enormes que parecem obras de arte moderna. Então chegamos ao Dylan's Candy Bar e o lugar estava abarrotado de gente de todas as idades. Ficamos do lado de fora um instante, vendo as pessoas entrando e saindo.

Eu disse: "*Vamo que vamo*", e seguimos a multidão. A Minerva ficou extasiada de tão feliz. Estava lá entretida despejando balas dos cones de plástico em saquinhos que você depois lacrava com uma fita vermelha. Eram Whoppers, Kisses da Hershey, balinhas de goma em forma de urso, tortelatas de manteiga de amendoim, cachos de caramelo e alcaçuz preto. E Skittles. Muitos Skittles. E a Minerva estava "Mãe, quem é Dylan para ficar dando todos esses doces para a gente?". Alguém do nosso lado sussurrou que Dylan era filha do Ralph Lauren. E Minerva ficou, tipo, "Ralph Lauren? O sobrenome de verdade dele não é Lauren. Na verdade ele se chama Ralph Lifshitz e é do Bronx que nem a gente. Ele está só fingindo para tirar onda".

E foi aí que pensei: *Caramba, ela é esperta. Problema à vista, mantenha essa menina ocupada.* E foi o que eu fiz por um tempo. Ginástica olímpica, natação, espanhol, violão. Cheguei até a cometer a extravagância de pôr a menina para jogar lacrosse. Mas então meu casamento foi para o brejo e a Minerva foi junto.

Nesse exato momento, eu morreria por um cigarro, mas vou ficar firme com James, o cara até meu próximo turno. Se eu não cumprir a promessa, a Claudia vai passar o resto da vida cobrando. Aqui em cima está tudo calmo e tranquilo. Qual seria a dose máxima de calma e tranquilidade que eu aguentaria? Algo nessa calmaria me faz sentir falta do Kevin. Devia telefonar e dizer para ele vir buscar a Minerva. Ele precisa saber que a filha está surtando. Claro que vai pensar que estou querendo voltar com ele. O Kevin vai achar que estou ligando porque quero transar. Os homens sempre acham que se a mulher ligou é porque quer transar. É engraçado pensar nisso, nas coisas que entendemos errado em um relacionamento. A gente entendeu tanta coisa errado. Mas a gente sempre teve sintonia nisso de cuidar das crianças. As coisas que a gente acertou é que são difíceis de proteger. O senhor entende o que estou falando, James? Consegue me ouvir daí? Espero que consiga. É melhor conseguir. Porra, é capaz de o senhor *não* conseguir. Não vai virar um vegetal. Aguenta firme, James Vincent. Por que, meu Deus do céu, que hospital não é lugar de cigarro?

FAÇA-SE O SAL

1954 1969 1979 1989 **2009**

Por um momento, no quarto do hospital, o coração de James Samuel quase parou. Essa sensação veio junto com a constatação e o pavor de ver que Deus não apenas era uma mulher como eis que o Salvador do mundo era negro. James estava dopado de analgésicos e a imagem Dela lhe veio confusa, como que saída de um sonho. Ele se viu lutando por palavras que não viriam, lutando para mover os braços como se quisesse declarar: *Antes que me julgue.* Mas então seus pensamentos se voltaram para um dia azul e brilhante, para uma piscina e para aquela sua neta, Winona, deslizando pelo buraco do dispositivo de flutuação em forma de donut e afundando, seus cachos marrom-avermelhados formando um turbilhão na parte funda da piscina. James virou-se, largando a luva de beisebol e dizendo a Elijah para ficar onde estava, então correu em direção à piscina, tão rápido quanto suas pernas de sessenta e sete anos permitiam, o que era relativamente rápido, movendo-se do gramado bem cuidado para a escorregadia beirada da piscina de azulejos azuis onde, pouco antes de mergulhar, sentiu o chão molhado cedendo aos seus pés, derrubando James, o cara na escuridão.

Jimmy Jr. Ele era o pequeno Jimmy Jr. de novo, um garoto de doze anos parado debaixo do ventilador de teto da cozinha vendo a mãe quebrar a porcelana de boa qualidade, as xícaras de chá e os pires, o conjunto de pratos de jantar e salada de oito peças, as taças de cristal. Os pais de Jimmy se desentenderam. Os pais de Jimmy sempre se desentendiam, mas dessa vez a coisa tinha evoluído para uma briga propriamente dita, com palavras feias que não podiam ser retiradas nem ignoradas.

Seu pai, Jimmy pai, havia aceitado um emprego novo no corpo de bombeiros de Fresno sem consultar a esposa. Um emprego novo significaria mudar de cidade por três anos consecutivos, e Nancy Vincent amava Portsmouth. Sim, Portsmouth era cara (especialmente para uma família com uma única fonte de renda), mas também era um bom lugar para fincar raízes e criar o filho deles.

"Estão precisando de bombeiros em Fresno. Vão até bancar a nossa moradia." Jimmy pai era bombeiro, mas a categoria andava sendo demitida a torto e a direito graças aos recentes cortes de orçamento de Portsmouth.

Nancy Vincent rugiu feito um leão naquela manhã de domingo. Ela era ruiva, mas não era propensa a ataques de raiva ou de mau humor a menos que de fato fosse provocada. "Estive em Fresno uma vez, numa convenção de bibliotecários. Aquela cidade é um inferno. Jimmy não vai passar nem perto de Fresno."

A última casa que tiveram, apenas um ano antes, tinha sido

em Hartford, Connecticut. Quando trocaram Hartford por Portsmouth, Nancy não reclamou. O marido prometeu coisas, disse que ficariam na cidade nova até Jimmy terminar a escola. "Quando mudarmos para Fresno, teremos um cachorro", disse Jimmy pai.

"Jimmy quer um gato", respondeu Nancy.

Jimmy pai balançou a cabeça. "Que menino ia querer um gato?"

Jimmy queria ficar em Portsmouth. "Por favor, tanto faz se for cachorro ou gato, desde que a gente fique aqui." Aos doze anos, quase treze, ele já era mais alto que o pai. Naquela época, o menino não sabia que um dia ele mesmo teria dois filhos: um de um casamento, outro de um caso extraconjugal, e que o filho nascido do caso extraconjugal teria a aparência, os modos e o temperamento do avô.

"Os caras da mudança vêm aqui no mês que vem, no último dia de aula", disse Jimmy pai, encerrando o assunto. "É isso, encaixote suas coisas."

O pai vestiu seu casaco novo de camurça. Nas noites de verão de Portsmouth às vezes batia uma brisa do oceano e uma jaqueta era a melhor proteção contra o vento. Jimmy pai foi ao bar perto de casa beber Guinness com os amigos.

"Vou visitar minha família", gritou Nancy para o marido enquanto ele saía.

"Você não tem família."

"Tenho meu tio Monroe."

"E de onde vai sair o dinheiro, gracinha?"

Nancy estava sem trabalho fazia três meses. A economia também não andava favorecendo os bibliotecários de Portsmouth, nem seus restaurantes, lojas e museus. Mas Nancy tinha um olho clínico para pechinchas. Ela e Jimmy Jr. eram os loucos do Posto Comercial de Kittery, próximo dali.

* * *

Jimmy pai partiu para Fresno uma semana antes do restante da família para fazer o treinamento. Nancy percorreu os cômodos do apartamento triplex cantando "Bye, Bye Love" e escolhendo os itens que mais importavam para ela.

"Houve uma mudança de planos", disse a Jimmy.

Ele ficou chocado com a eficiência da mãe, talvez ela tivesse aprendido isso com a profissão. Ela empilhou as fotos de infância do filho em uma mala de couro. Deixou as do casamento para trás. Pegou a certidão de nascimento e o RG de Jimmy, seus casacos de inverno, galochas, algumas calças, shorts e camisas e falou: "Quem disse que mulher não consegue fazer mala pequena?".

Cada um deles encheu uma caixa com seus livros favoritos. Jimmy gostava de Dickens, Poe e Melville e podia passar a noite toda lendo *Moby Dick*.

Jimmy mal teve tempo de se despedir de seus melhores amigos. Lukas e Boone eram meninos cheios de acne e energia que também gostavam de ler até altas horas da noite. Eles saíam para pedalar em bicicletas Schwinn Deluxe Racer. Jimmy não tinha como saber disso, mas o B-52 de Lukas seria abatido durante uma missão no Vietnã. Já Boone McAllister se tornaria um objetor de consciência e abriria uma loja de alimentos naturais para veteranos em Portsmouth. Naquela noite, sentado nos degraus do prédio onde morava, tudo o que Jimmy sabia era o quanto sentiria a falta deles. Nancy Vincent nunca desmentia o filho quando ele dizia às pessoas que Boone e Lukas eram seus primos. Ela dizia que se apegar a novos laços de parentesco era natural quando sua própria família era pequena e desestrutura-

50

da. Os pais de Jimmy eram filhos únicos. A mãe pelo menos era. Jimmy pai nunca falava da família dele, só se estivesse bêbado. *O pessoal do Maine* era o máximo que saía dele. A *parentada do Sul* era como Nancy Vincent se referia aos parentes dela. O tipo de gente branca do Sul que não suportava o preconceito de sua própria cidade natal, acrescentou, como se aquelas palavras pudessem compensar os avós que Jimmy não conhecia. Tio Monroe era o único tio vivo que restava. Até pouco tempo, Jimmy tinha achado que ele era um personagem lendário, tão real quanto um desenho animado, uma sereia ou um sereio.

"Se prepare. O povo do Sul é estranho", advertiu Boone a Jimmy. Mas em todo lugar que ia naquelas trinta e duas horas de viagem até a ilha de Tybee, na Geórgia — paradas de descanso e postos de gasolina, lanchonetes e saguões de motel —, as pessoas já pareciam esquisitas o suficiente. Elas espalhavam o ketchup na batata frita com raiva, pediam uma orientação qualquer e depois não seguiam o caminho indicado, surgiam do nada e batiam um papo casual como se estivessem falando com amigos de longa data que não viam fazia tempo. Às vezes Jimmy ficava no carro enquanto a mãe corria para o banheiro para "dar uma refrescada". Ele sentava com as pernas compridas apoiadas no banco do carona formando uma tenda enquanto comia salgadinho e olhava as pessoas indo e vindo, viajando para algum lugar, mas de certa forma congeladas, imóveis. Dar uma refrescada era sair para ligar para o pai dele. Dar uma refrescada era sair correndo da parada de descanso sem nem olhar para os dois lados na hora de atravessar a rua em direção ao estacionamento. (Ela quase foi atropelada duas vezes.) Dar uma refrescada era um silêncio mortal e os pezinhos miúdos de sua mãe implorando por uma multa por excesso de velocidade enquanto pressionavam

com força o acelerador. Dar uma refrescada era o olhar de irritação na cara dela quando Jimmy ousava perguntar pelo pai.

A viagem até Tybee durou uma pequena eternidade e incluiu uma parada em Manhattan para ver uma apresentação
gratuita ao ar livre da nova montagem do musical *Do mundo
nada se leva*, algo que Jimmy achava que ele e sua mãe sabiam
muito bem. Em Washington, pararam para ver o Memorial de
Lincoln. Eles ficaram em um Holiday Inn em Maryland e apro-
veitaram o café da manhã de cortesia com cupons.

"Se o café da manhã é de graça, por que precisamos de
cupons?", perguntou Jimmy à mãe, meio irritado.

Nancy se recusou a dar corda para a frustração dele. "O tio
Monroe é um cara legal."

"Quando foi a última vez que você o viu?", perguntou Jimmy.

"Ah, eu devia ter cinco anos. Lembro que ele era dono de
um mercado de peixe."

"Ótimo. Eu posso vender peixe. Posso ser pescador quando
eu crescer."

"É um plano e tanto." A mãe de Jimmy encarava a vida de
um jeito leve. Talvez fosse jovem para sempre. Ao contrário do
que acontecia com tantas mulheres, as agruras do casamento
não estavam estampadas no rosto dela. Só mulheres bonitas conseguiam sustentar um corte joãozinho: feições expostas ao mundo, cabelos bem curtos. Ela havia cortado o cabelo com uma
tesoura de aço pouco antes de irem embora de Portsmouth, deixando um rastro de mechas vermelhas pelo piso preto e branco
da cozinha. Também deixara para trás o sonho de se aposentar
em Portsmouth. Uma casa de campo em Cape Cod. Do tamanho ideal para uma família de três.

"Comprei isso aqui com meu suado dinheiro", disse Nancy quando partiram no Cadillac Coupe de Ville rosa ano 1951, único bem em seu nome. "Nem morto seu pai ia querer ser visto num troço rosa feito este. Bem, vai ver foi por isso que eu comprei."

Tio Monroe os recebeu com um aceno de cabeça e um sorriso de quem diz "essas coisas acontecem" em seu bangalô de dois quartos que não parecia lá muito sólido. Ele tinha uma barba grisalha no rosto comprido de cachorro. *Bem, o papai disse que eu queria um cachorro. Agora vou morar com um. Não tem nada mais parecido com um cachorro do que o tio Monroe.* Era um pensamento malvado, mas uma acidez lenta se enraizara em Jimmy desde que deixaram Portsmouth. Ele ainda não tinha visto nenhum arco-íris, e arco-íris tinham sido uma constante em sua vida. Havia muito sol e nuvens em Portsmouth, o que fazia com que cores estourassem no céu e o surpreendessem do nada.

Ainda bem que Nancy não tinha trazido muita coisa. A casa do tio Monroe era bem casa de homem mesmo. Ele já não vendia peixe, mas a casa era cheia de cabeças de peixes de plástico e jornais enrolados em cima das mesas, além de panelas e frigideiras velhas e camas duras, um sofá xadrez esgarçado e uma pequena TV que só pegava o básico para ver o jornal da manhã e saber se tinha uma tempestade a caminho.

"Você não é dado a confortos, tio", disse a mãe de Jimmy ao tio Monroe quando ela saiu do quarto mancando depois da sua primeira noite de sono no colchão duro feito pedra.

"Conforto não é funcional", foi a resposta do tio Monroe.

"Gosto dessa filosofia", disse a mãe de Jimmy ao notar que a água quente ficava fria cinco segundos depois que ela entrava no chuveiro.

"A água apodrece o ferro e afunda navios de guerra", explicou tio Monroe.

"Isso de um homem que vende peixe."

"Eu só vendia, querida. Não sou pescador."

Nancy deu risada. "É uma pegadinha ou somos mesmo parentes?" Na semana seguinte, ele saiu e comprou dois colchões novos da Sears para o quarto que Jimmy e a mãe dividiam. Também trouxe para casa um buquê de alfazema e ásteres da Piggly Wiggly's.

Dali a duas semanas, Nancy Vincent já tinha perdido parte do entusiasmo. Fazia longos passeios pela praia colorida de sal, só que sempre à noite, sem Jimmy. Começou a falar sozinha e a ter surtos repentinos que faziam Jimmy querer tapar os ouvidos com uma rolha. "Idiota. Imbecil. Burra. Que diabos eu estava pensando todos estes anos?"

"Quando vamos voltar para Portsmouth?", perguntou Jimmy no terceiro domingo.

"Quando for a hora."

"O que isso significa?"

Tio Monroe interrompeu. "Significa que seu velho era um pé no saco. E que Portsmouth ficou para trás."

"Olha como fala, tio", disse Nancy.

Tio Monroe levantou as mãos. "Meu amigo King Tyrone acabou de chegar com um barco carregado de caranguejos. Você já pegou um caranguejo azul?", disse tio Monroe, olhando para Jimmy.

"Eu gosto de lagosta", respondeu Jimmy.

"Ele não reconheceria um caranguejo azul nem se o caranguejo lhe desse um beliscão no nariz", admitiu Nancy.

A expressão do tio Monroe caiu tanto que Jimmy achou que a cara dele fosse chegar até o chão. "Isso é um pecado. E uma vergonha."

Tybee significa sal na língua euchee, sussurrou a mãe para ele. *Os índios euchee fundaram a ilha Tybee. Foram os primeiros a morar aqui.* E onde estão agora?, Jimmy queria saber. Uma praia bonita podia significar alguma coisa para outra pessoa, mas não para Jimmy Vincent. Para começo de conversa, ele preferia aquelas praias indomáveis, selvagens, com pedras, penhascos e quebra-mares perigosos nos quais você arranhava os joelhos. Ele gostava das praias geladas do Maine, das praias de seu *pai* e do choque de frio na espinha quando você dava o primeiro mergulho. Os verões de Jimmy em Portsmouth nunca tinham sido tão pegajosos e melequentos. A ilha Tybee tinha todo um novo patamar de calor e umidade. Como "levava um tempo para se acostumar" ao calor ("leva um tempo para se acostumar" era o bordão do tio Monroe), Jimmy pegou o hábito de levantar assim que o dia raiava, antes que os moradores tomassem conta da praia e o sol tomasse conta do dia.

Certa manhã, depois de ter passado duas semanas recusando os convites do tio para catar caranguejo, Jimmy decidiu que não tinha nada a perder com o programa. Do contrário, teria que suportar outra palestra da mãe sobre a história da ilha Tybee. Nancy Vincent estava determinada a despertar o interesse do filho. *Sei que para você pode não parecer grande coisa, Jimmy, mas esta ilha era um destino turístico. As pessoas diziam que vinham aqui para tomar um pouco de sal. Vinha gente de toda parte aqui, tomar ar fresco quando estavam doentes.*

A casa do tio Monroe ficava a apenas seis quarteirões da de King Tyrone, mas ele foi de caminhão. King Tyrone tinha uma cabana em um píer em frente ao mangue. Era um homem magro e de pele escura com cerca de quarenta anos. Jimmy ficou surpreso quando viu que o tio Monroe era bem mais velho do que o pescador. Também ficou surpreso com a abundância de ásteres e lavandas-do-mar circundando a casa de King Tyrone.

"Piggly Wiggly o caramba!", disse Jimmy.

O tio Monroe deu de ombros. "Nada de arranjar confusão."

Eles não enrolaram muito para ir para a água. King Tyrone não tinha grande interesse pela companhia de gente que não fosse da família dele. Às vezes nem de visita de parente ele gostava.

"Chamam isto aqui de homem morto", disse ele, abrindo um caranguejo e mostrando suas entranhas carnudas a Jimmy. "É assim que sabemos se um caranguejo é macho ou fêmea. Este tom brilhante alaranjado significa que era uma fêmea carregada de ovos."

Estavam no bote de pesca de King Tyrone, com caranguejos se arrastando em volta deles. Jimmy viu os caranguejos azuis rastejando e subindo uns nos outros no convés do pequeno barco de pesca cinza e branco e teve vontade de chorar. Havia algo de bonito e triste naquelas criaturas.

"Hoje teremos um jantar e tanto", disse o tio Monroe, dando um tapinha nas costas do garoto.

Jimmy viu King Tyrone pegando ao menos uma dúzia de caranguejos azuis com as mãos sem luvas nem nada e colocando-os em um barril de madeira. Suas mãos estavam cheias de calos e ele não parecia ligar para os beliscões.

"Isso não dói?", perguntou Jimmy.

"Depois de um tempo você acaba se acostumando." Às vezes, quando estava no mar, King Tyrone pensava que seria bom ter esposa e filhos esperando por ele na praia. Mas o oceano era imprevisível e um veio de azar corria na família. "As beliscadas não me incomodam mais."

No fim da tarde, na cozinha, Jimmy observou tio Monroe soltar os caranguejos em uma panela de lagosta vermelha com água fervente enquanto sua mãe forrava a mesa de piquenique do quintal com uma camada extra de jornal. Viu aquela dança frenética dos caranguejos evoluir para uma série de movimentos arrastados conforme eles mudavam de cor. Jimmy achou que não conseguiria comer os bichos, mas foi traído pelo estômago e jantou bem naquela noite.

Na manhã seguinte, sua mãe foi a uma lanchonete local de frutos do mar chamada Stingray's junto com tio Monroe e preencheu uma ficha para tentar uma vaga de garçonete.

"A gente tem que começar por algum lugar", disse ela. "Não faz sentido ficar esperando."

Um dia depois que a mãe começou a trabalhar na Stingray's, Jimmy pegou a velha e acabada bicicleta do tio e pedalou por dez quilômetros até Fort Pulaski. Não disse nada a Nancy com medo de que ela ficasse preocupada com o trânsito que ele pegaria na estrada 80. Comprou o ingresso e tirou fotos do forte para enviar a Boone McAllister e Lukas Fall. Os amigos escreveram para dizer que estavam lendo *Nada de novo no front*. Ele respondeu com uma carta sobre o fantasma do soldado confederado que supostamente vagava pelo Fort Pulaski à noite em busca da própria cabeça. Após o passeio, Jimmy pedalou pelas trilhas de barro em volta do forte. Montado na bicicleta, passou por plantas, flores e pássaros cujas canções pareciam tropicais, estrangeiras. *Essas espécies de aves não existem em Portsmouth*, escreveu a Lukas e Boone. Pedalou até em casa com o chapéu de palha de pescador do tio Monroe e, pela primeira vez, o calor da tarde não o incomodou.

* * *

Numa noite, em Portsmouth, pouco antes de ele e sua mãe partirem, Jimmy estava voltando da casa de Boone quando ouviu alguém falando e reconheceu a voz do pai. Ele se virou e viu Jimmy pai e seus colegas bombeiros andando sem pressa pela rua, bebendo e falando baixaria. *Insegurança*, dizia o pai, dando um tapinha nas costas de um dos amigos, *mantenha sua mulher insegura e ela sempre voltará para você. Um fio de cabelo de outra mulher, um número que não significa quase nada para você e o mundo inteiro para elas. Elas parecem confiantes, mas é só fachada. Nunca conheci uma mulher que não duvidasse do próprio taco.* Jimmy pai dizia essas coisas de braço dado com outra ruiva que Jimmy passou meio segundo tentando acreditar que fosse sua mãe. Mas ela usava roupas mais joviais, mais justas. Um suéter vermelho combinando com o cabelo e calças de esqui. Jimmy olhou ao redor quase esperando encontrar um teleférico desses de estação de esqui, mas não havia estações de esqui em Portsmouth.

Uma vez Jimmy pai ligou de Fresno. "Fresno é um inferno", admitiu para Nancy. "Eu fiquei com o deserto. Você ficou com a praia."

O pai de Jimmy não disse que queria voltar com a mãe. A mãe de Jimmy não disse que queria o divórcio. "A ilha Tybee é bonita", disse Nancy. "Gosto desta parte do Atlântico. As pessoas são fáceis e amigáveis."

"Você ainda está na fase da lua de mel. Espere só até conhecê-las de verdade."

"Acho que é justamente isso que eu vou fazer. Esperar." Ela se deu ao luxo de falar arrastado.

"Ponha o meu menino na linha, fazendo o favor."

"*Seu* menino? As estrias estão na *minha* pele", disse ela, rindo.

"Então, Nancy, quando você voltar para mim eu estarei aqui com um pote de manteiga de cacau."

"Quem disse que eu vou voltar?"

O pai de Jimmy deu risada. Quando o filho pegou o telefone, ele disse: "Jimmy, lembre-se do seguinte: o mundo sempre vai pegar os tolos para cristo. E sua mãe é uma tola".

"Estou com saudade, papai." Jimmy olhou para a mãe, que o encarou com uma expressão que deixava claro que ela era Cristo e ele era Judas. Ele não sabia que um ano mais tarde o pai se mudaria para Huntington, Long Island, e os levaria consigo. Aquele seria o período mais longo que Jimmy pai permaneceria em um emprego decente. Então Jimmy Jr. se formaria na Escola de Huntington e ganharia uma bolsa na Universidade de Michigan.

"Acho que preciso tirar um cochilo, Jimmy", disse James pai. "Hora de desfoder tudo o que eu andei fodendo por aí."

Era noite, a maré subia e Jimmy dobrou a bermuda cáqui até o joelho para se aproximar do Atlântico. Ele não tinha nadado naquele oceano desde que chegara à ilha Tybee. A praia era plana, com uma areia fina e macia. Jimmy caminhou na ponta dos pés, em seguida andou até a parte funda da água. O oceano morno reagiu àquela aproximação mandando uma onda brilhante que o derrubou, levando-o diretamente a uma ressaca e desafiando-o a ir em busca de ar. Nas entranhas da ressaca da ilha Tybee, Jimmy recusou o desafio. Ele pediu que os músculos relaxassem e que sua mente se acalmasse, até que o oceano o liberou daquele abraço de morte e ele pôde subir à superfície para respirar ar fresco. Jimmy tinha esquecido como nadava bem e o quanto era bom *nadar*.

* * *

Quando James Samuel Vincent abriu os olhos, estava de volta à Unidade de Terapia Intensiva Neurológica do Columbia Presbyterian Medical Center. "Minha neta?", tentou perguntar a Beverly, o deus negro. Mas suas palavras saíram embaralhadas: "MHANET".

Deus se inclinou, aproximando seu rosto borrado do dele. Havia um cheiro difuso de cigarro. Então, Deus é fumante, pensou ele.

"Estávamos preocupados", disse Beverly.

Então Deus estava preocupado. Isso significava que ele, James Samuel Vincent, estaria indo para o céu ou para o inferno? Ele piscou novamente, tentando assimilar o semblante daquele Deus alienígena. Ela não se revelou para ele. Ela era tão volátil quanto os pensamentos dele. O quarto parecia flutuar em volta de James, alternando entre um azul cintilante e uma luz branca dura.

"MHANET", tentou James novamente.

Beverly Christie, que estava acostumada com o efeito maluco dos analgésicos sobre pacientes idosos, chegou mais perto e respondeu: "Rufus e Claudia estão a caminho".

Ruff, disse James mentalmente, *Ruff, meu menino*. Mas a boca dizia: "Uf Uf". Foi então que James entendeu que sua boca estava coberta. Que ele estava sendo sufocado por um pedaço de plástico. Que estava com um tubo de respiração. Ao se tocar disso, James teve o ímpeto de se livrar do tubo, chutando e se debatendo.

"O senhor sofreu uma queda grave", disse Beverly. "O senhor bateu a cabeça."

Então estava vivo. Mas e as pernas? Por que não conseguia mover as pernas?

"O senhor foi transferido para o Columbia Presbyterian", disse Beverly. "Adele está com as crianças."

James sentiu algo. Um formigamento. Uma picada. *Jesus. Cristo. Meu Deus do céu.* Lágrimas brotaram de seus olhos. Fazia mais de trinta anos que ele não chorava. Por quem chorava? Chorava por si mesmo?

"Winnnnn", disse James, o cara.

E Beverly entendeu. Ela acariciou seus cabelos grisalhos e sussurrou: "Winona e Elijah vão ficar tão felizes. Eles estão perguntando pelo senhor. A gente disse que o vovô estava dormindo que nem o Rip Van Winkle, mas não por cem anos".

PRIMEIRO ATO

1971 1980 1990 2000 **2009**

Falei no nosso quintal no sul do Bronx, nosso pedacinho de terra com tomates cereja crescendo num vaso e um pé de pepino junto da cerca de treliça que dividíamos com o vizinho italiano, Alfredo Maddalone, o Freddie. *Atire as moedas. Onde estão Rosencrantz e Guildenstern?* Minha mãe, Agnes, jura que a primeira coisa que eu disse em inglês foi *Onde estão as moedas?.* Eu estava engatinhando e ela tinha acabado de preparar o assado de domingo na nossa cozinha azul-petróleo. Beverly e eu batucávamos em tachos e panelas quando eu disse: *Onde estão as moedas? Atire as moedas, Rosencrantz e Guildenstern.* Eu não tinha nem dois anos e ela conta que ficou aterrorizada de me ouvir dizer aquelas palavras com tanta clareza. Minha mãe é do Sul, o que significa que é supersticiosa até o último fio de cabelo. A primeira coisa que ela pensou foi: *Meu Deus, tem algo de errado com o meu bebê. Não é normal que uma criança forme frases as-*

sim. Então lembrou que meu pai, que estava embarcado de novo, tinha lido aquela peça para mim e para Beverly em vez de ler algo do tipo *Ferdinand* ou *Boa noite, lua.*

Vou ter uma conversa com o Eddie quando ele voltar para casa, disse minha mãe. Meu pai estava em um porta-aviões da Marinha no mar da China Meridional. Era sua última ida ao Vietnã.

Minha mãe ligou para o sr. Maddalone porque sabia que os amigos iam achar que ela estava se gabando e queria que eu repetisse aquilo para ele. Maddalone e sua falecida esposa ensinaram Agnes a falar italiano e a fazer *pasta e fagioli* e molho de lagosta à moda veneziana (uma pitada de noz-moscada, gritavam eles) e biscoitos de pizzela numa fôrma de waffle. Depois que a mulher morreu, Maddalone continuou fazendo os biscoitos todo domingo e trazendo para a gente alguns embrulhados em papel-manteiga.

Fala, Claudia, disse minha mãe. *Desembucha! Repete aquilo. Fala, Claudia.* Mas eu não disse uma palavra. Foi Beverly quem ficou de pé na caixinha de areia com estampa de tartaruga e arrancou o vestido e o calção de verão. Ela sacudiu o quadrilzinho e deu tapinhas nas coxinhas cantando "Ride Captain Ride" enquanto o sr. Maddalone dava risada e minha mãe corria para pôr de volta a roupa da minha irmã.

"Bem, Agnes", riu o sr. Maddalone, "você tem um trabalho e tanto pela frente. Uma é poeta, a outra é claramente exibicionista."

Não virei poeta, virei professora. Transito entre Shakespeare e o Homem Comum. Sou professora titular e tem lista de espera para cursar minha matéria. Costumo abrir o curso traçando um perfil de William Henry Brown, um ex-proprietário de navio a vapor que se aposentou das Índias Ocidentais e fundou o primeiro African Grove Theatre, no centro de Manhattan. Minha fala é acompanhada por slides do Globe Theatre e do South Bank. Então pergunto: "Quem tem direito a Shakespeare?". Dou o meu melhor para recriar o mundo de Shakespeare para os meus alunos. Aquela *outra* Londres. Dividida pelo rio Tâmisa. Gente rica atravessa de barco. Gente comum atravessa a Ponte de Londres a pé. Artistas de teatro. Para mim, verdadeiros exilados. Trabalhando por um nada. Lutando con-

tra tudo e contra todos para aprimorar sua arte. Encontrando em Bankside um território fora da vigilância governamental. Pense na poluição. Na marginalidade. No mau cheiro. Na jogatina. Nas brigas. Na prostituição. Na morte à espreita em qualquer beco escuro. As tabernas eram um presente dos céus. O único lugar onde um trabalhador ou trabalhadora conseguia comer e beber. Ou dar uma boa risada. Que ralé, é o que você diria? Mas, aha! É aqui que está a ação. É aí que a pena do nosso bardo encontra a sua tinta. Onde seus atores atuam. Shakespeare não pode se dar ao luxo de virar as costas para o mundo real. O show de fato deve continuar. Toda hora tem um prazo a cumprir. Aprende a trabalhar depressa. Seu público chega — a maior parte sem nenhuma instrução — esperando por um bom espetáculo. Eles trazem frutas podres e carne rançosa. Venha aqui, nos divirta. Passamos o dia inteiro de pé, vamos aguentar um pouco mais. Traga-nos o bobo da corte. O rei assassino. O príncipe miserável. A rainha sem coração. Que Deus te proteja se você nos

.entediar. Havia um acordo entre Shakespeare e seu público. Afinal de contas, ele é filho de um comerciante de peles. Está disposto a encarar qualquer público que tope fazer essa viagem com ele. Ele no mínimo vai encontrar um no meio do caminho. Quando eu era estudante, aprendi que Shakespeare tem algo para cada um de nós. É claro que Rufus privilegia a história das "moedas". Sua versão sempre pega bem com os nossos amigos mais intelectualizados. No entanto, cruzamos o Atlântico para passar as férias de inverno em um canto remoto da Bretanha. As histórias do meu marido não florescem bem nesse solo. Elas carecem daquela camada mais superficial da terra. E a camada superficial é importante. A gente aprendeu isso: é onde ficam a água e os nutrientes que protegem o solo da erosão para que novas safras possam crescer.

Estamos em uma pequena cidade no noroeste da Bretanha, no departamento de Le Finistère. Viemos pesquisar contos populares gaélicos e tradições celtas. Estamos hospedados em uma modesta fazenda do século XVII, com corredores estreitos, janelas pequenas e portas feitas para economizar energia e manter a casa aquecida. Estamos aqui para ouvir os primos de Rufus, Guy e Estern LeComte, falarem na língua antiga. Meu marido quer fazer uma interpretação moderna de A crença em fadas nos países celtas, de Walter Y. Evans-Wentz, e de Contos populares da Alta Bretanha, do folclorista do século XIX Paul Sébillot. Até agora, o que tem acontecido é muito pouca escrita e bastante mise en scène. Rufus segue os velhos agricultores para cima e para baixo com uma oito milímetros.

Assim que chegamos a Le Finistère, vi aquela charneca impressionante se estendendo por todos os lados e sussurrei no ouvido de Rufus: *Me tranque num quarto e em pouco tempo eu corto o cabelo. Le Finistère* significa "o fim do mundo" em francês, e pode apostar que é isso mesmo.

"Dê uma chance ao lugar, Claudinha!", respondeu ele, também sussurrando. "Não é tão mau assim. Teremos todo o tempo do mundo para comer, dormir e foder."

Para Rufus, não existe problema no mundo que não possa ser resolvido com sexo oral. Isso para ele é ruminação, relaxamento — distração. Usar a coxa de travesseiro logo após o ato. Um lugar para descansar a cabeça e tirar uma soneca.

"E quem vai cuidar da Winnie e do Elijah?" Uma pergunta em aberto. Uma alfinetada, embora não completamente injustificada. Tenho andado cheia de alfinetadas. Elas me pegam desprevenida. Como uma deficiência de vitamina D.

"Nós cuidaremos dos nossos filhos", diz Rufus, o rosto e as bochechas pálidas corando de repente. "*Nós.*"

Em agosto, Winnie, nossa filha de cinco anos, quase se afogou na piscina do pai de Rufus em Amagansett. Os paramédicos fizeram respiração boca a boca para ressuscitá-la. Rufus e eu estávamos descansando no sul da França depois de um seminário sobre Joyce em Dublin. Estávamos comendo *socca* (panquecas de grão-de-bico) quando a madrasta de Rufus ligou. Eu nunca mais vou comer *socca*. Pegamos um corujão para Nova York. Passei o voo inteiro furiosa, pensando que se meu pai estivesse vivo, minha mãe não teria ido passar a aposentadoria no Condado de Buckner, na Geórgia. Se o câncer não tivesse transformado meu pai num espantalho, a gente teria ensinado Rosencrantz e Guildenstern aos netos dele. *Winona? Elijah? Onde estão as moedas? Joguem as moedas para o vovô!* No Columbia Presbyterian, minha irmã Beverly — que é enfermeira e meio exibicionista — nos recebeu com uma raiva sem disfarces: *É nisso que dá. Você prefere eles à nossa família, disse ela. Você e essa sua obsessão de sempre por status. Elijah já me contou tudo. Enquanto Winnie engolia água da piscina, seus sogros mandavam ver nos martínis.*

Agora Winnie acorda no meio da noite gritando e se debatendo, falando de um "troço rosa de donut rosado!". Ela não vai chegar nem perto de uma piscina. Foi um acidente? Totalmente. *Com certeza.* Mas eu e Rufus tivemos que explicar ao pai e à madrasta dele, Adele, que martínis, piscinas e crianças não combinam. Nos últimos tempos a gente vem carregando um peso. Já vi isso acontecer com amigos meus. É o tipo de peso que faz com que casais menos unidos se separem.

Disseram para a gente que Le Finistère não costuma ser tão inclemente em janeiro. Essa é a parte da Bretanha aonde os turistas vêm farrear e aproveitar as temperaturas amenas. Ainda não vi nada de ameno por aqui. Será que estou de mau humor? Pode apostar. Meu humor está tão sombrio quanto essas nuvens pairando no céu. Embrulho Winona e Elijah com chapéus, lenços, suéteres grossos de lã por baixo do casaco. Andamos pelos campos áridos que na primavera darão alcachofras e couves-flores verdes. Nossos gêmeos são cheios de energia e precisam de atividade. Eles correm à minha frente batizando nuvens aleatórias.

Coruja
Veado
Baleia
Unicórnio
Homem

A neve está naquele nível que apenas salpica o casaco conforme você anda. Foi o que os velhos primos nos disseram quando nevou pela primeira vez. A neve passou, mas o frio continuou e perigava estragar as plantações de Guy e Estern. Olho por cima do ombro. Onde meu marido foi parar? Rufus ficou para trás, parecia um pontinho preto no meio dos campos. Ele conversava animadamente com os dois velhos enquanto caminhava, os braços para cima e para baixo. Será que Guy e Estern LeComte são mesmo primos do meu marido? Tenho certeza de que são um casal, mas, como me recusei a falar uma palavra em francês desde que colocamos os pés em Le Finistère, não tem um jeito educado de abordar o tema sexualidade com eles.

Nos meses de inverno, Estern cozinha as refeições na lareira. O prato de hoje é perna de cordeiro no espeto. Nós nos amontoamos e observamos a madeira crepitar faíscas vermelhas, azuis e alaranjadas. Winona e Elijah fingem que estão acampando no Maine e imploram para que Estern e Guy contem histórias e lhes deem marshmallows com chocolate e biscoito. *Nada de marshmallow aqui.* A comida da fazenda é despretensiosa. O cordeiro derrama seu caldo suculento em uma panela de ferro fundido e dá sabor ao nabo-sueco, às batatas e acelgas. Fiquei responsável pela sobremesa e tentei fazer *petit pommes* com groselha, açúcar e *beurre noisette*. Sento na extremidade da mesa da sala e fico descascando e tirando o caroço das maçãs verdes enquanto Rufus entrevista Guy e Estern. Para manter as crianças entretidas, Guy amarra um lenço em volta dos olhos e finge que é Saint Hervé, o monge cego que amava animais e domou um lobo para arar seus campos. Rufus traduz isso tudo e parece tão jovial ali, debruçado sobre a mesa de jantar lascada de seus primos recém-descobertos, tentando não invadir a intimidade deles. Elijah e Winnie atiram ossos de cordeiro para os quatro vira--latas que apelidaram de Todos os Cachorros, para o deleite dos dois velhos.

Os parentes de Rufus fazem todo o esforço do mundo para me incluir nas conversas. Falam num francês vagaroso, eu respondo em inglês. Quando olho para eles — sim, aqui é o meu ciúme falando —, lembro-me de meu falecido pai, Edward Christie, e dos meus "tios" Levi, Reuben e Jeb: homens que cresceram no Sul de Jim Crow, mas que fizeram morada nas grandes cidades americanas. Eles não iam querer ter uma vida como essa de Guy e Estern nem por todo o dinheiro do mundo, mas é possível que Guy e Estern vivam mais que todos eles.

Faz anos que a população da Bretanha vem decrescendo. Os jovens que não querem ser agricultores e se mudam para outro lugar. Gente idosa que foi agricultora a vida toda permanece aqui e depois morre. Os filhos vendem as propriedades e as elegantes fazendas de pedra mais e mais vão sendo transformadas em casas de veraneio.

"A gente podia comprar a fazenda", anuncia Rufus depois do jantar. Estamos na cozinha de Guy e Estern, lavando os pratos.

"Você já ordenhou uma vaca?"

"Já", responde ele. "Em Vermont, em uma fazenda onde fiquei num acampamento de verão. Passei oito semanas ordenhando as vacas."

"Isso era teatrinho."

Rufus mergulha um prato na água, formando ondas. Ele enxágua a espuma e me entrega para secar. Enquanto seco, anoto mentalmente todos os pequenos itens de praticidade que faltam naquela cozinha. Um abridor de latas elétrico. Descansos de panela e panos de prato novos. Um conjunto de talheres decente também cairia bem. Vou mandar algumas coisas para eles quando voltarmos a Nova York. Nos meses de verão, eles alugam um estande no mercado de produtos de fazenda que fica na vila e vendem alcachofra em frascos de vidro, cenoura e couve-flor em conserva e manteiga fresca com cristais de sal bem grossos para os turistas que enchem o Canal da Mancha. Para ficar em dia com os impostos da fazenda de três cômodos caindo aos pedaços, fazem escambo.

"E *você*, Claudinha? Já tirou leite da vaca alguma vez na vida?"

"Eu como a vaca. Agora vou ter que tirar o leite também?"

"Olha que atrevida." Ele se inclinou para me dar um beijo na bochecha. "Quer ir brincar lá em cima?"

"É por isso que a gente não pode ter uma fazenda", respondo para ele. "Aí que a gente se afogaria em distrações." Rufus estremece diante da palavra *afogar* e percebo que mesmo sem querer dei outra alfinetada.

Sou filho único, diz Rufus. *Quando meus pais morrerem, não terei nenhuma família além de você e das crianças. Não vou conhecer meu povo.* Às vezes eu falo para ele: *Mas eu também não sei de onde meu povo é, só que vieram da África e que podem ser de praticamente qualquer lugar do continente.* Um amigo meu foi para Gana uma vez e visitou uma das quarenta fortalezas de onde os escravos eram vendidos e transportados algemados através do Atlântico. Meu amigo tinha ido com um grupo da igreja e se lembra de terem se enfileirado no porto enquanto um historiador da região os examinava de cima a baixo e dizia: "Você é do Leste. Você aqui, seu povo é do Norte. Já o seu vem do Sul, e o seu do Oeste". Mas eu nunca fui à África. Tampouco esfreguei um cotonete na boca para fazer um teste de DNA que me apontasse vagamente aquela direção. Nada na África ainda se solidificou em mim.

Encontramos o pai de Rufus em dezembro na v&t, uma pizzaria que fica a dois quarteirões do apartamento onde moramos, em um prédio destinado a professores da Universidade Columbia. Pedimos duas pizzas grandes de pepperoni e ficamos olhando o queijo e o molho escorrendo da massa fina.

"Eu e Adele sentimos falta das crianças", disse James, abraçando Elijah e Winona. Os gêmeos não perderam tempo e começaram a escalar o encosto do banco próximo ao avô.

"O aa tem dado certo para a Adele?", perguntou Rufus.

"Você não devia nos punir por algo que realmente foi um acidente", disse James, o cara. "Claudia, seja a voz da razão aqui. Houve uma punição."

"James", respondi eu. "Prefiro não ter essa conversa na frente das crianças."

"Hoje em dia as pessoas tratam as crianças como se fossem feitas de papel. Elas são mais resistentes do que isso", disse ele, balançando a cabeça.

"Se é você que está dizendo…" Sorri e cortei um pedaço da pizza. James é imbatível no quesito aparência. Um Gregory Peck velho. Uma covardia de cabelos grisalhos e olhos azul-acinzentados que parecem tirar sua roupa de um jeito que não chega a ser desagradável porque detrás desses olhos tem um rosto incrível. Já senti que ele fez isso comigo uma ou duas vezes. Ele deu para Winona um livro de colorir com temas africanos e uma caixa de giz de cera em cores do tipo berinjela. Nas imagens, crianças andavam pelas savanas montadas nas costas de girafas. Zebras pastavam. Nativos tocavam violão e bateria em roupas exóticas. Winnie estava encantada e absorta. Winnie é viciada em tudo que é colorido.

"Trouxe ingressos para você", disse ele, virando-se para Elijah. "Vamos ver o jogo de basquete em Columbia."

Avô e neto bateram as mãos em um gesto fluido.

"Pai", disse Elijah, "o vovô conseguiu ingressos para a gente ver o jogo de Columbia contra Princeton."

"Que legal, isso é muito bom." Rufus mudou de assunto: "Você soube que a mamãe deu um susto na gente?".

James, o cara nunca falava de Sigrid, sua primeira esposa. "Ela vai bater as botas ou vai sobreviver? Ela já foi embora ou ainda está aqui?"

"Acho que ela vai sair dessa, James", respondi. *Amor* — foi o amor de meu marido por sua mãe que me fez casar com ele, embora hoje em dia eu ame Rufus com menos frequência. Eu poderia amá-lo mais.

"Ela vai sobreviver", interveio Rufus. "Dizer que foi um susto já implica dizer que o pior já passou e ela sobreviveu. A menos é claro que esteja fazendo uma pergunta mais existencial."

"Não venha com Joyce para cima de mim, mocinho", disse James, o cara. Rufus é especialista em Joyce. James, o cara deu aula de direito por muitos anos em Columbia, onde também se formou em direito. Em mais de uma ocasião ele sugeriu com veemência que nós devíamos nossa posição de professores titulares ao seu legado como professor. Ele comia a pizza do jeito antigo, virando a crosta para dentro feito um sanduíche.

"Elijah, Winona", suspirei. "Guardanapo no colo. *Guardanapo.*"

Rufus fez um sinal para que Elijah e Winona se espremessem entre mim e ele no banco. Mas Winona estava absorta no livro de colorir e Elijah fez que *não* com a cabeça.

"Viu só?", disse James, o cara. "Eles amam o vovô", disse ele, inclinando-se para apertar a bochecha de Elijah. Elijah parece com James, o cara. Seu jeito de andar e falar também são os mesmos.

"Adele e eu queríamos que vocês fossem lá em casa na manhã do Natal para abrir os presentes com Winnie e Elijah."

As crianças estavam caladas. As crianças estavam prestando atenção. Elas tinham sentido falta de James, o cara. As palavras de minha irmã me golpearam novamente e com força. Cometi o erro de deixar Winnie e Elijah se apegarem mais aos pais de Rufus do que aos meus.

"Este ano a gente vai passar a manhã de Natal com a mãe e com a irmã de Claudia", disse Rufus. Ele pegou minha mão e eu a estendi de bom grado.

"Tarde de Natal, então", insistiu James.

"Você sabe desse projeto que tenho com a mamãe?", disse Rufus, colocando orégano na pizza. "A gente está montando a nossa árvore genealógica. Graças a ela, consegui encontrar primos distantes na Bretanha. Ela está vindo da Califórnia para o Natal e também vai ficar com a gente."

"Então eu estou vetado. Sem Dia de Ação de Graças? Sem Natal?"

"Pai, estamos aqui agora. Vamos aproveitar?"

"Adele está com saudades das crianças, uma casa sem crianças no Natal…"

"Adele não é judia?"

"Isso foi uma alfinetada, Rufus? Não foi assim que eu te criei." O rosto de James ficou vermelho. "Muitos judeus comemoram o Natal. Este ano a gente vai comemorar tanto o Natal quanto Chanuká."

"Não tem nada a ver com Adele ser judia."

"Então por que mencionou isso?"

Rufus enxugou o óleo da pizza com um guardanapo. "Não quero passar o Natal com você. Agora você quer bancar o avô amoroso? E a gente tem que gostar? Deixei os nossos filhos com vocês e a Winnie quase se afogou."

Fez-se um silêncio na mesa. A pizza esfriou. "Quem sabe o dia depois do Natal, Rufus", sugeri.

Adele adora Elijah e Winona. Seu primeiro marido — ela me contou histórias — era agressivo. Ao fim e ao cabo, ela superou bem. E James, o cara não é um sujeito sem afeto.

"Preciso ver o que minha mãe vai querer fazer." Rufus mastigava a pizza lentamente.

"Então está explicado", disse James, o cara. "Não sei da Bretanha, mas os franceses são famosos pelo antissemitismo. Quando Adele e eu fomos a Paris, ela disse que nunca tinha se sentido tão judia. E não é religiosa nem nada, mas estávamos ali, vagando pelo velho Le Marais para aguentar os franceses."

"Desculpe, Claudinha", disse Rufus, "mas não acredito que esse idiota que chamou nossos filhos de mulatos esteja me acusando de ser antissemita."

"Pai, o que é mulato?" Elijah tem cinco anos de idade. É dezessete minutos mais velho que Winnie. Raça é uma variante que ainda não entrou na equação dele. Ainda. Sempre que me lembro daquela noite na v&t, penso: Um dia Elijah não será tão inocente.

"Nada", disse Rufus.

"O vovô chamou a gente de *nada*?", perguntou Elijah. Winnie ergueu os olhos do livro de colorir e a ponta do giz de cera manchou a parte de fora da girafa que ela estava pintando.

"Elijah", sussurrei. "A gente fala disso quando chegar em casa, tudo bem?"

James, o cara virou-se para Elijah. "*Mulato* é um jeito antigo de descrever pessoas de origem mista. É uma palavra que eu tive que aprender a não usar. Está desatualizada. É ofensiva, embora eu não soubesse disso."

"A gente pode pedir a conta?", perguntou Rufus.

"As crianças ainda estão comendo", disse James, o cara. "Deixe as crianças comerem."

Apertei a mão de Rufus com a mão esquerda e fiz contato visual com a garçonete que limpava a cabine em frente à nossa. Naquela noite, Rufus ficaria em posição fetal no chão do nosso quarto. Ele diria que era intolerante à lactose e que não deveria ter comido a pizza. Eu colocaria uma bolsa de água quente em cima do estômago dele e começaria a massageá-lo em círculos. Diria a ele que tudo é possível, que estávamos vivendo a era das alergias e das doenças autoimunes. O milênio da ansiedade.

"Você acha que precisa ir à França para buscar suas origens? Você *também* é irlandês."

"Não basta ser especialista em Joyce, pai? Quão irlandês você quer que eu seja?"

"Só quero que você lembre que eu fui parar no hospital para salvar a Winnie. Eu não deixei ela se afogar. Eu *salvei* a minha neta."

"Alguém dê uma medalha a James Samuel Vincent." Dessa vez fiquei do lado do meu marido. "Se eu já não tivesse bebido duas taças de vinho, proporia um drinque. Mas eu sei quando parar, ao contrário de certas pessoas."

James, o cara pareceu momentaneamente perplexo. "Até o melhor homem do mundo mija fora do vaso de vez em quando", disse ele, aumentando o tom de voz.

A garçonete se aproximou e lançou um olhar de soslaio para James, o cara.

"Não foi com você, minha jovem", disse James.

Eu estava sentada junto ao corredor e Rufus praticamente me empurrava para fora. "Vamos embora, Claudinha, por favor."

"Mijei fora do vaso uns quarenta anos atrás."

Winnie bateu a mão na mesa e riu. "Vovô mijou fora do vaso!" Seu riso explosivo era como música para os nossos ouvidos. Rufus e eu sorrimos. Era o sorriso de pais preocupados. A garçonete logo foi embora com a conta.

"O *que* exatamente você quer dizer, pai?"

"Indo a esse monte de conferências você também vai mijar fora do vaso um dia, se é que já não mijou."

"É sério isso?", disse Rufus. "Você fala uma coisa *dessas* na frente da minha esposa e dos meus filhos?"

"Crianças. Claudia. Tapem os ouvidos." James, o cara levantou do banco e pôs as duas mãos nos ombros de Rufus. Lá fora, alunos de Columbia iam e vinham na calçada. Luzes de Natal brilhavam. "Você não precisa ir até a Bretanha ver uns primos que nem conhece. Ruff, você tem um meio-irmão em Raleigh, na Carolina do Norte. Hank Camphor é o nome dele. Hank."

Rufus levou alguns segundos para processar o que James, o cara estava dizendo. Ele foi até a janela do restaurante e encostou o rosto no vidro. Quando se virou de volta, estava rindo. Saiu da v&t rindo e dizendo: "Fique longe da minha família, pai. Fique longe de mim".

Então viemos a Le Finistère. Meu marido não toca no nome do tal Hank Camphor da Carolina do Norte nem retorna as ligações do pai. Quase toda manhã saio da cama quando ainda está escuro feito breu e reavivo os restos da generosa fogueira de Estern. Espero Winnie gritar. Seus gritos anunciam a manhã e fazem Todos os Cachorros latirem. Seus gritos desorientam o galo. Não há paz quando Winnie grita na fazenda. Rufus é sempre o primeiro a entrar no quarto de Winnie e Elijah. Ele corre. Eu paraliso.

"Winnie. Winnie. Está *tudo bem*", diz Rufus, desesperado. Quando enfim reúno coragem para entrar no quarto das crianças, sento no lado oposto da cama de Winona, longe do meu marido. Mas juntos, juntos, embalamos Winona suavemente para a frente e para trás. Elijah dorme a sono solto. Vai saber como. Ou seria ele um grande ator? Estern e Guy fazem uma breve aparição em seus longos pijamas de flanela. Me pergunto o que eles devem pensar desses parentes americanos de meia-idade. Rufus diz aos dois que está tudo bem. Winnie só teve outro pesadelo.

"Não está tudo bem", é a minha agulhada em Rufus quando Guy e Estern saem.

"Não sei o que fazer", diz Rufus. Winnie adormece tão rápido quanto acorda. Dorme encolhida entre os nossos peitos e não se lembra dos pesadelos de manhã.

"Claudinha, o *que* podemos fazer para resolver isso?"

Rufus e eu somos consideravelmente mais velhos do que nossos pais eram quando começaram uma família. Eram só crianças se comparados a nós. Como a maioria dos nossos amigos, esperamos para ter filhos. Esperamos para conseguir fazer algum dinheiro. Esperamos porque queríamos nos concentrar em nossas promissoras carreiras. Esperamos... *Por que* esperamos? Digo a mim mesma que nossos pais teriam essa situação sob controle. Que teriam encarado seus problemas de frente. Digo a mim mesma que estamos cansados. E gente cansada pode dizer qualquer coisa a si mesma — quando está fugindo.

"Rufus", escuto minha voz dizer. "Esta não é a nossa casa. Já passamos tempo demais aqui."

ROSEN-
CRANTZ
and
GUILDEN-
STERN
are DEAD

by Tom
Stoppard

INTERVALO

1969

Esta era a peça do pai de Claudia, Eddie Christie. A peça que Eddie surrupiou de um oficial quando estavam partindo da baía de Subic. A peça que Eddie Christie trazia no bolso de trás quando voltou para casa do Vietnã, em 1971. A peça que ele lia para ninar Claudia e Beverly. A peça que Claudia — então uma criança com três anos de idade sofrendo da indignidade de um cochilo da tarde — agarrou com as mãozinhas, fazendo um rasgão bem no meio da capa. Um rasgo tão fresco e cru que o rosto normalmente alegre de Eddie Christie ficou sem expressão e ele virou Claudia de cabeça para baixo no quintal, deixando a cabeça da menina no mesmo nível da terra, da grama e das formigas que catavam migalhas de pizzelles do sr. Maddalone. Claudia sentiu as formigas escalando seu rabo de cavalo e explorando o couro cabeludo. Elas lhe davam picadas, ou talvez fosse só a impressão de picadas. Claudia não pôde evitar o grito, e seu grito atraiu Agnes para fora de casa, e logo depois sua irmã Beverly, que tinha acabado de se deitar para o seu cochilo da tarde.

Beverly apontou para a irmã: *Claudia, Claudia rasgou o livro do papai.*

É só um livro, Eddie, disse Agnes, com lágrimas nos olhos. Eddie nunca tinha levantado a voz para ninguém naquela modesta casinha de tijolos. Ele sobrevivera à guerra. Tinha voltado para casa inteiro e são, ao menos na maior parte do tempo. Às vezes falava com as paredes. Mas de modo geral, de modo geral... Eddie Christie era um homem razoável e racional.

Eu te ajudo a colar as páginas, Eddie, disse Agnes. *Eu e as meninas vamos te ajudar, mas antes você precisa me entregar a nossa filha.* Eddie virou Claudia de cabeça para cima e os quatro foram para a cozinha, sentaram nas cadeiras de vinil vermelho brilhante e remendaram a capa de *Rosencrantz e Guildenstern estão mortos*, de Tom Stoppard, deixando o livro quase novo. Eddie Christie sorriu e beijou a esposa e as meninas. "Não ficou ótimo?", disse ele. "Meninas, olhem só para isso!"

SEGUNDO ATO
1969

O QUE EDDIE ESTÁ LENDO?
Quem vê pensa que é um cara culto.
Entrei para a Marinha em 1966, quando estava no segundo ano de uma faculdade vagabunda do Bronx.
Você é poeta, Eddie?
Não, só gosto de ler.
Shakespeare. Olhe só para Eddie, lendo Shakespeare.

Roubei a peça de um oficial quando estava no porto da baía de Subic. Foi a única coisa que roubei na vida. O oficial tinha disparado a falar da esposa. A mulher dele isso, a mulher dele aquilo, a mulher dele tinha visto *Rosencrantz e Guildenstern estão mortos* no West End de Londres e tinha enviado um exemplar para ele ler. O cara estava lá, sentado no bar tomando uísque e se gabando sem parar. Aquele falatório me cansou os ouvidos e comecei a sentir saudade da Agnes. Alguns de nós tinham esposas que estavam trabalhando ou criando os filhos. Que não podiam se dar ao luxo de passear por aí. Algumas estavam grávidas do nosso segundo filho. Aproveitei um momento em que o oficial não estava olhando, cheguei junto e afanei a peça do banco dele. Grandes pecados começam pequenos.

Entrei para a Marinha para me afastar do Bronx, porque eu amava demais aquilo ali: os clubes de salsa, as mulheres, a emoção de acelerar o Buick Skylark do meu velho com a capota arriada pela Fordham Avenue depois da meia-noite. Eu gosto de rir bastante. Trago sempre um sorriso no rosto porque desde cedo aprendi que merdas acontecem e que ninguém merece ter que aguentá-las sem nem um sorriso. Eu gastava um salário inteiro para comprar um terno e um sapato novo e ir dançar no Palladium, na Embaixada ou no Tropicoro. Naquele tempo não dava para sair à noite com uma garota vestido de trombadinha. Tinha que estar na estica. Fiquei tão na estica que bombei o segundo ano da faculdade. Meu velho nunca falava espanhol, mas, irmão, naquele dia ele falou um monte. Eu, que até então só pagava uma continha ou outra em casa, tive que começar a pagar o aluguel. E olha que meu pai já tinha pagado a hipoteca. Entendi o lado dele e, quando um recrutador me abordou, entrei na Marinha.

Meu pai era responsável por componentes na Sokolov & Brothers, uma fábrica de piano em Mott Haven, no Bronx. Passou mais de vinte e nove anos trabalhando lado a lado com imigrantes alemães e italianos que achavam que ele era branco como os outros, mas meu pai era um cubano de Havana. Pouco depois de chegar nos Estados Unidos, casou com uma americana negra e adotou um nome americano. Foi assim que Eduardo Christonelli-Garcia virou Eddie Christie e comprou uma casa confortável só para ele e a família no sul do Bronx. Eu devia ter seguido a mesma profissão, mas, quando chegou minha vez, as pessoas já não compravam pianos. Preferiam ir ao cinema, sentar na frente da TV ou ir a uma boate. Meu velho tinha os números na ponta da língua. *Antigamente só o Bronx tinha umas sessenta fábricas de piano. Era como as coisas funcionavam. Era a capital mundial do piano.* As pessoas têm tanto preconceito com o Bronx, mas era o ganha-pão dele, ele se orgulhava. Quando cheguei na idade de trabalhar, a indústria do piano já tinha ficado para trás. Fábricas fechavam a torto e a direito. A Sokolov & Brothers foi uma das últimas. Quando fecharam, em 1959, meus pais ganharam um piano vertical e uma modesta aposentadoria. Depois disso, meu pai conseguiu um bico de meio período como faxineiro da minha escola.

No meu primeiro destacamento, fui designado para a sala da caldeira como aprendiz-marinheiro. Não precisei de muito treinamento para me adaptar à função, nem para perceber que aquilo não era para mim. Snipes, era como chamavam a gente.

Trabalhando debaixo do convés. Percorrendo as entranhas do navio. Eu gostava de céu azul e brisa do mar, mas sabia que ao menos estava recebendo treinamento técnico e adquirindo habilidades que podiam abrir as portas de uma promoção. Entrei como A-4. No jargão civil, quatro anos de serviço. Estava pensando grande, grato por não ter sido colocado para servir no refeitório. Eles faziam isso com os marinheiros negros, depois com os filipinos. Colocavam a gente para trabalhar na copa e na cozinha, davam tarefas de limpeza como atendentes de refeitório. Meu primo, Reuben Applewood, tinha entrado na Marinha um ano antes e me disse como era, então eu já estava preparado para lidar com certa dose de preconceito. Não aconteceu nada, acho que justamente porque eu estava preparado. Nesse primeiro destacamento, em 1967, me saí razoavelmente bem. A tripulação mista de negros e brancos não era exatamente parceira, mas também ninguém estava se matando. A gente ficou no nosso canto, cuidando das nossas tarefas. Minha maior preocupação era manter minhas obrigações em dia para que o combustível não vazasse e o navio não explodisse. É uma coisa horrorosa e mais comum do que se imagina. No meu segundo destacamento,, as coisas ficaram feias. O clima mudou totalmente. James Earl Ray matou o dr. King. Tiros de rifle Remington .30-06 no pescoço e na cabeça. O momento também influenciou. O dr. King não era fã da guerra. Ele tinha começado a fazer barulho contra a nossa presença no Vietnã. Um barulho que nem todo mundo queria ouvir. Quando a notícia de que King tinha sido baleado se espalhou, alguns marinheiros brancos queimaram cruzes. Fizeram festas regadas a cerveja. *Comunista. King era comunista*, diziam eles. O sujeito não precisa ser um Pantera Negra para perder o controle ouvindo uma merda dessas. A vida a bordo do uss *Olympus* passou de calor e suor para suor e tensão. Às vezes, eu me sentia encurralado entre brancos caçoando e negros espumando. Como

Rosencrantz e Guildenstern, eu sabia o começo, mas não sabia o fim. Sentava no meu beliche com a peça no colo e tentava esquecer aquela merda toda. Engraçado. Eu tinha pegado aquela edição de bolso por puro rancor, sem a menor intenção de ler, mas era difícil encontrar revistas e livros no USS *Olympus*. Acredita que Rosencrantz e Guildenstern conseguiram manter meu bom humor?

Ros: *Metade do que ele disse queria dizer outra coisa, e a outra metade não queria dizer coisa nenhuma.*

Parece os políticos da gente tentando justificar a guerra. O velho presidente Johnson nos enrolou do começo ao fim.

Uma noite, meu primo Jebediah Applewood entrou no nosso alojamento cuspindo fogo. Parecia um touro. Jeb, Reuben e Levi (irmão mais novo de Reuben) tinham todos crescido na mesma casa. São meus parentes por parte de mãe, uma coisa que a gente deixava quieto na Marinha por medo de que os oficiais não deixassem a gente se ver nunca.

"Precisamos fazer alguma coisa com esse suboficial filho da puta", disse Jeb.

Eu sabia tudo sobre o suboficial Nelson "Nelly" Mammoth. A maioria dos marinheiros fica mole quando bebe, mas o suboficial Mammoth sempre ficava — como se diz? — pugilístico. A gente chamava ele de Nelly pelas costas porque era como se tivesse duas personalidades. Como oficial intendente, não tinha páreo para ele. Era responsável por supervisionar a equipe de manutenção do convés e isso ele fazia com pulso firme. Nelly conhecia o USS *Olympus* como a palma da mão. Monitorava e treinava os marinheiros, via se os mísseis e as munições estavam sendo carregados do jeito certo naqueles enormes elevadores que iam do hangar ao convés de voo. Dizem que sabia operar quase todos os equipamentos do USS *Olympus*. E realmente gostava do trabalho. Já o suboficial Nelson Mammoth era outra história. Gostava de ficar explicando o Projeto 100 mil aos marinheiros negros. Gostava de perguntar em que ano você tinha se alistado e se isso tinha sido antes, durante ou depois do Projeto 100 mil, quando passaram a aceitar qualquer imbecil. Nelly te mandava fazer um teste de QI na hora e te chamava de tudo o que é insulto racista. E daí que o programa de recrutamento de 100 mil *soldados* era limitado ao Exército e aos fuzileiros navais? Cinco por cento dos homens da Marinha eram negros. Acho que era demais para ele. Quando chegava perto de mim cheirando a bourbon — a bebida preferida dele —, eu respondia numa mixórdia de italiano, grego e espanhol. Ele assobiava e dizia: "Deixa eu adivinhar, você entrou antes, não foi?". Nunca respondi. O suboficial Mammoth passou dezoito meses na cola de todos os marinheiros negros a bordo do USS *Olympus*. A gente estava no meio de uma guerra. E perdendo. Todo mundo achava que ele podia arranjar coisa muito melhor com que se ocupar. A cor nublava o raciocínio de Nelly, mas isso a água lavou.

"O que acha, Eddie?"

Parei de ler e sorri para Jeb. "Acho que Rosencrantz e Guildenstern precisam ser mais matreiros. Hamlet não está engolindo a história deles."

"Não, Eddie, o que acha do Nelly Mammoth."

Pensei no Reuben, nosso primo. Ele saberia exatamente o que dizer para o Jeb. "Não acho que valha a dor de cabeça. No geral, é fichinha."

Jeb foi para a cama de cima. Eu pegava o beliche de baixo para evitar bater a cabeça no teto.

"Ontem à noite, Nelly quebrou o nariz do taifeiro. Aquele filho da puta insano quebrou o nariz da porcaria do garoto só porque ele se esqueceu de servir o ketchup. E o menino está com medo de denunciar", disse Jeb.

"Por que você chamou Nelly de filho da puta? Para que desonrar a mãe do cara? A gente não conhece ela. Talvez seja uma pessoa razoável", respondi. Queria que o Jeb me deixasse em paz para voltar a ler minha peça.

Jeb suspirou. Estava acostumado comigo falando de *R&G*. "Você está ou não está do meu lado?"

"Depende", disse eu. "Estou sempre do seu lado, Jeb, mas não tem nada de novo. Qual é a questão *exatamente*? O menino vai cumprir o tempo de serviço dele, assim como todos nós. Depois vai partir para outra. Não estou entendendo o que exatamente você quer fazer."

Jeb abriu o armário de alumínio ao lado das nossas prateleiras e sacou seu estoque de revistas *Jet*. Ele até lia os artigos, mas o que interessava mesmo era o pôster central. Dava para ver que estava calado para me punir. E que continuaria assim pelo restante da noite. Éramos como irmãos no USS *Olympus*. Hoje em dia, a gente não se fala muito. Depois da guerra, voltei para o Bronx e Jeb para a Geórgia. A última coisa que soube dele é que estava trabalhando com mudanças e morando em algum lugar em New Hampshire. Ele me mandou um postal: *Achei que a Noruega fosse fria, mas o inverno em New Hampshire é frio pra caralho.*

Continua boca-suja, pensei. Continua boca-suja. "Eddie, do que você está rindo?", perguntou minha esposa.

Éramos marinheiros no USS *Olympus*, um porta-aviões de trezentos e vinte e dois metros na Estação Yankee, no golfo de Tonkin. Um porta-aviões é um navio imenso. Pode deslizar pelas partes mais profundas do oceano com a maior facilidade do mundo. Tinha hora que eu percorria as várias estações e ficava boquiaberto com o maquinário. Ver como aquilo tudo funcionava me ajudava a dormir melhor à noite. Em minha segunda missão, fui designado para a cabine de comando. Éramos a equipe de apoio marítimo para os pilotos da Marinha que faziam voos diários de reconhecimento e de ataque contra os norte-vietnamitas.

O USS *Olympus* tinha mais de quatro mil marinheiros. Em alguns alojamentos, eram oito homens em um único quarto, ombro com ombro. Dava para ouvir os outros roncando, chorando e se masturbando. Vez ou outra, se não ligavam muito para arriscar a vida, dava para ouvir uns caras fodendo. E nunca eram os que você imaginaria. O pessoal era de lua e, na lua errada, faziam praticamente qualquer coisa. Como Jeb e eu, quando cansamos do suboficial Nelson Mammoth.

Se o Reuben estivesse no USS *Olympus*, talvez as coisas tivessem sido diferentes. No verão, minha mãe me mandava para o Sul. *Para conhecer o meu povo*, dizia ela. Passava as férias com Reuben, Jeb e Levi, jogava beisebol e me metia em tudo que é confusão. Reuben era dois anos mais velho e, mesmo naquela época, já era o "sargento", o encarregado de nos manter longe de problemas. Cresci no Bronx com todo tipo de vizinho, por isso não estava tão preso a esse mundo preto e branco, mas, sempre que ia para o Sul, minha mãe dava o mesmo sermão sobre Emmett Till. Tudo era Emmett Till. *Não quero ter que ir até lá para te ver num caixão, ouviu?* A gente conversava sobre isso, Reuben, Jeb, Levi e eu. E dava risada — não de Emmett, mas de como metade das coisas que a gente não podia fazer não tinha o menor sentido, como nadar com crianças em uma piscina cheia de cloro. Ríamos porque quando você vem de outro lugar e vê que preto isso, branco aquilo, isso não faz nenhum sentido e você percebe como a coisa toda é ridícula. Reuben dizia para a gente: *Sempre que um branco vier de cara feia para você, escolha um oceano. Ártico. Atlântico. Índico. Pacífico. Sul. E fica frio nele.* Toda semana a gente recebia uma grana para ir ao centro da cidade comprar revistas em quadrinhos. Eram quatro meninos dividindo a mesma revista. Líamos juntos, depois revezávamos para ler sozinhos. Mas, para comprar nossos quadrinhos, tínhamos que ir a essa livraria na Main Street. A dona da livraria Sadie Livros e Afins tinha um velho buldogue marrom que ficava na porta. O buldogue babava, rosnava, mostrava os dentes amarelos e bloqueava o caminho. A srta. Sadie, uma mulher alta e branca que parecia um pássaro raro, ria e dizia: *Ah, agora os meninos querem quadrinhos, vamos, vamos entrando.* E Reuben dizia: *Hora de viajar. Escolha o seu oceano.* Ele era o primeiro. O buldogue pulava e tentava morder assim que Reuben entrava. Ele fazia de tudo para distrair o cão até que a gente conseguisse atravessar a porta ileso. Mais de uma vez aquele touro beliscou os tornozelos e as canelas do Reuben, e tirou sangue. Sadie assobiava e dizia para o cachorro: *Venha, garoto, venha.* Então deixava que o Reuben levasse o gibi de graça. Ele mancava de volta para casa, com o *Flash Gordon* da semana, e a gente ia atrás.

FATO: Não tenho dormido bem ultimamente.

———

Tenho ficado nervoso.

———

Quando foi que me tornei esse poço de nervosismo?

———

O suboficial Mammoth tinha uma esposa. Sabe... É isso que mais me incomoda. A mulher e os filhos. Penso em aniversários e feriados que ficaram grandes e vazios depois que fizemos o que fizemos e o suboficial Mammoth afundou.

Penso na névoa e em como ela cobriu o navio. Em como ele sorriu ao me ver no convés, fumando um cigarro. Devia saber que não fumo. Devia ter se dado ao trabalho de saber mais de mim. "Meu novo homem de baixa qualidade", disse ele. Tinha manchas de café nos dentes. "O que está fazendo aqui fora esta noite?"

———

Seus dentes amarelos brilhavam na neblina.

———

"O mar azul profundo na verdade nem é azul", falei. Essas foram as últimas palavras que o suboficial Mammoth escutou.

———

Ultimamente, sento na cama debaixo do beliche à noite e ouço vozes me chamando. Quem me chama? Vejo e ouço as coisas mais estranhas...

———

Me escute, agora me escute. Rosencrantz e Guildenstern estão mortos. Eu os vi andando pelo convés de voo do USS Olympus no mar da China Meridional. Eu os vi jogando moedas e falando todo tipo de maluquice. Me perguntam o que fizeram a Hamlet para serem tratados assim. Enquanto municio os jatos A-4 com bombas que matarão o mesmo número de civis e de vietcongues, eu digo a verdade. Vocês conspiraram com o rei Claudius. Vocês se passavam por gatos quando na verdade eram ratos. O príncipe

Hamlet era seu melhor amigo. Vocês deveriam protegê-lo. Aí eles ficam com raiva e me chamam de mouro ranzinza. Mouro? Bem, essa é nova. Me disseram que eu era só mais um homem negro no Vietnã. Homem negro no Vietnã, leve-nos a Londres, dizem eles. Confiem em mim, irmãos, vocês não vão querer passar nem perto de Londres. É chegar e morrer. Mas Rosencrantz e Guildenstern apenas jogam suas moedas e balançam a cabeça, dizendo: Não dá para confiar em você, Mouro. Te vimos jogar o suboficial Mammoth ao mar. Você é um assassino. Você e aquele outro mouro assassinaram um homem. Você não devia ter feito isso. E eu respondo: Acham que eu não sei? Depois conto os minutos para o almoço e corro para a lavanderia para encontrar o Jeb.

"Jeb, Rosencrantz e Guildenstern estão me perseguindo de novo."

Jeb gosta de trabalhar nos detalhes da lavanderia. Diz que roupa limpa o faz lembrar do Condado de Buckner. Ele me pega pelo braço e olha em volta para se certificar de que ninguém está ouvindo. Me diz para esperá-lo na porta da cantina dos negros. Agora a gente só come com os marinheiros brancos quando não tem jeito. Preferimos ficar na nossa, Jeb e eu.

"O que tem de errado com você, Eddie?", Jeb me encontra tomando café frio dez minutos depois. "Quer que a gente vá parar no tribunal marcial? Você não pode entrar na lavanderia falando alto sobre o Chuck."

Chuck é um apelido que soldados negros às vezes dão aos brancos. Eles mandaram uma missão de busca e salvamento atrás do Nelly, mas ninguém sabe quando exatamente ele desapareceu. Só que não deu as caras no jantar dos suboficiais nem na sessão de filme daquela noite.

Homem ao mar, disse alguém. O suboficial Mammoth tinha dado para beber muito. Estava virando um bebum de primeira categoria.

"É só que…" Minha voz foi falhando. "Eles estão *na minha* cabeça, Jeb."

"Você precisa me entregar essa porcaria de peça, Eddie. Me dê essa desgraça e pegue uma *Jet* ou uma *Ebony*. Agora."

"Não vou fazer isso."

Queria contar para o Jeb como Rosencrantz e Guildenstern às vezes chegam nas minhas costas e sussurram que o Chuck está nadando de volta. Eu digo Chuck. Eles dizem Nelly? Eu digo Nelly. Eles dizem Chuck? É como a guerra. Círculos dentro de círculos. Mas essas informações estão inclusas em uma longa lista de coisas que *JEB NÃO PRECISA SABER*. Toda noite, depois do jantar, o capitão do uss *Olympus* anuncia pelo alto-falante quantas bombas arremessamos, quantos homens perdemos e quantos alvos destruímos. Jeb cobre o rosto com um travesseiro e aponta para a parede, onde mantém sua lista: *JEB NÃO PRECISA SABER*. Assim como a maioria dos marinheiros neste porta-aviões, nunca pisamos no Vietnã. Mas vi soldados rasos e pilotos voltando em sacos de defunto ou com mãos e pés faltando. Vi aquela expressão de quem voltou da terra dos mortos nos olhos de soldados que não compreendiam a própria sorte. E nem queriam. Fico feliz de não ter sido posto em combate.

"Talvez você precise de um barato para aliviar a tensão." Jeb me analisa.

"Não quero me drogar, Jeb. Não quero andar na corda bamba quando não consigo nem parar em pé."

"O *que* você quer, Eddie?", diz Jeb. "Você fica me confundindo e me atormentando com essa merda."

Concordo. Quero ver Agnes e as meninas novamente. Quero voltar para o Bronx. Quero comer em casa. Quero sentar na varanda em frente a minha casa sem pensar em nada.

"Então se recomponha. Senão nós dois estamos fodidos", disse Jeb.

Rosencrantz e Guildenstern estão mortos. Me escute, agora me escute. Eu vi os dois num barco à deriva no golfo de Tonkin. *Voltem para cá, voltem para cá,* digo eu. *Esse não é o caminho para Londres.* Mas eles balançam a cabeça, jogam suas moedas e gritam: *Temos que partir deste lugar, Mouro. Esta não é a nossa guerra. Não podemos ficar.* Eles me convidaram para ir com eles, mas nada de bom acontece no golfo de Tonkin. Ros e Guil terão sorte se estiverem vivos amanhã. Jeb me diz que a partida deles foi um presente dos deuses. Um caralho de uma bênção. Graças ao misericordioso Senhor Jesus Cristo, esses filhos da mãe foram embora. Jeb diz que minha cabeça esfriou desde que eles partiram, mas eu não sabia que ela estava quente. Só minha moral. Jeb diz que a moral pode dar um beijo no traseiro negro dele assim que chegarmos à baía de Subic, que eu e ele vamos a todas as apresentações pornô em Olongapo. Vamos achar uma penca de prostitutas e transar com elas. Mas sinto falta de Ros e Guil. Não tem ninguém para conversar, para contar certas coisas. Tipo como o suboficial Mammoth disparou seus insultos racistas e golpeou o taifeiro violentamente na nuca com o punho só porque o taifeiro — um moleque de dezesseis anos de uma cidade

da Nova Inglaterra — tinha uma rotação nos punhos que não tinha jeito de endireitar e uma oscilação nos quadris que ninguém ia corrigir. E como, em meio a uma tempestade, o mesmo suboficial Mammoth vagava pelo navio feito um demônio enjaulado, mamado e paranoico com tudo. Ele procurou o taifeiro para sua sessão semanal de espancamento e o jogou escada abaixo, deixando o garoto como uma pequena bola de lã de tricô. E todos os tripulantes, incluindo Jeb e eu, odiávamos o suboficial Mammoth, mas não podíamos nos resolver a defender o menino. O menino despertava algo na gente que nos fazia odiá-lo ainda mais.

Podia ser você, disse Jeb finalmente.
Podia ser a gente, respondi.
Amanhã, concordamos.
E foi assim que fizemos aquilo.

TERCEIRO ATO

1995

Esta é a nova produção londrina de *Rosencrantz e Guildenstern estão mortos*, que a mãe e o pai de Claudia vieram ver a convite da filha e de seu então namorado Rufus, no aniversário de cinquenta anos de Eddie Christie. Esta é a nova produção de *Rosencrantz e Guildenstern estão mortos*, depois da qual Rufus pediu a mão da filha de Eddie Christie em casamento. Esta é a nova produção de *Rosencrantz e Guildenstern estão mortos*, durante a qual Eddie Christie, agora um homem rechonchudo de meia-idade vestindo smoking preto e cartola, fechou os olhos e recitou as falas, que sabia de cor e por experiência própria. Então, quando Claudia virou para ele e perguntou: "E aí, pai, gostou?". Eddie Christie confirmou com a cabeça e enrolou o programa da peça na mão. Era a primeira peça que via na vida, mas ele não achava que seria a última.

* * *

Quando Claudia era criança, perambulava pelos cômodos da casa falando com as paredes e encenando *Rosencrantz e Guildenstern estão mortos*. Às vezes levantava os olhos no meio de uma fala e via que o pai a estava examinando.

Claudia. Claudius, dizia ele. O rei Claudius matou o pai do príncipe Hamlet. Por que Agnes foi escolher esse nome para a nossa filha?

O modo como Eddie dizia aquilo deixava Claudia tremendo de medo de ser virada de ponta-cabeça novamente, mas o pai pegava a menina e a carregava com todo o cuidado nos ombros. *Onde estão as moedas? Claudia, Claudia, me ajude a encontrar as moedas.*

Na mesa de Claudia tem um exemplar muito velho e usado de *Rosencrantz e Guildenstern estão mortos*. Faz anos que não lê aquilo, mas quando viaja o livro vai junto feito um talismã. Na pressa de fazer as malas, ela acabou se esquecendo de trazer para a Bretanha.

EDDIE PÓS-VIETNÃ

1972

Nos primeiros meses que passou em casa Eddie Christie parecia feliz em cuidar das duas filhas. Deixava que subissem e descessem as escadas correndo e que brincassem de esconde-esconde pela casa inteira até cansarem. Pensava nelas como pombinhas — passarinhos que logo voariam para longe. Podia até imaginar os bracinhos de ave se abrindo em asas. Via as meninas voando pela janela da casa de tijolos para nunca mais voltar caso ele as chateasse. Então, sempre que uma lembrança da guerra vinha perturbá-lo, Eddie saía de perto das filhas e buscava um canto para esfriar a cabeça.

Foi Claudia que, aos três anos de idade, flagrou Eddie Christie conversando com a parede da sala. Ela perguntou ao pai com quem ele falava.

Ele respondeu que estava quebrando a quarta parede.

"O que tem do outro lado da parede?", perguntou ela.

"Um palco."

"E o que tem no palco?"

"Uma peça. O que mais seria?"

Foi assim que começou a encenar *Rosencrantz e Guildenstern estão mortos* com as filhas. E que Claudia começou a falar com as paredes e a acreditar nos amigos de Hamlet exatamente como a maior parte das crianças acredita em Papai Noel. E que, às vezes, quando as paredes emitiam estrondos e roncos na cabeça de Eddie Christie, Claudia vinha nas costas dele e cochichava: "O que Rosencrantz e Guildenstern estão fazendo hoje?".

"Estão só tirando cara ou coroa."

"Cara!", ela exclamava, rindo.

"Coroa!" Ele balançava a cabeça, pegava moedas de todos os valores e tamanhos do bolso da calça jeans e atirava no chão de taco. Como o troco tilintava. O barulho que as moedas faziam.

Ele sabia que o ideal seria não falar com as paredes, mas só de ter algo para ocupar a cabeça já estava melhor do que a maioria dos veteranos. As filhas davam um toque quando ele perdia as estribeiras. Tentavam lhe arrancar uma risada ou diziam coisas tão, tão bestas sentimentais ridículas — *Olha só, papai, acabamos de te dar a lua* — que faziam cócegas na mente e no coração com tamanho absurdo. Então ele deixava a parede para lá por um instante e segurava a lua das meninas na palma da mão.

Às seis da tarde, Eddie sentava na sala de estar para ver Walter Cronkite no noticiário noturno da CBS. Ele fazia um sanduíche de três andares com mortadela, picles, mostarda e pimentão no pão crocante de semolina. Chupava uns caramelos duros antes da janta, guardando as embalagens prateadas em uma bomboneira na mesinha redonda de vidro. Eddie era robusto por natureza, mas a rotina de exercícios da Marinha tinha deixado seu corpo firme. Enquanto acompanhava as notícias da guerra de Nixon, foi desenvolvendo uma pança que o introduziria à maturidade.

"Agnes, está mais do que na hora de eu fazer alguma coisa da vida", anunciou certa noite, sentado ao pé da grande cama de casal com dossel.

"O que você tem em mente?" Agnes não achava que coubesse a ela encontrar um emprego para o marido. Pensava que mais tarde ele podia ficar ressentido.

"Não sei", respondeu Eddie.

Agnes parou de escovar os dentes e saiu do banheiro para sentar com o marido na cama. Ela escovava os dentes seguindo o alfabeto, de A a Z, depois de trás para a frente como tinha aprendido quando era criança. "Você vai pensar em alguma coisa", disse ela. "Fico feliz que esteja aqui, cuidando das meninas."

"Sério?", perguntou ele.

Agnes fez que sim. "Claro que fico, Eddie. De verdade." Eles quase não comiam frutos do mar e Agnes só podia comprar rosbife ou outra carne semana sim, semana não. Mas em comparação com tudo que realmente importava, isso da carne parecia besteira.

Eddie chegou perto da esposa e passou a mão em sua camisola preta. Agnes gostava mais de camisolas justas do que de négligés. Seu corpo se enrijeceu ao toque do marido, mas ela não se afastou. O casal tinha tentado transar na primeira semana após o retorno de Eddie, porém ele estragou tudo. Talvez fossem as prostitutas com quem tinha dormido em Olongapo. Eddie queria acreditar que não tinha gostado do sexo e que aquelas mulheres não passavam de distração, mas teve prazer com seus pecados carnais.

"Hoje não", disse Agnes, e apagou a luminária da sua mesinha de cabeceira.

"Outra noite, então." Eles casaram depressa. E jovens. Às vezes, Eddie achava que a garrafa deles estava sem rolha e que o vinho podia acabar virando vinagre.

Quando Agnes saía para trabalhar, Eddie nem encostava nas tarefas que ela tinha deixado: nos cestos de roupa suja para lavar, secar e dobrar; na lista de compras e de pepinos para resolver durante o dia, que poderiam envolver bate-bocas com mães tagarelas e crianças gritalhonas; o aspirador, a vassoura, o esfregão. Ele ia atrás de tarefas que lhe agradavam.

Construiu uma casa na árvore em uma bétula retorcida no quintal. Enfeitou a bétula com pedaços de madeira achados em lixeiras e terrenos baldios. Eddie calçava luvas grossas e alertava as garotas: *Podem olhar, mas sem encostar, senão vão ter que tomar uma antitetânica.* Beverly e Claudia morriam de medo de injeção. Quando estavam inspirados, Eddie e as filhas representavam cenas aleatórias de *Rosencrantz e Guildenstern* enquanto vasculhavam o lixo. As crianças da vizinhança ficavam pasmas e paravam para ver aquele homenzinho de pele marrom e as suas filhas voadoras recitando frases no que parecia ser uma língua estrangeira.

"Qual é a previsão para hoje, Alfred?", gritava Eddie para a varanda de seu vizinho de longa data, Alfred Maddalone.

"Máxima de calor escaldante, mínima de temperatura razoável."

Enquanto as meninas aprendiam sozinhas a brincar de bambolê e a pular corda dupla na calçada sinuosa, Eddie e Alfred Maddalone ficavam no pé dos noias que vez ou outra tentavam fugir com as TVs, os vasos sanitários e as geladeiras Maytag dos vizinhos. Das suas varandas, eles seguravam as grades com o fervor de um torcedor no estádio dos Yankees e se faziam de juízes e jurados, anunciando sentenças de prisão na ilha de Rikers e ameaçando tirar uma foto caso o viciado não devolvesse a cadeira de praia do vizinho ao seu devido lugar. Às vezes, recebiam um troco à altura. Um xingamento daqueles. Um dedo triunfante. Pedras que passavam raspando pelas cabeças de Claudia e Beverly. A ameaça de uma visita noturna com coquetéis molotov. Os dois mantinham a pose para que os drogados entendessem que se alguém invadisse a casa deles ou roubasse suas tralhas haveria consequências.

Corria por aí o boato de que Alfred tinha ligação com a máfia, mas até onde Eddie sabia o velho sempre tinha sido do bem. Tinha uma farmácia numa viela que cruzava a Arthur Avenue e pulava da cama às três da manhã se precisasse acudir uma jovem grávida tomada por enjoos matinais ou algum pobre tio lutando com uma pedra nos rins. Logo que se aposentou, vendeu a farmácia para pagar a faculdade do filho.

"Ponha juízo na cabeça do pai", implorava Nicky Maddalone a Eddie. Nicky agora era um dentista bem-sucedido com consultório na Madison Avenue e visitava o pai em domingos alternados. Ganhava o bastante para pôr anúncios no metrô. Os três ficavam à toa na varanda de Alfred, mergulhando biscoitos amaretto no café preto forte. "Tenho uma casa grande em Nyack. Ele não precisa aguentar isso. Olha o que fizeram do nosso bairro. Esses porto-riquenhos nem são gente. Eles não se importam com nada."

Eddie teve vontade de perguntar a Nicholas: *Se eles são eles, o que eu sou? Um preto?*. Na infância, Nicky e ele comiam do mesmo prato de nhoque, entravam e saíam correndo da casa um do outro deixando pegadas de barro e quase causando múltiplos ataques cardíacos em Bella Maddalone, que varria e esfregava a cozinha três vezes por dia. Se gabavam das meninas que queriam comer na Escola Católica Nossa Senhora de Claremont quando a única coisa que entrava em contato com seus pênis eram as próprias mãos.

"Sempre tem um *eles*", disse Eddie. "Mais ou menos a cada década aparece um novo *eles*. Seus avós já foram *eles*." Os Maddalone eram de Puglia, no calcanhar da Itália. Eles se queimavam no verão e ficavam com a pele marrom. Eddie disse isso a Nicky em um italiano sofrível, mas o amigo já não falava a língua do pai. Agora, como iam conversar?

Nicky terminou o café. "Posso ser seu fiador se precisar de um empréstimo. Se você mudar daqui, ele muda também."

"Esta é minha casa", retrucou Eddie.

Nicky ficou de pé na varanda. Ele ainda fazia compras na Arthur Avenue quase todo domingo. "Ah é? E está bom para você, Eddie? Todo mundo que prestava foi embora daqui. Não sobrou ninguém."

Nas noites de verão, quando o concreto, os prédios e as calçadas esfriavam e algo parecido com ar fresco voltava a soprar, Eddie gostava de subir as escadas da casinha na árvore com a mulher e as filhas e ficar espremido com elas admirando uma vista imaculada do céu do Bronx. No Vietnã, o céu tinha aquele mesmo azul vasto do mar do Sul da China e mudava de aspecto com uma facilidade assustadora. Eddie estava sempre consciente de estar à mercê da natureza: água abaixo, céu acima. Era um alívio ainda contar as estrelas e ver algumas noites do Bronx para além da fumaça.

Ele levava as meninas ao Parque Crotona e as atirava à piscina. Beverly e Claudia aprenderam a nadar depressa. Quando Agnes reclamou do estrago que a água fazia no cabelo das filhas mesmo com a touca de natação, Eddie deu de ombros: "Ninguém olha para um homem afogado e fala do cabelo dele. A água leva tudo".

Agnes raramente fazia bolos: apenas sua clássica torta de batata-doce em aniversários, comemorações e feriados. Ela tinha visto o tanto de energia que a mãe dedicava ao forno e desde nova decidiu que bolos e assados podiam tragar a vida de uma mulher casada. No entanto, sempre que batia uma nostalgia ou um medo das contas no fim do mês logo brotavam tigelas e peneiras e copos medidores e uma fornada de biscoitinhos de lavanda ou um bolo de banana para aplacar os ânimos de Eddie e das meninas.

"O papai e os amigos dele são tão bobos", sussurrou Beverly na cozinha estreita e verde-azulada. Ela estava ajoelhada em um banquinho no balcão, observando a mãe abrir a massa dos biscoitos de lavanda com um rolo de madeira.

"É mesmo?", estranhou Agnes. Eddie não parecia ter muitos amigos esses tempos. Quando ela dava indiretas sugerindo que ligasse para o primo Jeb ou saísse para beber com Nicky Maddalone ou com os colegas de antes da guerra, ele só dizia: "Vou ver".

"O que o papai te falou?", perguntou Agnes com uma voz um tanto estridente. "Sobre os amigos dele."

"Mamãe, eu nunca vi esses amigos, mas são dois homens brancos que falam engraçado. O papai disse que eles saem da parede e jogam moedas para ele. A gente joga algumas de volta às vezes."

Naquela noite, Agnes tratou Eddie com carinho e vivacidade na hora do jantar. Na manhã seguinte, em vez de ir direto para o trabalho, resolveu umas coisas na rua e voltou para casa.

Entrou em silêncio e encontrou o marido e as filhas na cozinha: as meninas sentadas em cadeiras em cima da mesa e Eddie de pé na mesa ao lado. Beverly segurava um tubo de papel-toalha — um telescópio? Claudia batia duas tampas de panela, fazendo um barulho de sino. Eddie se inclinava para a frente e chutava a mesa para fazê-la tremer feito um bote no mar. Lençóis de bolinha pendiam das paredes em um varal colado com fita-crepe, formando um fosso em volta da mesa da cozinha. A água escorria da pia no piso de linóleo e as bocas do fogão estavam todas acesas, cada uma com uma panela de água fervendo.

"Bem, senhores, é mais ou menos como explicamos", disse Eddie, espiando por cima das cortinas nas paredes. "Às vezes você tem que escolher se vai cagar ou sair da moita."

"Nunca, nunca, jamais", gritaram as meninas, imitando um sotaque britânico. Seus rabos de cavalo balançavam, as sandálias batendo na mesa, as mãos nos quadris estreitos.

"Vocês não passam de um par de idiotas." Eddie se agitou. *"Em um navio fantasma."*

"Guildenstern é um idiota", disse Claudia.

"Não, Rosencrantz é o idiota", retrucou Beverly.

"Mas o Ros sempre ganha!", disse Claudia em um guincho de prazer. Ficou de pé num pulo, fez uma dancinha e quase caiu da mesa.

"Então é isso que você faz enquanto eu trabalho o dia inteiro, Eddie?", Agnes entrou na cozinha e foi desligando cada uma das bocas do fogão. Olhou para ver o que tinha dentro das panelas borbulhando.

Eddie e as meninas ficaram imóveis. "O que você está fazendo em casa?"

"Até onde eu saiba, eu moro aqui também."

Eddie saltou da mesa e deu uma olhada na cozinha para ver a situação com os olhos da esposa. "Eu e as meninas só estávamos... fazendo teatro."

"Que teatro perigoso esse seu." Ela apertou os olhos. Devia saber disso. Como não saberia?

"Pensei que confiasse em mim."

"Beverly, Claudia, desçam daí e ajudem o pai de vocês a limpar essa bagunça", exclamou Agnes. "Confiança tem limite, Eddie. E você devia pensar o mesmo. É evidente que está com tempo de sobra."

Pela primeira vez naquele casamento, o clima gelou entre os dois. As meninas sentiram a tensão na hora e começaram a discutir para ver quem estava velha demais para beber em copo de plástico, quem tinha roubado no Operação ou onde a cabeça do Ken tinha ido parar.

Aos domingos, Eddie ia à missa das onze e quinze na Igreja católica Nossa Senhora de Claremont. Agnes e Claudia preferiam o conforto do lar. Para Beverly, ir à igreja era ter o pai só para ela. Os dois iam passando por prédios abandonados cor de areia e a menina agarrava a mão de Eddie enquanto ele contava histórias das pessoas que tinham morado ali. Durante a missa, Eddie deixava Beverly encher uma garrafinha plástica com água benta para dar banho nas barbies. Eles chamavam isso de Perfume de Água Benta.

Na hora do café, o padre procurou Eddie no salão paroquial. Os dois comiam o pão dormido doado pelos fiéis quando ele disse: "Eddie, ouvi dizer que estão precisando de um zelador na Escola Católica Nossa Senhora de Claremont. Seria um prazer tê-lo conosco".

Eddie nunca tinha se acostumado a ver o pai arrastando uma vassoura e um esfregão por aí. Agora aceitaria o mesmo trabalho de merda?

"O que aconteceu com o zelador antigo?", perguntou, tentando esconder a irritação.

"Era uma pessoa difícil."

Eddie investigou o assunto com Alfred Maddalone. "Era muito ativo com as mãos", informou o sr. Maddalone. "Foi pego apalpando uma das alunas no armário de vassouras."

Começou a pensar nas coisas que podia fazer com aquela renda extra. O dinheiro seria para as férias de família. Quando contou a novidade para Agnes, já veio abrindo um mapa dos Estados Unidos naquela mesa da cozinha onde às vezes se cortava. Circulou as Cataratas do Niágara e os lugares de fazer acampamento em Adirondacks. Talvez no ano que vem desse para ir à Represa de Hoover ou ao Grand Canyon. Quem sabe uma passada em Washington, DC?

Agnes estava guardando ervilhas congeladas na geladeira e parou um instante antes de encher os copos de leite das meninas. Beverly e Claudia tinham que tomar um copo de leite por dia. Era preciso ter ossos fortes para ficar de pé. E para fugir, se fosse preciso.

"Eddie." Agnes se inclinou em direção ao marido. "Quando eu disse que não confiava em você, foi sem pensar. Por favor, não aceite esse emprego por minha causa." Ela odiava a ideia de ver Eddie trocando um uniforme por outro. Tinha que fazer um esforço diário para não comparar o marido a Claude Johnson. E para não achar que ele saía perdendo.

Ele começou na terça após o Dia do Trabalho. Agnes reprogramou a agenda para conseguir deixar as meninas na creche. Já Eddie ficaria responsável por buscá-las. Ele não saía de casa de uniforme. Chegava mais cedo e se trocava na escola. Antes de ir embora, tirava o uniforme para que as filhas o reconhecessem primeiro como pai.

A logística deu certo na maior parte do tempo, mas tinha noites em que Agnes saía para beber com colegas do Departamento de Planejamento Urbano. Chegava tarde em casa, sempre com um sorriso para Eddie. Era bom vê-lo de calça social, camisa e sapato.

Naquele mesmo ano, a Escola Católica Nossa Senhora de Claremont contratou um professor visitante de teatro para dirigir uma produção de *Noite de Reis*. Além de trazer uma coleção impressionante de figurinos de produções anteriores, Barrett Bass chegou usando um terno inglês de tweed e tênis pretos de couro tão novos e brilhantes que Eddie sentia até o cheiro do boi.

Eddie varria com movimentos ligeiros e precisos. Se suasse a camisa e mantivesse certa velocidade, uma hora passaria em quinze minutos. E se começasse pelo último dos seis andares e fosse descendo até o térreo, terminaria no auditório onde Barrett Bass ensaiava com os alunos à tarde.

"Meus jovens e estimados atores", dizia Bass. "O que está acontecendo agora é que as intenções das falas estão embrenhadas em dialetos desnorteantes que escapam à era elisabetana e se refugiam nos playgrounds do Bronx. No palco, devemos nos rebelar contra esses dialetos. Essa é uma das peças mais encenadas de Shakespeare. Somem esforços para aparar as arestas da língua e fazer jus a Sir William."

Eddie desceu até a biblioteca da escola e solicitou um exemplar de *Noite de Reis* emprestado. O bibliotecário — um voluntário de meio período e coordenador da Associação de Pais e Mestres — achou o pedido comovente.

A maioria dos alunos do Nossa Senhora de Claremont era de negros e porto-riquenhos. Eddie podia passar por todas as salas e contar os filhos de irlandeses e italianos em uma mão. Muitos dos alunos tinham parentes no Vietnã ou fugindo da convocação. Entre a limpeza das cabines do banheiro e a retirada do lixo, Eddie sempre tinha um bom-dia e um até amanhã para dizer aos alunos. Enquanto lustrava o sinuoso corrimão da escada e rebocava um pedaço do teto da sala dos professores, praticava as falas de *Noite de Reis* aos sussurros. Entre as crianças, crescia a sua reputação de ponto. Elas bradavam um trecho qualquer da peça e Eddie já vinha com a fala seguinte. Pensou que agora estava fazendo as tarefas que Agnes tanto queria. Desinfetava os banheiros e limpava o chão da cozinha dos funcionários, as mesas e as cadeiras dos refeitórios. Era trabalho para dois, mas Eddie não reclamava.

Os alunos do sétimo ano estavam no auditório ensaiando o Primeiro Ato, Cena IV, de *Noite de Reis* quando Gabriel Ruiz esqueceu as falas. Depois de semanas de ensaio, Gabriel ainda tinha um branco sempre na mesma cena.

DONNA, COMO VIOLA
É certo, meu nobre senhor,
Caso ela esteja entregue ao sofrimento
Como dizem, que nunca irá me receber.

GABRIEL, COMO ORSINO
Sê insistente e deixa toda a cortesia de lado,
Mas não voltes sem um retorno.

DONNA, COMO VIOLA

Digamos que fale com ela, meu senhor. E depois?

GABRIEL, COMO ORSINO

Oh, então revela o fervor do meu amor,
Surpreende-a com discursos sobre a minha fidelidade:
Tu saberás mostrar toda a minha aflição;
Ela receberá melhor a notícia de alguém com a tua juventude
Do que de outro núncio de aspecto grave.

DONNA, COMO VIOLA

Não penso o mesmo, meu senhor.

GABRIEL, COMO ORSINO

Querido rapaz, acredita.
Pois precisam contradizer a tua promissora idade
Para afirmarem que és um homem. Os lábios de Diana
Não são mais macios e rubros. A tua voz
É como a da donzela... a da donzela... a...a?

Eddie consertava o braço de uma cadeira do auditório quando Gabriel olhou em volta à procura de alguém para socorrê-lo. Barrett Bass estava em pé, de braços cruzados, e batia o pé no chão com impaciência.

"*Aguda e sonora*", disse Eddie do fundo da sala. "*E tudo o mais em ti parece feminino. Sei, pelo signo que te rege, que estás apto para tal missão. Uns quatro ou cinco podem acompanhar o rapaz. Ou todos, se quiseres, pois, de minha parte, fico melhor na solidão. Que tudo saia bem e terás uma vida tão livre quanto a de teu senhor, chamando de tua a sorte dele.*"

Barrett Bass riu e desceu do palco. "Bem, pelo menos *al-*

guém sabe as falas dele. Talvez você devesse ter um papel na nossa peça." Ele já tinha ouvido falar do zelador shakespeariano.

"Tenho um aquecedor para arrumar." Eddie sempre almoçava na sala dos aquecedores, onde podia calibrar os ânimos e, se a coisa esquentasse, falar com as paredes.

"Venha, rapidinho." Barrett sorria. "Nos dê esse prazer."

Eddie cruzou o corredor vermelho carregando a caixa de ferramentas de metal. Ele não foi até o centro do palco.

"Ei, Ruiz", disse ele, evitando contato visual com Barrett Bass. "Você gosta de futebol?"

"Não", disse Ruiz, dando de os ombros. Ele tinha um afro igual ao de Michael Jackson e espinhas que também lembravam as do astro.

"Beisebol."

"Melhor ainda." Eddie sorriu. "Quando as falas sumirem da sua cabeça, imagine que estão voando por aí feito uma bola de beisebol e corra atrás delas. Assim vai conseguir pegá-las e esquecerá menos."

Eddie saiu do auditório e passou o resto da semana evitando os ensaios. Foi o período mais deprimente da sua passagem pela Nossa Senhora de Claremont. As horas se arrastavam feito lagartas.

"Quantas pessoas você matou no Vietnã?", perguntou Barrett.

Eddie estava ajoelhado na sala dos professores tirando a tinta lascada do rodapé. O diretor enchia uma xícara de café e dois professores conversavam ao lado do bebedouro azul.

Logo de cara, Eddie ignorou a pergunta. Ele levava as bombas para dentro dos aviões. Via homens decolarem para nunca mais voltar. Sentia o cheiro de napalm nos que voltavam.

"Não combati em solo", respondeu.

"Mas você matou?", devolveu Barrett Bass.

"Indiretamente." Eddie ficou em pé. "É possível que tenha matado uma pessoa diretamente."

"Só uma?"

"Uma é muito", respondeu. "Uma é o bastante."

A sala dos professores ficou em silêncio. Barrett Bass deu um sorrisinho dúbio. Ele tinha participado dos protestos pelo desarmamento nuclear em Londres quando estava na faculdade. Sua interpretação moderna de *Ricardo III* tinha causado um pequeno alvoroço em Nova York e em Edimburgo. Agora, concorria a uma vaga de diretor artístico associado em um promissor teatro off-Broadway.

Não foi o sorrisinho na cara comprida do professor de teatro que tirou Eddie do sério. Foi mais a forma como Barrett pôs a mão no ombro do uniforme de zelador como se estivesse espanando um grãozinho de poeira que Eddie não tinha visto. E nem tanto o fato de Barrett limpar a poeira imaginária, mas a risada do diretor e dos dois professores na mesma hora. Não por maldade, mas por nervosismo ou status ou qualquer outra coisa que faz as pessoas se comportarem de um jeito quando deviam se comportar de outro. Eddie pegou o cabo da vassoura encostada na lateral do armário e começou a varrer. Primeiro, varreu em volta do diretor de teatro, como via sua mãe e Bella Maddalone fazerem quando era criança. Varreu o chão em volta de Barrett Bass e em seguida por cima de seus tênis de couro. Eddie estava tentando varrer para longe um problema. No embalo de seus movimentos, a vassoura foi juntando poeira, e os tênis reluzentes de couro foram perdendo o brilho. Barrett Bass se afastava a cada avanço da vassoura de Eddie Christie. Na sexta varrida, caiu de bunda no chão.

Nessa hora, o diretor e os professores sufocaram o riso. Quando era mais jovem, Eddie tinha uma queda por sapatos e roupas caras. Gastava uma pequena fortuna no guarda-roupa. Hoje, no entanto, usava botas antiderrapantes. Eddie se abaixou e ofereceu a mão a Barrett Bass, mas Barrett se balançava para a frente e para trás no chão de madeira. "Acho que quebrei a porcaria do pé."

Na manhã seguinte, Eddie chegou ao trabalho e deu de cara com o diretor esperando por ele do lado de fora do vestiário.

"Eddie", disse, "temos sorte que ele não vai prestar queixa."

"O cara é um bostinha", replicou Eddie, ainda sem o uniforme de zelador. "Então, qual é?"

O diretor corou. Eddie percebeu que ele bloqueava a entrada para o vestiário dos funcionários. "Em nome da igreja de Nossa Senhora de Claremont, lamento que tenha de ser dessa forma, mas professores e funcionários têm que dar o bom exemplo…"

Eddie afundou as mãos no bolso e brincou com umas moedas. "Então quer dizer que não verei *Noite de Reis* na apresentação de inverno?"

O diretor confirmou com a cabeça. "Em virtude dos eventos recentes, sou obrigado a pedir que não vá à peça."

Alfred Maddalone falou com um primo que falou com outro primo que conseguiu um emprego das nove às cinco para Eddie na Floricultura do Ronaldo, na Arthur Avenue.

"Eddie", alertou o sr. Maddalone, "escute bem. Esses caras têm contatos. Alguns são da máfia. Nunca peça dinheiro emprestado a ninguém. Nada de fazer amiguinhos. Lembre-se: você não é amigo deles. Só é amigo em casamentos, funerais e batismos. E papel? Isso nem existe. Nunca escreva nada. Muitos otários viraram presunto por causa de um papelzinho que alguém esqueceu ou deixou para trás."

Quando Agnes perguntou qual era a função dele no novo emprego, Eddie respondeu que seria assistente administrativo. Ambos concordaram que passar de zelador a assistente administrativo era subir de patamar.

À primeira vista, a Floricultura do Ronaldo não tinha nada de mais, mas em uma segunda inspeção daria para notar um lance de escadas no fundo da loja. O segundo andar abrigava um restaurante siciliano com afrescos na parede. Eddie tinha subido a escada uma vez para levar uma caixa de alcachofras à romana importadas para a mãe de Ronaldo, que fazia as vezes de chef. Era o tipo de estabelecimento que não aceitava reservas.

Em cima do restaurante ficava a estufa onde Ronaldo cultivava certas plantas e flores o ano inteiro. Três vezes por semana, mandava Eddie ao mercado de flores em Manhattan para comprar plantas frescas. Eddie pegou a manha de escolher flores de primeira e de pechinchar, conseguindo um bom desconto. Às sextas-feiras, dava para voltar para casa com rosas frescas para Agnes e as meninas. Naquele verão, plantou uma horta no quintal e encheu o canteiro com amores-perfeitos, violetas, alecrins e ervas-doces.

Foi uma época bastante tranquila para Eddie, que começou a recitar *Rosencrantz e Guildenstern* para as flores, pois no Ronaldo não sobrava tempo para falar com as paredes. As rosas entendiam e Eddie ficava muito feliz quando uma planta de que havia cuidado encontrava um lar fora da loja. Os homens que desciam dos Cadillacs e sedãs de luxo em ternos sob medida achavam que Eddie era meio pancada, um simplório, tapado. Ele não precisava fazer nada além de ser um homem negro para pensarem isso.

Foi na segunda semana de junho que choveram balas na Floricultura do Ronaldo. Eddie se lembraria disso por um bom tempo porque os jornais falaram do quanto a Arthur Avenue estava cheia naquele dia, uma tarde abafada de sábado com famílias comendo nas mesinhas de fora das lanchonetes e fazendo o mercado do fim de semana. Eddie tinha acabado de lavar a calçada e aproveitava a mangueira para lavar as mãos quando um grupo de homens saiu da loja. Ele sabia que um dos caras era um capo chamado Sal, apelido para Salvatore Galliano. Salvatore comia no restaurante do piso superior todos os sábados e, todos os sábados, parava para admirar as flores à mostra na calçada. Nunca comprava nenhuma, nem mesmo para a esposa e para as namoradas que às vezes apareciam com ele. Mas nesse sábado, Salvatore pensou em levar a ave-do-paraíso.

"Quanto é?", perguntou a Eddie.

Ronaldo vinha deixando Eddie operar o caixa nos últimos tempos. Ele secou as mãos e se aproximou de Salvatore Galliano.

"Três dólares cada. Quarenta pelo buquê", respondeu.

Salvatore pôs a mão no bolso e soltou um xingamento. A carteira tinha ficado na mesa no andar de cima, junto com sua segunda fatia de cheesecake de pistache. Ele sinalizou para que um de seus homens fosse buscar quando um sedã preto avançou no meio-fio. Por um momento, apenas uma fração de segundo, o tempo ficou suspenso. Um homem saltou do sedã preto em um terno branco de três peças. As balas da arma que segurava furaram os homens de Salvatore Galliano antes que tivessem tempo de proteger o chefe ou a si próprios. Os olhos de Eddie cruzaram com os do atirador. Era impressão dele ou o sujeito era um homem negro, um *capanga* negro que não devia ser muito mais velho do que Eddie? Como explicar a onda de reconhecimento, a explosão de orgulho e aversão, de amor e repulsa? A ira confundiu seu corpo. A adrenalina bateu. Eddie revirou flores e as chutou para a direita e para a esquerda, atirando Salvatore Galliano e a si próprio no chão e a salvo das balas do assassino.

"Sou veterano de guerra", respondeu a policiais e repórteres que o pressionavam para saber mais detalhes do tiroteio. "Já vi tanta coisa entrar e sair das paredes. Metade do tempo não sei se estou indo ou voltando."

Ele deu as costas às câmeras abruptamente e iniciou um diálogo animado com as flores destroçadas. Dois homens estavam mortos. Salvatore Galliano tinha escapado ileso e Eddie estava empenhado em vender a ideia de que não era uma testemunha confiável. Se fosse chamado para depor, seria causa perdida.

Alfred Maddalone foi visitá-lo para elogiar sua atuação cinematográfica. "Eu mesmo não teria feito melhor."

A Floricultura do Ronaldo passou seis meses fechada e Eddie recebeu seis mil dólares de acerto. Ele e Agnes acharam bobagem não aceitar mesmo sabendo que era um cala-boca. Guardaram o dinheiro na poupança e o usaram para pagar a moradia de Claudia na universidade.

Quando Alfred Maddalone falou de outra vaga, Eddie se lembrou do ditado: *Deus ajuda a quem se ajuda*. Em 1972, a taxa de desemprego de Nova York estava quase batendo os onze por cento. Eddie se candidatou uma, três, quatro vezes para uma vaga na Companhia de Transportes Urbanos. Dezesseis meses depois, entrou no Departamento de Pontes e Túneis como operador de pedágio da ponte George Washington. Raramente tinha tempo para ler *Rosencrantz e Guildenstern estão mortos* durante o dia e vivia cansado demais para tocar no livro à noite. Às vezes com mais sucesso, às vezes com menos, tentava deixar a guerra e o suboficial Mammoth para trás. Tentava — dessa vez com mais êxito — se apaixonar de novo por Agnes. De vez em quando Eddie falava dormindo e Agnes tinha um vislumbre das coisas que o marido não contava, nem ela perguntava. Eddie deixava algumas moedas soltas em sua cabine de trabalho. Sempre que um motorista estava sem trocado para completar a tarifa, Eddie oferecia uma curiosidade de brinde — *Sabia que esta ponte custou sessenta milhões de dólares? Ela foi concluída em 1931. A parte de baixo recebeu o nome de Martha Washington, como era de esperar* — antes de sorrir e indicar a passagem, lançando algumas de suas próprias moedas na caixa registradora, junto com as outras cédulas e trocados.

VERÃO
1983

No Memorial Day, a família negra se mudou para a casa ao lado de onde Hank e seus pais viviam. Chegaram no meio da tarde. O sol estava de rachar, mas o vento soprava com mais benevolência. Uma brisa fresca veio da Costa do Golfo e deu uma trégua no calorão.

O pai de Hank, Charles Camphor, segurava um conjunto de tacos de golfe novinhos em folha. Charles preferia madeira a ferro. Ou melhor, madeira de caquizeiro. Explicava que uma cabeça e um eixo de madeira sólida melhoravam a tacada enquanto exibia os objetos para o primo de primeiro grau, Big Seamus, pai de Seamus III. Os primos Camphor tinham vindo se maravilhar com a casinha de biscoito de gengibre de cinco quartos e três banheiros, sacada de treliça, varanda frontal contornando a construção e portão automático na garagem. A casa ficava em um terreno de quase cinco mil metros quadrados no Sunset

Beach, um condomínio fechado no Condado de Buckner, na Geórgia. Contava com salgueiros e zimbros magníficos e com arbustos estrategicamente posicionados para abafar o barulho do pântano, pululante de vida. Durante o dia, a paisagem sonora da costa ficava mais calma, mas de noite era uma sinfonia só.

Os primos de Charles Camphor ficaram de saco cheio com o alvoroço que suas mulheres fizeram com o bidê que ele instalara especialmente para a esposa e com a cozinha espaçosa com uma ilha de mármore no meio — isso para uma mulher que não fazia nem arroz. A mulher de Charles, Barbara Camphor, tinha pegado o carro naquela mesma manhã e ido até o Restaurante da Sra. Trudy no centro da cidade, onde os cozinheiros negros ainda usavam uniformes do pré-guerra e os ventiladores de teto só serviam para espalhar o calor. Barbara gastara nada menos que uns quinhentos dólares em um banquete impecável: ensopado de quiabo, arroz vermelho à moda sulista, frango frito, relish de pepino, salada de mostarda refogada e salada de batata caseira, entre outras coisas. Pratos apetitosos que não tinha ânimo de preparar, mas que bastava servir nas cerâmicas certas para dizer que eram seus.

Hambúrgueres e salsichas assavam na churrasqueira. Já a comida do restaurante foi arrumada e servida em uma mesa de piquenique de madeira. Barbara foi para o quintal e ficou ao lado do marido. Ela e Charles Camphor eram criaturas de olho azul e cabelo cor de areia que amavam o sol. Hank herdara a beleza dos pais, mas tinha um cabelo castanho mais para o ondulado. Enquanto Charles jogava conversa fora com os primos, Barbara estreava as alpargatas azul-marinho que eram última moda no verão de 1983, mas que ela só usava pelo conforto. Barbara não precisava se preocupar com moda. Ficava bonita até limpando um peixe.

"Quem ensinou Barbara a cozinhar um ovo?", riam os primos de Charles e as mulheres deles.

"Barbara, quem foi que te ensinou a diferença entre purê e salada de batata?", perguntou a mulher de Big Seamus.

Barbara tomou um gole de Milwaukee. "Acho que isso quer dizer que me saí bem." Na volta do restaurante da sra. Trudy, ela tinha passado pela casa antiga que tiveram no centro. Não era grande o bastante para entreter a família de Charles, e isso era uma bênção. Quando Barbara era criança, seus pais eram operários da Pabst e convidavam os amigos e a família sem grandes planejamentos. Todos sabiam deixar o ego do lado de fora. Iam porque queriam estar lá e ficavam porque a companhia era boa. Ali faltava camaradagem. Ela adorava a casa nova, mas sentia falta do aconchego do antigo lar.

Barbara assumiu o papel de anfitriã e circulou pelo gramado servindo bebida a rodo para o pessoal de Charles. Afinal, era para isso que eles tinham vindo: para ter comida e bebida de graça. O que ninguém sabia é que na véspera Barbara tinha transferido o gim e os uísques de primeira (bourbon, scotch, rye) para outras licoreiras e trocado tudo pela bebida de quinta com a qual eles agora enchiam o tanque. Hank tinha ajudado a mãe. Adorava ajudá-la a pregar uma peça nos primos do pai. Era um dos maiores prazeres do verão.

Naquele Memorial Day, em meio a risadas e distrações, um dos primos — o magricela com um olhar de falcão-peregrino — perguntou: "Quem mora na casa ao lado?".

"No momento, ninguém", respondeu Charles. Quando Charles e Barbara compraram o imóvel deles, nove meses antes, a casa vitoriana pintada de amarelo e com um salgueiro no jardim da frente estava vazia.

"Um lugar desses." O primo falcão-peregrino examinou a fachada da casa de Charles de cima a baixo. "Você deve estar podendo, hein?"

Charles olhou para Barbara: esse era o primo que ela tinha sugerido não convidar. Toda família tem um assim. *Charles, querido, você é bonzinho demais. Tem gente que sempre está com fome, mesmo depois do banquete,* alertou ela. "Digamos que o preço foi justo." Charles cutucou o primo com a cabeça dura do seu taco de golfe novinho. E todo mundo riu.

Foi aí que o caminhão de mudança desceu a rua silenciosa e adentrou a garagem da casa vitoriana. Atrás dele, um grupo de seis pessoas de pele marrom em um Volvo prata.

"Vocês estão vendo o que eu estou vendo?", disse o falcão--peregrino. Os outros primos irromperam em uma gargalhada com aquela vocação jovial para a maldade que acompanharia a maior parte da prole deles até a vida adulta. Charles ficou paralisado, assim como seus tacos de golfe novos. Foi Big Seamus que mudou o rumo da prosa.

"*Cala a boca*", disparou ele. "Assim os vizinhos novos do Charlie vão pensar que a gente é um bando de ignorante." Hank se lembraria desse gesto de bondade no futuro, ao vender a casa dos pais para Big Seamus.

Os novos vizinhos saltaram do Volvo prata e se dirigiram à entrada da casa nova. Por um instante, a mãe pareceu olhar para eles de relance, mas Hank pode ter imaginado isso. Ela usava um vestido de verão azul e alpargatas azul-marinho iguaizinhas às de sua mãe, só que com um salto um pouco mais alto. A mulher ia ao lado do marido. Atrás dela, os quatro filhos: uma adolescente elegante de cabelo crespo na altura dos ombros usando um vestido roxo de caxemira que rebolava conforme ela andava. Ao seu lado, um basset hound baixinho e de orelhas caídas vinha todo empertigado. Depois deles, um menino de cabeça raspada e óculos. Hank tinha acabado de fazer treze anos e pensou que o menino devia ter mais ou menos a sua idade. Os últimos a saírem do carro foram um par de gêmeos rechonchudos: um menino e uma menina. Deviam ter uns quatro ou cinco anos. Estavam vestidos com roupinhas de marinheiro, assim como o pai, Reuben Applewood, um capitão da Marinha recém-aposentado.

Hank pensou na família de patos-reais do livrinho que tanto adorava quando estava no jardim de infância: *Abra caminho para os patinhos*. Eles tinham o mesmo marrom dos patos-reais, só que sem o colarinho verde em volta do pescoço. Há uma estação em que os patos-reais trocam de pena e perdem o colarinho verde. Durante a muda de penas, não conseguem voar.

"Eu dei duro para preparar isso tudo", disse Barbara, tentando fazer a família do marido esquecer os vizinhos novos. "Não foi, Hank? Agora vamos pôr as coisas para dentro antes que o calor estrague tudo. Intoxicação alimentar é coisa para se ter uma vez na vida e olhe lá. Tenho um voo para pegar de manhã, mas vocês podem ficar no ar condicionado enchendo a cara com as bebidas do meu marido."

Na manhã seguinte, Barbara beijou Charles com uma paixão quase excessiva antes de entrar no avião. "Não faça nada que eu não faria", disse. Ela estava a caminho de uma conferência regional da Cruz Vermelha em Atlanta.

"Vou guardar para quando você voltar, amor." Charles deu um tapinha de leve na bunda da esposa.

Barbara virou para trás e fez um cafuné em Hank. Às vezes, ela mergulhava os dedos por entre a juba negra e lustrosa do filho e dizia: *Hora de nadar, querido.*

"Hank", disse ela. "Tente não crescer demais."

Hank passou três dias espionando o vizinho na expectativa de encontrar uma oportunidade de dizer *oi* ou *olá* de um jeito natural. Os aros grossos dos óculos de tartaruga do menino lhe davam um ar severo e fechado. Hank achou que o vizinho estava sempre pensando dois passos à frente dele e ficava chateado porque os pensamentos não escutavam. (Hank sabia como era se sentir assim, sobretudo quando a mãe não estava.)

Um dia ele estava voltando para casa depois da aula de iatismo no Country Club de Sunset Beach quando finalmente encontrou o vizinho passeando com o basset hound de orelhas caídas.

"Você não tem medo que ele corra para a rua?", perguntou Hank. O cachorro ia sem coleira um pouco à frente do menino, o focinho desesperado para saber dos segredos que a calçada tinha para contar.

"Tipper sabe atravessar", respondeu o garoto. "Também não passa muito carro nesta rua sem saída."

"Você treinou ele?", perguntou Hank, se sentindo idiota de repente.

"Não, ele é basicamente da minha irmã. Não liga muito para ninguém além da Lonnie."

"Então por que está passeando com ele?"

"Os gêmeos estão indubitavelmente inconsoláveis. Não gosto de ficar em casa quando é assim."

Hank estava quase dando risada da altivez do menino, mas se conteve. "Meu nome é Hank", disse com facilidade.

"Huck?"

"Não, *Hank*, como Hank Williams." E entoou o canto tirolês.

"Isso é música country", retrucou o menino, se afastando com um quê de desprezo e tirando um cubo mágico do bolso da camisa. Ele movia o cubo com destreza, girando-o nas mãos e alinhando amarelo, verde, branco, azul, demorando para acertar o vermelho.

"Qual o problema com música country?", indagou Hank, notando que os tênis do vizinho eram levemente curvados para dentro. Ele tinha o pé torto.

"Nenhum. Mas as pessoas aqui só sabem ouvir isso." O menino deve ter percebido que Hank encarava seus pés porque os virou para fora. Ele olhou para Hank pela primeira vez. "Algumas músicas do Elvis Costello parecem música country. E eu gosto dele."

"Também gosto do Elvis Costello", respondeu Hank com alívio por ter achado algo em comum.

"Você gosta da Blondie?", perguntou o garoto.

Hank fez que sim.

"The Pretenders?"

Hank fez que sim de novo.

"Pink Floyd?"

"Ã-hã." Hank tirou a mão dos shorts. De repente tinha ganhado mais confiança. "Gosto de Queen e Black Sabbath também."

O menino perdeu o interesse no cubo mágico. "Sim." Deu de ombros. "Mas como Freddie vai fazer alguma coisa melhor que 'Bohemian Rhapsody'? Meu nome é Gideon…"

Gideon ergueu a mão para fazer um toca aqui. Aos treze, Hank já tinha um metro e setenta. Ainda cresceria mais vinte centímetros antes de entrar na faculdade. Gideon, cujas pernas ainda esperavam para alcançar o resto do corpo, mal chegava ao ombro dele.

Os meninos deram duas voltas no quarteirão seguindo os passos do cachorro e pararam em frente à casa de Gideon, onde sua irmã lia uma *Teen Beat* na varanda. Tipper subiu as escadas correndo assim que viu Lonnie. A dona largou a revista e lhe deu um beijo no focinho. De cabelo preso num coque de bailarina, Lonnie vestia um macacão fresco cor-de-rosa com sandálias.

"Ela gosta mesmo dessa revista", disse Hank, que nos últimos três dias também tinha espionado a vizinha lendo na varanda da frente.

"Não se engane com ela. A Lonnie esconde um monte de coisa dentro daquela revista. Anaïs Nin. Colette. D. H. Lawrence. Qualquer coisa exótica que encontrar escondida no gabinete da mamãe."

"Você acha que eu ia gostar de Anaïs Nin?"

"É melhor ficar com Black Sabbath. E quem disse que ela gosta daquilo? Aqui as pessoas precisam achar o que fazer. Não tem nada perto."

"Não é bem assim", disse Hank, com uma súbita necessidade de defender o bairro. "Tem iatismo no Country Club. Tem tênis. Tem vários tipos de atividade para cada idade. Dá para nadar ou levar a bicicleta e pedalar em uma das trilhas. E nas noites de sábado tem cinema ao ar livre."

"Uma hora ou outra a gente vai ao clube", disse Gideon. "Enquanto isso, eu tenho meu cubo mágico e a Lonnie tem os *exotismos* dela."

Hank não gostou da forma que Gideon disse *exotismos*. Também não tinha gostado de como falou *indubitavelmente inconsoláveis*. Na verdade, não sabia se tinha gostado do vizinho.

Gideon passou os dedos pelo cubo mágico, girando-o novamente.

A atenção de Hank voltou-se para Lonnie na varanda. "Mas ela parece tão metida e tão doce."

"Nem pense nisso. Um dia ela vai ser cirurgiã. Diz que para entender de anatomia humana primeiro a pessoa tem que entender de paixão. Paixão é um troço que constrói e destrói as coisas, inclusive os corpos."

"Quantos anos ela tem mesmo?"

Gideon devolveu o cubo mágico ao bolso da camisa. "Quer ir lá em casa um dia desses?", perguntou.

"Claro", respondeu Hank.

"Legal", disse o vizinho, entrando em casa sem olhar para trás.

À noite, Tipper saía pela portinha de cachorro da cozinha e uivava no quintal. Hank achou que ele podia estar com saudade da antiga casa, igual a Lonnie e Gideon, depois lembrou que nem tinha perguntado onde eles moravam antes. "É a raça", explicou Charles. Hank e o pai admiravam as estrelas no quintal. "Isso de ganir e uivar está no sangue dos cães de caça. Claro que esse aí não é um cão de caça de verdade, se quer saber minha opinião. Curtinho demais. Um cachorro desses só serve de alívio cômico."

"Papai?" Hank escolheu as palavras com cuidado. "Estava pensando que talvez o menino que mora lá pudesse vir aqui um dia."

"Não, filho, acho que não."

"Por que não?"

Charles se endireitou na espreguiçadeira. Era vice-presidente sênior no Banco s&s. O cargo não exigia tanto quanto parecia, mas tinha lá sua dose de estresse. Nos anos 1980, gente que tinha passado muito tempo sem nada começava a sentir uma mudança. Era o governo Reagan, e o presidente acreditava em dar um retorno aos pequenos para que deixassem de ser pequenos. Na era Reagan, Charles viu uma explosão de desenvolvimento na ilha e autorizou a construção de boa parte das novas residências. Tinha um filho saudável, uma casa de cinco quartos e uma esposa que gostava tanto de ajudar os outros que mal parava em casa. Sobrou para ele ensinar ao filho como as coisas funcionavam. "Não tem cerca entre os dois quintais. Vocês podem se ver no gazebo e conversar o quanto quiserem."

"Mas é quente lá fora."

"O gazebo tem bastante sombra."

"Pai, pode ficar meio estranho se ele me convidar para ir na casa dele e não puder vir na minha."

"Tem mais menino por aí. E essa não é a hora."

"Como assim, pai? É verão."

Charles sorriu para o filho. Tinha um sorriso simpático que tomava metade do rosto assim que saía do banco.

"A gente nem levou um prato de boas-vindas", reclamou Hank. "Quando mudamos para cá, os vizinhos trouxeram comida para a gente no primeiro dia."

"E sua mãe jogou tudo fora. Você sabe como ela é com essas comidas calóricas. Esta é a única casa nos Estados Unidos que não tem um pote de maionese."

"Vou pedir para ela. Vou pedir para a mamãe."

"Isso", disse Charles, fechando os olhos. "Essa coisa de fazer e levar prato de boas-vindas é papel das mulheres."

"Não estou falando do prato. Estou falando do Gideon."

Charles Camphor manteve os olhos fechados. Hank não sabia se ele tinha pegado no sono ou se estava decidido a ignorar aquele comentário.

Naquela noite Hank deitou na cama de cima do beliche com os pés pendurados na beirada e sonhou acordado com a irmã do novo amigo. Depois de ouvir que Lonnie gostava de exotismos, chegou em casa e procurou a palavra no Merriam-Webster de bolso.

> **exotismo:** *qualidade do que é atraentemente diferente; excêntrico; extravagante.*

Hank queria dizer a Gideon que não era tão inocente assim. Charles Camphor guardava uma vasta coleção de pornografia no porão. Nem sempre o filho chegava a ver os vídeos — distraíam demais e era fácil perder a noção do tempo hipnotizado por Seka fazendo um oral ou sendo enrabada —, mas todo mês *Playboy*, *Hustler* e *Penthouse* passavam por suas mãos. Criou opiniões sobre o mundo folheando a *Penthouse Forum* de Bob Guccione (nos perfis e na seção de política). Quando terminava de ler, desafivelava o cinto, arrumava as fotos como queria e batia uma ao som de Black Sabbath.

Antes de Barbara Camphor partir para essa última conferência — e depois que os primos Camphor foram embora deixando a casa uma bagunça —, Hank ouviu a mãe dizer ao pai: "Eu tenho uma vagina feliz, Charles. Você não vai deixar minha vagina triste".

Se a coisa não fosse tão pessoal, Hank podia ter contado a Gideon. Melhor ainda, podia ter perguntado a Lonnie Applewood: *O que deixa uma vagina feliz?*, e certamente levado um tapa na cara. Na manhã seguinte, confrontou a mãe.

"Você e o papai são felizes?"

Barbara escovava os dentes. O avião decolaria em duas horas. "Meu amor, eu ganhei na loteria quando fisguei o Charles."

"Mãe?"

"O que foi, Hank? O que está perturbando você? Por que a pergunta?"

"Achei que tinha ouvido vocês dois brigando ontem à noite."

Ela enxaguou a escova de dentes e começou a passar maquiagem e sombra nos olhos. Hank achava que a mãe era bonita o suficiente para precisar daquilo. "É quando a gente parar de discutir que você tem que se preocupar", disse ela.

"Nada de divórcio então?"

"Hank." Barbara lançou um sorriso. "As pessoas são preguiçosas e se divorciam porque se acostumam demais ou de menos com o parceiro. No casamento, você tem que traçar seus próprios caminhos."

No entanto, passaram-se três dias sem que Barbara Camphor ligasse uma só vez desde que tinha ido para Atlanta. Era a primeira vez que saía da cidade e não deixava um recado nem conferia se Hank e Charles estavam bem.

A casa de Gideon Applewood cheirava a gengibre. No balcão, um bolo de coco de três camadas com gengibre cristalizado descansava dentro de uma assadeira de vidro. Gideon queria que tivesse abacaxi no bolo, mas Lonnie era alérgica e a fruta tinha sido banida de casa.

"A gente estava passando o Natal nas ilhas Turcas e Caicos quando a Lonnie bebeu um troço de abacaxi e a garganta dela fechou. Agora ela não sai de casa sem antialérgico." Hank sacou que Gideon esfregava nacos de informação sobre a irmã na cara dele feito uma cenourinha, depois ficava observando se o vizinho morderia a isca.

Era uma casa pensada para o conforto, com sofás bons de se esparramar. E livros — livros do chão ao teto, livros que despencavam das estantes embutidas deixadas pelos antigos donos. Na primeira visita, Hank só viu a mãe de Gideon uma vez. Ela estava no quarto de brinquedos cuidando dos gêmeos. Gideon e Hank passaram a maior parte do tempo na sala de descanso. Hank abocanhava o segundo pedaço de bolo de coco e o rádio tocava "Another Brick in the Wall", do Pink Floyd, no último volume. Gideon pulava de um lado para outro e Hank foi reparando que ele não conseguia parar quieto. Não era uma dança, eram só pulos mesmo. Em vez de depositar moedas na máquina de pinball, Gideon tinha que dar uma boa chacoalhada nela quando queria ligar ou jogar outra rodada. A sala de descanso era o ambiente mais caótico da casa, com barulho de toca-discos e máquina de pinball, uma montanha de brinquedos, bicicletas e uma mesa de sinuca de veludo embalada em plástico filme que deixou Hank vermelho porque ao olhar para ela teve uma súbita visão pornográfica envolvendo a irmã do amigo.

"Como conseguiu a máquina de pinball?"

"Suborno."

"Está de brincadeira", exclamou Hank.

"Verdade. Meu pai basicamente comprou um monte de presente para a gente vir morar aqui. Era isso ou…"

"Ter que lidar com um filho *indubitavelmente inconsolável.*"

Gideon ergueu a sobrancelha. "Tipo isso."

"E o que ele prometeu para a Lonnie?"

"Prometeu que a gente ia para Nova York no Natal fazer uma viagem cultural."

"Imagino que sinta falta dos seus amigos. De Ohio."

Gideon sorriu para Hank. Tinha o sorriso tingido pela linguagem universal da maldade. Às vezes, a maldade reivindicava espaço em qualquer um. "Você tem amigos, Hank?"

Charlotte Applewood era professora de ensino fundamental e voltaria a trabalhar oito horas por dia logo após o Dia do Trabalho. Bastou passar os olhos pelas notas de seus futuros alunos para confirmar suas reservas em relação àquela volta ao Sul. O ano letivo seria inevitavelmente longo e tedioso. O que Charlotte queria agora era dar toda a atenção aos gêmeos, porque quando voltasse à sala de aula nem sempre teria tempo ou energia para eles. Assim como Barbara Camphor, ela não era nem cozinheira nem confeiteira. Sua tia, a sra. Miller, era chefe de confeitaria na Padaria de Gottlieb e frequentemente mandava biscoitos de chocolate e de gengibre cobertos de uva-passa ou um bolo qualquer que estivesse inspirada para fazer. Antigamente, a tia acreditava na mentira de que as filhas nunca vão para muito longe de casa. Agora era difícil aceitar que a sobrinha tivesse voltado ao Condado de Buckner enquanto sua própria filha Agnes permanecia no Norte.

"Estamos em 1983. As coisas não são como antes", dizia a sra. Miller naquelas noites silenciosas em que a sobrinha ligava reclamando e falando em voltar para Ohio. Charlotte já tinha ido a três grupos de mães desde que voltara ao Condado de Buckner, mas tinha sempre uma energia, *algo* que ela não conseguia detectar claramente, mas que lhe dava uma vontade de levantar barricadas e proteger seus filhos.

Assim que o marido chegou do trabalho, Charlotte contou que Gideon tinha feito um novo amigo. Eles estavam na sala de descanso.

"Você saiu de casa hoje?", quis saber Reuben Applewood. Ele era o mais novo reitor da histórica faculdade negra do Condado de Buckner.

"Fui ao centro. Levei os gêmeos ao parque Robert E. Lee."

"Dá trabalho demais para você. Por que não foram ao Country Club?"

Charlotte balançava os gêmeos nos joelhos. "Não estamos em Shaker Heights, Reuben. Vou falar uma vez só. Pelo amor do que é mais sagrado, nenhum filho meu vai pisar naquele Country Club."

"Charlotte, eles precisam continuar as aulas de natação. Eles nadam bem, mas não o suficiente para se safarem caso caiam de um barco no meio do mar. Quero que eles se sintam seguros quando forem fazer aula de iatismo."

"Olha." Charlotte deu de ombros. "Acho que terão que ir à ACM do centro e aprender a manter a cabeça fora d'água quando a onda chegar."

Em Shaker Heights — o bairro liberal e integrado nas cercanias de Cleveland, em Ohio —, Gideon Applewood deixou as seguintes coisas:

1. Seu melhor amigo.

2. Uma casa na árvore (que o pai construiu quando ele fez seis anos).

3. Um estereoscópio de brinquedo da View-Master que deu ao irmão caçula de seu melhor amigo (o garotinho os seguia aonde quer que fossem).

4. Milk-shakes do Tommy's.

5. Cachorros-quentes besuntados de *chili con carne*.

6. O Cleveland Indians e os cachorros-quentes besuntados de *chili con carne* e mostarda do estádio de beisebol.

7. A sra. Frost, a professora de inglês do sétimo ano que castigava seus cadernos com a caneta vermelha, mas que sempre escrevia entre parênteses: *Seja você mesmo, Gideon, e continue inteligente*.

8. O LP de 1979 dos Pretenders que deixou no chão do quarto.

9. A carta de amor de Cassidy, a primeira garota que o beijou, dentro da capa do LP dos Pretenders.

10. O número de telefone de Cassidy no verso da carta. Eles tinham bolado um plano doido de fugirem para Vancouver juntos — um plano que envolvia mochilas e caronas na boleia de carruagens menonitas.

11. A ameaça de pular do carro em movimento na Highway 77 caso os seus pais não dessem meia-volta para buscar o LP dos Pretenders.

Anos mais tarde, em 1990, Gideon e a namorada se reconheceriam em meio a um desfile triunfal no centro de Manhattan celebrando a libertação de Nelson Mandela. Eles abaixariam seus cartazes pedindo liberdade para a África do Sul e sairiam do meio da multidão com o corpo e a cabeça girando, impelidos pela grandiosidade do momento e pela adoração mútua por Chrissie Hynde e pelos Pretenders.

"Eu sou lésbica", sussurraria Cassidy.

"Não tem erro", diria Gideon Applewood. "Eu sou gay."

Barbara Camphor voltou para casa no primeiro domingo de junho trazendo presentes: uma caixa de cerveja de pêssego para o marido e uma lanterna vermelha de bicicleta com o símbolo do Georgia Bulldogs gravado na lateral para Hank. Logo depois de jantarem uma garoupa grelhada, os pais de Hank foram para o quarto e deixaram o menino vendo as reprises de verão de *M*A*S*H*. Voltaram quase no fim do segundo episódio e se esticaram no sofá da sala de estar. Os dois tinham trocado de roupa. Barbara descansava a cabeça no colo de Charles.

Hank estava sentado no chão. Desligou a TV e olhou para os pais. "Então, quando é que a gente vai fazer uma viagem cultural?"

"Uma viagem cultural!", Barbara sentou e soltou um bocejo. "Que ótima ideia. Por que não pensei nisso antes?"

Charles afagou o cabelo da mulher, que cheirava a cigarro e Sea Breeze, talvez um toque de maconha.

"Barb", disse ele. "Você voltou a fumar?"

"Hank, querido", disse ela, bocejando de novo. "Em que tipo de viagem cultural você tinha pensado?"

"Bom, pensei que talvez a gente pudesse ir para Nova York. Para passar o Natal."

"Filho, você sabe que essa é a época de a família toda ir para a cabana", respondeu Charles.

Barbara sorriu para o marido. "Eles têm Van Gogh no MoMA, Charles. Não acha que Hank deveria ver a *Noite estrelada*?"

Charles tomou um gole de uísque. "Van Gogh cortou a orelha fora."

Barbara riu. "Com isso os olhos dele ficaram melhores e as mãos ficaram mais generosas."

Charles se curvou e deu um beijo na esposa. "Vem cá, querida. Eu adoro o jeito que você vê o mundo. Na verdade, eu adoro ver você."

"Então está resolvido. Uma semana na cabana e um fim de semana esticado em Manhattan." Ela deu uma piscadela para Hank. "Tudo bem para você, chefia?"

No meio de junho Barbara teve outra missão da Cruz Vermelha. Charles levou a mulher ao aeroporto e foi jogar uma rodada de golfe no Country Club para espairecer. Depois voltou para casa e acordou o filho, que andava caindo no hábito adolescente de cochilar durante o dia.

"Hank, vamos lá ver seu amigo", disse Charles, tirando a chave do carro do bolso de sua calça de golfe xadrez.

"Cadê a mamãe?", perguntou Hank, limpando o sono dos olhos.

Charles apontou para o céu. "Perto das nuvens."

"Por que não me acordou?"

"Estou te acordando agora. Corre para o chuveiro. Já, já ela volta."

Quando atravessaram a ponte deixando a ilha de Sunset Beach para trás e chegando ao continente, qualquer esperança que Hank nutria de que o pai convidaria Gideon para ir com eles desapareceu. Charles pegou o sentido oeste da Magnolia Avenue, onde mansões cobertas de azaleias do tempo das plantations davam lugar a casas modernas de tijolos e de madeira, algumas meio detonadas. Charles virou à direita em uma rua sem asfalto com uma série de barracos grudados uns nos outros e varais de roupa limpa pendendo das varandas tortas. Em um dos barracos, Jerome Jenkins e sua mãe sentavam na escada da varandinha. Jerome Jenkins era o único menino negro da classe de Hank na Escola de Sunset Beach. Todas as crianças sabiam que ele só estava ali porque era bolsista. A escola teve dificuldade para recrutar alunos de grupos minoritários. Não ajudava muito o fato de Jerome ser gordo, ter uma crosta de remela nojenta nos olhos e uma película que ele chamava de "cinzas" na pele.

"Sr. Camphor", disse a mãe de Jerome, se aproximando do carro em um vestido estampado simples que fez Hank pensar que Charlotte Applewood jamais usaria. "Que horas mais ou menos o senhor vai trazê-lo de volta?"

"Amanhã de manhã, depois do café, se não tiver problema", disse Charles, ajustando o retrovisor.

"É que eu não coloquei nenhum pijama na mochila dele, sr. Camphor."

Charles sorriu. "Acaba de nos dar uma desculpa para passar numa loja", disse ele, piscando para o menino. "O que acha, Jerome?"

Jerome nunca encarava o pai de Hank nos olhos se pudesse evitar. "Tudo bem, sr. Camphor."

"Te devolvo ele inteirinho, Mavis. Não se preocupe."

Charles perguntou onde queria comer e o garoto respondeu que gostava do Morrison's, no centro da cidade. Uma hora a rede acabaria fechando a filial do Distrito Histórico e abrindo outra no Shopping Southside, mas no verão de 1983 ainda dava para pegar uma bandeja e entrar na fila do bufê, que servia café da manhã, almoço e jantar caseiros. Charles quis presunto assado, salgadinhos e nabo para acompanhar. Já os meninos pediram frango frito e vagens grossas com macarrão com queijo, algo que os cozinheiros de lá sempre acertavam fazer no ponto certo de cremosidade. Eles estavam sentados à mesa tomando chá quando Gideon e a família entraram na fila do bufê de domingo. Hank viu o vizinho e teve um sobressalto instintivo, quase emborcando a xícara. Depois levantou calmamente para cumprimentar o amigo, deixando o pai sozinho com Jerome.

Jerome estava com um pequeno triângulo de pão de milho mexicano na boca e fazia questão de mastigar antes de falar. Essa era a primeira coisa que Mavis perguntaria quando ele voltasse para casa. *Você mastigou antes de falar? Deu descarga no vaso? Lavou as mãos? Eles tentaram passar a mão em você, porque você sabe que eles gostam de zoar?*

"O que você quer ser quando crescer, Jerome?", perguntou Charles Camphor casualmente.

"Eu gosto de fios", disse o garoto.

Charles assentiu com a cabeça. "Então quer ser eletricista?"

"Bem, senhor..." Jerome pensou que o que queria mesmo era comer seu pão e pular aquela conversa fiada.

"Jerome, você não precisa me chamar de senhor."

O menino sorriu. "Eu só gosto de parar de vez em quando e ficar olhando os fios."

"Mas não fique olhando os fios por muito tempo." Charles tomou um gole de chá. "Pode pegar no fio errado e acabar se eletrocutando. Hoje em dia tem bastante gente indo para a cadeira elétrica. É bom que queira ser eletricista."

Hank voltou para a mesa do pai trazendo Gideon e a família.

"Acho que somos vizinhos", disse Reuben.

"Isso nós somos", disse Charles, sem se levantar.

"Bom, esta é minha esposa, Charlotte, nossa filha Lauren e nosso filho Gideon."

"Ouvi dizer que tinha mais filhos, não?", questionou Charles.

"Temos *gêmeos*, sr. Camphor. Estão em casa com a minha tia."

Charlotte olhou para o relógio e levou Gideon e Lauren para uma mesa vazia.

"Que belo domingo", disse Charles. "De onde vocês estão vindo?"

"Acabamos de sair da igreja", respondeu Reuben Applewood.

"Realmente, tem bastante Igreja batista nesta região."

"Obrigado pela recomendação, mas somos católicos."

"Na verdade, eu sou metodista", sussurrou Charles. "Mas fica entre nós." Então pegou na mão de Jerome. "Você cumprimentou o Jerome? Ele é o melhor amigo de Hank."

Hank olhou para o pai. Ele até gostava de Jerome, mas melhor amigo? Seu melhor amigo era... Na verdade, não tinha um melhor amigo.

Charles esperou o filho dizer algo que confirmasse sua proximidade com Jerome, mas ele só ficou encarando o vazio.

"Bem, cavalheiros", disse Reuben. "Foi um prazer." Fez uma saudação de marinheiro para Jerome e se afastou da mesa calmamente.

Quando Hank sentou, Charles lançou um olhar duro para o filho.

"Aquela menina...", disse Jerome, gesticulando em direção a Lonnie Applewood em seu vestido tangerina de verão. "Ela é bem bonita."

"Lauren?" Hank deu risada e saboreou o nome de Lonnie com a língua antes que ele saísse dos lábios. "*Ela é mesmo.*"

"É assim que se dá um nó", disse Charles, caprichando nos menores detalhes. Jerome tentou prestar atenção, mas o balanço do veleiro começou a deixá-lo com um enjoo insuportável.

O menino se atrapalhou com o nó e parou um instante para admirar a grandeza do oceano. Estava feliz de usar um colete salva-vidas, pois não sabia nadar. "Está fazendo um bom trabalho aí, Jerome", disse Charles. O garoto precisou de quatro tentativas para dominar a técnica, mas depois disso fez um nó perfeito.

"Posso comer mais um pouco desses biscoitos de ostra?", perguntou Jerome, se erguendo cambaleante e pensando se aquela comida toda não sairia voando de seu estômago. Os biscoitos de ostra eram para ajudar a controlar o enjoo.

"Tire as amarras", gritou Charles.

"O quê?"

"Quando for comer, tire as amarras."

Hank estava conduzindo o veleiro no timão. O mar tinha dessas: Hank podia estar com um monte de problemas ou bravo pra caramba, mas bastava entrar na água para isso tudo ficar pequeno e virar comida de peixe. O pai se aproximou de Hank e pôs os braços em volta dele.

"Ele está indo bem", disse ao filho.

Eles estavam voltando para a costa e o vento batia contra o barco. Jerome cambaleava, se segurando em tudo o que via pela frente como se estivesse num rinque de patinação. Hank continuou conduzindo o barco, o vento passando pelos cabelos e uma água tão azul quanto a que ele imaginava que as ilhas Turcas e Caicos teriam.

"Pai, acho que o Jerome não gosta de velejar."

"Gosta, sim. Só tem que se acostumar. Uma experiência nova."

"Por que você disse que ele era meu melhor amigo?", perguntou Hank, tentando modular a voz para um tom que não fosse desrespeitoso, mas que o pai conseguisse escutar. "Eu não tenho um melhor amigo."

Charles havia jogado futebol americano em Clemson. Era atacante. Membro da Phi Kappa Delta. Uma vez por ano, tinha reunião com os amigos de juventude. Já Hank era um grande mistério. Quando criança, Charles rezava para ter irmãos e vivia por aí com primos e vizinhos. Enquanto isso, Hank podia ter Barbara como melhor amiga que para ele estava tudo bem. "Não é para ter orgulho disso", falou Charles, sua voz se elevando acima do oceano. "Quer ser um merdinha solitário batendo uma no quarto? Desse jeito nunca vai laçar uma mulher que preste."

"Você é um idiota", disparou Hank. "Quem são os *seus* amigos, pai?"

O pai de Hank esquentou o rosto do filho com um tapa.

No caminho para o barco, eles haviam parado na Parker's, uma loja de roupas onde Hank e Jerome experimentaram o uniforme da escola. A vendedora de lá sempre deixava a bainha longa e uma semana antes das aulas ligava chamando os clientes, para fazer alterações e ver quanto cada criança havia crescido. Charles encomendou três uniformes para cada um dos meninos e estendeu seu American Express em direção à vendedora. "Quando a Mavis vier aqui, saiba que ela tem crédito. Um ótimo crédito."

Charles era discreto, de modo que nem Jerome nem Mavis precisavam dizer obrigado. O mesmo valia para a mensalidade. Se Mavis ficasse sem dinheiro, haveria um fundo fiduciário em nome de Jerome Jenkins.

Jerome vomitou assim que chegaram à costa e, apesar dos protestos de Charles, pediu para ir para casa. Se ele escutou a discussão entre pai e filho, foi esperto o bastante para não deixar transparecer.

"Sr. Camphor", disse Jerome, estendendo a mão a Charles antes de subir as escadas de volta ao barraco. "Obrigado. Espero que possamos velejar outra vez."

"Quando quiser, filho", respondeu Charles. "É assim que se fala."

Charles Pierre Camphor morreria em um acidente de barco no último ano de faculdade do filho. Na ocasião, Jerome Jenkins viria de Denver, no Colorado, para discursar no funeral. Jerome seria um bem-sucedido fabricante de brinquedos elétricos de luxo e se lembraria de sua primeira aventura no mar, bem como da generosidade inabalável de Charles Pierre Camphor para com ele.

Hank exibia seu inchaço na frente do pai como uma medalha de honra. *Espere só até a mamãe ver esse hematoma*, pensava ele. *Espere só*. Mas no dia da volta Barbara ligou para dizer que tinha ficado presa em Nova York.

"Como assim 'presa'?"

"Bem, não consigo um voo de volta", disse ela. "Teve uma escala aqui em Nova York. Eu e as meninas pensamos em aproveitar o fim de semana. Posso ir pesquisando programas para a nossa viagem de Natal."

"Barb, eu quero que você pegue o próximo voo e volte para casa."

"Não dá, Charles."

"Dê um jeito."

Houve um instante de silêncio. "Me ofereceram uma promoção."

"Onde? Em Nova York?"

"Claro que não."

"A gente fala disso quando você voltar."

"Você não está me ouvindo." Barbara respirou fundo. "Eu já aceitei, agora vou ficar um pouco para conhecer as pessoas, fazer contatos."

"Você está bebendo?"

"Céus, não."

Foi uma tragada de cigarro. *Céus*, pensou ele. Que jeito pretensioso de falar. "Barb, você está bêbada?"

"A gente ainda não sabe qual vai ser o nome do cargo, mas, Charles, se eu fizer tudo certinho em dois anos serei diretora--executiva do sudeste."

Charles riu. "E quem vai te dar esse cargo?"

"Faz quase quatro anos que estou na Cruz Vermelha. Minha formação em enfermagem fez com que eu me saísse muito bem na área de ajuda humanitária. Sou boa no que faço. Achei que você ficaria feliz por mim."

Silêncio mortal. "Quantos caras você andou chupando, Barb? Com que supervisor você teve que transar?"

Do outro lado da linha, Barbara afastou o telefone da orelha. Ela conhecera Charles quando era caixa do Banco s&s e ele tinha acabado de se formar em administração. Quando começaram o namoro, ela foi trabalhar em outro banco para evitar fofoca. Achava que namorar no ambiente de trabalho sempre colocava uma das partes em desvantagem. Seu salário de caixa serviu para pagar o curso de enfermagem. No terceiro ano de faculdade, se casou com Charles e começou a trabalhar no Saint Joseph's Hospital, onde ficou por três anos, até Hank nascer e ela parar de trabalhar por quase uma década. Em seguida, veio a Cruz Vermelha. Foi dureza tentar construir uma carreira depois de tanto tempo em casa. Ninguém confiava que ela se comprometeria de verdade com o trabalho, mas Barbara pegava mais pesado do que algumas enfermeiras jovens da Cruz Vermelha. Nesse novo cargo, teria de lidar com outro tipo de desastre doméstico. Com essa doença nova. O vírus. Aids. Isso incluiria fazer questionários e apresentar materiais sobre assuntos delicados, inclusive preferências sexuais. Para Barbara, o importante não era o que você dizia, mas como formulava a pergunta. Ela suavizou a voz para tentar estabelecer uma conexão com o marido através daqueles fios de telefone. "E como vão as coisas em casa, amor? Como está o meu menino?"

"Bem, vejamos", disse Charles, olhando em direção ao quarto onde Hank havia basicamente se trancado nos últimos dois dias. "Ótimas, Barb. As coisas estão ótimas."

Era a primeira vez que Hank surrupiava dinheiro da carteira do pai: vinte e cinco dólares do maço de notas meticulosamente dobradas. Depois teve o cuidado de prender o clipe exatamente no lugar onde o encontrara.

"Na Star Castle tem Donkey Kong, Centipede e Pac-Man." Hank estava na cozinha dos Applewood, segurando um saco de laranjas.

"Que gentileza da sua mãe", agradeceu Charlotte Applewood, aceitando as laranjas que ele trouxera dizendo que eram um presente de boas-vindas atrasado. "Mas não precisava. Ela trouxe um prato de salada de batata na nossa primeira noite. Queria mesmo pedir a receita, estava uma delícia."

Hank corou ao saber daquilo. Tinha ido à mercearia de bicicleta e resolveu comprar as laranjas porque assim sobraria dinheiro para passar a tarde com Gideon e Lonnie no fliperama.

"Posso ir, mãe?", perguntou Gideon.

"Não sei, Gideon. Acabei de colocar os gêmeos para dormir."

"Tem o circular do condomínio", explicou Hank. "Ele para no centro. De lá até a Star Castle são vinte minutos."

Lonnie espiou por cima da revista. Ela estava lendo o exemplar de *Mademoiselle* de sua mãe. "Nossa", exclamou. "Você pensou em tudo."

Charlotte lançou à filha um olhar de "deixe o menino em paz". Gideon estava amarrando o cadarço dos seus Chuck Taylors.

"É meio-dia. Espero vocês aqui por volta das cinco. Justo?"

"Sim, senhora", disse Hank.

Charlotte atravessou a cozinha até o balcão e desenterrou um dinheiro do fundo da bolsa. "Caso falte."

Ela deu um beijo na testa de Gideon e aproximou a mão da bochecha de Hank. "Um dodói?"

"Ele não é mais bebê, mãe", reclamou Gideon. "Dodói é coisa de bebê."

"Vocês sempre serão meus bebês, Gideon. Todos vocês."

"Acidente de barco", explicou Hank. Ele vacilou antes de chegar perto de Lonnie. Tipper tirava uma soneca no chão, ao lado da cadeira da dona. Hank se abaixou para fazer carinho no cachorro, tentando não se distrair demais com a visão das longas pernas da garota.

"Você vem?", perguntou.

Lonnie olhou para baixo em direção a Hank. "Já passei da idade de fliperama." O menino ficou arrasado, mas tentou não demonstrar. Lonnie deslizou da cadeira para o chão da cozinha e acariciou Tipper em silêncio ao lado do menino. Ela nunca tinha dito tantas palavras para Hank Camphor. E aquela seria a maior proximidade física que os dois experimentariam. "Mas obrigada pelo convite", disse. Lonnie levantou a mão e tocou o rosto de Hank com dramaticidade. "Tome um Tylenol, queridinho."

Naquele dia, Hank e Gideon perderam a noção do tempo na Star Castle. Talvez tenham sido as luzes vermelhas piscando intensamente no escuro ou as gargalhadas das outras crianças. Hank deu risada até a barriga doer. Nem ligou que estivesse perdendo. Lonnie Applewood tinha flertado com ele, não tinha? Tinha encostado aqueles dedos perfeitos no rosto dele. O menino não conseguia evitar a ideia de que, lá no fundo, a irmã do amigo sentia algo por ele. Sua cabeça não parava de reprisar a cena, incitando uma carga perversa de adrenalina a cada vez. Gideon e ele se revezavam para perseguir pastilhas no Pac-Man. No minuto seguinte, estavam se empanturrando de refrigerante, pipoca murcha e cachorro-quente. Gideon pediu um cachorro-quente com chili enlatado. "A versão de pobre do *chili con carne*."

"Por que de pobre?", perguntou Hank.

"*Note* a parca fatia de carne, os feijões amassados feito sopa, o aroma de ração de cachorro onde devia cheirar a coentro e canela."

"Estou vendo que teve bastante tempo para pensar nisso aí, Gideon."

"Ei ei ei, está sugerindo alguma coisa?"

"Ei ei ei, quem sabe."

O Condado de Buckner teve uma onda de calor no verão de 1983. A umidade fresca do ar condicionado central daquele fliperama era o refúgio perfeito para jovens nerds sem nada para fazer. A escuridão facilmente turvava fronteiras raciais.

"Queria que a sua irmã tivesse vindo", disse Hank.

"Cara", disse Gideon, balançando a cabeça em reprovação. "Não está satisfeito em sair comigo? A Lonnie não é da nossa turma. E ela tem namorado. Lá em Cleveland."

"É… sério?"

Gideon deu as costas a Hank. "Donkey Kong."

"Vamos, Gideon, eu preciso saber."

"Escuta, Hank", disse o amigo. "Por que você nunca me convida para ir a sua casa?"

Hank congelou na frente do Donkey Kong. "É que nunca... pensei nisso."

"Hum", respondeu Gideon.

"Quem sabe quando minha mãe voltar."

"Legal." Gideon sorriu. "Lonnie e o namorado. Eles fizeram aquilo. Uma vez eu flagrei os dois."

Hank fechou os olhos. "Não acredito em você."

"Estamos quites", retrucou Gideon, depois de um tempo. "Também não acredito que vai me chamar para ir na sua casa."

Hank e Gideon perderam o circular do condomínio às seis e tiveram que pegar o ônibus municipal na volta. O ônibus serpenteou no que parecia ser a coleção de todos os bairros pobres do condado. Quando os meninos chegaram, eram nove e meia e o sol já tinha dado as costas ao condomínio. A mãe de Gideon estava esperando na varanda. Hank ficou na calçada vendo Charlotte Applewood repreender e abraçar Gideon. *Você ficou maluco? Quase liguei para o seu pai.*

Os dois amigos tinham vindo em silêncio em todo o trajeto. Hank não fora capaz de refutar a afirmação de Gideon. Gideon nem deu tchau quando entrou em casa.

"Por onde você andou, filho?" Charles Camphor estava na sala. A licoreira ao lado de seu copo estava vazia.

"No fliperama."

"Aquela mulher, a mãe do seu amigo, veio aqui. Ela não estava lá muito contente."

"O nome dela é sra. Applewood. Charlotte."

"Bem, *Charlotte* não estava nada feliz."

Hank foi para o quarto e fechou a porta.

"Você pegou dinheiro da minha carteira, Hank." Charles seguiu o filho até a porta do quarto.

"Emprestado. Eu peguei emprestado", afirmou Hank e trancou a porta. "Vou devolver quando a mamãe voltar. Com a minha mesada."

"Por que você faz questão de ser um merdinha?"

Era lua crescente e lá fora Tipper uivava.

"Sinceramente, não sei", respondeu Hank.

Charles descansou a testa na porta do quarto. "Quando eu tinha a sua idade, meus pais não precisavam ficar de marcação cerrada comigo. Eu tinha que segurar a minha ponta do saco de estopa e enchê-lo com o que conseguisse achar. Às vezes, eu e Big Seamus pegávamos a minha velha pistola de Airsoft e saíamos para caçar coelhos, esquilos e gambás. Minha mãe juntava algumas folhas de dente-de-leão e fazia um ensopado. Outras vezes, ela improvisava refeições com milho moído. Milho moído cozido. Milho moído frito. Milho moído assado com melaço para molhar. Ela tinha milho moído para qualquer ocasião. Polenta, é o nome que eles dão nos restaurantes agora, mas para nós era só milho moído, Hank."

Hank abriu a porta do quarto. "Quero um basset hound."

"Quê?" Charles pareceu confuso.

"Igual ao da Lonnie e do Gideon."

"Não."

"É uma boa raça: basset hound."

"Há controvérsias."

"E educada. Os livros dizem que eles tratam bem as crianças."

"Está bem, vamos fazer o seguinte. Vamos encontrar um meio-termo. Deve ter um cão de que a família toda goste."

"Família?" Hank riu. "Que família?"

"Não passe dos limites, filho."

"Vocês não são a minha família."

"Desde quando?"

"A mamãe nem suporta ficar aqui."

"A sua mãe é uma mulher moderna. Deus sabe o quanto isso me assusta, mas eu a amo por ser assim, Hank."

"Bom, quero um basset hound."

"Pode esquecer."

"E outra família. Como a família dos vizinhos." Hank cruzou os braços. "Quero uma família marrom."

"E o que você vai fazer quando conseguir, Hank? Você acha que a vida deles é perfeita? Por acaso pensa que eles não têm merda embaixo do tapete?"

"Eu acho, eu acho" — Hank fingiu que estava fazendo um grande esforço mental — "que eles estão acima disso. É fácil — mais fácil — quando você tem um cachorro anão para — ha — *alívio cômico* e uma mãe que percebe o inchaço no seu rosto e uma irmã que o seu novo amigo quer beijar e um pai que trabalha o tempo todo, mas quando chega em casa não te bate na cara ou fala para a esposa: 'Querida, com quem você transou hoje? Como foi o boquete?'" Hank bateu o pé no chão. "Então me dá um basset hound e uma casa cheia de pessoas de pele marrom para eu morar. Não estou nem aí para o seu saco de estopa cheio de milho moído."

Charles deixou o seu copo de uísque cair e Hank, em um reflexo, protegeu o rosto com os braços de um possível golpe.

Charles olhou para o copo quebrado e saiu de perto de Hank sem nenhuma intenção de recolher os cacos, em direção à porta principal. No caminho, pegou um taco de golfe da mala novinha, levantou-o no ar e treinou a mira com um longo assobio. Hank seguiu o pai até o quintal da frente, a uma distância segura. Ficou observando-o praticar a mira para esfriar a cabeça.

Lá fora, Tipper havia desistido dos uivos e da cantoria. Ao ver os dois, correu em direção a Hank abanando o rabo. Hank tentou passar na frente, não, *se colocar na frente* de seu pai nesse momento, mas Charles agarrou-o pelo colarinho e o atirou para o lado. Hank tropeçava e caía na grama enquanto Charles levantava o seu taco de golfe e o partia ao meio nas costas de Tipper em um só golpe. O impacto causou um choque tremendo no cão, que não produziu nenhum som, nem sequer um ganido ou chorinho. Mais tarde, Hank tentaria se convencer de que Tipper nem tivera tempo de sentir dor. É claro que não era verdade. Em um segundo, Tipper estava cheio de vida e pulso e ar. No instante seguinte, jazia frouxo no chão.

"É, Hank", disse Charles, baixando o taco e cambaleando de volta para casa. "Enterre o seu morto."

Hank sentou-se ao lado do corpo de Tipper e soltou um uivo.

Barbara Camphor desceu do táxi duas horas depois e reparou que todas as luzes da casa estavam acesas. Encontrou Charles dormindo no sofá da sala de estar e viu o copo quebrado no corredor, perto do quarto de Hank. Vasculhou os cômodos, mas não achou Hank nem conseguiu acordar Charles. Saiu da casa e procurou na parte do quintal que margeava o pântano. Hank estava ali, cavando à luz da lua. À sua esquerda, um montículo de terra. Barbara correu até o filho e deu uma olhada no buraco que ele abria no chão. Ela prendeu a respiração e suas pernas ficaram bambas por um instante. Tirou a pá das mãos de Hank.

"Não."

"Papai quebrou a coluna de Tipper."

"Calado."

"Ele é mau, mãe."

"Quem?" Barbara virou-se.

"O *papai*." Hank murmurou. "Por que ele os odeia?"

Barbara olhou por cima de Hank em direção à casa dos vizinhos. "Criaram o seu pai de um jeito bem duro, Hank. A gente ia precisar de duas vidas para tirar toda essa dureza dele. Mas a vida é uma só."

Hank sacudiu a cabeça. "Você não viu…"

"Conta depois, Hank. Estou sem estômago agora", disse. Barbara afastou o filho, mas ele não se moveu. A mãe arregaçou as mangas da camisa de seda verde, um presente recente de um homem com quem saía fazia mais de dez anos. Um homem casado, James Samuel Vincent, que tinha acabado de encontrar em Nova York. Ambos haviam concordado que o caso amoroso estava encerrado. Barbara começou a cavar. "Agora deixa comigo."

Mais tarde na mesma noite, Reuben Applewood saiu de pijama e pantufas, fumou vagarosamente o seu charuto cubano e ligou a lanterna. Essa era a deixa para Tipper mostrar ao dono onde tinha feito as necessidades para que Reuben pudesse se recolher e o cão pudesse entrar. Mas, no lugar de Tipper, todos os bichinhos-de-luz da região resolveram aparecer e dançar em volta dele. O coro noturno da vida do pântano estava a todo vapor. Reuben Applewood não era um homem supersticioso, mas tinha bom senso. Quando Tipper não respondeu ao seu chamado na terceira tentativa, Reuben rosnou entre dentes: *Esses desgraçados mataram o cãozinho dos meus filhos.* Ele começou a pensar na versão da narrativa que contaria para as crianças junto com Charlotte. Elas ainda eram muito novas para enfrentar certas verdades. E Reuben não iria permitir que ficassem destruídas. *Escolha o seu oceano. Escolha o seu oceano.*

Hank tinha a intenção sincera de encontrar outro cão para Lonnie e Gideon, mas aí sua mãe o surpreendeu ficando em casa até agosto, quando embarcou para uma conferência da Cruz Vermelha em Los Angeles. Ela voltou com vários presentes. Na mala de viagem tamanho gigante, trouxe minitortilhas de milho de um restaurante mexicano, toalhas de Venice Beach estampadas com imagens de palmeiras, chinelos e surfistas ratos de praia. Trouxe também um trio de camisetas autografadas dos Dodgers, tamanhos pequeno, médio e grande. Especificamente para Hank, uma bola de beisebol com os autógrafos do time Los Angeles Dodgers inteiro, que gentilmente brindaram os representantes da Cruz Vermelha com um jogo no Estádio Dodger. O presente de Charles era um elegante par de marcadores de bola de golfe banhados a ouro, com as iniciais C. C. gravadas. Charles empalideceu ao abri-lo. "Acho que vou começar a correr", disse.

Depois da convenção, Barbara não saiu mais de perto de Hank e Charles, e a casa dos Camphor passou a ser tranquila e silenciosa. Eles velejavam e planejavam a viagem para Nova York no Natal com detalhes. Barbara convenceu o filho a se juntar a Charles para correr, e correr era bom, pois Hank, a contragosto, ou seja, com o tempo, conheceu outras crianças que gostavam de correr. Crianças como ele, com interesses parecidos.

NOTAS DE GIDEON APPLEWOOD SOBRE A AMIZADE

Eu: Papai pensa que Tipper fugiu.
Hank: Sinto muito.
Eu: Minha irmã acha que ele tentou voltar para Cleveland.
Hank: Ele já fugiu antes?
Eu: Nunca.
Hank: Gideon… Acho que para tudo tem uma primeira vez.

Eu: Eu acho que um carro pegou Tipper.

Hank: Aposto que foi isso.

Eu: Ainda tenho esperança de ver o Tipper na rua, mas Lonnie diz olha para a frente.

(P.S.: Hank não pergunta mais de Lonnie. Hank SEMPRE pergunta de Lonnie. Eu estraçalhei meu cubo mágico hoje à noite.)

O HOMEM DA MUDANÇA FICA IMÓVEL

1971

casa / ka1-za/ s.f.

- o lugar onde alguém vive de modo permanente, principalmente como membro de uma família.
- uma instituição para pessoas que precisam de cuidados ou supervisão profissional.

Jebediah Applewood não ficava de pau duro fazia noventa e dois dias. Ele tinha comido cento e sessenta e três mulheres no Vietnã, um número modesto segundo algumas estimativas. Alguns soldados tinham comido o dobro na metade do período. Jeb era maníaco por listas e documentava as suas exaltações, não para se exibir, mas porque a sua cabeça às vezes ficava nebulosa e ele perdia a noção do tempo. Estava tomando um coquetel de remédios para doenças venéreas — cancro mole, gonorreia e clamídia. Jeb tinha conseguido, sabe-se lá como, escapar do herpes e da sífilis. Talvez as preces da sua mãe e das suas tias tenham intercedido ao seu favor.

Às vezes, acordava no meio da noite suando frio e examinava o corpo como um pai ansioso examina um bebê recém-nascido. Os pedaços estavam intactos, mas Jeb tinha certeza de que alguma parte vital dele se esvaía. Ele montou um altar do amor em cima da lareira no seu quarto, estendendo uma faixa de veludo roxo e enfeitando o local com cartazes de filmes de Pam Grier e Brenda Sykes e Vonetta McGee. Emoldurou o seu altar com contas cintilantes de acrílico e incenso de sândalo e velas vermelhas grossas em homenagem às suas sedutoras irmãs negras. Jebediah tinha vinte e quatro anos. Ele se sentava na cama e estudava atentamente os rostos de Vonetta, Pam e Brenda — *que rostos mais lindos* — antes de se fixar no quadro mais geral dos seus esplêndidos afros, bundas e peitos. Depois, de joelhos, Jeb rogava às suas deusas que o libertassem de sonhos cotidianos de afogamento e morte.

A mãe de Jeb e a sua tia Flora fizeram um banquete para recebê-lo de volta ao Condado de Buckner, na Geórgia: um bufê de *soul food* na casa da sua infância. Jeb olhou para as travessas de coisas boas e soube que não teria satisfação, mas pegou um prato e um garfo descartável, comeu e até repetiu, para não ofender os pratos e o tempo das amigas de sua mãe. Ele não queria magoar a congregação de mulheres da igreja que haviam ajudado na sua criação, protegendo-o como o falcão que protege a ninhada. Jeb percebeu que todas elas se referiam ao período que passara na Marinha como *fora* ou *lá*. Nunca falavam *Vietnã*.

Ruby Dennis trouxe a sua salada de batata com aipo batido no almofariz, pois o suco dispensava a necessidade da maionese pesada. Martha trouxe o seu frango frito passado na água fria e empanado com pouca farinha para que a carne ficasse macia por dentro e a pele crocante por fora. Lullabelle fez camarão ensopado com pimenta-do-reino em grãos e mingau de milho moído. Stella preparou arroz vermelho com pimentão e tomates cozidos e linguiça defumada. Josephine fez macarrão com queijo tricolor, com o Gouda, o cheddar e o Edam que ela não tinha como pagar — no fim de todo mês, precisava pedir dinheiro emprestado para amigos e familiares.

Durante a sua viagem, ele tinha visto prostitutas pegarem bolas de pingue-pongue com a vagina, provocando os soldados a arrancá-las por diversão. Bares onde somente os soldados brancos se juntavam e bares que atendiam somente os militares negros. Havia bordéis dedicados a todo tipo de libertinagem que uma alma pudesse imaginar. E drogas eram o combustível para a imaginação. As mulheres da baía de Subic — e, depois, de Bangcoc — não esperavam nada de Jeb. Nem mesmo amizade. Ele podia atravessar a ponte para Olongapo em uma ou duas horas, foder como louco e esquecer que estava matando os irmãos asiáticos delas. Sexo, como era bom, *sexo*, quando ele ainda conseguia sentir. Dava para ocupar um país inteiro com armas e sexo. Abra a carteira. Puxe uma nota de cinco, de dez, um pouco mais se você for negro. E saiba que a mulher já viu o bastante para recebê-lo e não esperar nada em troca. Mas no Condado de Buckner, a sua mãe e as tias e, Deus do céu, as amigas estavam se coçando para arranjar alguém para ele. Elas não sabiam que Jeb não tinha nada a oferecer? *Sim, você estava lá, mas agora voltou para cá.* Às vezes, Jeb se beliscava. Não estava convencido. De vez em quando olhava a região entre as pernas, nada se mexia lá embaixo. De repente, sua ficha caiu e percebeu que não havia muitos homens no Condado de Buckner. Ele sentiu a ausência dura de tios e primos. O que tinha acontecido? Andou pelo centro e viu muitos dos irmãos à toa e destruídos. Ou sumidos. Seu primo de primeiro grau, Reuben Applewood, o incentivara a se alistar na Marinha. *Não há muitos de nós nesse setor das Forças Armadas*, Reuben escrevera, curvado na sua beliche no navio uss *New Jersey. Quando a convocação chegar, você não terá como decidir. Será um soldado raso na linha de frente. Será da infantaria.* À sua volta, Jeb só via mulheres e crianças e homens velhos.

Vamos pescar, dizia o bando de homens velhos que Jeb conhecia. Ele pescava uma corvina, olhava bem nos olhos do peixe e tirava o anzol. Os velhos diziam: *Jeb, vamos jogar boliche*, e Jeb enfiava os dois dedos nos buracos de uma bola de boliche brilhante e assistia à bola em disparada pela longa pista. Quando a bola colidia com os pinos — *strike* — havia tal barulho — uma explosão? — e Jeb se abaixava e protegia a cabeça entre as pernas e apertava os olhos e pela pista vinha nadando o oficial Mammoth, cuspindo água como tinha feito quando Jeb e Eddie Christie o atiraram ao mar do uss *Olympus*. Aquilo acabava com o boliche.

Jeb pensou em ligar para Eddie no Bronx, mas viu que não era uma boa ideia. No Vietnã, Eddie quase entrara em parafuso. Ele tinha convencido Eddie a fazer algo do qual ambos se arrependeram. Agora a cabeça de Eddie já estava de volta no lugar, e Jeb não queria fazer ou dizer qualquer coisa que pudesse afrouxar os seus pinos novamente. *Encare*, Jeb falou para si mesmo. Ele só tinha que encarar.

"Jebediah", perguntava a sua mãe. "Quer ir conosco à igreja?" Jeb dizia que não, mas dava uma carona para ela e para a tia Flora até a igreja St. Paul's of Redemption e depois ia ao cinema. Ele viu *Perseguidor implacável*, *A última sessão de cinema*, *Operação França* e *A fantástica fábrica de chocolate*.

Jeb foi à clínica dos veteranos pensando que o médico poderia receitar alguma coisa para a sua insônia. Na sala de espera, um soldado macilento com uma careca impressionante — Jeb pensou na pista de boliche — começou a surtar com o volume de papelada que os funcionários tinham colocado em uma prancheta para ele preencher. *Vou começar do zero*, o soldado resmungou. Jeb não detectou nenhuma ameaça imediata em tais palavras, mas um alarme de segurança começou a tocar. Os atendentes vieram com amarras e contenções e o retiraram da sala. Jebediah saiu da clínica e caminhou dois quarteirões para comprar maconha. Dormiu profundamente por dois dias seguidos.

Ele não era uma pessoa de ficar em casa sem saber até quando, então, depois de três meses de passeios por aí, podou o carvalho no quintal da mãe, pois não queria o pessoal da prefeitura mexendo nele. Às vezes, eles cortavam a árvore inteira do quintal de pessoas negras. Jeb subiu no carvalho e evitou os bichos da barba-de-velho. Deu um aperto nos canos que vazavam embaixo da pia da cozinha e calafetou o telhado e limpou as calhas e instalou um ralo novo no jardim para que o chão da lavanderia não inundasse mais. Envernizou o piso, colocou tapetes novos embaixo dos tapetes persas para não manchar o chão original de castanheira, poliu a escada e limpou a chaminé e pôs lenha na lareira e comprou telas novas para as janelas e tirou o revestimento externo de vinil da casa, apesar da reclamação da mãe de que o vinil era barato e que a madeira só serviria para apodrecer com a umidade. Jeb não sabia explicar por que o vinil o deprimia, então disse: *Vou pintar a casa de amarelo*. A mãe e a tia Flora gostaram da ideia de uma casa amarela.

Quando a casa ficou pronta no meio de novembro, Jeb voltou a se sentir inquieto, mas a insônia se fora. Ele passou na Sears e comprou duas camisas brancas de manga comprida, duas camisas brancas de manga curta, dois shorts de moletom, duas calças cáqui, uma jaqueta azul e dois sapatos de camurça marrom da Sapataria do Thom na Main Street. Vestiu a calça cáqui e a camisa branca para ir à universidade da comunidade negra. Ele queria começar a estudar na primavera, pois as Forças Armadas pagariam a mensalidade. Dando uma volta pelo campus do século XIX, que era cercado por capim-azul e marisma, seu coração ficou acalentado ao ver jovens irmãos e irmãs conversando. *Todos os jovens estão aqui.* Por uns cinco minutos, ele também se contaminou com o frescor da juventude e pavoneou casualmente pelo local, pensando que, aos vinte e quatro, ainda era novo e tinha todo direito de ser feliz.

Jeb estava de bom humor enquanto subia de elevador para a seção de matrícula, mas, quando as portas se abriram, a dúvida saiu em sua companhia. Feliz? É uma piada? *Feliz?* Ele fez a pergunta ao orientador educacional. Como é que posso ser feliz com uma guerra acontecendo? O orientador disse a Jeb que a felicidade era uma questão existencial. Perfeita para Introdução à Filosofia. Em Nietzsche, você pode encontrar uma alma gêmea. Jeb, depois de compreender a ideia geral da visão de mundo de Nietzsche, disse ao orientador educacional que a última coisa que queria era sentar em uma sala cheia de pessoas felizes discutindo o sentido do nada.

Bem, então vamos começar com a sua especialidade, disse o orientador. Quais são os seus interesses?

Jeb respondeu: Entendo um pouco de água. Mas não falou sobre a sensação da água enchendo os pulmões. Rouba o seu oxigênio. Entope as suas narinas e ouvidos. Ele não descreveu a luta travada por um corpo se afogando. Quando a água ataca o corpo, o corpo quer devolver o favor e atacar a água. Às vezes, os homens que estão se afogando se debatem a ponto de romper músculos enquanto afundam, depois apagam..

Eu gosto de esportes aquáticos, disse Jeb.

O orientador educacional estava impressionado. Ele se inclinou sobre a mesa. Irmão, cá entre nós, dado que somos um povo bem limpo e que gosta muito de tomar banho, você já parou para pensar por que a maioria de nós não sabe nadar?

Jeb tinha percebido, desde o seu retorno da guerra, que as pessoas estavam em curto-circuito. Elas falavam, mas quase nunca ouviam. Não, respondeu. Não tenho ideia.

Mais uma vez, o orientador soltou o corpo na cadeira atrás de sua mesa: Todo grupo tem o seu bicho-papão. O tráfico transatlântico de escravos, esse é o nosso bicho-papão. Por que não o matriculamos em educação física? Você pode começar com um curso de aperfeiçoamento de natação. Você é veterano do Vietnã, não? A natação é ótima para controlar o estresse.

Jeb decidiu que ainda não estava pronto para a universidade. Deu uma olhada nos classificados do *Penny Saver*. Achou uma vaga para carregador de mudança "do tipo incansável" na empresa Axelrod. Jeb foi de carro para Southside, onde a empresa de mudanças ficava. Depois de uma entrevista de cinco minutos com o dono, recebeu a sua primeira tarefa de longa distância. Seu parceiro de caminhão seria Big Seamus Camphor, um colega veterano e ex-sargento da Marinha. Eles tinham que transportar móveis de Memphis a Boston e fazer uma entrega final em Portsmouth, New Hampshire.

Big Seamus Camphor era tão grandalhão quanto um homem branco pode ser. Disse que estava desempregado e desesperado por dinheiro. Jeb se aboletou no banco do passageiro do caminhão de mudanças e deixou Seamus com a chave. À primeira vista, foi o que pareceu mais prudente.

Big Seamus falava mais que a boca e logo começou a falar de caça. De caça, Jeb só sabia uma coisa aqui, outra ali, dos dias em que saía com os seus primos em busca dos pombos que os franceses gostavam de comer. Seamus se animou quando ouviu a história. Ambos concordaram que a carne de esquilo assada na churrasqueira tinha um gosto mais do que bom.

Big Seamus contou de um almoço recente com o seu primo Charles Camphor: *Doze dólares pelo prato mais triste de camarão e milho moído que já vi na vida. Depois, a gente foi dar uma volta no parque e o maldito parque estava lotado de esquilos insolentes, ousando ficar em pé nas patas traseiras, como se estivessem esperando nozes. E Charles rindo. "Seamus, eles não são uma gracinha?" Aquilo me destruiu. "Qual é a graça deles?", respondi. "Ah, se eu tivesse a minha velha pistola de Airsoft. Vem aqui, esquilinho." Mas Charles saiu andando e disse: "Você não deve mais comer esquilos, Seamus. E não deve de jeito nenhum falar por aí que eu comi esquilos".*

Eu ainda atiro em esquilos quando ninguém está olhando, Seamus confidenciou a Jeb. E gambás. E coelhos. Tartarugas também. Deus não teria dado armas aos homens se não quisesse que fossem usadas. Mas eu miro a minha arma em alvos móveis. Não vou atirar em nada que esteja parado.

Jeb aprendeu rápido que o seu colega não era fã de cidades grandes ou estradas. Se eles tivessem tempo de sobra, Seamus falou, seria melhor pegar o caminho mais longo e bonito. Jeb achou bom não ter tempo de sobra. Cidades sulistas pequenas não lhe inspiravam nenhuma curiosidade ou afeição.

Problemas no casamento, Big Seamus disse a Jeb com uma hora de estrada: Preciso escapar da minha mulher.

Na verdade, Big Seamus Camphor estava fugindo era do fogo. Quando uma casa a pouco menos de um quilômetro da cidade foi atingida por um incêndio causado por uma vela, ele se sentou no chão do quarto de um menininho para se curvar diante do fogo. Seamus não gostava de incêndios, tinha passado a vida inteira os combatendo, mas depois do Vietnã não conseguia mais ser um bombeiro decente.

Em 1971 aquela opção não traria nenhuma dificuldade, mas Jeb e Big Seamus combinaram que não dividiriam um quarto de hotel quando chegassem a Memphis. Eles estacionaram o caminhão de mudança em um depósito que a firma tinha indicado e ficaram de se encontrar ao meio-dia do dia seguinte para fazer a entrega à uma da tarde. Big Seamus tinha um colega do Vietnã que queria visitar. Dormindo na casa do amigo, o dinheiro da hospedagem podia servir para engordar a sua carteira minguada. Jeb pegou o *Green Book* que a sua tia Flora lhe empurrara e folheou as páginas até cruzar com o nome Myrtle Hendricks de Memphis, Tennessee.

Myrtle Hendricks morava em Orange Mound, um bairro cem por cento afro-americano de Memphis, que diziam ser o mais antigo do país. A casa com acabamento branco de Myrtle tinha sido de seus pais. Na era Jim Crow, às vezes também servira de pensão ou, quando situações excepcionais exigiam medidas excepcionais, de moradia mais duradoura.

Ela entreabriu a porta de tela e revelou um olho castanho.

Viajante?, Myrtle perguntou.

Em viagem, respondeu Jeb.

Para onde? Ela abriu um pouquinho mais a porta. A princípio, não havia nada de extraordinário em Myrtle Hendricks. As suas pernas eram muito finas, seu cabelo era muito crespo, e Myrtle não usava batom para sugerir lugares, promessas ou possibilidades exóticas.

Agora, para Boston e New Hampshire. Depois disso, quem sabe?

Jeb usava um macacão jeans de carregador que o fazia se sentir uma criança. Myrtle olhou-o de cima a baixo. Tinha certeza de que ela pesava o custo de deixá-lo se hospedar por uma noite contra o custo de mandá-lo embora.

São quinze dólares pelo pernoite com direito a café da manhã, disse.

Jeb tirou o uniforme de carregador e o estendeu na cama de casal com estrutura de ferro e colcha de poliéster. Começou a desfazer a mala com o punhado de roupas que tinha trazido. Tudo no quarto dizia *Não fique à vontade aqui*, principalmente a colcha. Jeb era um homem acostumado com colchas. A falta de uma fez com que sentisse saudade da sua própria cama na Geórgia. A tia Flora tinha prometido que ninguém mexeria no quarto. Jeb não fazia ideia da alegria que a visão do seu altar de nudez achocolatada proporcionara à tia Flora, uma lésbica de primeira grandeza que tinha nascido cedo demais para poder pensar em sair do armário.

Myrtle perguntou se Jeb tinha alguma roupa para engomar ou passar antes de sair. Jeb disse que não estava na cidade pela música. Ou pelas casas noturnas.

Aqui é o berço do blues, ela retrucou. Beale Street. Stax Records. Acho que seria legal ouvir *alguma coisa* enquanto você está aqui, não?

Jeb anunciou o seu real interesse: o Motel Lorraine.

Por que você quer ir lá?, perguntou Myrtle. Ela tinha percebido o desdém de Jeb pela colcha e trazido outra melhor.

Quero ver, Jeb respondeu.

Me parece que, se tinha alguma coisa lá para ser vista, foi antes de James Earl Ray apontar o rifle. Você chegou atrasado.

Jeb agradeceu à mulher pela colcha. Ela o observou desfazer e arrumar a cama de uma maneira que sugeria treinamento militar.

Para mim é inacreditável, ele disse, que ninguém tenha tacado fogo na cidade inteira.

E como você pode saber que as pessoas não tentaram? Nós tentamos.

Só quero dar uma olhada no lugar por conta própria.

Pode ser boato. O que não falta é boato, suspirou Myrtle: Mas ouvi que alguns tipos molharam os lenços no sangue dele. Deus ajude. Olha o que as pessoas são capazes de fazer: lenços ensanguentados como suvenires de King.

Isso se chama troféu, sra. Hendricks.

Não faça isso, sr. Applewood. Não me chame de sra. Hendricks.

Jeb notou que ela fechava o roupão felpudo cor-de-rosa bem apertado contra o corpo.

Na manhã seguinte, bem cedo, antes de aparecer para trabalhar, Jeb desceu a South Main a pé até o Motel Lorraine e viu

de relance Myrtle Hendricks indo para o norte na mesma calçada. Ele não a reconheceu de primeira sem o roupão rosa. O seu

cabelo crespo havia sido modelado em um afro ousado com
uma rosa na lateral, e ela usava um elegante vestido jade, sapatos
acinzentados, e carregava uma bolsa de mão da mesma cor para
combinar. Assim que os dois se cruzaram, ela sorriu e disse, Bom
dia, e Jeb pensou, Meu Deus que dentes brancos e olhos radian-
tes e se virou, mas Myrtle já tinha desaparecido na esquina.

Ele ficou diante do Motel Lorraine e chorou. Tinha certeza
de que seria o único, mas havia outros viajantes que, três anos
depois da morte de King, tinham feito a jornada. O motel caíra
no abandono desde os seus dias de glória, quando era o destino
de músicos que queriam um lugar confortável para descansar a
cabeça antes das longas sessões de gravação no Stax ou dos shows
na Beale Street e de outros clientes endinheirados que aprecia-
vam o conforto oferecido por Lorraine (a que batizara o hotel) e

pelo seu marido, Walter. O bairro onde o motel ficava também passava por maus bocados, piores ainda pela história e pela esperança que os antecederam. No segundo andar, protegida por um vidro, ficava a sacada com a porta verde para o quarto 306. Alguns dos visitantes iam para casa e apostavam no número 306 de trás para a frente, de frente para trás e invertido. Uns tinham sorte. A maioria não. Poucos gastavam fortunas em coroas de flores e as mandavam para fazer companhia às outras flores, verdadeiras e artificiais, que os visitantes lá deixavam. Jebediah ficou na calçada rachada e girou o corpo em direção ao norte. Os outros ali presentes viraram os corpos em sincronia. Essa era a peregrinação deles e, sendo assim, todos reencenaram mentalmente e alguns com gestos os momentos finais da vida de King. Alguém perguntou de onde a bala tinha vindo e outro alguém sussurrou que a bala de James Earl Ray fora disparada de uma janela voltada para o norte na pensão fechada a tábuas do outro lado da rua. Norte era a direção da liberdade, *não era*? O rosto de Jeb virou uma esponja encharcada. Ele ficou ali, caindo, caindo, caindo aos pedaços e pensou nos navios da Marinha no mar da China. Nos seus ouvidos que às vezes peidavam e estalavam abaixo do convés no seu beliche. E na vez em que ele olhou por uma das muitas escotilhas do navio e viu uma lula-gigante e o oficial Nelson Mammoth saltando dos tentáculos da lula como um trapezista num espetáculo de circo. Naquela noite, ele arrancara a lista de *COISAS QUE JEB NÃO PRECISAVA SABER* da parede do beliche. Rasgara a lista em pedacinhos, mas no dia seguinte a lista estava lá de novo. Reescrita com a letra perfeita de Eddie Christie. Eddie sabia a lista de cor. Talvez fosse para isso que serviam os primos, irmãos... amigos? Jeb chorou tudo de novo pelo dr. King.

Na hora do almoço, Myrtle resgatou Jeb da calçada do Motel Lorraine. Ela trabalhava no balcão de perfumes e cosméticos de uma das maiores lojas de departamentos no centro de Memphis. A vaga era boa para ela, mas, sempre que chegava em casa, tirava a maquiagem do rosto. Algumas mulheres gostavam de Pond's e outras gastavam rios de dinheiro em produtos caros. Myrtle usava hamamélis para se limpar e azeite de oliva para hidratar. A vaga no balcão fora uma conquista, porque ela não era clara, e houve entrevistas e reuniões e foi decidido que uma mulher negra de pele clara, embora agradasse mais fisicamente, poderia distrair demais os homens brancos que apareciam vez ou outra para comprar colônia para as suas esposas, ou então ameaçar as mulheres brancas que podiam até ser suas parentes.

Por que fizeram isso?, Jeb perguntou a Myrtle: Por que o mataram? Myrtle pegou Jeb pelo braço e o tirou de lá.

Antes de Jeb abrir a boca ela sabia que ele iria ao Motel Lorraine. Às vezes, eles juravam que não estavam pensando nisso, mas seus pés os guiavam para lá de qualquer forma. Jeb não foi o primeiro que ela havia flagrado tremendo como vara verde na calçada. Quando os homens chegavam com aquele olhar, Myrtle sempre pensava consigo que não iria aceitá-los. *Você acha que só tem morte em Memphis, a morte está em toda parte*, gostaria de dizer, mas algo nela, ou neles, sempre a dissuadia. Os homens poderiam terminar presos ou em um hospital, machucados porque alguém não entendera a natureza de suas feridas. Todos eles tinham feridas.

Ela disse isso para Jeb enquanto preparava o banho dele. Disse isso enquanto colocava os sais de banho na banheira: Me desculpe, mas terei que cobrá-lo pelos sais.

Disse isso quando fechou a porta do banheiro e deixou uma cadeira para ele se sentar ou colocar as roupas. Disse isso uma hora depois quando ele surgiu do banho totalmente pelado, pois esquecera a toalha, e Myrtle gritou, pensando que o homem queria atacá-la. E o berro assustou Jeb, causando-lhe uma ereção. E ele se cobriu e disse: Myrtle, não é isso.

E ela se refugiou na sala com a namoradeira cor de vinho coberta de plástico apertado e sentou-se para acender um cigarro. Jeb não sabia que ela fumava. Não tinha sentido cheiro de fumaça na mulher.

Ele se vestiu rapidamente e se ofereceu para ir embora.

Myrtle fez bife de carne moída com legumes enlatados e purê de batata instantâneo para o jantar.

Desculpe, ela disse. Não cozinho bem. E não tenho filhos. Duas coisas que fizeram meu marido me achar uma boa candidata para o abandono. *Que tipo de mulher é você?*, ele disse. *Você não sabe cozinhar. Não é capaz de pôr filhos no mundo.* Eu sou Ana, eu respondi. Sou Sara.

Ela cozinhava enquanto fumava, e as cinzas caíam na panela. Jeb se perguntava se a nicotina melhorava o sabor da comida.

E lá se vão três pontos perdidos, ele me disse. Você cita a Bíblia. Todo mundo sabe que as mulheres que citam a Bíblia não sabem trepar. Quem você acha que falou isso para ele?, Myrtle perguntou a Jeb.

Não sei.

Me diz uma coisa: existe algo que você sabe?

Jeb sabia quando alguém queria comprar uma briga com ele:
Eu sei que deveria ter aparecido para trabalhar duas horas atrás.

Mais tarde, na cama, Jeb desenhou pombinhos em volta
dos seios pequenos e empinados de Myrtle. Ela deu risadinhas e
tapas para afastar as mãos dele.

Myrtle, ele sussurrou, puxando-a mais para perto: Aquele
seu marido era um idiota. Vou ficar mais do que triste em partir.

Lá na loja de departamentos, todo mundo sabe quando alguém pega as trouxas e vai embora. Qual é mesmo o endereço
da pessoa que vai se mudar? Eu gosto da sua companhia, mas
hoje em dia é difícil arranjar trabalho honesto.

Jeb observou Nancy Vincent abrir um estojinho oval de
sombra azul-acinzentada. Myrtle tinha dado aquilo para ele levar como uma bandeira branca. Na sala de jantar, Nancy usou a
esponjinha aplicadora para espalhar uma quantidade generosa
de produto nas pálpebras. Ela falou a Jeb e a Seamus que queria
que a mesa de jantar e as cadeiras coloniais que pertenceram ao
seu ex-marido fossem deixadas em Boston, a caminho para o seu
novo lar em Portsmouth, New Hampshire. Seu futuro ex-marido
estava morando em Boston, depois de perder o emprego como
capitão do Corpo de Bombeiros em Huntington e, mais recentemente, em Memphis. Sempre tinha alguma novidade com
Jimmy pai. Ela havia ficado para vender a casa, mas agora sentia
falta da Costa Leste.

Jeb não teve muito o que fazer. Seamus tinha empacotado
sozinho toda a casa. Eles ficaram migrando de cômodo em cômodo no bangalô de Nancy, carregando todos os seus pertences.

Não quis te deixar na mão, disse Jeb.

Seamus deu de ombros. Onde você estava?

Tinha alguns negócios para resolver.

Deve dar uma *sensação boa* ser o dono do próprio tempo.

Jeb não era de criar confusão. Não quando estava de bom humor.

Você fica com o meu pagamento pelo trabalho que fez sem mim, disse: E o dinheiro da hospedagem de ontem à noite também. Assim ficamos quites.

E não é que você é generoso? Seamus riu. Seus olhos estavam injetados. Seamus tinha curtido a noite inteira com o seu amigo na Beale Street. Ele cutucou Jeb: Olha só você, chegou aqui cheirando a boceta.

No Vietnã, Jeb não teria ficado surpreso com a escolha de palavras de Seamus. Ele tinha sido tão boca-suja e indecente quanto qualquer outro. Mas desde que voltara a morar com a mãe, tinha que escovar os dentes e lavar a língua.

Eu passei bem, disse.

Seamus deu uma piscadela. Então somos dois.

Quando Jeb e Seamus terminaram de empacotar, Nancy Vincent pegou a sua mala de viagem e deslizou pela porta.

Bem, ela disse, passando batom vermelho para contrastar com a sombra azul e subindo em um Cadillac rosa que comportava meia dúzia de homens: Nesta vida, andamos em círculos. Vejo vocês em Portsmouth. Tentem chegar lá com os meus pertences inteiros, e vocês também.

Nancy arrancou com o carro e Seamus foi logo comentando que ela estava inteiraça para uma coroa. Ele tinha voltado do Vietnã e os peitos da sua esposa estavam murchos como bexigas depois da festa. E ele só conseguiu se perguntar por que ela não tinha se cuidado mais e como é que o corpo dela estava tão acabado mesmo sem ter lhe dado um filho. Jeb escutou, mas não emitiu nenhum comentário, pois sabia que comentar sobre a beleza de uma mulher branca poderia gerar pensamentos embaraçosos na cabeça de Seamus que talvez se voltassem contra ele mais tarde. Eles ainda tinham 2196,2 quilômetros pela frente até Portsmouth, New Hampshire.

Estacionaram em frente a uma parada de caminhões na zona rural de Ohio. Seamus tirou um cachimbo do bolso e o acendeu. Queria dormir ali mesmo no caminhão e guardar o dinheiro da hospedagem. Jeb não se sentia à vontade para dormir na beira de nenhuma estrada nem ao relento. O ar da noite estava frio. Já era quase o Dia de Ação de Graças.

A droga recreativa preferida de Jeb e Seamus era a maconha, mas nenhum dos dois teria recusado cogumelos, anfetaminas ou barbitúricos. Eles subiram na carroceria do caminhão de mudanças para não chamar a atenção e compartilharam o cachimbo. Depois de alguns tapas, Seamus começou a rir e Jeb quis rir também, mas nenhum riso saiu dele, pois estava muito ocupado se coçando. Jeb, disse Seamus: Ou tem bicho aqui ou você está com piolho.

Mas antes mesmo de terminar a frase, Seamus também começou a se coçar. Eles se levantaram e procuraram a fonte do incômodo no caminhão. (Mais tarde Seamus identificaria o produto de limpeza usado para desinfetar o caminhão como o responsável.) Porém, naquele momento, a escuridão os tomou. A mesa de jantar colonial, que pertencera a uma tia de Jimmy Vincent pai, de Cabot, Maine, começou a chorar pela dona Nancy, que a lustrava com óleo de limão todas as manhãs de domingo. As cadeiras começaram a ceder sob o peso das lágrimas da mesa de jantar e Seamus disse: Que merda é essa?

Jeb, que às vezes via o fantasma de um homem morto, nem questionou a possibilidade de os móveis falarem, mas abriu a porta do caminhão e saiu rolando nas pedrinhas como um cão que tenta coçar picadas de pulga. O ar fresco desanuviou a sua cabeça na hora e ele ficou deitado no chão inspirando longamente o oxigênio. Acima dele, o céu se abria e lhe revelava não só o mundo, mas todo o universo, e ele quis rir e quis cantar e quis voltar correndo pelo deserto pois seu coração lhe dizia que Myrtle Hendricks o estava esperando lá para amá-lo.

A gente está chapado, Jeb gritou para Seamus, que saiu da carroceria aos trancos e agora estava na boleia, fuçando o porta-luvas.

A mesa de jantar e as quatro cadeiras coloniais saíram em disparada e deram no pé. Seamus olhou para Jeb e Jeb olhou para Seamus e Seamus começou a correr para trazer os móveis de volta. Jeb se levantou, derrubando algumas pedrinhas do corpo. Ele foi atrás de Seamus. Demorou mais do que esperava para alcançar o veterano grandalhão.

Seamus, disse Jeb, sem parar de se coçar. Tem cascavéis e escorpiões aqui nesta desgraça. Também deve ter coiotes.

Seamus tirou uma arma do seu uniforme. Era um revólver de calibre .357 Magnum, o primeiro investimento que Seamus fizera ao voltar para os Estados Unidos. O desemprego atingia o ápice de todos os tempos — em toda parte. E Seamus não conseguia mais combater incêndios. Se um bombeiro não consegue combater as chamas, então o mundo definitivamente não é um lugar seguro.

Seamus agitou a arma na cara de Jebediah Applewood: Eu não tenho medo *deles*. Eles têm perguntas. Eu tenho respostas.

Jeb lançou as mãos para cima e se afastou. Seamus, ele falou, com uma voz meio irreconhecível: Abaixa essa porra de arma. Você está muito louco.

As minhas melhores caçadas eu fiz com erva nas veias. É melhor aquela maldita mobília voltar aqui.

Seamus começou a atirar em direção aos móveis que sobrevoavam a sua cabeça. Ele desapareceu na escuridão, tirando o uniforme enquanto corria. Jeb assistiu à bunda tresloucada de Seamus se sacudir ao vento.

Pense. Jeb chegou à conclusão de que não seria legal se a polícia aparecesse e pegasse Seamus Camphor correndo na direção oposta à dele. *Pense.* Jeb chegou à conclusão de que, se deixasse Seamus morrer no deserto, logo iam presumir que fora jogo sujo e ele seria o principal suspeito. E assim, pela segunda vez na mesma noite, correu e alcançou Seamus, que tinha ficado sem munição.

Jeb se lembrou de um tio que disse que não existe jogo sujo quando a gente está perdendo. Jeb deu um chute brutal no tendão de aquiles de Seamus. Quando aquele homem enorme caiu, a sua arma também foi ao chão. Jeb tomou a arma e nocauteou Seamus, depois se deitou e caiu num sono profundo ao lado do colega.

Não há nenhum deserto no caminho de Memphis para Portsmouth, mas é assim que os contos da carochinha são contados. É assim que a ficção se transforma em fato e as falsas memórias viram lendas.

Em novembro de 1971, Jeb e Seamus ouviam as seguintes músicas no rádio a caminho de Boston.

The Carpenters, "Superstar"
Isaac Hayes, "Shaft"
Led Zeppelin, "When the Levee Breaks"
Marvin Gaye, "What's Going On"

The Rolling Stones, "Brown Sugar"
Rod Stewart, "Maggie May"
Bill Withers, "Ain't No Sunshine"
Three Dog Night, "Joy to the World"
Jean Knight, "Mr. Big Stuff"
The Osmonds, "One Bad Apple"
The Undisputed Truth, "Smiling Faces"
Paul Revere and the Raiders, "Indian Reservation"
Al Green, "I'm So Tired of Being Alone"

Boston tinha menos prédios do que Jeb esperava. Em 1971, três dias antes do Dia de Ação de Graças, ele e Seamus encontraram veteranos agitando copos descartáveis ou parados nas calçadas com placas de papelão que estampavam *Ajude um Veterano*. A era hippie, que os dois homens tinham perdido na guerra, estava chegando ao fim, e espiando do banco do motorista e do passageiro, ambos ficaram perturbados com o número de sem--teto na rua. *Cidade difícil, Boston*, pensou Jeb, mas se tivesse ido para Nova York, San Francisco, Los Angeles ou Chicago, teria encontrado dificuldade semelhante.

Você é Jimmy Vincent? Jeb chamou do banco do passageiro no caminhão. Jeb e Seamus haviam esperado uma hora na frente da casa de tijolinhos de Jimmy Vincent em South Boston antes que o bombeiro aposentado finalmente desse as caras.

Talvez? Quem quer saber? Jimmy Vincent os esquadrinhou. Seu rosto era puro couro. Ele tivera traços humanos antes, mas os maus hábitos abalaram drasticamente a testa e o queixo do homem. Jimmy trazia uma morena magricela a tiracolo. Se a garota tivesse vinte, teria dezenove. Se tivesse dezenove, teria dezessete. Ou menos.

Temos aqui no caminhão alguns móveis que lhe pertencem, explicou Jeb.

Falei para a Nancy ficar com eles, disse Jimmy Vincent.

Ela pensou que você poderia mudar de ideia mais tarde, insistiu Jeb. Enquanto Jeb falava, Seamus abriu as portas do caminhão e começou a descer com as mesas e as cadeiras. Jeb deixou Jimmy Vincent com os papéis e foi ajudar Seamus.

A garota chegou perto do caminhão e cutucou o forro da mesa de jantar. Bateu palmas, animada: Tudo isso... *para nós?*

Jimmy Vincent balançou a cabeça: Qualquer coisa que venha da Nancy dá azar.

Onde você quer que a gente coloque tudo?, perguntou Jeb.

Jimmy Vincent acendeu um cigarro: Deixe na sarjeta.

Seamus ficou horrorizado com o descaso do homem em relação ao seu legado inanimado: Esses móveis eram da sua *família.*

A menina passou as mãos pelo espaldar alto das cadeiras de madeira e voltou para a calçada, sussurrando algo no ouvido de Jimmy Vincent. Ele deu de ombros: A garota voltou a bater palmas com empolgação e disse: Deixem os móveis na varanda. A gente pode vender tudo amanhã.

Estão vendo só? Jimmy deu uma baforada de fumaça, apontando sem olhar em direção à jovem: Acabei de conhecer essa aí não faz nem um mês, e já está planejando o resto da minha vida, crente que eu quero que ela faça parte dela.

Jeb e Seamus descarregaram a mobília na varanda enquanto a morena brincava de dança das cadeiras e Jimmy Vincent, inclinado na mesa de jantar, fumava Pall Mall e falava da ex-esposa. Do quanto a odiava. E de quanta infelicidade o futuro lhe reservava sem o ódio que vestia como um casaco velho. Talvez ele nem a odiasse. Talvez só odiasse os dois juntos. Juntos, eles eram uma tempestade.

Jeb estava aprendendo mais sobre o trabalho com mudanças. Fazer mudanças não tinha a ver com os objetos. Tinha a ver com a história por trás deles. Os erros cometidos quando se dava um voto muito grande de confiança a pessoas, lugares ou coisas. As coisas tinham história. E de pensar em toda essa história, Jeb ficou agradecido por ter pouca bagagem.

A lanchonete vinte e quatro horas tinha um letreiro néon piscante. Ao entrarem, Jeb e Seamus viram o balcão retangular e as banquetas altas e se lembraram dos donuts da Krispy Kreme na terra natal. Os donuts com cobertura expostos na vitrine estavam de dar água na boca, e as garçonetes vestiam uniformes verdes e brancos com os nomes em etiquetas, assim como as garçonetes da Kress no Condado de Buckner. Um cartaz anunciava: *Melhor Hambúrguer de Boston.* Eles se sentaram ao balcão. Seamus tamborilou os dedos na superfície e pediu para Jeb comprar um café enquanto ele dava uma mijada. Uma garçonete, cujo uniforme combinava com os olhos verdes, se aproximou. Ela deu uma olhada no ambiente antes de arrumar o guardanapo, a faca e o garfo diante do assento vazio de Seamus. E só então Jeb. Vários olhos se depositaram sobre ela. Jeb, que era sensível a essas coisas, sentiu os olhares mesmo antes de se virar na banqueta e confirmá-los. O local estava apinhado. Ele procurou um rosto que refletisse o seu. Não havia nenhum. Jeb se virou, com as mãos em concha sob o casaco fino. Lá fora, uma neve rala como talco se transformava em gelo e granizo.

Dois cafés, por favor, pediu Jeb. A garçonete sorriu e encheu rapidamente a xícara de Seamus. Quando aproximou a cafeteira da xícara de Jeb, uma garçonete idosa que os observava em silêncio de longe se aproximou de braços cruzados.

Sinto muito. Não temos café, ela disse. Os seus olhos miravam a colega, mas as palavras miravam Jeb.

E o que ela está segurando na mão? Não havia queixa no tom de voz de Jeb. Apenas realidade.

Não é café, a garçonete velha respondeu. Ela tinha um coque igual ao de tia Flora. Jeb suspirou: Tem chá?

A garçonete idosa negou com a cabeça: Também não.

E água?

Ela se virou para Jeb e não piscou. Se você beber rápido e sair.

A gente está na estrada há muito tempo, Jeb disse, apelando para a humanidade da mulher mais velha. A garçonete de rabo de cavalo estava vermelha como um pimentão. Ela encheu um copo de água para Jeb. Ele estava com sede, mas o orgulho o impediu de tocar no copo. Tanta gente tomando café e você não tem mais? Jeb já tinha participado de *sit-ins* no Condado de Buckner, Geórgia. Não esperava ter que fazer o mesmo no Norte. Com o sono embaralhando a cabeça e o fedor da viagem envolvendo o seu corpo, não sabia se teria energia para protestar.

A garçonete mais velha se voltou para a mais nova: Viu o que você fez? Você conhece as regras. *Conserte isso.*

E saiu. A garçonete jovem sussurrou: Não faça isso comigo. Só faz uma semana que estou aqui. E preciso deste emprego.

Jeb respondeu, em um tom mais alto do que esperava: Sou veterano do Vietnã. Eu sou americano.

A garçonete jovem suspirou. Seamus saiu do lavatório. Subiu na banqueta e bebericou o café. Onde está o seu café?, perguntou, percebendo pela primeira vez a garçonete e o silêncio e a xícara vazia de Jeb.

Eles não têm café, Seamus.

Seamus continuou a saborear a sua bebida. Ainda estava processando no seu tempo lento. Aquele cartaz diz: *Melhor Hambúrguer*. Meu Deus, o que eu não daria por um hambúrguer com uma porção extra de cebola frita por cima. Lá onde a gente mora, usam cebola Vidália. Você acha que eles têm Vidália aqui?

Jeb teve vontade de quebrar a cara de Seamus: Como é que vou saber se eles nem têm a porra de um café? Coma o que tiver que comer. Faça o que tiver que fazer.

Jeb se levantou e saiu do restaurante. Seamus sorveu o restante do café devagar e ficou em pé. Bem, acho que não vou pagar por este café aqui. Só um idiota paga coisas que não existem.

Seamus seguiu Jeb. Eles subiram no caminhão de mudanças. Jeb assumiu o volante e Seamus lhe atirou as chaves. Se eles conhecessem a região ou se Jeb tivesse consultado o seu *Green Book*, poderiam ter ido à parte negra de Dorchester em South Boston. É claro que, naquele bairro, o jogo poderia virar, e Seamus poderia passar a ser o indesejável. Assim como muitas outras cidades dos Estados Unidos em 1971, Boston estava dividida em fronteiras raciais. Três anos depois do episódio de Jeb no restaurante, a *busing crisis* iria parar nos jornais de todo o país. E não seriam poucos os sulistas que ririam com sarcasmo da hipocrisia do Norte.

Eles já estavam arrancando quando a garçonete de rabo de cavalo e olhos verdes saiu às pressas da lanchonete segurando um saco de papel manchado de gordura. Ela se aproximou do banco do motorista: Não é muito. Um hambúrguer com batata frita para vocês dividirem.

Obrigado, disse Jeb.

Ela voltou correndo para o restaurante e parou na porta: Meu irmão mais novo está lutando lá.

A tempestade de neve do Dia de Ação de Graças em 1971 deixou milhares de pessoas ilhadas. Jebediah Applewood e Seamus Camphor ficaram presos em Portsmouth, New Hampshire, por cinco dias. Nancy Vincent se desculpou pelo chão de madeira e ofereceu cobertores, travesseiros e sacos de dormir para o conforto dos homens. Eles sobreviveram à base de sanduíches de peru e uma sopa fajuta de peru. A sopa encheu a barriga, mas, tirando isso, Nancy basicamente os ignorou e leu os livros que o seu filho, um advogado bem-sucedido em Nova York, havia mandado. Seamus disse que agora entendia por que o ex-marido a tinha deixado, pois Nancy não fazia nada para acolher um homem a não ser dar o pão de cada dia. O pão de cada dia fez Jeb pensar em Myrtle.

Jeb olhou para a neve e saiu para ajudar Nancy a desobstruir a entrada da garagem. Ele se agasalhou com uma camada a mais de roupa: casaco de flanela, luvas de camurça e um jeans forrado que ficava largo no seu corpo. Nancy havia guardado algumas peças de seu ex-marido que não suportaria abandonar. Jimmy Jr., ela dizia. Um dia Jimmy Jr. pode querer as roupas. Eles abriram caminho por entre o monte de neve. Nancy parou para recuperar o fôlego: O cheiro dele não sai.

Quando a tempestade deu uma trégua, Seamus caminhou sete quadras até o bar da região e Jeb andou nove quadras na direção oposta até a loja de produtos naturais. O dono do estabelecimento simples era Boone McAllister, o amigo de infância do filho de Nancy Vincent. A loja não tinha um estoque grande: cestos de plástico com nozes e soja e uma máquina grande de moer grãos, leguminosas e feijão para fazer farinha ou pasta de nozes. Jeb não sabia, mas estava testemunhando a evolução da dieta macrobiótica fundada pelo médico japonês George Ohsawa. Boone McAllister tinha aderido às ideias de Ohsawa sobre nutrição e resolvido pôr a coisa em prática na loja.

Boone McAllister disse a Jeb que a reunião havia sido cancelada por causa da tempestade, mas que, se ele precisasse de um lugar para dormir, tinha um espaço no porão e na sala dos fundos.

O porão era sujo e tinha o teto baixo. Havia cadeiras e mesas dobráveis, como as que o pessoal do Sul usava para jogar baralho. Cerca de meia dúzia de homens. Alguns com o odor de dias sem sabão grudado na pele e nas roupas. Eles vinham pela sopa e pelos sanduíches que Boone McAllister oferecia toda semana. Jeb descobriu com esses veteranos do Vietnã que havia uma base da Força Aérea por perto e alojamentos em conta em Seacrest, mas a falta de isolamento térmico congelava até os ossos. A Marinha tinha confundido as plantas de Seacrest com os alojamentos construídos na Virgínia.

Os veteranos falavam sobre guerra. Os veteranos falavam em teorias da conspiração. Todos eles tinham um palpite sobre a CIA. Alguns juravam ter visto aviões carregados de heroína saindo do Vietnã. Eles falavam de experiências com LSD. E de escolhas difíceis. O assassinato de um oficial para salvar o pelotão.

Jeb não havia pisado em solo no Vietnã e preferiu ficar quieto. Em geral, ele acreditava que era melhor ouvir do que falar, e ficou tão surpreso quando finalmente teve algo a acrescentar que tudo fez sentido. Ele descreveu a visita à clínica para veteranos no Condado de Buckner, Geórgia, e o soldado raivoso com a careca brilhante que parecia que não coordenava as ideias direito. Contou que o soldado fora arrastado aos chutes e berros por causa de papéis que agora Jeb tinha certeza de que o homem não sabia ler. Ele não mencionou o oficial Nelson Mammoth.

* * *
Na véspera do dia programado para a partida de Jeb e Seamus, Boone McAllister ofereceu um emprego a Jeb na loja de produtos naturais. Ele tinha notado o jeito que Jeb tinha de parar de repente e depois avançar. O jeito de dobrar as cadeiras e mesas depois de uma reunião e como estava sempre lendo os panfletos. Ele tinha notado que Jeb vivia enfiado nos livros de receitas macrobióticas.

Estou pensando em parar de comer carne de porco, Jeb anunciou.

Você está a caminho do vegetarianismo.

Não sei.

Então Boone McAllister disse: A gente está precisando de alguém aqui para ajudar a abrir e fechar a loja. Você acha que consegue operar o caixa?

Na volta para a casa de Nancy, Jeb acreditou ver uma mulher que se parecia com Myrtle entrando em um carro distante. Ele não vira outra pessoa negra desde que chegara a Portsmouth (mas depois descobriria que os negros viviam em Portsmouth desde a Guerra de Independência dos Estados Unidos). Ele chamou a mulher e ela se virou com os dentes da frente espaçados e um olhar de "acho que não te conheço". Ela não se parecia nadinha com Myrtle e se afastou a passos largos. Ainda assim, a lembrança de Myrtle fez o corpo de Jeb reagir da forma mais prazerosa. Ele ficou de pau duro.

Jeb procurou uma cabine telefônica e encontrou uma toda coberta de neve. Quando o seu corpo relaxou, fez uma ligação a cobrar para Myrtle Hendricks. Na terceira tentativa, Myrtle aceitou a chamada interurbana de Jeb.

O que você acha de morar em New Hampshire?

Myrtle havia esperado a ligação dele sem esperanças. Ela não se permitia ter esperanças.

Nunca estive aí, respondeu.

Talvez você devesse vir?

New Hampshire é todo um estado.

Jeb falou perto do telefone: Vamos tentar primeiro em Portsmouth. A gente vê como se sai.

Myrtle respondeu após uma longa pausa: Preciso de um endereço.

Jeb passou o peso do corpo para o outro pé: Te ligo assim que tiver um.

Seamus Camphor sabia que não conseguiria convencer Jeb a voltar para o Condado de Buckner. Os dois homens deram um aperto de mão breve, pois nenhum se sentia à vontade com despedidas. Seamus subiu no caminhão de mudanças da empresa e reconheceu que teria uma viagem de volta bastante tediosa. Ele nunca teria outro amigo negro nem se daria ao trabalho de causar sofrimento a pessoas negras. E anos mais tarde — muito tempo depois de Jebediah Applewood virar terapeuta a serviço da Base Aérea de Pease em Portsmouth —, Seamus Camphor reclamaria do seu confinamento no Norte. Diria que tinha desenvolvido artrite por causa do frio que suportara naquele Dia de Ação de Graças. Diria que o frio havia dominado o seu corpo e a sua mente. Diria que perdera a batalha, mas ganhara a guerra e reacendera o seu dom para combater incêndios.

O Terminal Rodoviário de Portsmouth ficava ao lado de um hotel. Jeb reservou um quarto para ele e Myrtle passarem a noite. Nancy Vincent emprestou o seu Cadillac rosa para Jeb buscar Myrtle. *Romance*, Nancy disse: *Eu sou doida por um romance. Parte do meu problema é isso.*

Myrtle desceu do ônibus Greyhound com uma mala — não teve confiança total para trazer todas as suas coisas, sabendo como os homens podiam ser volúveis. Tinha trancado as portas de casa e deixado as chaves com as primas, a quem havia prometido mandar notícias.

Ela ficou no terminal olhando para os dois lados, esquerda e direita. Mesmo lá dentro, Myrtle estava genuinamente surpresa com o frio. Mas ela havia acompanhado a previsão do tempo e trazido um sobretudo para si e outro para Jeb. Quando Jeb a viu, aproximou-se e pegou a bagagem dela.

Você deve estar cansada, Myrtle, disse.

Você também, ela respondeu.

Eles saíram do terminal de braços dados.

Juntos.

ELOISE DECOLA

1947 1958 1968

Bessie Coleman foi a primeira mulher que Eloise Delaney amou — mesmo antes de saber o que era amor. Há uma fotografia retangular recortada do *Buckner County Register*, um jornal negro local, de Coleman em pé sobre o pneu esquerdo do seu biplano Curtiss JN-4 "Jenny". Sua mão direita, que veste uma luva, repousa sobre a cabine. Ela usa roupas especiais de aviação e olha diretamente para a câmera. A fotografia tem pelo menos trinta anos e data de 1926, o ano da morte prematura da pilota, mas, para os pais de Eloise, o acidente poderia ter acontecido ontem. Eles eram os bêbados da cidade e lidavam com o tempo de um jeito meio estranho.

"O homem não foi feito para ter asas", disse Herbert Delaney.

"Essa não era uma peça ou sei lá?" Delores Delaney estalou os dedos. *"Todos os filhos de Deus têm asas?"*

Herbert deu de ombros. "Ela botou o carro na frente dos bois. Querendo voar assim."

"O que você está falando, Herbert?" Delores Delaney beijou as mãos finas e compridas do marido. "Você tá dizendo que Deus queria que o avião dela caísse? Deus queria que Bessie morresse?"

"Olha, Ele com certeza não queria ela viva. Senão a droga do avião não teria dado pane."

O avião de Bessie Coleman caiu durante uma demonstração empolgante em Orlando, Flórida. Delores Delaney gostava de se gabar de que estava lá bem no meio da plateia na manhã em que "Brave Bessie" foi catapultada a seiscentos metros do chão, mas Eloise já sabia que não dava para confiar na palavra de um bêbado, principalmente se esse bêbado fosse a sua mãe.

Contudo, Eloise se lembrava das raras noites de sua infância quando se sentava à mesa da cozinha em um banco quebrado entre a mãe e o pai, e os três examinavam o recorte de jornal, e ela não precisava competir pela atenção deles com a cerveja, o uísque ou o gim.

Os pais de Eloise trabalhavam em uma fábrica de processamento de frutos do mar a uns três quilômetros da cidade. Eles cresceram abrindo ostras e tirando a carne de caranguejos e limpando peixes. Receber um salário para fazer algo que era tão natural para eles era como ser pago para sair de férias. Eles conseguiam fazer tudo de olhos fechados sem perder a velocidade. Às vezes, os seus dedos ansiosos se mexiam durante o sono, descartando as brânquias e a barriga grávida da carangueja e extraindo a carne branca e macia. De vez em quando, o gerente da fábrica se via forçado a punir Herbert e Delores por chegarem bêbados ou atrasados ou por faltarem, para dar exemplo aos outros empregados. Ele os punha para curar a bebedeira no olho da rua, e Eloise passava fome até que os pais conseguissem se imiscuir de volta pelos portões da fábrica.

A fábrica de frutos do mar ficava em um armazém que dava para uma marisma. Na temporada de caranguejos, Herbert e Delores levavam a filha para se juntar ao trabalho com eles. Das janelas altas, ela espiava as garças e gaivotas e pelicanos e águias--pescadoras e biguás pretos como carvão vasculhando a marisma em busca de alimento.

Meus pais cuidaram de mim mais do que descuidaram. Essa era a meia verdade que Eloise recordaria com as amigas. Se ela repetisse a frase em alto e bom som, quase conseguiria acreditar. Mas do alto de seus nove, dez, onze anos, magricela e espichada, com os cotovelos projetados, dava um coice bem na virilha de algum menino se um deles falasse alguma maldade sobre os seus pais ou sobre as suas roupas de segunda mão.

Lá vem a menina das roupas velhas, observava o coro da vizinhança.

Olá. Adeus. Tenham a bondade de beijar o meu traseiro preto, respondia Eloise Delaney.

Ouviu só? Pobrezinha. É porque os pais não dão educação pra ela. E assim seguia o refrão.

De segunda a sexta: Eloise ia a pé para a escola cinco vezes por semana. Fizesse chuva ou sol. Quando chovia, ela pegava um pedaço de plástico e improvisava uma capa. Mais tarde, quando mais velha, ia às compras com as namoradas, dava uma olhada nas capas de chuva coloridas vendidas a quarenta dólares ou mais e balançava a cabeça. *Mas é claro que os jovens não têm nada. Que tipo de tecido frágil é esse?* Ela resmungava e reclamava e comprava a capa de chuva para a namorada de qualquer maneira, pois Eloise Delaney cuidava de suas mulheres.

Eloise não viajava longas distâncias para ir à escola quando era pequena. Não via vacas e porcos pastando no caminho. A escola que frequentava todos os dias não era uma casa de um só cômodo no meio do nada. Saint Paul's of Redemption era uma escola católica para negros que ia do ensino infantil à faculdade, comandada por freiras com rostos da cor do leite não pasteurizado. Elas precisavam de sombrinhas à tarde para se proteger da luz inclemente do sol.

Em 1958, no primeiro dia de Eloise no sexto ano, ela morava a três quadras da Saint Paul's of Redemption, mas essas três quadras pareciam três quilômetros para um estômago vazio e uma cabeça erguida. Um estômago vazio diz a uma cabeça erguida: *Você pode ser arrogante se quiser, mas eu vou roncar.* Um estômago vazio diz a uma cabeça erguida: *Você levanta esses ombros raquíticos como se escorassem o mundo, se quiser, mas eu devolvo uma cólica.* Um estômago vazio diz a uma cabeça erguida: *Estou profundamente ofendido por não ter sido alimentado esta manhã, agora veja só o que aconteceu. Você me deu gases.* Um estômago vazio diz a uma cabeça erguida: *Dobre-se e me agarre antes que eu bote esse vazio para fora no seu primeiro dia de aula. Vou vomitar no seu vestido de brechó.*

* * *

Ela não chorou, a Eloise. Mas o seu colo estava molhado. Ela pôs um guardanapo sobre a área úmida e acompanhou a aula da melhor forma que pôde, mas foi só uma questão de tempo até desmoronar e se distrair. Estou com cheiro de vômito? Eloise se agitou na cadeira. Ela não conseguia parar quieta. Sua professora, irmã Mary Laranski, uma freira jovem que tinha feito os votos recentemente, poderia ter recorrido à régua para esfolar as mãos de Eloise. Em vez disso, deu uma boa olhada na turma: negros, alguns uniformizados, outros não, em sua maioria pobres. Sua voz tremeu ao se dirigir aos novos alunos.

"Meninos e meninas, vocês conhecem Shakespeare?"

Reuben Applewood levantou a mão. "Já ouvimos falar dele."

"Bem", respondeu a irmã Mary Laranski, "o que vocês ouviram?"

Reuben manteve os olhos fixos na carteira. "Ele era inglês. E escreveu peças de teatro. 'Ser ou não ser: eis a questão'."

A irmã Mary Laranski sorriu. Reuben Applewood era o menino mais inteligente da sala. No fim do ano, ela recomendaria que pulasse uma série.

"Sou da opinião", ela disse, "de que uma vida sem Shakespeare nem chega a ser uma vida. Abraham Lincoln recebeu uma belíssima educação lendo Shakespeare e a Bíblia. Alguns de vocês não virão à escola todos os dias ou nem mesmo toda semana, mas, se puderem manter Shakespeare por perto, nem tudo estará perdido."

Ela falou com um pouco de sotaque. O sotaque ficava mais evidente quando estava nervosa. As crianças perceberam e ficaram curiosas.

"De onde você é, irmã Mary?", um dos alunos perguntou.

"De um lugar que você provavelmente não conhece." Não havia um mapa na parede. A irmã Mary Laranski gravou na cabeça que precisava comprar um. Pegou um pedaço de giz e rabiscou um mapa no quadro-negro. O desenho a acalmou.

"Sou de Budapeste. Uma cidade na Hungria."

"Você sente saudade de lá?", outro aluno indagou.

"Sentiria se conseguisse lembrar. É só crescer e a gente lembra tudo de trás para a frente."

A irmã Mary, logo todos descobririam, sempre chorava nas cabines do banheiro da Saint Paul's of Redemption pela família que a havia mandado ao convento. Os alunos a apelidaram de irmã Mary Chorona, pois ela ensinava Shakespeare e chorava como Ofélia. Mas Eloise não estava nem aí para nada que a irmã Mary Chorona falou no primeiro dia de aula. Ela agora entendia aquilo que se chamava amor. Ele se apoderou de Eloise — pegou-a de jeito quando Agnes Miller se sentou na carteira à sua frente e abriu o estojo.

O cabelo de Agnes Miller estava preso em dois rabos de cavalo úmidos com tranças perfeitas. De olhar para ela, alguém poderia achar que havia surrupiado o armário da jovem Natalie Cole. Sim, para Eloise, parecia que a filha de Nat King Cole se aboletava na Saint Paul's of Redemption a bel-prazer como se ali fosse a casa dela. Típico. Eloise ouvia o seu coração fazer *tum tum tam tam tum* como o motor do Buick nada confiável de seus pais, que funcionava direitinho por um tempo e parava do nada, e todos tinham que sair e empurrar o carro de uma ladeira até o motor pegar de novo ou, pior, tinham que ficar à beira da estrada esperando um estranho dar uma carona. Essa Agnes Miller não encarou Eloise nem sequer uma vez. Não a olhou de soslaio nem franziu o nariz nem riu ou sorriu com tristeza de suas roupas de segunda mão como as outras crianças faziam. O pior insulto que Agnes Miller dirigiu a ela foi se sentar ali com as mãos cruzadas no colo com indiferença, como se Eloise não existisse. Eloise se perguntou se Agnes tinha sentido o cheiro de vômito vindo de seu vestido. No intervalo para o almoço, que eles faziam na sala de aula, ela observou Agnes mordiscando o que parecia ser meia dúzia de biscoitos de lavanda em miniatura. Agnes passou a língua na cobertura lilás de todos menos de um antes de parar e oferecer a Eloise um biscoitinho que acabara de lamber. Eloise balançou a cabeça: *Não, obrigada*. Ela resolveu que essa pitada específica de soberba não seria tolerada. Na volta para casa, quando Reuben Applewood e os outros bons samaritanos já tinham ido embora, Eloise falou a alguns dos colegas: *Ouçam; vejam só*. Ela arrancou um galho de uma amoreira e tirou todas as folhas. Seguiu Agnes Miller pela calçada e, quando se preparava para chicotear as pernas negras e brilhantes de Agnes, foi surpreendida pela menina, que arrumou a mochila no ombro e unhou o rosto de Eloise como um gato de rua. Eloise voltou para casa no seu vestido de brechó fedorento com marcas de arranhão em toda a cara.

"Quem fez isso?", Delores Delaney quis saber.

"Uma garota chamada Agnes", respondeu Eloise. A mãe limpou o rosto da menina com uma toalhinha úmida e com hamamélis. Passou manteiga de cacau nos arranhões.

"De quem ela é filha?", perguntou Herbert Delaney. "Qual é o sobrenome?"

"Não sei", Eloise respondeu.

"Ela é Applewood?", o pai perguntou. Eloise não suportava quando os pais mencionavam os Applewood. Eles eram a família negra mais antiga da cidade e tinham um filho por sala.

"Não", retrucou. "O sobrenome é Miller."

Delores Delaney franziu a testa por alguns segundos e deu uma pancada na orelha de Eloise. "Menina idiota", exclamou. "Essa é a filha do sr. e da sra. Miller. O pai dela é maçom. Eles são alguém. Você não sabe o que acontece quando um ninguém mexe com um alguém?"

Delores e Herbert Delaney carregaram Eloise até a casa de Agnes Miller e a fizeram se desculpar com a menina e com os pais dela. Para Eloise, era corriqueiro odiar os pais, mas, naquele momento, não havia como odiá-los mais. Quando voltaram para o bangalô, Eloise se recolheu na cozinha e encarou o recorte de Bessie Coleman. Ela ergueu os braços como se fossem as asas de um biplano Curtiss JN-4 "Jenny" e fingiu que planava.

O fogo avançava pela varanda frontal e se instalava na cozinha, onde as cortinas o alimentavam, assim como as latas de gordura para fritar peixe e frango. Os pais de Eloise dormiam com os braços e as pernas entrelaçados no sofá da sala. No seu quarto ao lado da cozinha, Eloise acordou com uma lufada de fumaça invadindo suas narinas. Ela chamou o pai e a mãe, mas só ouviu o crepitar do fogo. Eles tinham deixado um cigarro queimando na varanda e o queimador aceso sob a frigideira de alumínio na qual haviam fritado fatias grossas de presunto para o jantar.

* * *

Ela os chamou de novo — *Mãe? Pai?* — e deslizou sobre a barriga como um réptil para evitar a investida da fumaça. Encontrou-os roncando no sofá. Por um instante, assistiu às chamas lamberem as paredes da sala e pensou: *Talvez fosse melhor.* Depois, correu pelo corredor protegendo a boca da fumaça com o vestido que a mãe largara no chão e recuperou o recorte de Bessie Coleman da parede da cozinha. Ele estava um pouco chamuscado nas bordas, mas não havia sido consumido pelo fogo. Eloise chispou da cozinha rumo à porta de entrada pelo corredor. Mas, a cada passo, sabia que seu coração não permitiria deixá-los lá. Mais uma vez, aproximou-se do sofá e os chutou praguejando.

"Saiam agora", gritou Eloise. "Levantem essas malditas bundas imprestáveis da merda do sofá."

Assim que saíram, o teto desmoronou.

O Corpo de Bombeiros do Condado de Buckner era comandado somente por homens brancos. Eles chegaram depois que o fogo havia tragado tudo, mas a tempo de impedir que as casas ao lado fossem atingidas. Os bombeiros apagaram as chamas com baldes de água e duas mangueiras compridas. O comandante, conhecido como Seamus Primeiro, avô de Big Seamus, que geraria Seamus III, que geraria Fofão Seamus IV, era um Camphor. Os homens da família extinguiam incêndios desde a Guerra Civil, com exceção de Charles Camphor, que se tornaria banqueiro.

Eloise traçou o contorno do que um dia fora a sua casa, iluminada pelo fogo. O céu pairava tão perto do chão que a menina pensou ver a lua descer para tocar as brasas. Esse era mais um momento humilhante para Eloise: o seu pai na rua de ceroulas encardidas e a mãe de camisola suja e rasgada, com os vizinhos se agrupando ao redor deles, tentando jogar um xale para cobrir os ombros da mãe, que os afastava com as mãos, bêbada, enquanto discutia com o pai sobre quem fora responsável por deixar o cigarro queimando ou o fogão aceso. Eloise só pensava: *Devia ter deixado os dois morrerem.*

"Isso aqui não é um show", disse Seamus Primeiro, mandando seus homens afastarem as pessoas. Ele entendia que todo incêndio trazia consigo um insulto à privacidade. Não havia nada a recuperar ali. O fogo havia feito um banquete. E um belo de um banquete.

Foi a sra. Miller, mãe de Agnes, que parou na casa dos vizinhos na manhã seguinte com uma mala cheia de vestidos e calcinhas para Eloise. Ela recebia roupas usadas dos donos da Padaria de Gottlieb todo mês. As peças, em sua maioria, eram praticamente novas, mas ela não as vestia em sua filha. Ela e o marido eram pessoas parcimoniosas, mas só tinham Agnes. A sra. Miller não queria que a sua preciosa filha usasse roupas de segunda mão, então as guardava para crianças menos afortunadas.

Os vizinhos que abrigaram os Delaney na noite do incêndio começaram a pegar as peças para si. Eles já tinham quatro bocas para sustentar e três cômodos para dividir, contando com a cozinha. Ao ver todos os sete espremidos como sardinhas em lata, a sra. Miller soube que era hora de ser uma cristã de verdade e, pelo menos, oferecer ajuda.

"Eloise não deveria perder um dia de aula se houver como evitar", a sra. Miller falou para Herbert e Delores Delaney. "Uma criança que falta na escola sempre perde algo importante."

Ela soube por meio de fofocas de Flora Applewood que Eloise fora aceita com uma bolsa parcial na escola no ano anterior. A sra. Miller conversou com os Delaney a sós na varanda de trás da casa dos vizinhos e decidiu que Eloise ficaria com os Miller por uma ou duas semanas. Herbert e Delores pediriam ao supervisor da fábrica um cantinho ali para dormir até que encontrassem algo mais permanente.

Duas semanas depois do incêndio que destruiu a casa, Herbert Delaney disse à esposa que o fogo não fora acidental. Eles estavam no apartamento de um cômodo que haviam alugado atrás da fábrica. Delores, que sempre tinha achado Herbert um bocado paranoico, disse que ele deveria tomar uma cerveja e repensar o assunto. Ele tomou uma ou duas cervejas e depois falou à esposa que iria parar de beber. Ela riu. Em mais de uma ocasião, os dois haviam feito um pacto para deixarem a bebida. Mas o pacto nunca se cumpria. Os dois formavam um casal de bêbados aéreos, quase sempre felizes, e o resto do mundo, incluindo a filha Eloise, girava na órbita deles. Então, naturalmente, quando Herbert disse que daria outra chance ao AA, Delores deu de ombros.

Com cinco semanas de sobriedade, Herbert decidiu visitar os pais. Eles eram pescadores em New Orleans. Ele deu um gole no uísque e bochechou a bebida como se fosse um enxaguante bucal. Engoliu o uísque e ficou aliviado ao constatar que não teve vontade de uma segunda ou quinta dose. Naquela noite, eles se deitaram juntos, de braços dados. Mas, na manhã seguinte, Herbert se esgueirou ao raiar do dia e caminhou quinze quilômetros até a casa dos Miller. Levou um saco grande e marrom de papel com amoras recém-colhidas, um quilo e meio de camarão e duas latas de carne de caranguejo. Os camarões e a carne de caranguejo enlatada ele havia roubado em agradecimento aos Miller por cuidarem de sua filha, uma prática que a sua esposa preservaria. O sr. e a sra. Miller estavam na segunda xícara de café Maxwell House quando a campainha tocou. Ao ouvir a voz do pai, Eloise correu até a sala de estar usando uma camisola branca comprida, parecendo uma minininha pela primeira vez na vida. Herbert tinha vindo buscar Eloise, mas, quando a viu com aquela camisola, mudou de ideia.

"Eloise", disse Herbert, depois de uma pausa. "Você vem de uma família de encrenqueiros. Não ponha fogo na casa dessas pessoas em um ataque de raiva, entendeu?"

"Mas eu não fiz nada", respondeu a menina. "Não coloquei fogo na nossa casa."

"Não", Herbert apertou os olhos. "Mas ninguém lança um feitiço sem intenção. As palavras têm poder e a mente também. Sabemos disso em New Orleans."

Eloise desviou o olhar do pai. "Não vou queimar a casa deles."

Herbert Delaney queria dizer à filha que a amava. Mas o melhor que pôde oferecer foi um abraço e um beijo breve na testa. Se ele tivesse dito o quanto a amava, não teria escapado de lágrimas, recriminações e arrependimentos.

"Você pode ser alguém. Ou pode ser uma decepção", falou. Depois, vestiu o chapéu-coco e saiu.

Eloise nunca mais o veria.

Agnes Miller tratava Eloise com uma indiferença muda. Tanto que o interesse de Eloise por Agnes murchou bastante quando ela descobriu que as duas tinham pouco em comum. As garotas tinham onze anos, mas Agnes desenhava e estudava moda e passava horas no chão do quarto recortando moldes de vestido McCormick e os espalhando por todo o cômodo, até na cama de Eloise. Ela tocava música de brancos que já tinham morrido em um piano vertical de mogno. Cantava hinos de louvor para os pais com uma voz fora do tom que perfurava os tímpanos de Eloise. De segunda a sexta, Agnes era pastoreada das aulas de piano para as aulas de dança para as aulas de etiqueta para a ginástica e os estudos bíblicos, e Eloise ficava em choque com a ausência de reação ou de qualquer forma de protesto da garota. Sua mochila e seu sorriso estavam sempre a postos quando o sr. ou a sra. Miller a buscava na escola. Muitas vezes, Eloise os acompanhava e ficava sentada na sala de espera, lendo ou fazendo lição de casa, durante as aulas de Agnes. Os Miller perguntaram em mais de uma ocasião se Eloise também gostaria de aprender piano ou dança, mas ela sabia que os dois sentiam pena dela.

A irmã Mary Chorona continuou chorando pela família húngara em Kingston, Nova Jersey, mas derramava cada vez menos lágrimas conforme o tempo ia passando. Uma tarde, durante o recesso, ela ouviu os alunos falando que Eloise era uma pedra no sapato dos pais de Agnes. No dia seguinte, a irmã Mary Chorona aproximou-se da sra. Miller para ver se Eloise poderia ajudá-la na sala depois da aula. Os Miller estavam juntando dinheiro para a primeira casa e a faculdade da filha. Estavam economizando para a aposentadoria e para uma viagem ao Havaí nas bodas de ouro. Era um alívio ter para o tempo de Eloise uma ocupação que não perturbasse as suas carteiras.

Primeiro, Eloise e a irmã plantaram vários feijões em caixas de ovos e as colocaram em um parapeito de janela iluminado pelo sol. Depois, elas decoraram um calendário com o nome de cada aluno para que a sala inteira pudesse registrar o crescimento dos feijões. Grudaram a Declaração de Direitos na parede e desgrudaram os chicletes endurecidos debaixo das carteiras. Organizaram a obra de Shakespeare por título e categoria: comédias, tragédias, peças históricas e sonetos. Limparam os apagadores cobertos de pó e reforçaram com cola a lombada gasta da *Enciclopédia Britânica*, lendo aqui e ali passagens que as interessavam. Fizeram uma breve pausa para comer pé de moleque, um doce que a irmã Mary Laranski amava. Quando tudo foi concluído, elas esticaram um mapa-múndi grande que a irmã tinha pedido na Loja dos Professores em Nova York e, com muito cuidado, o colaram ao lado da lousa.

Foi a irmã Mary Chorona que notou o talento de Eloise para matemática. "Bem", disse ela uma tarde, depois que Eloise resolveu os exercícios de frações e divisão de polinômios com o pé nas costas. "Se você leva jeito para matemática, me parece lógico que também possa ter um bom ouvido para línguas."

Ela conduziu Eloise pelo mapa-múndi e descansou a mão na Hungria. Destacou o lago Balaton, o mais comprido da Europa. "Repita comigo... Eloise."

Bem-vindo	*Isten hozta*
Olá	*Jo napot kivanok*
Como vai?	*Hogy van?*
Como você se chama?	*Mi a neve?*
Meu nome é Eloise	*A nevem Eloise*

Foi assim que Eloise aprendeu húngaro. E a avaliação da irmã Mary Chorona estava certa: a criança tinha mesmo um excelente ouvido para idiomas. Mais tarde, já adulta, Eloise daria a volta ao mundo e cataria pedaços de línguas como alguns pegam batatas fritas em um restaurante fast-food. Ela sempre guardaria na memória a irmã Mary Laranski, que, nos quatro anos de passagem pela Saint Paul's of Redemption, confessou à menina sobre o estudante de medicina turco por quem tinha se apaixonado na Universidade Rutgers, contra a vontade dos pais. *É para o convento que você vai*, disse a irmã em húngaro. *Turcos e húngaros não se misturam.*

THE ANCIENT HUNGARIAN ALPHABET

"Olha só se não é a preta da Agnes com o seu lindo e longo cabelo!" Se a irmã Mary Chorona era açúcar, a Madre Superiora era terebintina. Ela parava Agnes Miller no corredor ou na escada.

"Bom dia, Madre Superiora", Agnes sempre dizia com doçura.

"Os seus modos são tão encantadores, Agnes", respondia a Madre. "Me diga, como uma garota escura como você consegue ter um cabelo comprido tão lindo?"

Agnes olhava para os sapatos oxford preto e branco e, quando não respondia, a Madre Superiora dava um puxão no seu rabo de cavalo. Era desse mesmo modo que a Madre puxava o hábito da irmã Mary Chorona ou apagava as luzes do convento minutos antes de as freiras se recolherem ou as castigava por se olharem por muito tempo no espelho ou pelas suas risadas proibidas durante a noite de cinema ou de palavras cruzadas.

Uma tarde, Eloise bebia água no bebedouro. Ela acabara de terminar uma rodada de softbol com os meninos e estava sem fôlego. Agnes se aproximou e ficou na fila para tomar água. As duas garotas não socializavam na escola nem tinham os mesmos amigos. Além do *bom dia* e do *boa noite*, mal se falavam. A Madre Superiora apareceu ao lado de Agnes e puxou o seu cabelo com tanta força que a menina guinchou.

"Esse cabelo", ela disse. "O que uma menina negra como você está fazendo com um cabelo longo tão bonito?"

Eloise congelou no bebedouro. Olhou para a Madre de cima a baixo. "Não vai mais ser bonito ou longo se você continuar puxando assim. O cabelo dela é *bunito* por causa que a mãe dela passa a escova cento e uma vezes toda noite."

Eloise chorou quando viu a sra. Miller desfazer as tranças de Agnes pela primeira vez. A forma como ela lavava o cabelo volumoso da filha com água de alecrim e sálvia, preparando os próprios xampus e sabonetes, pois achava os comerciais muito agressivos. A sra. Miller deixava um pente e uma escova para Eloise arrumar o próprio cabelo, e Eloise fingia que Bessie Coleman — a estilosa e detalhista Bessie Coleman, que era tão atilada para cuidar da aparência, incluindo sua juba perfeita, como era quando voava — a ajudava a pentear, escovar e repartir os fios.

É claro, a Madre Superiora não sabia de nada disso quando agarrou Eloise pela orelha e a arrastou até a sua sala, onde pegou uma régua de madeira grande e deu três bordoadas brutas nas mãos da menina, uma por impertinência e as outras duas por erros de gramática e de sintaxe.

Ninguém nunca saberia que a Madre Superiora se desdobrara para tentar manter a Saint Paul's of Redemption de portas abertas. Em 1976, quando a escola para negros finalmente fechou, apesar dos esforços da Madre, e os alunos afro-americanos se dispersaram nas escolas católicas tradicionalmente brancas do Condado de Buckner, a mulher de cabelo grisalho e olhos de pedra fez cento e dezessete ligações pessoais com as mãos cheias de manchas senis. Ela implorou, ameaçou e persuadiu em nome dos alunos que odiava amar e amava odiar. Mas em 1958 ela era terrível.

Agnes esperou Eloise do lado de fora da sala da Madre Superiora.

"Por que é que você foi retrucar?", Agnes disse em um sussurro furioso. "Os puxões de velha não me machucam. Quando ela puxa o meu cabelo, eu só conto até três e penso alguma coisa malvada sobre a mãe dela."

"Tipo o quê?", quis saber Eloise, massageando a mão direita, que estava sensível e inflamada.

Agnes saiu de perto da sala da Madre junto com Eloise. "A mãe dela é tão gorda que, quando dizem que lá fora está um forno, ela pergunta que horas sai o bolo."

Eloise deu uma olhada para trás e franziu a testa. "A mãe *dela* é tão gorda que, quando toma banho, não consegue ver os pés."

Agnes cochichou: "A mãe dela é tão burra que, se falasse o que pensa, ficaria muda".

Eloise soltou risadinhas. "A mãe dela é tão burra que, quando fala o que passa na cabeça, a cabeça responde que foi pescar."

Agnes riu. "A mãe dela é tão feia que, quando se levanta, o sol se esconde."

Eloise assentiu. "A mãe dela é tão feia que o diabo viu ela chegando e disse para Deus que estava pronto para voltar pro paraíso."

Agnes balançou a cabeça. "A mãe dela é tão feia que se olhou no espelho e o espelho chorou, 'Oh, tenha piedade de mim. Sua megera feiosa. Chega'."

Eloise e Agnes continuaram com os insultos até o fim do intervalo, acompanhadas por metade das crianças que estavam no pátio. Reuben Applewood, seu irmão mais novo, Levi, e o seu primo comprido Jebediah eram os juízes, pois qualquer jogo que envolvesse a mãe de alguém poderia descambar rapidamente para a pancadaria, e onde mais eles iriam parar senão de volta à sala da Madre para tomar outra bordoada na mão ou, se o Espírito mandasse, no traseiro?

Daquele momento em diante, as duas meninas se tornaram inseparáveis. Eloise dormia na parte de baixo da bicama de Agnes, de onde cumpria o seu ritual noturno de estudar o recorte de jornal chamuscado de Bessie Coleman antes de cair no sono. Ela lia em voz alta para Agnes, recontando as aventuras de Bessie Coleman na França e na Alemanha, para onde tinha ido aprender a pilotar aviões, pois as escolas de aviação dos Estados Unidos não aceitavam pessoas de cor. Amelia Earhart e as outras aviadoras brancas da época de Bessie tinham nascido em famílias ricas que podiam bancar aviões para elas ou lhes proporcionar aulas particulares. Mas Bessie seria a primeira afro-americana a ganhar a licença internacional de pilota. Ela estudaria com alguns dos melhores pilotos da Europa, como Anthony Fokker, o Holandês Voador, e se tornaria mestra em ousadas acrobacias aéreas. Pilotaria um dos primeiros aviões comerciais em Friedrichshafen, na Alemanha, e planaria sobre o palácio do cáiser em Berlim. Voltaria para os Estados Unidos para ser uma minicelebridade e se apresentar em demonstrações arriscadíssimas por todo o país para arrecadar dinheiro para uma escola de aviação para negros.

O recorte de Bessie Coleman virou a história preferida de Agnes antes de dormir. Ela escutava Eloise ler em silêncio e fechava os olhos. Eloise repetiu as aventuras de Bessie nos primeiros anos de adolescência das garotas. Ela nunca se permitia dormir antes. Deitada na cama, aspirava o sabonete de hortelã do banho que Agnes tomava toda noite. A banheira tinha até uma tábua de madeira com um espaço para encaixar um livro se Agnes quisesse ler. Às vezes, a sra. Miller colocava uma tigela com fatias de maçã na tábua. Ela mergulhava as maçãs em xarope de sabugueiro para espantar os resfriados.

Aos quinze anos, as meninas continuaram a dividir o quarto, mas passaram a dormir em camas de solteiro separadas. Eloise aspirava o doce aroma, mas resistia ao ímpeto de subir na cama de Agnes. Seu coração continuava a fazer *tum tum tam tam TUM* como o motor do Buick nada confiável de seus pais. Ela esperava que o motor morresse de vez, mas, quando a adolescência chegou e as garotas continuaram a dormir no mesmo quarto, só que em camas separadas, o coração de Eloise começou a bater tão forte que uma noite ela se sentou na cama e foi até Agnes, que dormia de touca para não acordar com o cabelo embaraçado. Eloise viu que os olhos de Agnes estavam abertos e que repousavam sobre ela. Eloise se ajoelhou como se fosse rezar e beijou Agnes na boca, que ainda tinha um gostinho da pasta de menta. Agnes não resistiu; ela só pareceu espantada porque o beijo foi muito rápido, e então apertou os lábios de Eloise contra os seus para beijar a amiga mais longamente.

Mais tarde, quando Agnes escolheu os homens, ela diria a Eloise: "Você fez isso comigo".

E Eloise retrucaria: "Eu te dei um beijo. Foi você que colocou a língua. A língua é testemunha".

E Agnes inclinaria o seu pescoço de cisne para o lado. E piscaria com timidez. "Não desdenhe sem provar, Eloise. Não é possível que você não tenha pelo menos um pouquinho de curiosidade."

Eloise responderia: "Agnes, prefiro morrer a ser uma hipócrita". A ideia de ser penetrada por um homem era, para Eloise, o mesmo que ser pregada em uma cruz. Ela não via lógica nesse tipo de sofrimento.

Elas estavam no segundo ano da Faculdade do Condado de Buckner quando Agnes conheceu Claude Johnson. Claude era engenheiro na companhia de aviação Southeast Aviation. Para piorar a situação, era primo de terceiro grau de Eloise por parte de mãe. Eloise o odiou na mesma hora. Na tarde em que ele se sentou ao lado de Agnes no balcão da Kress, Eloise pediu que o diabo o carregasse. E, naquela mesma noite, a última noite em que Eloise e Agnes fariam amor, ela disse a dura verdade a Agnes.

"Não vai durar, Agnes."

"Nem nós", Agnes respondeu com rispidez. Pela manhã, Agnes tratou Eloise com total indiferença.

Eloise não sabia dizer se os Miller tinham ciência dos interesses de Agnes. Aos olhos dos pais, as filhas são sempre irrepreensíveis e estão acima de qualquer suspeita, então era possível que o diácono Miller não fizesse ideia do que se passava entre as duas jovens. Mas antes mesmo de Agnes levar Claude Johnson em casa para apresentá-lo aos pais, a sra. Miller havia feito a mala de Eloise.

"Foi um prazer ter você aqui", disse, pressionando dinheiro na mão de Eloise.

Eloise não contou o dinheiro. Seu coração era uma enorme bola de fogo laranja. Ela fechou os olhos. "E para onde é que eu vou?"

"Com a sua idade, eu já estava casada. Siga a sua estrada." Para o gosto da sra. Miller, Eloise já tinha abusado da hospitalidade dois anos a mais do que o recomendável.

A mãe de Eloise ainda morava ao lado da fábrica de processamento de frutos do mar. Havia rumores de que estava "vendo" o dono. Delores Delaney deixava camarão, carne de caranguejo ou peixe fresco uma vez por mês. Um belo dia, veio carregada com um pedaço enorme de tubarão-mako, que a sra. Miller marinou e grelhou em espetos. Eloise sabia que os tubarões dormiam de olhos abertos. Foi uma das muitas coisas que a irmã Mary Chorona lhe ensinara. Mas a irmã havia renunciado aos votos sagrados e voltado para Nova Jersey para se casar com o turco quando Eloise estava no nono ano. Eloise tinha certeza de que nunca mais ouviria falar de sua mentora. Ela sabia escrever, falar e ler húngaro, mas para quê? Nunca havia cruzado com nenhum húngaro. As pessoas só fugiam ou a expulsavam.

"Vou procurar o meu primo King Tyrone na ilha Tybee", disse Eloise por fim. "Ele é o único parente decente que eu tenho."

"Bem, foi um prazer ter você aqui", a sra. Miller repetiu.

A mãe de Agnes preparou o café da manhã preferido de Eloise: bacon defumado com bordo, ovos mexidos, suco de laranja fresquinho e fatias de maçã com xarope de sabugueiro por cima. Agnes chegou tarde para o café e mal olhou para Eloise. Quando Eloise se levantou para partir definitivamente, Agnes a seguiu até a porta e perguntou se ela se importaria em deixar o recorte de Bessie Coleman como lembrança.

"Agnes", Eloise respondeu, "quero sair daqui numa boa. Então, de verdade, pode beijar o meu traseiro preto."

Agnes suspirou e se abanou com um leque invisível. Se a sua mãe não estivesse presente, teria ronronado: "Mas, Eloise, já fiz isso".

O primo de Eloise, King Tyrone, disse: "Acho que seria mais fácil se você gostasse de alguém com partes do corpo opostas às suas".

Eloise deu risada de King Tyrone, pois poderia ter pensado em algo assim consigo própria, mas ouvir aquilo dito de tal forma pela boca de King Tyrone a fez lembrar da complicação de coisas contra as quais não aguentava mais lutar. Eles estavam na varanda dos fundos que dava para a marisma, limpando verduras. À sua esquerda, Eloise tinha um balde com água salgada para deixar as verduras de molho e tirar os bichos. À sua direita, um saco de papel para as partes estragadas que não tinham salvação. No meio, uma tigela de madeira cheia de folhas recém-colhidas que ela picava com a mão. Assim as verduras seriam cozidas em água até ficarem bem tenras.

"Tyrone, você já viu alguma coisa nesta porcaria de mundo ser mesmo o que parece?"

"Olha", logo respondeu King Tyrone, "tem um quarto aqui com o seu nome na porta pelo tempo que você precisar."

Eloise quis perguntar de onde tinha vindo tanta calma, mas já sabia que a vida na água era o suprassumo da felicidade para o primo. King Tyrone era pescador, como os pais. Sua mãe e seu pai tinham sido pessoas reservadas, esquivando-se de reuniões de família e encrencas, festas de sábado à noite e eventos da igreja. Nada os animava mais do que falar do tempo, pois o tempo influenciava a féria do dia. E a féria do dia influenciava o dia. King Tyrone tinha quinze anos quando o mar levou seus pais.

"É muita bondade sua, primo. Vou dormir muito bem hoje à noite."

Mas a calmaria da vida à beira-mar só serviu para contrastar com a inquietação de Eloise. Na primeira semana lá, ela começou a fumar cigarros Pall Mall. Na segunda semana, deu um beijo de despedida em King Tyrone e usou o dinheiro dado pela sra. Miller para pegar um ônibus de volta à cidade. Foi até a Alfaiataria Anderson, uma loja de roupas masculinas, e saiu de lá com um sortimento de calças, camisas, coletes e blazers masculinos estilosos. Atravessou a rua e deu uma espiada na vitrine de uma loja de artigos para homens. O chapéu-coco que comprou era parecido com o de seu pai. Eloise colocou-o levemente na diagonal. Ela não tinha dúvidas de que usava o seu com mais elegância.

Eloise e Agnes estavam matriculadas nos mesmos cursos na Faculdade do Condado de Buckner, mas Eloise não conseguia mais confiar no próprio coração perto de Agnes. Ela trancou o curso e arrumou um emprego como caixa em um mercado do centro. Era uma mulher galã, principalmente de camisa e calças sociais, e não demorou muito até cair nas graças de mulheres solteiras e casadas que chegavam no balcão com caixas de leite e ovos e fórmula infantil e sabão em pó. Ela fazia elogios fáceis e puxava assunto com as mulheres, indicando os corredores com ofertas e avisando sobre o picadinho estragado que tinha ficado no açougue por tempo demais.

Sua primeira namorada depois de Agnes foi uma mulher casada chamada Grace Bell. Grace era uma cópia barata de Agnes, mas era parecida na sua relação distanciada com o mundo. *Deve ser coisa de mulher bonita*, pensou Eloise. *Só uma mulher bonita pode se dar ao luxo de ser tão despreocupada e indiferente.* O marido de Grace era assistente de vagão. Ganhava uma boa grana levando o trem da Ferrovia Seaboard Air Line para cima e para baixo na Costa Leste, ou seja, ficava fora por algumas semanas.

Em um domingo, Eloise foi visitar a mãe, que ainda levava camarão e carne de caranguejo semanalmente para a família de Agnes.

"Sobre o camarão", disse Eloise. "Você tem que parar de levar comida para aquelas pessoas. Meu tempo lá acabou."

Delores Delaney estava pajeando uma lata de cerveja Miller. No passado, ela tivera o corpo mais bonito da cidade. Mas a bebida havia transformado o vinho em vinagre.

Delores desviou o olhar de Eloise e grunhiu. "Não sabia que tinha parido um filho. Seu nome deveria ser Earl."

"É isso que você tem para me dizer depois de ser uma porcaria de mãe por todos estes anos?"

"Olha", respondeu Delores, pegando um dos cigarros de Eloise, que estavam na mesa entre as duas. "Eu bati em você?"

"Não."

"Alguma vez eu comi e não deixei você comer primeiro?"

Eloise riu. "Não que eu me lembre. Mas às vezes você me deixava passando fome."

"Eu também passava fome."

"Mas não passava sede."

"Querida, até nisso eu fui boa mãe. Você não pode dizer que te ofereci bebida."

Eloise considerou o que a mãe tinha dito: "Talvez você devesse parar".

"Essa é a minha *doença*, Eloise."

A verdade das palavras da mãe deu uma chacoalhada no cérebro de Eloise.

"O papai parou", ela tentou.

"E foi embora. Você fica sóbrio e tem que deixar todos os seus arrependimentos para trás."

Eloise acendeu um cigarro. "Você nunca disse que me amava."

"É por isso que você tá andando por aí vestida de homem?"

"Não, mãe, é só uma daquelas coisas que pais carinhosos falam para os filhos. É uma coisa que eu falaria para os meus filhos se *eu* tivesse algum."

Delores baforou a fumaça do cigarro em direção à filha. "Olha, sinto muito pela ausência do meu amor." Ela se levantou e andou até a geladeira.

Eloise ficou em pé e circulou no pequeno apartamento estúdio. Seus olhos examinaram tudo para captar alguma evidência de um namorado ou do dono da fábrica de frutos do mar. A casa de sua mãe estava bem-arrumada, para a sua surpresa. Em um canto, contra uma parede de tijolinhos vermelhos, ela empilhava latas de cerveja e saca-rolhas. Havia um método na disposição das pilhas. Nos anos 1980, em Berlim, Eloise veria instalações de arte empilhadas da mesma forma e pensaria na mãe.

"Fica com o camarão", Delores empurrou um saco nas mãos de Eloise. "Eles são do tipo jumbo e ainda estão com a cabeça."

Eloise deu os camarões para Grace, que fez uma panela de gumbo de primeira.

Eloise morava em um apartamento mobiliado de um quarto no fim de uma rua suja onde as crianças da vizinhança viviam brincando. As crianças gostavam dela porque despejava palavrões cabeludos quando a chamavam de Eloise Sapatão e porque, depois do trabalho, às vezes se juntava a elas na queimada. Eloise estava chupando um picolé de laranja e pulando amarelinha com as crianças quando o marido de Grace apareceu com o seu cinto de caubói. Primeiro, ela pensou: *Alguma criança vai levar umas no traseiro.* Mas então o marido de Grace passou pelas crianças e veio em sua direção. Ele segurou o cinto com a fivela dourada solta na outra ponta e, antes que Eloise pudesse se proteger, agarrou-a pelo braço e começou a bater nela com a fivela, começando pelas pernas e subindo até os quadris, o peito, o pescoço e o rosto. Era o cinto feito sob medida que a sua esposa havia encomendado de Dallas, Texas, como presente de aniversário de casamento.

As crianças do bairro se enfureceram com aquele bacana invadindo o território delas por bater em alguém da turma e pularam no marido de Grace. Ele as derrubou como se fossem brisa, mas parou. Muito provavelmente, as crianças salvaram a vida de Eloise, pois o marido de Grace não queria machucar crianças, nem por acidente. Ele viera para matar Eloise.

Ele deixou Eloise toda surrada e ensanguentada na rua. Apenas duas horas antes, a sua esposa lhe havia servido um banquete com um dos melhores gumbos de camarão que ele já tinha provado. Mas depois, quando os dois foram para a cama, Grace gemeu o nome de Eloise Delaney.

Flora Applewood usou ervas do jardim para fazer o rosto de Eloise desinchar. Abriu folhas compridas de *Aloe vera* e aplicou o gel no lábio inferior da jovem, que a fivela do cinto havia partido em dois. Com a agilidade de um gavião, dava voltas na cama baixa com dossel, mergulhando e tirando as roupas grudadas no sangue coagulado de Eloise. *Com cuidado*, advertira os sobrinhos Reuben, Levi e Jebediah Applewood, que tinham carregado Eloise pelos três lances de escada até o apartamento dela. Os rapazes foram bem zelosos, porque Eloise Delaney havia estudado com eles na escola católica e porque a família Applewood considerava execrável levantar a mão para uma mulher.

A tia Flora falava em voz alta para manter Eloise consciente e para acalmar os próprios nervos retesados. Quando os sobrinhos foram embora, Flora disse para Eloise que, aos dezesseis, fora para Nova York morar com um primo. E que se deparara com o primo vivendo em um apartamento imundo de um cômodo só com uma banheira de metal na cozinha. E que as pessoas sempre iam para o Norte e exageravam ao descrever as condições de vida por orgulho ou para atrair mais familiares. Mas se você quer se dar mal na vida, que não afunde mais ninguém.

Sabe de uma coisa, Eloise, disse Flora. *Espero que você se recupere bem, porque, com essa pele clara, os hematomas podem aparecer mais se virarem cicatrizes.* Eloise, que nunca tinha se visto como alguém de pele clara, estudou os próprios braços. Como é que ela não sabia disso, ou tinha aprendido a não ligar? Pele é pele, disse consigo mesma.

Durante a recuperação, Eloise não soube de sua mãe, de sua namorada Grace nem de Agnes Miller. As notícias da surra só chegariam a King Tyrone bem depois do ocorrido. Foi Flora que ficou imóvel à beira da cama e escutou a sua respiração. Foi Flora que leu o artigo sobre Bessie Coleman para Eloise, da mesma forma como ela havia lido para Agnes. Foi Flora que alisou o seu cabelo com uma escova bem quente. Foi Flora que disse a Eloise, com tantas palavras, para fugir.

Eloise se alistou na ala feminina da Força Aérea. Um dia antes de se apresentar ao serviço, deu um presente para a amiga. Soltou o coque puxado para cima de Flora, tirou o ruge fraco dos seus lábios, penteou o seu cabelo e desabotoou o seu vestido metodicamente fechado e desenrolou as suas meias-calças bege e arrumou os sapatos lado a lado ao pé da cama baixa. Abriu o fecho do sutiã branco e desceu a calcinha branca e pediu para ela se deitar e ficar calma, e tia Flora, que fora bondosa sem esperar nada em troca, não protestou, porque já tinha sido jovem um dia e também vítima de brutalidades e ternuras.

Mandaram Eloise para a base da Força Aérea Lackland na cidade de San Antonio, Texas, onde ela se destacou no treinamento básico e parou de fumar. Havia duas ou três mulheres com quem poderia ter se envolvido, mas, naquelas oito semanas no campo de instrução militar, ela mal tinha tempo de recuperar o fôlego. Eloise corria de vinte a vinte e cinco quilômetros por dia, de manhã e à tarde, de acordo com o capricho do sargento encarregado do treinamento. Teve facilidade na pista de obstáculos e não vacilou no combate corpo a corpo. Os M16s e M14s deixaram as suas mãos suadas, mas ela se acostumou a manipulá-los. As soldadas ficavam sob supervisão constante, mas, apesar dos ataques de solidão intensa, Eloise optou pela camaradagem profissional. Ela não queria dar motivo para ninguém subestimar sumariamente sua inteligência ou questionar a sua ética. Flora Applewood também a instruíra sobre o poder do discernimento. *Olhe, mas não toque, Eloise. E, se tocar, que seja por sua conta e risco*: um precursor rudimentar de *Don't ask, don't tell.*

O Salão Leste da Casa Branca, 8 de novembro de 1967,
o presidente Lyndon B. Johnson assina H.R. 5894.

Após a instrução básica, veio o treinamento especializado. Eloise já conseguia datilografar noventa e oito palavras por minuto, porque na escola católica as meninas tinham que aprender datilografia e economia doméstica. Além de ter facilidade em matemática, ela também sabia falar latim e húngaro, que alguns consideram a língua mais difícil de aprender. Eloise não tinha jeito para ser enfermeira nem havia ido à guerra para trabalhar como secretária. Outra recruta sugeriu o Instituto de Línguas da Força Aérea.

* * *

Eloise levou o recorte de Bessie Coleman ao Instituto e o enfiou sob o travesseiro à noite. Sua heroína tinha aprendido a pilotar aviões com pilotos franceses e ases da aviação alemães. Sua heroína tinha arranhado o alemão e o francês. Por que não? Eloise se manteve concentrada e ocupada — não se deixava levar pelo pensamento em Agnes, que já tinha passado adiante Claude Johnson e agora estava com um homem chamado Eddie Christie, parente distante dos Applewood. Ela não sabia o que mais a magoava: a inclinação de Agnes para homens ou a rapidez com que os trocava. Dois dias após receber do Instituto de Línguas o certificado em francês e alemão com a segunda nota mais alta da sala, Eloise soube por Flora Applewood que Agnes se casara com Eddie Christie. Ela fez uma solicitação de transferência imediata para o Vietnã.

No dia 29 de janeiro de 1968, ela se apresentou na Base Aérea de Tan Son Nhut, perto de Saigon — dois dias antes da ofensiva do Tet. A Base Aérea de Tan Son Nhut era o aeroporto mais movimentado do Sudeste da Ásia — alguns dizem do mundo — e estava prestes a se tornar um dos alvos mais atingidos durante os ataques do exército vietcongue e do exército do Vietnã do Norte contra as forças militares americanas e os seus aliados no Vietnã do Sul. Os ataques coincidiram com o Ano-Novo vietnamita e foram acompanhados de mísseis, foguetes e tiros de rifle de longo alcance. Eloise, mal recuperada do jet lag depois de dezesseis horas cruzando o Pacífico, acordou no meio do que jurava ser um sonho de merda e sentiu o quartel feminino tremer sob seus pés. Espiou da janela do seu beliche mísseis de cento e vinte e dois milímetros cruzarem o céu. Houve tremores e explosões quando os projéteis caíram. Eloise pensou no seu antigo lar. Quando uma casa pega fogo, todo mundo perde e ninguém ganha.

Ela foi designada como analista especial de inteligência no quartel-general. Suas responsabilidades incluíam debruçar-se sobre dados primários de comandantes e de homens que trabalhavam na dianteira da linha de frente em missões de reconhecimento. Eloise identificava discrepâncias nos relatórios da inteligência para evitar baixas, analisava a geografia e o transporte local, planejava rotas de fornecimento de suprimentos por entre desfiladeiros de montanhas. Mais tarde, diria que os oficiais da inteligência eram oito ou oitenta, e que a atenção aparentemente corriqueira ao detalhe exigia demais deles. Eloise retomou o hábito de fumar um maço por dia. Passava de dez a doze horas diárias ouvindo gravações, estudando entrevistas dos degar, um povo nativo que vivia nas montanhas do Laos, Camboja e Vietnã e que era aliado dos Estados Unidos. Os degar não tinham escrita. Dependiam da tradição oral, o que não era muito diferente dos ancestrais de Eloise da costa da Geórgia.

Todas as quatro Forças Armadas — o Exército, a Marinha, a Aeronáutica e a Fuzilaria Naval — estavam posicionadas em

Tan Son Nhut. Nas casas noturnas de Saigon e nos bares na base, Eloise socializava com as tenentes negras. Com o devido juízo, ela fazia o máximo para manter os relacionamentos próximos, honestos e platônicos. Como tinha ganhado a reputação de boa corredora, conseguiu convencer seus supervisores a deixarem-na entrar em combate pela vigilância da inteligência. Ficava muito empolgada em participar dessas missões. Ela tinha certeza de que, em outras circunstâncias, daria uma bela tenente ou até mesmo uma comandante, mas, durante a Guerra do Vietnã, as mulheres não podiam participar do serviço ativo nem usar armas. As enfermeiras foram as primeiras mulheres da Força Aérea a serem destacadas para o Sudeste da Ásia devido à escassez de enfermeiros. A habilidade de salvar vidas e lidar com as perdas emocionais e físicas da guerra (para os seus pacientes e para elas próprias) tinha possibilitado que mulheres alistadas, como Eloise, fossem ao Vietnã.

Nas cartas para Eloise, Flora Applewood sempre perguntava se ela havia trombado com Reuben ou Jebediah Applewood em alguma missão da Marinha. Eloise respondia que não, mas a verdade é que tinha encontrado Jebediah Applewood em uma casa noturna na baía de Subic. Ela se aproximou; Jebediah virava doses de martíni e seus olhos irradiavam um vermelho diabólico. Tinha os braços pendurados em duas mulheres, e Eloise sacou no ato que uma era uma prostituta americana enviada para alegrar os soldados e a outra uma garota filipina vestida de Marilyn Monroe. Eloise se enfureceu ao ver Jebediah Applewood esfregando as patas com descaso nas mulheres. Sabia que os soldados agiam assim, mas não tinha brincado no parquinho da escola com os outros. Eles não tinham subido três lances de escadas com ela quase morta depois de uma surra.

"E aí, primo?", disse Eloise.

Jebediah não estava drogado o suficiente para achar que os dois eram parentes. Quando era mais novo, tivera uma queda por Eloise Delaney, que se misturava aos meninos numa boa. Ele percorreu a figura masculina com os seus olhos chapados e não ficou nem um pouco desmotivado pelas possibilidades. Na ponta oposta do bar circular estava sentada a então namorada de Eloise, que fazia serviços administrativos na Base Aérea de Tan Son Nhut. Eloise sinalizou que poderia demorar um pouco.

"Quer uma bebida?" Jeb virou-se para o bartender sem esperar a resposta de Eloise.

"Beleza." Eloise pegou Jeb pelo braço. "Por que você não vem comigo lá fora?"

"Não quero deixar Eddie sozinho", respondeu Jeb, indicando com a cabeça o fundo do bar, onde um palco provisório havia sido montado e um homem troncudo se posicionava em meio a um grupelho de soldados, encenando o que parecia ser uma versão esquisita do *Hamlet* de Shakespeare. O homenzinho estava em uma escada de madeira. Ele havia recortado cortinas de seda coloridas e as transformado em figurinos. Seu elenco era uma mixórdia de soldados e civis. Alguns se sentavam em roda, como criancinhas, com perna de índio. Outros se balançavam em uma dança silenciosa, como se a peça, *Rosencrantz e Guildenstern estão mortos*, fosse uma lenta *drag music*. O ambiente estava empesteado de fumaça azul, e Eddie Christie espremia os olhos para decifrar as palavras no livreto que apertava entre os dedos roliços.

EDDIE

Tragédia, senhor. Mortes e revelações, universais e particulares. Desenlaces inesperados e inexoráveis, melodrama travestido em todos os planos, incluindo o sugestivo. Nós o transportamos para um mundo de intriga e ilusão…

Lá fora, Jebediah se encostou à parede.

"Como você está, Jeb?", perguntou Eloise, examinando o marinheiro. Jeb fora o Applewood mais esquisitão. Ombros estreitos curvados para dentro, membros muito compridos para o corpo. Agora ele tinha uma barba por fazer. Estava um pouco mais próximo do que se pode chamar de bonito.

Jeb acendeu um cigarro. "Já estive melhor."

"Todos nós, não é mesmo?", ela disse. "Sabia que eu e a sua tia mantemos contato?"

"Ah é? Que bom. E daí? O que tem?"

Eloise deu um soquinho na orelha de Jeb. "Não vou contar que te vi assim. Não vou contar a ela a natureza exata desse seu estado fodido."

Jebediah respirou fundo e depois expirou devagar. "A guerra combina com você, Eloise. Mas, para alguns de nós, essa merda nem é real." Ele se aproximou e Eloise ficou horrorizada com o seu hálito fétido, o cheiro de drogas e álcool saindo dos seus poros. "Não *pode* ser real."

"Quem é aquele baixinho na escada?" Antes mesmo de perguntar, Eloise já sabia a resposta.

"Aquele é meu primo *de sangue*. Eddie Christie", respondeu Jeb, soltando uma risada em seguida. "Ele é casado com a sua garota, Agnes. Eles têm duas filhas."

Eloise deu um soco na outra orelha de Jeb. "Cala a boca."

"*Por que você está fazendo isso?*", disse Jeb, cobrindo a orelha.

"Porque eu posso." Ela deu as costas para voltar ao bar.

Jeb a chamou. "Eloise, volta aqui. Eloise, você sabe… talvez a gente. Talvez eu pudesse… matar um pouco a saudade do Sul?" Ele deixou a pergunta pairando no ar até a intenção ficar clara.

"Jebediah Applewood" — ela sorriu —, "espero que você volte inteiro para casa. Enquanto isso, pode dar um beijo no meu traseiro preto."

* * *

Seis meses depois, o veículo militar de Eloise foi atingido por fogo inimigo em uma rota de madrugada entre o centro de Saigon e a Base Aérea de Tan Son Nhut. Eloise e dois oficiais foram arremessados do jipe. Alguns estilhaços perfuraram o joelho direito de Eloise e voaram em direção ao ombro de outro tenente. Eloise não tinha nenhuma arma para se defender. Enquanto os quatro oficiais homens abriam fogo, ela arrastou os pilotos feridos e se abrigou junto a eles sob o jipe. Deitada no chão com caças Cessna A-37 Dragonfly sobrevoando a sua cabeça, Eloise pensou em Brown Bessie — o apelido que seus pais haviam dado para Bessie Coleman — no seu Curtiss JN-4 "Jenny", fazendo manobras, mergulhos, riscando oitos bem alto no céu, onde nada podia alcançá-la e ninguém podia feri-la.

EU SEI ONDE MORA O VENENO
2008

A *dioxina matou o papai*, eu falo para a Claudia quando o papai desencarna na Casa de Repouso Riverside. Minha irmã me olha como se eu estivesse falando alguma baboseira absurda, um blá-blá-blá neurótico, lararirará. Repito, para o bem dela, que a dioxina é extremamente tóxica. O principal ingrediente do Agente Laranja. Aquela merda comeu o intestino do papai. Eu mostro recortes, artigos com manchas de nicotina, meu arquivo de testemunhos de outros veteranos da Marinha que serviram em porta-aviões no Vietnã. Mas Claudia se encolhe e projeta aquele queixo dela como fazia quando a gente era criança, fingindo ser aqueles caras britânicos sacais no navio de Shakespeare.

"Nem tudo é uma maldita peça", eu rosno. "Às vezes, a maldita peça não é tudo."

"Você está falando que nem um marinheiro."

"Sou filha de um marinheiro. E você também."

"Não é assim que se faz." Ela dá de ombros. "Não é assim que deveríamos honrar o nosso pai. Por que você não se permite viver o luto, Bev? Sinta o que tiver que sentir, é isso."

Eu sinto. Raiva. Porque o pai que conheço será enterrado em três dias. Depois disso, o seu corpo vai se desfazer, estufar e se partir ao meio a sete palmos abaixo do chão. Os vermes vão brotar para fazer o que têm que fazer, colaboradores e cúmplices da transformação dos seus restos mortais. A pele, a linda pele castanha do nosso pai, vai se soltar do esqueleto. Até mesmo enquanto dava banho nele esta tarde, a putrefação, a deterioração intestinal já tinham começado. O câncer de fígado deixa o corpo séptico. Quanto mais séptico, mais rápido é o apodrecimento de um corpo. O embalsamamento desacelera o processo, mas o processo já está em curso. Acontecendo. O atestado de óbito de Edward Christie dirá *choque séptico*. Eu preferia não pensar nessas merdas. Essas merdas que tentei arrancar da cabeça enquanto fazia meu último gesto de bondade, que foi lavar o papai. Não podia deixar as enfermeiras limparem o seu corpo frio, por mais que elas tenham sido incríveis. Era minha função. Minha forma de dizer adeus, *adiós, arrivederci, baby*.

Claudia fará o discurso no funeral. Falará coisas profundas apesar da tristeza e se derramará em elogios, mas eu que vi os lábios dele empalidecerem e os olhos castanhos dele perderem a luz. Claudia cantava no seu leito de morte: "Tudo bem, papai. Está tudo bem. Por favor, *vá para casa*". Ela estava lendo a porra da peça, *Rosencrantz e Guildenstern*.

Duas horas após a morte do papai, os lençóis já tinham sido retirados e o seu corpo carregado para a funerária. A cama de metal está vazia agora. Meus olhos abraçam as paredes lilases — um designer as classificaria como *malva*. Quando a saúde dele começou a piorar e os médicos disseram que ele tinha seis meses de vida, recorri à minha amiga Shirley. A gente era inseparável no passado. Shirley faltava às aulas para cheirar cocaína comigo no centro no banheiro do Nell's e da Limelight. Ela era safadinha, mas eu era mais. Talvez estivéssemos destinadas a uma gravidez conjunta na adolescência. As freiras da Escola Católica Nossa Senhora de Claremont fingiam não saber o que rolava quando aparecíamos de blusas grossas de tricô em pleno verão. Nossos colegas não fingiam. Eles zombavam com crueldade. Nossa atitude era desafiadora. Mas éramos meninas — meninas que se borravam de medo — tentando agir como mulheres adultas. Antes de contar para o Kevin, eu fui fazer um teste de HIV, mais pelo bebê do que qualquer coisa. A Cruz Vermelha havia iniciado o programa de conscientização e estavam oferecendo testes gratuitos pela cidade. Quando a enfermeira branca enfiou a agulha em mim, eu estava tremendo. "Você parece ser uma menina inteligente." O crachá dela dizia Barbara Camphor.

"Vou ficar com ele." Foi a primeira vez que me permiti falar essas palavras em voz alta.

"Está bem. Esse é um caminho."

Achei que ela estava sendo um pouco grossa. "Você acha que eu não deveria fazer isso?"

"Você já fez, querida. O trem já saiu da estação e está bem longe."

Eu me lembro de rir, mas minha vontade era de dar uma bofetada nela. Mas ela estava com a agulha. E tirava o meu sangue. "Você acha que devo ficar com esse bebê?" Eu tinha dado para vários caras, mas estava certa de que era filho do Kevin.

"Fica entre você e Deus."

"Você não está ajudando muito."

"Estou ajudando a descobrir se você tem o vírus da aids.

Espero que não, mas, se tiver, é bom que ache uma forma de sobreviver. Entendido?"

Ela tinha encontrado uma veia e só me furou uma vez com a agulha.

Uma picadinha e mais nada.

"Você está bem de vida?"

"Esse é o tipo de pergunta que eu gosto de ouvir de uma garota na sua situação. Esse é o tipo de pergunta que *eu* faria." Observei-a colocar os tubos de sangue em uma bandeja e escrever alguma coisa.

"Poderia estar melhor", ela respondeu. "Mas estou bem. E, às vezes, bem tem que bastar."

Fui eu que falei da escola de enfermagem para a Shirley. A gente conseguiu um diploma, mas não chegou a se graduar. Éramos parceiras nas baladas e também estudávamos juntas na minha casa. A hora do estudo era o único momento em que os nossos pais nos ajudavam, porque, quando finalmente abrimos o jogo, eles deixaram claro que tínhamos feito merda e que não aceitariam aquilo. Eu vi o rosto da minha mãe e do meu pai se iluminarem quando a Claudia foi para Columbia. Foi aí que me mudei para um apartamento estúdio com o Kevin, para não ter que ficar lá e vê-la ir para a faculdade primeiro. Ver a minha irmã mais nova indo para Columbia me magoou. Já que eu não podia ser especial, que se foda: seria independente. Segui o rumo da emergência. Shirley foi para a geriatria antes de se tornar enfermeira de cuidados paliativos. Foi ela que arrumou uma visita para mim em Riverdale.

"Vamos garantir que o seu pai faça a passagem com dignidade", disse.

Para um asilo, era um estabelecimento decente. "Ele não terá como pagar, Shirley", eu falei. O convênio dele não cobria um quarto particular.

"Bev", ela retrucou. "Já resolvemos isso. Deixa comigo."

Shirley instalou o papai em um quarto particular com uma cama a mais e com uma poltrona verde confortável para que Claudia, mamãe e eu pudéssemos passar a noite com ele. O quarto tinha vista para o jardim. No jardim, havia peras duras e pequenas que podiam ser arrancadas da árvore e tulipas e peônias e azaleias cor-de-rosa que me irritaram com seus ávidos botões.

Vinte e quatro horas antes de papai morrer, pensamos que ele poderia sair dessa. Nos últimos dois anos, ele estivera por um fio várias vezes, mas sempre se recuperava quando chegava quase lá. Mamãe havia dormido ao lado da cama dele. A grade de metal servira como travesseiro. Eu desci para fumar um cigarro. Claudia estava roncando na poltrona de couro verde que parecia uma La-Z-Boy de araque. Quando voltei para o quarto, papai estava sentado de olhos abertos e falava com uma voz tão forte que ninguém desconfiaria ter saído de um homem com cinquenta e dois quilos. "Cadê o sorvete de morango?" Eu dei meia-volta nos meus tamancos hospitalares, localizei uma enfermeira e eles trouxeram duas bolas de sorvete de morango em um copo descartável. Mamãe deu o sorvete de colherinha na boca do papai. Lambendo os beiços, ele começou a falar com aqueles caras britânicos como se estivessem no quarto com a gente.

"Olha só se não é o velho Ros e o velho Guil", disse. "Como é que vocês me acharam aqui? Estou vendo que finalmente desembarcaram. Sim, já estive melhor, é verdade."

A gente cresceu com papai fazendo discursos inflamados e tirando o chapéu pela casa para esses caras britânicos que mais ninguém via.

E mamãe disse: "Voltamos aos velhos tempos aqui".

E quando a Claudia ouviu o papai falar, ela deu um salto como a Bela Adormecida acordando de uma soneca muito longa e vasculhou a bolsa atrás do exemplar de *Rosencrantz e Guildenstern estão mortos*. A Claudia lia para o papai sempre que não sabia mais o que fazer. Ela chegou perto da cama e recitou as primeiras falas em que seus olhos bateram. "*Sórdido! Sem sinônimos. Um a um!*", Claudia declamou. No mesmo instante, ela era Rosencrantz. Papai sorriu. Então, eu aproveitei a deixa e virei Guildenstern. Não precisei ler as falas para encenar o meu papel. Nenhum de nós precisava, a não ser a mamãe, talvez, que nunca decorou as palavras, pois alguém na família tinha que ser o espectador e frear a loucura.

EU COMO GUILDENSTERN: *Declaração: Dois a dois. Ponto.*

CLAUDIA COMO ROSENCRANTZ: *Qual é o seu problema hoje?*

EU COMO GUILDENSTERN: *Quando?*

CLAUDIA COMO ROSENCRANTZ: *Como?*

EU COMO GUILDENSTERN: *Está mouco?*

CLAUDIA COMO ROSENCRANTZ: *Estou morto?*

EU COMO GUILDENSTERN: *Sim ou não?*

CLAUDIA COMO ROSENCRANTZ: *Temos alternativa?*

EU COMO GUILDENSTERN: *Deus nos deixou à deriva?*

Papai dava altas gargalhadas. Éramos os seus tolos britânicos rumando para a morte em um navio que ninguém podia parar, e suas risadas nos incentivavam a continuar. Era como se tivéssemos quatro e cinco ou nove e dez anos de novo, cheias de gracinhas na frente do nosso pai, exagerando na atuação. Mas, quando olhei novamente para o papai, o seu rosto havia se tornado uma máscara mortuária. Antes que pudesse me conter, arranquei o livro das mãos de Claudia, abri-o bruscamente bem no meio, onde tínhamos reforçado a cola das páginas anos antes. Eu teria rasgado aquela porcaria de livro em pedacinhos se não fosse Claudia gritar e bagunçar o cabelo crespo com a mão: "Beverly, por favor. *Não*", clamou.

"Meninas, meninas!", nossa mãe gritou.

Mas o papai ainda estava rindo, chapado de morfina. Até onde ele sabia, os caras britânicos estavam em ótima forma. Foi quando Minerva e Amendoim chegaram. Minerva me lançou um olhar de *"aqui não"*.

Mamãe voltou-se para Amendoim. "Leve a sua mãe com você para algum lugar, *por favor*?" E Minerva, que usava um vestido de alcinha no começo de uma primavera com uma boa dose de verão, trocou de lugar com mamãe e beijou o avô. Claudia ajoelhou-se no chão ao pé da cama e ficou de quatro, tentando segurar a capa do livro no lugar.

"Claudia", a mamãe disse. "Já consertamos uma vez e podemos consertar de novo."

Claudia olhou para mim do chão. "Tem um nome para mulheres que levam a vida como você."

Dei de ombros. "Vadia raivosa?"

"Mulher negra revoltada."

Papai parou de rir. Meus filhos me olhavam. "Qual é o problema de ser revoltada quando a situação pede?", perguntei.

Minerva me olhou de canto de olho. "As pessoas vêm aqui para descansar. Em paz."

Claudia se levantou e cumprimentou Amendoim, que estava satisfeito em ficar na porta. Ele amava o avô, mas moribundos o abalavam. "Desculpa, sobrinho", falou Claudia, "está um pouquinho turbulento aqui."

Queria dizer para ela largar de eufemismos. *Você parece uma branca. São os brancos que dizem* turbulento *quando querem dizer que há negros na sala. Quando você fala algo que um branco não quer ouvir, ele te olha como se você não estivesse ali e te pede para repetir, como se não conseguisse entender o que você está falando. A intenção é fazer você tropeçar e pensar que é incoerente. E quando um branco diz que houve uma mudança de planos, geralmente quer dizer que alguém está prestes a ser demitido ou dispensado ou jogado na sarjeta.* Eu trabalho na área da saúde e sou invisível para a maioria dos médicos até que eles precisem de algo, e Claudia vem para cima de mim com mais dessa lógica de brancos? Não existe nenhum esforço ou pretensão quando Claudia fala, e é isso que me tira do sério toda vez. Sei muito bem que nós duas fomos criadas no sul do Bronx, mas, sempre que olho para Claudia, começo a pensar se estou louca. Quem sabe a gente nem foi da classe operária no fim das contas. Vai ver a gente nasceu em berço de ouro e teve instrutores de SAT para garantir que ninguém ia sair da classe média alta. *Vai ver* a gente cresceu em um prédio com porteiro em Upper West Side ou em um quarteirão bacana do centro — porque a Claudia fala como se tivesse sido bem desse jeito.

Mas segurei a minha língua e o naco de paz que me restava e segui Amendoim em direção ao corredor. Virei para o meu filho. "Amendoim, o que as pessoas querem dizer quando te mandam ir para casa? Como você diz a um moribundo que vá para casa se esse é o único lugar que ele já conheceu?"

"Não sei."

"Ele está morrendo", falei para o meu filho. "Pura e simplesmente."

"Mamãe, eu te entendo" — Amendoim segurou o meu ombro —, "mas você precisa esfriar a cabeça."

"Sei que tenho pavio curto. Ele ficou queimando a manhã toda. Preciso de um cigarro."

"Eu pego pra você", ele respondeu, ansioso para achar uma desculpa para sair dali.

"Não, Amendoim. Eu tenho plena capacidade de arranjar os meus próprios cigarros. Você volte lá e dê adeus ao seu avô."

A primeira coisa que fiz ao chegar ao asilo nessa manhã foi vestir o avental cirúrgico. Não acredito em sinais, mas, pensando agora, talvez tenha sido um sinal de que o papai iria morrer hoje. Fiz uma promessa a mim mesma quando descobrimos que o caso dele era terminal — a de não confundir o meu eu profissional com a minha vida pessoal. Não queria ficar entorpecida ou ligar o modo enfermeira perto do papai. Queria ser a filha dele primeiro e a enfermeira depois. Quando saio do trabalho, nunca o levo para casa comigo. E quando vou trabalhar, vou limpa. Essa é uma das muitas dicas que ganhei do meu pai. Ele adotava o hábito inflexível de tirar o uniforme antes de voltar para casa. Tinha dois uniformes que levava para casa em uma bolsa de náilon para a mamãe lavar e passar. Devia ter uma regra neste país para os enfermeiros que vão trabalhar. Não entendo como tem gente que anda por aí de uniforme depois de pegar o metrô e lava as mãos e cuida de alguém. Não faço isso. Eu me troco e me limpo no trabalho. Não acredito em Deus, mas rezo por mim e pelos meus pacientes — os que conheço e os que estão saindo e entrando.

Tem uma música sobre os pássaros e as abelhas e as abelhas nas árvores. E a minha infância foi meio que assim. As borboletas e os pássaros e talvez até as porcarias das abelhas fugiram com as mentiras que os professores nos contavam na escola. Eles fugiram com aquela merda e espalharam tudo no nosso bairro, onde as pessoas de verdade, como os meus pais, estavam só tentando encontrar um rumo. E esperando que conseguíssemos encontrar um rumo também.

Sou um ano mais velha que a minha irmã caçula. Há certas coisas das quais ela não se lembra ou prefere se esquecer. Eu me lembro do papai comendo sanduíches de salame e vendo o noticiário noturno da CBS. Eu me lembro dele respondendo ao Tricky Dick. De como o quarto ficou silencioso quando ele morreu. De quando, após o último sopro de ar se esvair dele, não havia mais diferença entre o seu cadáver e a cama de metal que o sustentava.

Meu pai não foi convocado para a guerra. Ele se alistou. Meu pai comemorava o Dia da Independência todo ano. E o Memorial Day e o Dia dos Veteranos também. Meu pai cantava o hino nacional durante os jogos dos Yankees. Ele era inteligente, mas poderia ter sido mais. Não era pobre, mas poderia ter sido rico. Não foi o primeiro pai a falar para as filhas que elas eram as suas riquezas — nem o último. Eu não tinha nada a reclamar do meu pai. E isso me deixa triste pra cacete. Talvez tenha sido mesmo a fumaça dos escapamentos na ponte George Washington que o matou. Mas eu fico com a dioxina. Não vou dourar a pílula da feiura. Há pessoas mortas que deveriam estar vivas. As pessoas morrem todos os dias. E eu sei onde mora o veneno.

MINERVA, TOTALMENTE CONFUSA

2009

Quando pregaram o anúncio para o concurso de dramaturgia, eu não liguei muito. Eu estava de advertência na escola por causa da queda das minhas notas para Cs e um D, e tinha sido expulsa da orquestra da escola porque tinha faltado nos ensaios, e a minha viola estava parada em um canto perto da TV colecionando poeira porque minha mãe achava que eu ia me interessar em tocar de novo. Tinha também o sintetizador Suzuki, um presente do meu pai quando ele descobriu que eu desisti da viola, porque o negócio é o seguinte: quando você empaca, você precisa experimentar outra coisa para desempacar. A primeira semana com o sintetizador eu tentei mexer um pouco nele. Eu queria fazer minha mãe se sentir uma merda porque é mais ou menos, basicamente, culpa dela que nosso pai foi embora.

Quando meu pai pisou na bola do jeito que os homens fazem, em vez de ela mesma sair e pisar na bola também, minha mãe convoca uma sessão confessional na sala de estar para a gente falar merda. Como se eu quisesse ouvir que meu pai comeu alguma vadia. E é uma daquelas sessões em que todo mundo tem que ficar calmo e falar um de cada vez, mas então, é claro, todo mundo está tomando partido. Meu irmão, Amendoim, ele está, tipo, você fez isso mesmo? E o papai olha para o Amendoim, porque ele se pergunta, que nem eu faço algumas vezes, se o Amendoim não é metade bicha, não que eu me importe, alguns dos meus melhores amigos em LaGuardia são bichas, e eu, tipo, e agora? E agora? E minha mãe deixa meu pai mal e ele explica que não vai fazer de novo. Ela era uma colega policial e eles ficaram juntos mais por causa do estresse da vida na polícia, e a mamãe balança a cabeça e então está todo mundo fazendo as pazes como se nada tivesse acontecido, e por um momento tudo e todos estão tranquilos, até que mamãe começa a se animar, ela chega em casa e não está usando o batom escuro pra cacete que nossa prima Gladys usava para dar uma volta com ela, e mamãe corta aquele cabelo sem graça de pontas duplas e então coloca um texturizador e os cachos ficam pendurados naturalmente como os da tia Claudia, e ela está usando o perfume da Elizabeth Arden, e falo, alto de propósito para criar um tsunami dentro da nossa sala de estar, *Papai, você comprou um perfume da Elizabeth Arden pra mamãe?*. E recebo um chute por dizer isso e a mamãe me xinga por me meter no estilo dela e o papai diz, mas você nunca gostou de perfume. Perfume te dá dor de cabeça. Talvez eu esteja com fluxo hormonal, a mamãe diz. Porque agora eu consigo suportar o cheiro. Mas o papai é esperto demais para isso. Ele pega ela um dia em um food truck perto do Columbia Presbyterian dividindo o cigarro com um cara velho. Ela admite que tem um caso com esse cara velho da perna ruim chamado Chico, que vende roti e outras comidas em food truck porque não deu conta dos custos em Bed-Stuy, e a mamãe está, tipo, a gente só conversou, bom, vai ver a gente se beijou uma vez. O papai sabia que um homem e uma mulher podiam se beijar de um monte de jeitos diferentes. E é quando o papai começa a ficar de cara feia para a mamãe e não aparecendo para o jantar, e então ele começa a sair e andar com o pessoal do trabalho, que ele sempre chamou de um bando de homens vagabundos, e o papai está chegando tarde em casa toda noite, e a mamãe está trabalhando e fazendo o jantar e colocando os gêmeos na cama, e então eles começam a brigar todo o tempo, e Amendoim e eu ficamos no meio e é drama de gente pobre, nível de drama de Jerry Springer, e o papai pergunta como ele pode saber se os gêmeos são dele mesmo. Os gêmeos não parecem nem um pouco com ele, o que é total besteira. Ele diz que acha que Keisha e Lamar podem ser filhos do cara do food truck. E a mamãe diz que isso é ridículo porque o Chico ainda tinha uma loja em Bed-Stuy na época. E o papai pergunta como ela sabe o que o Chico tinha. Não é tudo o que o Chico tinha. E o papai foi embora e a mamãe ameaçou de conseguir uma ordem de restrição contra ele, e Amendoim e eu, a gente está, tipo, mãe, você não pode fazer isso. O papai vai perder o emprego. E o papai, tipo, ela faria isso comigo? Caramba. Isso é baixo. E ele se muda para o Arizona porque ele conhece alguns outros policiais lá. Ele faz um estardalhaço sobre mudar para Phoenix e eu penso, ele está esperando que a mamãe vá implorar para ele não ir. É como se já que ele disse que está indo embora ele tem que seguir em frente, e os dois ficam teimando cada um de um lado. Eu queria que eles voltassem, mas a mamãe, ela não pode ficar sozinha ou solitária, então ela começa a sair com o Chico. E não tem volta. O papai está fora e o Chico está dentro, eu estou tipo, foda-se isso. E ela, tipo, olha a boca e respeita os adultos. Eu pago o aluguel aqui. Então começo a sair com meus amigos e a cabular aula só porque estou com vontade, e meus professores dizem, ah sim, bom, isso é pelo despencar das suas notas, e eu meio que, e daí, e eles dizem mais um semestre e acabou, você está longe daqui, e estou tipo, merda, não, eles vão me mandar para a escola com alunos em recuperação. Meu irmãozinho está se gabando porque ele está na Bronx Science e pensa que é o próximo Steve Jobs. É quando eu mergulho nos livros e na escola de novo. Eu não posso, eu não vou, ser humilhada pelo Amendoim. E é quando vejo o cartaz do concurso de dramaturgia e o professor Bass, que é velho demais para estar dando aula no colégio, mas o maldito sindicato não pode mandar ele embora, diz, você podia provavelmente escrever algo decente se não fosse tão arrogante. Ele diz que metade dos alunos nessa escola não merece estar aqui. E reviro meus olhos e digo, bom, e daí, se você fosse eu e não tivesse que estar aqui sobre o que escreveria para um concurso para uma peça de quinze minutos? E o professor Bass diz, não sobre fazer trilha em Madagascar ou pescar com moscas na Mongólia. Escreva sobre algo que venha do coração. E é quando eu pergunto umas coisas para a idiota da minha mãe enquanto ela está tomando o café dela e comendo Dunkin' Donuts, porque agora que o papai se mandou ela ganhou alguns quilos. Ela diz, Minerva, tem um monte de pessoas que se elas tivessem aparecido em uma época diferente elas poderiam ter feito coisas incríveis. Seu avô foi um deles. E eu, tipo, que informação nova é essa? Ela me diz para ligar para a vovó. E a vovó, ela simplesmente está contente por eu ter pegado o telefone. Vovó me conta sobre a peça que o vovô encontrou em um barco no Vietnã. *Rosencrantz e Guildenstern estão mortos.* Aquela que a tia Claudia guardou. Eu fico brava com a mamãe de novo porque ela é uma cidadã de segunda classe. Eu escrevo uma peça sobre um homem em um barco lendo Shakespeare e então corta para as filhas dele lendo a mesma peça mais tarde enquanto ele está morrendo e eu ganho o segundo lugar, e quando eu mostro a peça para o professor Bass, ele cospe o café no terno detonado que ele sempre usa e começa a chorar. Eu me preparo para mais um sermão sobre o estado crítico das artes na cidade de Nova York e a luta dos artistas por dignidade diante da adversidade. Ou que ele podia ter ficado na Europa quando ele era mais jovem e então as coisas seriam diferentes. Mas o professor Bass seca os olhos com um lenço. Bem escrito, ele diz. E eu ganho minha fita e vinte e cinco dólares como prêmio de segundo lugar, e falo para o Amendoim me encontrar na Drama Bookshop na Times Square, e a gente compra *Rosencrantz e Guildenstern estão mortos*. Eles embrulham em um bom papel azul-marinho e a gente vai direto para casa. Mostro para a mamãe minha fita de segundo lugar e dou a peça para ela. Estou brava porque ela já tinha que ter comprado esse livro há muito tempo. A mamãe tenta me abraçar, mas eu pulo fora. Eu tenho um lugar para ir. Mas a mamãe não acredita. Ela me agarra forte. E ficamos paradas dessa forma por um minuto que parece que não vai acabar mais. E eu fico ali porque acho que ela precisa de um abraço mais do que eu. Acho. E quando ela está me abraçando, eu lembro de quando era pequena e como ela costumava ler para mim o tempo todo. Quando eu saio, a mamãe ainda está na sala de estar folheando a peça.

E eu sei que pelo menos uma vez eu acertei.

EXERCÍCIO DE ESCRITA/ PROF. BASS
ESTRUTURAS DO IDIOMA
MINERVA C. PARKER

(Diálogo)

PAI DA MINERVA

Minnie, você ia gostar do deserto. Não é tudo marrom como eu imaginava. O deserto no Arizona tem muito marrom, com certeza, mas tem muitas partes bonitas também nas montanhas onde é verde e azul e prata. Eu quase consigo ver o que as pessoas tanto gostam nisso. Eu levei uma amiga comigo por alguns dias no…

MINERVA

Com quem você está saindo? Está namorando alguém? Já?

PAI DA MINERVA

É lindo no deserto. Eu tenho uma amiga.

Você disse que nunca mais iria se casar de novo.

Eu disse isso? Eu enviei para vocês um cartão-postal da estação onde trabalho. É um dos prédios mais velhos no Arizona. Agora, por que você continua me enviando esses cartões-postais inapropriados de mulheres seminuas?

Esses aí são de graça. Eu pego na Two Boots Pizza e na Strand.

Acho que a sua mãe tem dinheiro o suficiente para papelaria e selos. E eu pago pensão alimentícia.

Ela é negra?

Você parece sua mãe. Estrella é Navajo. E espanhola.

Nós matamos os Navajos. Buffalo Soldiers. Trataram que nem gado. Como você perseguindo mexicanos na fronteira, pai. Ou devo te chamar de Custer? Você vai ser responsável por uma geração inteira de mexicanos odiando negros.

E você está tirando Cs em história. Então, o que está errado com essa imagem, Minnie? Enfim, Custer era do Wyoming. Little Big Horn. Você não anda muito boa em geografia.

Estou cagando.

PAI DA MINERVA

Olha a boca. Bev me disse que você tem dormido fora na casa de alguém. Eu vou aí. Eu preciso ir aí?

MINERVA

E ficar?

PAI DA MINERVA

Não, Minnie. Para visitar. E não vai haver prazer nisso.

MINERVA

ÀS VEZES SÃO TRÊS SEMANAS ATÉ CHEGAR A CARTA. Por que você não pode usar o FACEBOOK ou mandar mensagem de texto como uma pessoa normal?

PAI DA MINERVA

Eu não acredito nessas coisas.

MINERVA

Mas você está morando em outro estado.

PAI DA MINERVA

As pessoas costumavam escrever cartas. Antigamente, o mais idiota de todos podia escrever uma carta bem boa. Tem aquele documentário sobre a Guerra Civil...

MINERVA

Por que não posso ir morar com você?

Tem muita expansão urbana — e muitos motoristas bêbados com nenhuma consideração pelos limites de velocidade.

MINERVA

Você disse que o deserto era bonito.

PAI DA MINERVA

Talvez quando eu estiver mais estabilizado.

MINERVA

Você ainda ama a mamãe?

PAI DA MINERVA

Isso não importa.

MINERVA

A mamãe ainda te ama.

PAI DA MINERVA

Algumas coisas simplesmente não importam mais.

MINERVA

Pai?

PAI DA MINERVA

Minerva, seja uma boa menina. Dê um beijo nos gêmeos. Amendoim. Aquele seu irmão, diga a ele que a vida é um monstro. Ele precisa se impor.

(Poesia)

CUSTER MATANDO FILHOS DA PUTA

Meu pai lá no deserto
Diz que é marrom e tudo são flores
Deu uma de Custer
De uniforme de patrulha da fronteira

Desaparece
Some rápido no pó
E não olha para trás
E agora como vai ser?
Diz, Minnie, seja uma boa menina
As boas meninas se ferram
Eu prefiro ser uma menina má
Ouvi que meninas más vão lá para cima
O que você me diz?
Quando você pode sumir numa boa
E eu ainda estou aqui
E a gente ainda está aqui
Sem te ver faz seis meses
Repara: é meio ano

VAPOR

1971 1986 1996 **2010**

Rufus, de onde você é, filho? *Eu nasci na cidade de Nova York. Não é longe daqui. Columbia Presbyterian.* E seus pais? O que eles fazem? *Meu pai é advogado. James Vincent. Minha mãe, Sigrid, é uma agente de elenco em L.A.* Hm. Produto do divórcio. *Sim, senhor.* Família grande? *Não, senhor, sou filho único.* Ah, minha esposa aqui também. A Agnes também.

Claudia e eu estávamos sentados no sofá com corcova na sala de estar em formato de L com a mesa de centro de vidro e paredes de estuque que me lembravam as do primeiro apartamento da minha mãe em Venice Beach. Eddie Christie não parava de empurrar uma bandeja com salame e queijos e pães diversos na nossa direção. Os pães eram da sua padaria italiana favorita no bairro; rolos de semolina e pães com gergelim e ciabatta que ele insistia para a gente combinar com vários queijos. Queijos que ele repetia que não eram vendidos na maioria dos mercados de Nova York. Queijos italianos fedorentos de primeira. E o jeito como ele disse "de primeira" era o único incentivo de que eu precisava para comê-los. A sra. Christie parecia contente em deixar seu marido conduzir a conversa. Ela se recostou nele no sofá de couro com suas longas pernas cruzadas. "Eu sempre quis uma irmã ou um irmão", ela disse, "mas acho que as coisas funcionaram. Eu tenho meu marido e minhas filhas agora."

"Me conta um segredo?", eu pedi para Claudia Christie. Terceiro ano. A gente estava na Universidade Columbia, namorando fazia três semanas, e eu sabia que iria pedir Claudia Christie em casamento. Eu morava fora do campus em Morningside Heights com um graduando de filosofia que ficava na casa da namorada quase toda noite. Eu morava fora do campus porque sempre tive sono leve. É de família. O sono me escapa. Naquele tempo, eu rastejava para fora da cama às três da madrugada e tocava meu saxofone. Eu não tinha um bom ouvido para isso, mas a música fazia maravilhas para o meu sono. No segundo semestre, meu colega de quarto se mudou para o centro de West Village. Ele se mandou em um sábado e Claudia veio morar comigo em uma semana. Nós nos enfurnamos como bandidos em nosso apartamento naquelas primeiras semanas loucas de sexo no semestre de inverno. Éramos jovens e ágeis e estonteados pelo prazer constante que nossos corpos podiam dar. É da natureza dos anos de faculdade estudantes terem intensas... pegações, como dizem agora, e se tornarem parceiros da noite para o dia. Amigos nos apelidaram de *o número do desaparecimento* porque nós só saíamos do nosso apartamento para ir às aulas ou para comer, principalmente comidas baratas. Pizza no V&T's. Arroz e feijão no Tom's. Churrasco de frango e o combo de falafel e baba ganoush no Rainbow Chicken. A comida mediterrânea nos deixava com mau hálito, mas até alho vem com benefícios extras. Use da forma certa um dente de alho e seus sentidos irão te surpreender. (Uma mulher chamada Parsnip me ensinou esse truque.)

"Ruff", disse Claudia. "Não tem mais segredos." Ela estava debruçada em nosso futon caroçudo com "Der Prokurator" de Goethe no colo. Estávamos cursando uma disciplina sobre o nascimento da forma novela na literatura. Coisas bem interessantes para estudantes de inglês.

"O nome é Rufus." Só minha mãe e meu pai me chamavam de Ruff. Mas eu tinha gostado disso de a Claudia ter pegado a mania de usar o meu apelido.

"Eu não posso te levar a sério como Rufus. Escuto Rufus e imagino Rufus e Chaka Khan."

"Droga, você me magoou."

"*C'est dommage*. Você vai superar."

Namorar na faculdade pode te assustar. Eu havia acordado com algumas garotas que eu não queria mais ver e provavelmente, em primeiro lugar, não teria tocado se não estivesse na festa errada na hora errada. É um pequeno milagre acordar de manhã, depois de uma festa no dormitório, feliz em ver a pessoa com quem você foi para a cama na noite anterior. Mas eu gostava de acordar com Claudia perto de mim. Sou branco. Claudia é negra. A maioria do nosso tempo juntos, não tivemos problemas com raça. No entanto, esse mundo, percebemos que esse mundo tem problemas o suficiente para nós dois.

"Talvez segredos sejam agora a província de melodramas vitorianos", eu disse. "Mas vamos lá, deve haver algo profundo, sombrio e pessoal em seu passado. Me dê sua maior vergonha."

"Se eu te levar para casa, você pode pegar fogo." E então ela riu. Eu não sabia disso naquele momento, mas essa era a risada de seu pai, áspera e aconchegante, risada que sugeria verões em agosto e cigarros, embora ela não fumasse. Eu chamo isso de risada nervosa da Claudia: sua risada antes da verdade. E se é possível isso de pegar hábitos do parceiro, eu diria que peguei a risada da Claudia, apesar de que minha mãe também adora roubar risadas.

"Sério", Claudia disse. "Minha mãe geralmente é uma mulher bacana. A maioria das opiniões ela guarda para ela. Mas meu último namorado acabou no Columbia Presbyterian com queimaduras de primeiro grau no ombro. Eles usaram cortadores de unha para descolar a camisa do ombro. Pensei que a família dele fosse processar."

Agnes Christie tentou me queimar com um ferro na primeira vez em que Claudia me levou para a casa dela. Eu não lembro do ferro, apenas do vapor e de como borbulhava no pequeno medidor no topo da alça achatada e cromada. Eu quero dizer que o ferro era vermelho veneziano, mas talvez fosse azul ou prata ou cinza. As coisas estavam indo bem demais. Ou apenas pensei que estavam. A sra. Christie bocejou e se desculpou. Quando voltou, eu inicialmente confundi o ferro quente sibilante que ela estava carregando com uma garrafa de Chianti. Sorri para a linda mulher morena com o rosto oval da minha futura esposa e segurei as pontas. Ela se aproximou e eu estendi meus braços e mãos para confrontar seu calor. Esse gesto, meus dedos dançando para a frente e não se contraindo, fez com que Agnes Christie parasse e olhasse para o ferro.

"Calma, *sra. Christie*", eu disse. "A senhora não irá me queimar sem se queimar."

O sr. Christie se pôs ao lado da esposa. "Agnes," ele disse. "Está tudo bem."

"Me perdoe", Agnes Christie disse. E desligou o ferro quente. "De onde eu venho, raramente é uma coisa boa quando homens brancos desconhecidos aparecem em sua casa."

"Bom, eu prometo me dedicar a ser mais que um simples estranho de alguma forma. Mas quanto à minha branquice eu não posso fazer nada."

Claudia me preparou para o ferro de sua mãe. Havíamos ensaiado juntos a melhor forma de reagir se ela viesse para cima de mim.

Eu inicialmente me surpreendi com a escassez de livros na casa dos Christie. Na sala de estar, os únicos livros à vista eram a *Enciclopédia Britânica* e a coleção das peças de Shakespeare que a sra. Christie havia comprado durante um leilão na escola católica que ela frequentara quando criança. Isso me impressionou. Talvez, se você conhecesse a Claudia — você teria que conhecer a Claudia para entender. Ou, talvez, isso tudo venha de privilégio pessoal e expectativas? Eu havia crescido em um apartamento com um estúdio com vista para a Central Park West. Eu passava horas fazendo fortes com os livros que forravam as paredes. Quando visitei a casa de Claudia, eu tinha certeza de que ela abriria uma porta e lá estaria a evidência, uma caverna secreta de livros que revelavam como ela havia chegado à Columbia. Algum traço de um esconderijo de uma estudiosa desabrochando. Mas havia apenas uma cama de solteiro e uma cômoda com gavetas e uma escrivaninha, acima da qual estava colado um pôster de *Purple Rain*. Não faltavam coisas materiais na casa dos Christie. Só não havia espaço de sobra. Tudo era bem prático. Foi um daqueles momentos, e eu já tive alguns deles como um branco casado com uma mulher negra, quando entendi meu próprio privilégio.

Você pode falar sobre privilégio até que seu rosto fique azul, mas nunca vai saber do que está falando até morar com alguém que teve que fazer mais com menos.

"Ela não é louca", eu disse, elevando a voz acima do rumorejar alto do trem das cinco na volta para o nosso apartamento. Íamos tomar o 4 para a rua 125 e então pegar um táxi para o resto do caminho para casa.

"O quê?"

"Seus pais existem em modo desligado. Os meus também."

Claudia desviou o olhar. "Por favor, não julgue minha família baseado nos seus pais. É improdutivo. Eles são de uma geração diferente. Merdas aconteceram. Nós — Beverly e eu — não podemos perguntar."

"Por quê?"

"É *deles*, Rufus."

"Mas nós herdamos. Não quer saber o que mexe com eles?"

Claudia suspira. "Na verdade não. É o suficiente eles me amarem."

No nosso primeiro Natal, eu comprei um ferro vintage para a mãe da Claudia. Encontrei em um brechó em Venice Beach em um feriado com minha mãe. Quando a sra. Christie desembrulhou o presente, eu não tinha certeza de como ela ou Claudia ou o sr. Christie reagiriam. Eu não tinha certeza se eles iriam gostar da piada ou se era uma piada ou minha postura passivo-agressiva, meu modo de falar, *Se a senhora me queimar, eu vou continuar vindo, não vou desistir e eu vou voltar por sua filha de novo e de novo.*

Mas ela sorriu — e um rubor apareceu em suas bochechas escuras. "Meu presente é um pouco mais... conservador. Um boné dos Yankees do Eddie e meu."

* * *

Dar ferros se tornou uma tradição entre nós. Todo Natal eu compro um ferro antigo para a sra. Christie. Ela os coleciona como artefatos em um museu — ferros de passar roupa, ferros vitorianos, ferros de engomar. Agora que não tem mais o sr. Christie para quem passar roupa, eu não sei se ela passa muita roupa no Condado de Buckner, Geórgia. Durante as conversas de domingo dela com a Claudia, fiquei tentado a perguntar se ela ainda tinha os ferros.

Ainda agora, vinte anos depois, Claudia gosta de trabalhar na cama. Ela pega uma bandeja de plástico e a apoia no colo para dar notas aos trabalhos dos alunos. A gente mora em uma casa da universidade, uma caminhada de dez minutos do primeiro apartamento que a gente dividiu. A história nos rodeia. Evidências de como viemos a ser o que somos, nos transformamos, tivemos filhos. Quando as pessoas dizem que Nova York mudou, eu não tenho certeza do que elas querem dizer. Mudou, para quem? Eu posso tabelar a nossa evolução com quarteirões da cidade e quilômetros. Claro, as lojas e os restaurantes vêm e vão. Rainbow Chicken já se foi há muito tempo. Gotham Cabinets, onde eu comprei meu primeiro futon, continua, mas eu não tenho certeza se a nova geração curte futons. A atmosfera é diferente nos arredores da cidade e no centro. Costumávamos escapar para o Lower East Side para uma enérgica experiência de contracultura, mas agora é cheio de loiras com fundos fiduciários na Ludlow. Quando se tem filhos, você não sente falta dessas coisas da mesma maneira. Você não tem tempo.

* * *

Meu nome é Rufus Noel Vincent. Tenho quarenta anos. Esses dias, três vezes por semana, você irá encontrar a mim e a minha esposa na piscina do nosso prédio fazendo hidroterapia com a nossa filha Winona. A melhor forma de superar o medo é revisitando-o, de acordo com o terapeuta da Winnie. E então, Claudia, Winona e eu — durante esse período Elijah tem um tempo sozinho com o avô dele, meu pai — nadamos como anfíbios de um lado para outro da piscina. Winona adora o nado crawl, e quando estou na água nadando ao seu lado frequentemente penso em Hank Camphor, o meio-irmão a quem não fui apresentado. Penso em meu pai e em minha mãe e em todas as merdas do meu passado que eu trabalhei excessivamente para esquecer: *um peixinho; dois peixinhos; três peixinhos.* Não posso dizer se estou nadando para longe do meu passado ou indo direto para ele.

Minha mãe me tirou da Trinity Prep no meu ano como calouro no colégio. Ela achava que o ambiente era incestuoso demais. Eu havia frequentado a Trinity com as mesmas pessoas desde antes do jardim de infância, jogamos nas mesmas ligas de softbol e futebol no Central Park, ficamos chapados nas mesmas festas de aniversário e fomos aos mesmos acampamentos em Vermont e na costa do Maine. Mamãe se arrependeu por eu não ter tentado ingressar na Hunter College High School no sexto ano. Por ela e meu pai não terem me estimulado para ser mais acadêmico. Ela estava certa de que eu precisava de uma mudança. E nos últimos tempos eu havia desenvolvido esse irritante tique vocal: toda hora limpava a garganta. Havia algo alojado na minha laringe que não queria sair.

"Está grudento como fita adesiva", eu dizia sempre.

Minha mãe e meu pai me levaram ao Hospital de Olhos, Ouvidos e Garganta em Manhattan. Os melhores especialistas em Nova York me examinaram, mas nenhum deles conseguia encontrar algo alojado na minha garganta. E eu também não testava positivo para alergias. Não tinha nada de errado com a minha saúde. Um adolescente saudável.

"Está na cabeça dele", um médico disse, finalmente. "O que está acontecendo em sua casa?"

Até esse momento, eu brincava com o piano, um instrumento para o qual eu dispunha de pouco talento e interesse inconsistente. Todos na Trinity tocavam um instrumento. Mamãe, que era de origem europeia, costumava tocar nosso grande piano Steinway à noite depois do trabalho. Ela acreditava que tocar piano no mínimo poderia me relaxar. Meu pai havia crescido em uma casa sem instrumentos musicais, mas ele adorava jazz, Miles Davis e tal. "So What?" Ele me comprou um saxofone de segunda mão de um músico de jazz que alegava ter tocado com os grandes. Papai pagou uma pequena fortuna pelo saxofone, apesar de que, ele admitiu mais tarde, algo lhe dizia que teria feito melhor se tivesse comprado um novo.

"Use isso para limpar o tubo", ele disse. "Se tiver progresso, eu conheço um profissional que te dará aulas."

Seu tom com a minha mãe não era tão gentil. "Você tinha o que na cabeça quando tirou o Rufus da Trinity? Ele tem amizades construídas lá."

"Não é o único lugar aonde vou levá-lo", mamãe disse. Quando ela pediu o divórcio para o meu pai, eles estavam em um táxi amarelo na Quinta Avenida, voltando para casa depois da festa de aniversário de cinquenta anos de um grande sócio da firma dele. A perspectiva do divórcio surgiu como um choque para o meu pai. Nas semanas seguintes, ele simplesmente ignorou o pedido da mamãe.

"Talvez você estivesse certa em mandá-lo para a nova escola", papai disse uma noite na mesa de jantar. Ele pôs sua mão na da mamãe.

"O Pacífico!" Ela olhou para o lado e tirou a mão.

"Você me perdeu lá, Sigrid."

"Eu sempre quis morar perto do oceano Pacífico."

Papai entendeu imediatamente. "Você não pode levar meu filho para o oeste."

"Ele tem quinze anos", mamãe disse, sem muita convicção, mas se fazendo de valente. "A decisão é dele."

"Um divórcio?", perguntei, e limpei a garganta. Executei uns movimentos circulares, meus três dedos estavam esfregando e acariciando meu pomo de adão. Eu não sabia disso na época, mas essas pequenas massagens eram um treino para as massagens na barriga que eu faria em Claudia anos depois enquanto cantava para os nossos gêmeos ainda não nascidos. Eram um treino para as massagens que Claudia iria fazer em mim depois de eu ter comido pizza ou algum prato com derivados de leite que meu estômago não tolerava.

"Por que você não levanta e pega um pouco de água para o Ruff, Sigrid?", papai disse. "O garoto parece um aspirador quebrado."

"Eu estava esperando você me pedir para buscar água!", mamãe balançou a cabeça. "Me diz, eu deveria buscar água porque sou mulher?"

"Eu te amo porque você é uma mulher."

"Esse é o problema. Você ama *todas* as mulheres", ela disse.

Papai assobiou. "Ruff, talvez seja uma boa hora para você praticar seu saxofone."

Havia uma brisa soprando do terraço para dentro da sala de jantar. O terraço com vista para a Central Park West. Eu podia sentir o cheiro de amendoins baratos sendo assados e cachorros-

-quentes de vendedores onze andares abaixo. Eu podia ouvir os cascos dos cavalos puxando carruagens.

"Rufus." Mamãe sorriu. "Foi bondade do seu pai comprar um saxofone para você. No oeste você poderia estar perto do oceano e tocar em uma banda marcial."

"Nova York é uma ilha", papai disse. "Está rodeada de água por todos os lados. Califórnia é um deserto. Um dia, o Pacífico vai subir e digamos que a Califórnia está com muita sede. O Pacífico vai fazer o que você não tem razão alguma em fazer, Sigrid. Colocar as mãos para cima e ir embora."

"Está dizendo que o papai traiu você?" Hesitei, dividido entre ir para o meu quarto praticar e continuar na mesa na sala de jantar.

Mamãe riu e riu e riu. Sua risada fez com que papai enrubescesse. Ele parecia que estava fazendo contas matemáticas das vezes em que talvez tivesse traído a mamãe.

"Você pensa que eu dormi com mulheres na Trinity?", ele disse, achando a ideia um insulto e um absurdo. "Você não usa o banheiro onde seus filhos moram. A escola é onde Ruff mora. A segunda casa dele."

E com essa declaração, mamãe e eu entendemos que o papai havia traído, embora a localidade estivesse em questão.

"Me diz que eu não sou um bom pai, Sigrid?", ele disse. "Em todos os modos que contam, eu fui um pai firme e presente."

Eu estava vendo meu pai com um novo foco. Meu pai me ensinou a armar uma barraca na chuva durante uma tempestade de trovões. Ele me ensinou a jogar uma bola de softball no Central Park. Meu pai me mostrou como construir um forte com cordas elásticas e um forte com livros do Robinson Crusoé e do Huckleberry Finn em nosso escritório. Mas minha mãe me ensinou a andar de bicicleta. E minha mãe havia me levado para Benihana. Havia muitas noites em que o papai estava fora da cidade em que mamãe e eu tínhamos que comer sozinhos. Eu comecei a pensar sobre a fita adesiva na minha garganta que não ia embora e como esse grude se intensificava quando eu estava com a minha mãe e o meu pai ao mesmo tempo.

"A Califórnia é ensolarada", mamãe acenou. "É o estado ensolarado."

Nem papai nem eu tínhamos coragem de contar à mamãe que a Flórida era o estado ensolarado. Mamãe era uma mulher inteligente, mas se enervava facilmente. Fui procurar o meu saxofone. Eu não queria ir para a Califórnia. Mas eu estava bravo com meu pai.

Andando em L.A.
Andando em L.A., ninguém anda em L.A.
Andando em L.A.
Andando em L.A., ninguém anda em L.A.

— Missing Persons, Spring Session M, 1982

Todo mundo sabe que L.A. tem palmeiras. Luzes que piscam e brilham em néon à noite. Avenidas com cinco faixas estufadas de trânsito. E poluição decorando o céu azul. Em Venice, a gente andou. Nunca foi verdade que ninguém anda em L.A.

"Duas pernas vão carregar você para inúmeros lugares", mamãe disse. "Se você está curioso e à procura de amostras." E mamãe era curiosa.

"Tipo, científicas?", perguntei.

"Não, amostras de bairros." Ela conseguiu um emprego como assistente de um agente de elenco duas semanas depois de mudarmos para o nosso apartamento.

"Explore L.A. de primeira", Bruce, o agente de elenco, disse a ela. Ele era o único homem que eu já conheci com mais cabelo do que meu pai. Ele puxava sua juba para trás em um rabo de cavalo.

Mamãe me matriculou na Venice Senior High. Não havia banda marcial, e ela se desculpou por isso mais de uma vez, profusamente, várias vezes — até recrutando a ajuda de Bruce para me matricular na Beverly Hills High.

"Não, obrigado", eu disse. "Encontre um tutor para mim. Eu vou ficar com as aulas particulares."

"Isso é uma pergunta ou uma ordem?" Ela me fitou com suas sobrancelhas arqueadas.

Mamãe alugou um apartamento com dois quartos em uma vila estilo espanhol com um jardim interno e glicínias se erguendo nas varandas desbotadas. Havia buganvílias e hibiscos, laranja e intensos e persistentes no calor de agosto. Havia secura. Morávamos a dois quarteirões da praia. Bruce morava na West Hollywood Hill. Algumas vezes indo para a casa dele no Volkswagen Bug da mamãe, um carro que servia muito bem a alguém com o tipo miúdo dela, mas que parecia minúsculo comigo dentro, eu olhava para as letras brancas sobressaindo das colinas em tom de feno. As colinas me lembravam do cabelo de Bruce. Eu tinha certeza de que ele queria transar com a minha mãe, mas o ar descontraído da Califórnia cheirava a transas. Nos mudamos para Venice Beach em julho de 1986. A energia era crua e decadente e assustadora, mas, novamente, assim era Nova York. Anos depois, pessoas me perguntariam como eu me virei em L.A., e eu respondia, *Não é um lugar no qual você se vira.* Eu estava com quinze anos e a dois quarteirões da praia e das garotas de biquíni. Você podia parecer o Frankenstein em Venice Beach em 1986 e ainda assim se enturmar e trepar. Eu caminhava no calçadão e às vezes parecia que metade dos sem-teto em Nova York tinha encontrado novos buracos em Venice Beach. Embora o senso comunitário fosse parte do lugar, havia uma boa quantidade de protestos contra os sem-teto se abrigando na praia. Se mamãe tinha ido para Venice Beach esperando encontrar algum tipo de utopia, ela estava decepcionada. Aterrissamos em vidro quebrado e canais com seringas hipodérmicas.

"Se oriente pelo Pacífico e nada mais importa", mamãe disse. Segundo ela o Pacífico tinha passado metade de sua vida chamando-a e ela nem sabia disso.

Nosso prédio de apartamentos era cheio de mulheres com nomes como Sage e Parsnip e Jasmine. Todas elas foram atrizes ou modelos ou dançarinas profissionais em algum momento, mas seguiram para empregos como aeromoças e assistentes administrativas ou modelos de catálogo. Ao menos uma, Sage, havia perdido a custódia de sua filha de dois anos. Ela não sabia para onde o marido tinha levado a filha ou se iria vê-la de novo. Mamãe fez amizade com essas mulheres, que fingiam ser bem mais jovens. Mais tarde, durante o sexo que tive com elas, mexi em suas bolsas e encontrei datas de nascimento nas carteiras de habilitação: uma velha de trinta e seis, uma quarentona com tudo em cima. Esperei mamãe voltar para os dezessete ou vinte e um. Esperei ela tingir o cabelo de loiro. E ela esperou eu parar de esperar, monitorando no canto dos olhos a tosse que parecia não existir mais. Ainda que fosse uma americana da terceira geração, ela exagerava no sotaque europeu. As pessoas diziam que ela parecia com a Nastassja Kinski, o que não era nem um pouco verdade, mas ela aceitava o elogio e se aproveitava dele.

"Meu pessoal é da Bretanha", ela dizia. Mamãe vestia essas pequenas echarpes cruzadas em volta do pescoço, amarradas ao estilo francês.

"Rufus", Sage ou Parsnip ou Jasmine me perguntavam. "Você gosta desse calçadão?"

Olhei para elas e elas olharam para mim. *Você não usa o banheiro onde mora*, ouvi a voz do meu pai na minha cabeça. Ia à praia, até a parte em que as ondas quebram, onde os surfistas se juntavam e ficavam chapados. Ficava chapado com eles praticamente todos os dias. E foi como conheci um surfista chamado Herb. Herb era um cara branco e perfumado com dreadlocks. *Herb vende a erva* era a piada que circulava. Ele perguntou se eu queria fazer parte dos negócios dele. Eu não queria.

"Você é uma criança educada. As pessoas gostam de crianças educadas." Herb, se tanto, era três anos mais velho que eu.

De manhã, eu surfava, e à tarde, tocava meu saxofone no calçadão para ganhar uns trocados. Para minha surpresa, me dei bem até. E eu nem era tão bom. Havia uma senhora, uma bêbada que vestia o mesmo macacão de veludo vermelho todos os dias e morava em um dos hotéis SRO. Ela aparecia no fim da tarde e cantava os mesmos versos de "Only You" dos Platters repetidamente:

Only you, can make this world seem right
Only you, can make the darkness bright
Only you and you alone...

Então ela desaparecia com os lucros do dia.

Se a mamãe sabia que eu estava fumando maconha, ela fingia que não sabia. Ela trabalhava catorze horas por dia com Bruce porque o trabalho de contratar elenco era brutal e tinha suas temporadas, e Bruce trabalhava com o que ele chamava de diretores independentes e atores inovadores de Nova York. Mamãe tinha o prestígio literário de Nova York e a ascendência francesa. Não importava que em Nova York ela tinha dividido um escritório de canto em um cubículo com uma pequena janela. Em Los Angeles, ela tinha janelas que iam até o chão e plantas penduradas e portas corrediças e móveis que pareciam ter sido feitos para um barco.

Bruce às vezes aparecia para comer bouillabaisse em nosso apartamento. "Sig", ele chamava minha mãe. "Sinceramente, o que você está fazendo morando aqui?"

As conversas da mamãe com o Bruce eram sempre profissionais, ao menos perto de mim. Ela adorava falar sobre compras. Percebi que suas echarpes estavam mais longas e mais folgadas e as suaves cores pastel agora eram roxos vibrantes.

"Edição não é tão diferente de contratar elenco. Editores procuram por falhas e as aperfeiçoam. Agentes de elenco procuram pelo ator perfeito que está comprometido em expor suas falhas."

Papai me enviava livros de Nova York. Ele me mandava recados em círculo escritos à mão: *Um garoto nunca está velho demais para construir fortes. Eu os construo em minha cabeça o tempo todo.*

Contei ao Herb sobre meu pai e ele disse, "Que pai incrível pra cacete você tem".

Senti um lampejo de orgulho na hora. Eu lhe contei histórias sobre as mulheres em nosso prédio. Ele me convenceu a apresentá-lo. Herb apareceu uma noite. A mamãe olhou para ele desconfiada, mas não disse nada. Ela estava de saída para encontrar Bruce no Mark Taper Forum. Uma jovem atriz de Nova York estava para subir ao estrelato fazendo o papel da *Senhorita Júlia* de August Strindberg. Quando a mamãe saiu, Parsnip convidou a gente para descer para o seu apartamento.

Dormi com Parsnip naquela mesma noite. Lembro bem porque a cama rangia e parecia dolorosamente pequena, mas era uma cama king size. Provavelmente era eu que estava me sentindo pequeno. Herb estava lá no começo. Nos incentivando.

Não parava de dizer que queria assistir. Suas observações me atrapalharam, então eu parei assim como eu fazia quando era uma criancinha tentando evitar urinar fora do vaso sanitário. Herb gerava uma vergonha primitiva em mim.

Escondi minhas partes íntimas, com vontade de dizer, *Posso ter privacidade, por favor?*. Eu não queria que Herb soubesse que eu tinha acabado de perder minha virgindade.

Quando terminamos, Herb pegou Parsnip, que gostava de imitar as vozes de celebridades enquanto transava. Ela tinha uma voz para cada personagem da TV: Betty White das *Supergatas*; Kelsey Grammer de *Cheers*; Markie Post de *Night Court*. Ela assistia muita TV, e era um desafio tentar comer ela e as suas vozes aleatórias. Na nossa segunda vez, eu devo ter tapado sua boca com a minha mão porque mais tarde, depois que Herb foi embora, Parsnip saiu da cama e apontou para o banheiro. "Vá tomar um banho, Rufus", ela disse. Eu estava descansando em seu sofá na sala de estar assistindo vídeos na MTV: "Walking Down Your Street" dos Bangles. Parsnip tinha um aquário cheio de peixes dourados na sala de estar. Eles eram todos da mesma cor e estavam numa tal aglomeração naquele oceano deles que eu ficava claustrofóbico só de olhar.

"Foi a sua primeira vez. Então sou obrigada a te ensinar uma coisa ou outra. Um garoto pode ficar bem encrencado por tapar a boca de uma garota durante o ato. Tá entendendo? Esse tipo de ação traz à tona ideias ruins. E algumas mulheres podem até gozar no pau sujo de algum cara, mas nunca conheci uma mulher que não preferisse uma boa higiene."

"Eu gosto do seu cheiro em mim. Você não pediu para o Herb tomar um banho."

Parsnip sentou-se ao meu lado. "Herb nunca será limpo. Ele *nunca* será limpo."

Meu pai foi para Los Angeles para uma visita surpresa. Ele não reservou um quarto em um hotel, então mamãe reservou um para ele. Mas naquela noite, após o jantar em Hollywood, um restaurante vegano onde o papai não parava de mexer os cogumelos miso shiitake no prato, mamãe e papai voltaram para o apartamento e dormiram na mesma cama. Parsnip e Sage e Jasmine fizeram aparições na noite seguinte para conhecer o papai. Mamãe fez martínis. (Eu não convidei o Herb.)

"Ruff, quem você acha que está enganando?", papai disse, mexendo em meu cabelo e me chamando para o canto da sala de estar.

"Qual delas é a mais gostosa?", perguntei orgulhosamente. "Sage ou Jasmine ou Parsnip?"

"Eu perdi a minha virgindade na faculdade", meu pai disse. "Uma garota chamada Alice. Você entendeu tudo errado. E elas bem que podiam ter se tocado. Tecnicamente, você é menor de idade."

"Pai, são os anos 1980. E eu estou realmente a fim da Parsnip."

"De alguma forma, eu suspeitava que essa década seria diferente." Ele me trouxe uma caixa de camisinhas e me disse para sempre ter precaução. Mostrei para o papai onde eu tocava o sax no calçadão. Arrisquei "So What?" e ele aplaudiu. Quando a bêbada apareceu e berrou "Only You" papai lhe deu cinquenta pratas.

"Deus do céu", ele disse, depois que ela foi embora. "A vida é dura."

"A mamãe está feliz aqui." Não tínhamos conversado sobre a mamãe. Eu já estava convencido de que ela estava a fim do Bruce.

"O que é feliz?", papai disse.

Esperei papai me pedir para voltar com ele, mas ele não pediu. Foi para San Francisco na manhã seguinte para encontrar Barbara Camphor em uma conferência. Eles se encontravam sazonalmente. Quatro vezes ao ano. O caso deles era um daqueles que não ia para a frente. É claro, eu não sabia nada disso aos quinze anos.

Depois da visita do papai, mamãe deu um gelo em Parsnip. Ela fez um coq au vin e um beef bourguignon para Jasmine e Sage. Parsnip foi exilada do grupinho da minha mãe, apesar de, no jeito peculiar de Parsnip, ela ser a melhor de todas, exceto a minha mãe, claro. Sage era confusa. E Jasmine não sabia se estava no planeta metade do tempo. Estava sempre em um avião entre Nova York e Los Angeles. Logo cedo aprendi que vida de aeromoça é tudo, menos glamurosa. Sou sempre educado com elas quando viajo.

Meu boletim do primeiro semestre veio todo rabiscado com Cs.

"Eu tinha esperança de que ser um peixinho em um grande mar ia deixar você mais acadêmico."

"Mãe, eu sou um cara na média."

"Não, eu acho que não. Não vou acreditar nisso."

Ela encontrou um músico em Venice Beach que me deu aulas de saxofone. E deu um fim aos meus bicos no calçadão. "*Melhore* suas notas e então conversaremos."

O professor de sax tinha uma casa de frente para o mar. Estava em um comitê para uma Venice Beach mais limpa. Era um viciado em heroína em recuperação. Era um homem negro rígido e sem paciência com adolescentes brancos que queriam tocar jazz. "Não me faça perder meu tempo. E eu não farei você perder o seu", ele disse. "O saxofone exige disciplina." Para me manter ocupado, minha mãe também me arranjou um emprego de meio período como seu assistente. Ela fazia pipoca nas noites de domingo e assistíamos a filmes antigos: A malvada e Se meu apartamento falasse; Metrópolis e Casablanca.

Por uns trocados, ela me fazia formar uma lista de filmes que tivessem sido rodados em L.A. ou próximo de L.A. Algumas vezes, saíamos para procurar velhas locações para sets de filmagem.

"A gente fez isso logo que chegou aqui", eu a lembrei.

"A gente não tinha um objetivo", ela disse. "Agora temos uma missão."

"E nossa missão é?"

"Não há nada de novo", mamãe disse. "Tudo que podia ser feito já foi feito. O melhor que podemos fazer é reimaginar nossa passagem pela existência."

Caminhávamos de volta para casa depois das minhas aulas às quintas-feiras à noite e parávamos em nossa lanchonete favorita e dividíamos uma porção de batatas fritas milagrosamente finas cortadas à mão. A mamãe ficava feliz quando eu mencionava em nossas caminhadas que Orson Welles havia caído em um dos canais na praia e quase se afogado quando filmava A marca da maldade ou que Thomas Mann tinha morado a dois quarteirões do apartamento de Bruce em West Hollywood Hills.

"Esses são detalhes que eu posso mencionar casualmente em chamadas de elenco", ela riu. "Vou parecer mais inteligente do que sou."

As coisas estavam boas entre nós. Mamãe e eu. Eu tinha moderado um pouco a maconha, e Herb tinha se mudado para Oakland com algumas pessoas que ele havia conhecido. Tinha essa nova garota na minha aula de biologia no terceiro período que eu estava pensando em chamar para sair. Eu não tinha nenhum amigo ainda. Meu pessoal tinham sido os surfistas e os vagabundos de Venice Beach. O pessoal do Herb, principalmente. Eu ainda dormia com Parsnip. Às vezes pensava que Parsnip dormia comigo para se vingar da mamãe.

Em outubro, a mamãe e eu estávamos indo jantar quando um cara encostou perto da calçada em um Ford Mustang preto.

"Precisa de uma carona?", ele disse. Abaixou a janela. Seu queixo tinha dobras e estava começando a duplicar.

"Não, obrigada", minha mãe disse em seu sotaque inspirado em Nastassja Kinski.

"Noite linda hoje", ele disse.

"Está mesmo." Minha mãe sorriu. Ela parou e o Ford Mustang também.

"Tá a fim de quê?", o homem perguntou.

"Estamos aproveitando o silêncio… sozinhos", mamãe disse.

"Eu comeria um sanduíche", disse o homem, despreocupado.

"Cara", eu disse. "Tem um monte de restaurantes por aqui."

Ele se inclinou na minha direção. "Você não perguntou de que tipo."

O cara tinha grandes anéis nos dedos. Homens com anéis nos dedos sempre me davam arrepios. "É porque a gente tá pouco se fodendo", eu disse.

Mamãe colocou a mão no meu ombro: o ombro que carregava a maleta do meu saxofone.

"Que tipo de sanduíche?", ela perguntou.

"O tipo que dá satisfação."

Ela o xingou em francês, mas em inglês ela disse, "Você não ouviu a música dos Rolling Stones? Isso não existe".

Olhando para trás, vejo que o homem devia estar bêbado ou chapado. Ele colocou a cabeça para fora da janela do lado do motorista para falar diretamente com a minha mãe.

"Que tal você vir aqui no banco de trás e virar sanduíche no meio de nós dois, o jovem e eu?"

Não sei se foi porque Herb e eu tínhamos feito sanduíche com a Parsnip, então eu conseguia visualizar inteiramente como iria ser o sanduíche que ele propôs. Não sei se foi porque suas palavras despiram a minha mãe antes de eu conseguir vesti-la de novo. Ou então foi porque o rosto da minha mãe ficou vermelho e o meu também ficou. Eu conseguia sentir o vapor saindo dos meus ouvidos.

"O que estamos fazendo aqui, mãe?" Era a pergunta que eu queria fazer desde que havíamos chegado em L.A. O que eu realmente queria dizer era, *O que eu estou fazendo aqui?*. Mamãe estava bem. Ela amava L.A. Eu havia dito isso ao papai, mas agora cada osso em meu corpo tremia com essa realidade. Puxei a maleta do saxofone do meu ombro e a lancei no rosto do homem de queixo duplo. Jorrou sangue vermelho do seu nariz e de sua boca. Minha mãe gritou. Ela gritou e eu agarrei o seu braço.

"Continua andando", eu disse a ela. Eu me fiz andar. Andávamos rápido.

"Rufus, você podia ter matado ele."

"Pervertido."

"Rufus, devíamos voltar."

Joguei a maleta do meu saxofone em cima do ombro. "Não."

"Eu podia ter resolvido isso."

"Do jeito que você resolveu o casamento com o papai?"

"Você não pode fazer isso. Não aqui, não agora. Você não pode sair batendo nas pessoas quando elas dizem algo que você desaprova."

"Não foi o que ele disse. Foram as intenções dele."

"Quando você fala assim você parece…"

"Fala!"

"James Samuel Vincent."

Há momentos em que você olha para os seus pais e pensa. Eu já tinha tido muitos desses momentos desde o começo da história do divórcio, mas a tosse já havia sumido. Tinha fita adesiva nas prateleiras e nas mesas de toda L.A., mas nenhuma na minha garganta. Eu não tossia em L.A. Eu espirrava às vezes, mas o que é um espirro? Tudo o que você tem que fazer é assoar o nariz. Mamãe me fez escolher. Ela ou papai. O problema era que eu amava os dois.

Quando voltamos para o nosso apartamento, eu me enfiei embaixo do chuveiro e tomei um banho. Havia uma preponderância de sangue no rosto do homem, mas apenas algumas manchas nas minhas roupas e na maleta do saxofone. Depois do banho, fui para o meu quarto e peguei todos os livros do papai que eu não tinha tirado das caixas ainda: *O último dos moicanos*; *Moby Dick*; *O chamado da natureza*. Fiz um pequeno forte e me apertei dentro dele. Fingi estar dormindo, mas o sono riu de mim. Não toquei o meu saxofone por meses.

Mamãe ligou no telejornal noturno, esperando encontrar algo sobre o pervertido da Venice Beach, mas não havia nada. Relembro aquele dia e penso que nesta era — a era das câmeras de vídeo e celulares — de forma alguma teríamos escapado tão fácil. De forma alguma *eu* teria escapado tão fácil. Alguém teria me gravado no ato. Em cinco minutos eu estaria no YouTube.

Liguei para o papai e ele não recebeu as novidades tão bem inicialmente. Mamãe ligou para o papai e vinte e quatro horas depois ele estava em Los Angeles. Ela contou para James Samuel Vincent toda a história. Ele não disse uma palavra. A primeira coisa que fizemos foi empacotar os livros que ele me enviara. Empacotamos todos em ordem alfabética para que fosse mais fácil desempacotá-los quando eu voltasse para Nova York. Levamos os livros para o correio e pagamos o frete. Eu precisava de algo para ler no avião e o papai me deu o *Retrato do artista quando jovem* de James Joyce.

"Você leu esse?", perguntei.

"Joyce", ele disse, "não é para todos."

Nem a Califórnia, eu pensei. Nunca conversamos de novo sobre o que aconteceu em Venice Beach. Nem eu. Nem meu pai. Nem minha mãe. Não sei se é um segredo porque não falamos sobre isso ou não falamos sobre isso porque tem tanta bagagem atrelada. Só posso dizer que eu nunca havia ficado tão furioso antes disso e nunca mais fiquei desde então. O dia em que a sra. Christie veio para cima de mim com aquele ferro, lembrei como era se sentir ameaçado ou agir em um impulso violento para machucar alguém. Querer proteger aqueles que você ama. Estava saindo mais vapor do corpo dela do que do ferro que ela segurava. Já estive nessa situação. Nossos corpos carregam vapor para nós.

VOCÊ NÃO É NENHUMA LEE KRASNER

1950 **1960 1970 1980 1990**

Existem poucas coisas piores do que ser uma garota comum nascida de uma mãe adorável. Adele Pransky estava parada na máquina de refrigerante enchendo de refrigerante de cereja uma caneca de vidro quando Yan Sokolov, o novo parceiro de jogo de Seth, entrou no Dean's Beachside Bar & Grill junto com ele. Anos depois, Adele se recordaria como a brisa do oceano havia lambido o suor nas camisas brancas de Yan e Seth quando eles vieram sem estardalhaço do calçadão de Coney Island e entraram no bar movimentado como melhores amigos. Eram estranhos na verdade, esses dois homens tinham se juntado depois de alguns drinques de sour whiskey, charutos e cartas em uma mesa vacilante em um puteiro em Hell's Kitchen.

A mãe de Adele, Rachel Pransky, tolerava o amor de Seth

pelas cartas enquanto ele não perdesse muito dinheiro. O dinheiro dela. E naquela noite amena, Rachel estava cuidando da registradora. Seth beijou Rachel e gesticulou para que Yan ficasse à vontade no bar.

"Adele", Seth gritou, chamando-a. "Traz para o meu amigo aqui um prato de hadoque e fritas caprichado."

Adele se aproximou deles. "Como você sabe que ele gosta de hadoque?", ela perguntou.

Yan concordou. "De fato, eu como o hadoque, mas recuso o seu marisco."

Adele reparou no homem, que se apresentou como Yan Sokolov. Ele se vestia com mais estilo do que os outros homens no bar, uma exibição de seda cinza e gabardina. Adele gostou que ele tirou o paletó e dobrou as mangas da camisa branca para se misturar com o pessoal da classe trabalhadora. Ela o achou impressionante de uma forma expressionista, de ponta-cabeça. Sua aparência podia ser de trinta ou cinquenta anos, com todas as suas rugas e fissuras.

"Quem é ele?", Rachel perguntou.

"Um conhecido." Seth contou para Rachel como naquela noite Yan o havia tirado da mesa de pôquer antes de todos os seus lucros serem perdidos.

"Qual é a pressa em ser pobre, meu amigo", Yan tinha dito. "Devagar. Você pode ir para o abrigo qualquer dia."

Seth depositou duas moedas no jukebox. "Eu comecei a dizer para ele cuidar da merda da vida dele. Mas então eu lembrei de você, Rachel, e a porção ainda não gasta na minha carteira. E, é claro, eu lembrei da Adele."

Seth deslizou seus braços em volta da cintura de Rachel e abriu caminho da registradora para uma volta na pista de dança. A serragem esvoaçou em volta dos pés do casal enquanto Sinatra cantarolava "I've Got You under My Skin". A Rachel do Seth — era como os fregueses do Dean's Beachside Bar & Grill chamavam eles. Seth havia pedido Rachel em casamento muitas vezes, mas Rachel não queria se casar com ele até que a sua filha encontrasse um marido. Eles estavam esperando fazia muito tempo. O bar era a coisa mais próxima que Rachel tinha a oferecer para Adele como herança. E o bar era o único sustento delas.

Enquanto eles dançavam, Rachel e Seth reparavam em olhares entre Adele e Yan. Adele havia tirado o avental. Ela nunca tirava o avental no Dean's Beachside Bar & Grill. O que quer que Yan estivesse falando, ele tinha ganhado a completa atenção de Adele. Eles estavam debruçados, cotovelos tocando o balcão. Era como ondas na areia a forma como Adele se projetava para Yan e como Yan se projetava para Adele.

"Eu tive sorte", Rachel disse mais de uma vez para Seth. "Um casamento arranjado com um homem que eu poderia amar. Eu não quero casar Adele à força. Eu quero que Adele seja feliz."

Seth nunca contou a Rachel, mas Adele não aparentava ser o tipo que casava feliz ou, para ser sincero, que ficava casada e feliz. O cabelo castanho de Adele encrespava onde as mechas escuras de sua mãe exibiam cachos soltos. A pele de Adele tinha sardas enquanto a pele de Rachel era branca como alabastro. Ela havia, misericordiosamente, herdado os olhos verdes vibrantes da mãe e um nariz que ordenava atenção, um nariz que talvez não funcionasse em outro rosto, mas representava em Rachel pura beleza e em Adele, algo próximo a graça. Era geralmente após uma briga ou um sexo louco, para nunca ser confundido com fazer amor, que Seth e Rachel concordavam em discordar que Adele estava empacada no assunto casamento. E apenas então eles podiam fazer amor.

Eles o apelidaram de Yan, a Peste. Ele aparecia no bar toda noite às sete horas em ponto. Vinha carregando rosas e ramos de mosquitinhos com as pontas brancas faltando.

"Como podem mosquitinhos competir com a brisa do oceano?", Yan disse.

Ele ofereceu as rosas para Adele e ela ficou enrubescida. "Talvez você não tenha embrulhado o papel de cera apertado o suficiente." Adele mostrou como embrulhar rosas corretamente, dobrando as pontas do papel de cera e o enrolando.

"Teria sido melhor você ter contado para ele que não é virgem", Rachel disse, depois de testemunhar a demonstração audaciosa de Adele.

"Mas eu sou." Adele piscou.

"Bom, você não devia ser", disse Rachel, se afastando do balcão e entrando na cozinha, onde por um segundo ou dois ela pensou que iria desmaiar de descrença. O marido de Rachel, Dean, havia sido atingido por um raio em uma manhã no calçadão a alguns metros do bar. *Ah, você deveria ter visto o raio se movendo*, os vendedores contavam para Rachel. Agora por quê, simplesmente por que ela iria querer ver uma coisa dessas? Todos pensaram que ela iria se casar de novo e deixar alguém tomar conta dos negócios. Quando Rachel sorria para os clientes, era mais fácil esquecer o quanto ela havia amado Dean, esquecer que ela estava apavorada e não sabia o que estava fazendo ou como sobreviveria. Ela havia dito para si mesma que não era a única mulher a abrir um bar toda manhã com um bebê mamando de seu peito ou que se refugiava nos fundos para dar de mamar. Todos esses anos e a criança agora era uma mulher. Como a Adele podia ser virgem, trabalhando no bar todos esses anos?

Adele tinha vinte e nove anos e era alegrinha por natureza. Era, depois das bebidas baratas liberalmente servidas, o maior atrativo do Dean's Beachside Bar & Grill. Rachel entretinha seus clientes com sarcasmo e honestidade. Adele prometia a eles o sol velejando no horizonte, às vezes na barra de uma tempestade. Era o tipo de boa notícia que um proletário agradecia ao fim de um dia de trabalho em tempo integral. E o Dean's Beachside Bar & Grill tinha o benefício adicional de ser daltônico. Todos eram bem-vindos.

"Eu amo pintar", Adele disse. "Eu tenho aulas de arte na cidade toda quinta-feira."

"Ah, uma mulher que é casada com a sua arte." Yan sorriu. "Eu queria ver — eu posso ver suas obras-primas?" Ele piscou para Rachel. "Que boa mãe você é por criar uma filha que guardou o melhor para ela."

Adele levou Yan para um passeio particular no Dean's, apontando para o mural na parede que ocupava toda a extensão do bar. Havia sereias com cachos trançados de rubi e ouro e um homem forte com ombros por cima dos quais Atlas poderia dar um salto mortal. Havia anãs vestidas como Maria Antonieta e palhaços em pernas de pau que se divertiam acima da roda-gigante. Havia estrelas-do-mar em bambolês e acrobatas andando de ponta-cabeça em cordas bambas fazendo malabarismo com frutas exóticas: manga e mamão e peras espinhosas. E gordas entusiasmadas.

O artesanato de Adele encantava Yan. Ele pediu uma escada e subiu até lá em cima para tirar as medidas das sereias.

"Você é precisa." Yan balançou a cabeça em sinal de aprovação.

"Yan não perde tempo", Rachel percebeu.

"Ele é dono de vários prédios em Manhattan", disse Seth, sentindo o seu próprio lugar ao sol.

"Vários?", repetiu Rachel. "Bom, está tudo lindo e maravilhoso. Mas ele é gentil, Seth? Ele é decente?"

O verão fez cócegas no outono. Yan pediu a mão de Adele para Rachel em russo. E Rachel respondeu em iídiche. Yan pediu novamente em iídiche. E Rachel respondeu em russo. Ambos aceitaram em inglês. Depois da morte de Dean, Rachel havia deixado a religião de lado, mas em honra ao pai de Adele, Yan e Adele se casaram na sinagoga. Após o casamento, eles deram no bar uma grande festa que durou a noite toda e até uma fração da manhã.

Yan se surpreendeu ao encontrar sangue virgem nos lençóis matrimoniais. Ele derramou água quente em uma vasilha de metal e mergulhou os pés dela em sais Epsom, água de rosas e lavanda.

"É por ficar em pé atrás daquele balcão", ele disse. "Diga a sua mãe que a partir deste dia... nunca mais." Ele deu a Adele uma mesada e pediu que investisse nos melhores materiais artísticos que o dinheiro podia comprar.

"Mas o que ela vai fazer sem mim?", perguntou Adele.

"Você pode ser substituída, Adele", Yan disse. "É trabalho subalterno. Você quer ser artista ou balconista em um bar pé-sujo?" Ele beliscou as bochechas dela.

Adele gostava dos clientes do Dean's Beachside Bar & Grill. Para uma filha única, eles eram como uma família. Ela havia crescido perto deles. Eles vinham dos conjuntos habitacionais de Coney Island ou dos pedaços de bairros italianos escondidos atrás da Neptune Avenue para nutrir suas misérias com garrafas de Budweiser. Falavam dos sonhos das noites anteriores e dos números que algum parente morto os tinha encorajado a jogar a sete palmos do chão. Vinham de Brighton Beach comer cachorros-quentes, que era o único item no cardápio que Rachel mantinha kosher. Não importava que Nathan estivesse a dois quarteirões ou que os pães no Dean's Beachside Bar & Grill chegassem amanhecidos e úmidos. E não havia lugar melhor no mundo para uma xícara quente de chá após um mergulho no congelante oceano Atlântico. Adele incrementava o chá com uma dose de bourbon para aumentar a temperatura do sangue das corajosas almas que havia muito desejavam ser um urso-polar em vez de um homem. Os fregueses a chamavam de *menina*, embora Adele já soubesse fazia um bom tempo que estava a ponto de se tornar uma solteirona. Ela decidiu contar à mãe só depois da lua de mel — pois Rachel trabalhava para viver e vivia para trabalhar.

Adele e Yan passaram a lua de mel em San Francisco, onde Yan era dono de dois prédios comerciais e tinha negócios perto do Mission District. Eles desviavam da Pacific Coast Highway para a Big Sur e bem cedo e aos fins de tarde caminhavam pelas trilhas sinuosas na floresta. Um aviso deslumbrou Adele: *Atenção. Crianças intrigam leões da montanha.*

Quando eles voltaram para Nova York, Yan foi trabalhar e Adele se pôs a pintar. Eles se mudaram para um apartamento da era pós-Segunda Guerra Mundial com três quartos no décimo segundo andar da rua 85 com a West End Avenue. O prédio cooperativo tinha um pátio no centro com tílias e gramado. Todo gato no prédio parecia descansar embaixo das árvores, e Adele cruzava com vestígios aleatórios de um esquilo ou um pássaro que não tinha voado rápido o suficiente ou não tinha escapado de garras afiadas. Adele visitava a mãe às sextas-feiras. Ela andava pela Quinta Avenida até a rua 42 e tomava o Q na Manhattan Bridge. Ela sempre gostara do metrô, mas ultimamente vinha tendo premonições sobre estar embaixo da terra. Preferia agora espiar da janela do Q o turvo East River e o vasto horizonte de Manhattan. Quando pensou que havia conseguido dar conta da cidade, havia um novo prédio feito de cromo e aço.

Adele era uma mulher casada agora. Rachel escutou. Era decisão da Adele parar de trabalhar, mas sua mãe não podia resistir a alfinetar: "Uma garota sempre deveria ter seu próprio dinheirinho, especialmente uma garota casada".

"Mas eu tenho dinheiro."

"Adele", Rachel disse. "Dinheiro pelo qual você trabalhou."

"Mas a minha arte é trabalho também."

A isso, Rachel não podia dizer nada. Ela não possuía um temperamento artístico. Era uma mulher de negócios, nada mais que isso. Olhou ao redor do bar, que era para os padrões de qualquer um o epítome da bagunça, com seu chão torto cheio de serragem e ventiladores de teto oscilantes e mesas parecidas com bancos, uma ou duas faltando uma perna e suspensas por uma bengala que algum bêbado havia esquecido sem jamais se importar em pegar de volta. Em 1969, o auge de Coney Island tinha acabado. Mas mesmo em uma cidadezinha suja e sem brilho, ela sabia onde estavam as pechinchas. Sempre que Rachel ia com Adele a museus na cidade, ela estava ciente de seu cabelo e seu vestido e seus sapatos e seu sotaque de Sheepshead Bay. Depois de alguns minutos em um museu, ela queria voltar para o bar e seu calçadão.

"Sim, minha filha", Rachel murmurou. "Eu acredito que seja."

Determinada a levar seu trabalho a sério, Adele se matriculou em um curso de Interpretação Pictórica para artistas profissionais. A primeira semana de aula, o instrutor de arte criticou a aquarela de Adele do oceano. "O que tem de significante neste oceano?"

Adele olhou para a pintura. Era um pouco mais do que uma colagem muda de Coney Island em cores pastel. De fato, poderia ser uma paisagem de oceano em qualquer lugar. A segunda semana de aula ela pintou sobre o oceano e fez um mar espumoso com um relâmpago e uma sombra vagando acima.

"Promissor", disse o instrutor, um homem cuja barriga era a maior responsável pelo volume do seu corpo. Ela havia visto o trabalho dele em uma galeria no centro com Yan, achado tudo horrível, mas ainda não tinha um vocabulário para criticar arte, especialmente a dela mesma. Bom, Adele considerou, o trabalho do instrutor podia ser horrível, mas mesmo assim ele poderia ensiná-la, ou inspirá-la a ensinar a si própria. Yan havia pagado um bom dinheiro para que ela fosse às aulas do homem volumoso. Um homem com reputação. E se isso significava repintar o oceano toda semana, que fosse.

"*Promissor* é uma palavra educada para *iniciante*", Yan disse.

Adele passou da pintura do oceano para rascunhos abstratos dos gatos no pátio, como parte de um exercício de animais em seus hábitats.

Adele pingou óleo em terebintina. Ela gostava de pintar na sala de estar com as janelas escancaradas. "Yan, o que você acha?"

Yan abandonou a leitura do jornal, que era seu hábito no começo da manhã e ao fim do dia. Estudou o gato siamês de bruços que Adele havia pintado, pronto para pular em um pombo no pátio. "Por que não desenha cachorros?", ele disse.

"Eu gosto de gatos."

"Com gatos, você não sabe em que ponto está." Desde que se casaram, ele tinha deixado a barba crescer. Adele achava que isso deixava o rosto dele menos definido e de alguma forma severo.

"Depende do gato."

"Eles atacam o que estiver por perto. Gatos." Yan cruzou os braços.

"Cães esperam por migalhas da mesa."

"Gatos miam."

"Bom, não temos nem cachorro nem gato", Adele disse, percebendo o tom impaciente de Yan. "Por que estamos brigando, então?"

"Se quer saber a verdade, Adele, eu acho que desenhos de gatos estão abaixo de você. Eles não devem ser levados a sério. São provincianos."

"Por que não assume o cargo do meu instrutor? Você parece saber mais do que ele."

"Talvez sim."

"Tenho direito a minha opinião, Yan. E eu suspeito de que esteja errado."

"Eu pago suas aulas."

Adele lembrou das palavras de Rachel. "Eu vou encontrar um emprego como garçonete. Eu me viro muito bem num bar."

Yan cerrou os punhos, que viraram boas pedras. Adele não teve nem tempo de guardar o pincel. As pedras encontraram o seu rosto, e seu nariz se quebrou instantaneamente. Ela ouviu os ossos se quebrando. Adele sempre gostou de seu nariz, seu nariz de Barbra Streisand. Havia seis músicas da Streisand no jukebox do Dean's Beachside Bar & Grill e ela sabia cada uma. Ela não conseguia parar de pensar nos títulos das músicas enquanto o sangue escorria de seu rosto até o V de sua blusa.

Naquela noite, Adele ligou para Rachel e lhe contou que não ia conseguir dar uma passada na sexta-feira. Ela não trabalhava mais no Dean's, mas ainda aparecia por lá uma vez por semana e pegava uma mesa como se fosse uma cliente. Algumas vezes não conseguia resistir e limpava o balcão com os panos de prato puídos e tricolores.

Yan a acompanhou até o médico. Ele estava tão carinhoso e arrependido, segurando um guardanapo para estancar o fluxo de sangue. Berrando como se o nariz dele é que estivesse quebrado.

"Temos que ter cuidado para não trombar com as paredes", ele disse.

"Boba!", Adele disse ao médico. "Eu trombei com uma parede."

"Não vai acontecer de novo", Yan disse. "Não deve."

Adele comprou os álbuns de Barbra Streisand na Colony Records e ligou a música em casa na vitrola vintage de Yan, mas a vitrola era um pobre substituto do jukebox do Dean's Beachside Bar & Grill.

Na semana seguinte ela apareceu no bar e Rachel disse, "O que aconteceu com seu nariz?".

Adele se esquivou da mãe para evitar mais perguntas. "Bom, agora eu posso consertá-lo!"

Rachel gritou por Seth. Uma semana antes Seth tinha metido um anel de noivado no dedo de Rachel. Eles não tinham a data do casamento, mas um voto de casamento. Seth trabalhava na empresa que fornecia a bebida do bar. Ele saiu da cozinha e colocou na mesa a caixa que estava carregando. Eles estavam abastecendo o bar para a barulhenta noite de sexta-feira.

Seth reparou em Adele. "O que é isso?" Era uma fonte de orgulho para Seth ter servido ao Exército durante a Segunda Guerra Mundial e lutado contra os nazistas. Havia estado no meio das tropas para libertar seus irmãos de Dachau. Quando era garoto, Seth idolatrava o campeão peso pesado Max Baer e mais tarde se tornou um lutador meio pesado profissional até que uma lesão encerrou sua carreira. Era um excelente lutador, ágil e gracioso, até quando envelheceu. "Eu não vou deixar Yan te tratar como um saco de pancada."

"Deus é minha testemunha, Seth", Adele disse, "foi um acidente."

Seth sentiu sua sede de luta diminuir. Deus havia entrado na conversa, e quando Deus entra na conversa, todo mundo era seu paciente.

Adele não consertou o nariz. Ela o deixou sarar e voltou seu coração para a pintura. Pintava gatos em posições comprometedoras e os deixava na casa. Pintava gatos com o nariz e patas quebrados. Pintava gatos vivisseccionados e gatos com orelhas de lebre. Seu instrutor estava intrigado, mas desafiou Adele a ir além. Ela pintou gatos se alongando no peitoril das janelas de sua casa e finalmente um gato que era metade gato e metade mulher.

"Ah, uma deliciosa esfinge", o instrutor disse. Sua redonda barriga se mexia com sincera felicidade e admiração pela confiança e pelo estilo recém-encontrados.

"Adele." Yan balançou a cabeça. "Você tem que parar com isso." Yan odiava as pinturas. A imagem delas queimava seus olhos. Ele era um homem de opiniões fortes e os gatos eram uma afronta a ele.

Sentada no sofá, Adele disse, "Se elas queimam seus olhos, então você não consegue enxergar, e se não consegue enxergar, então qual é o problema exatamente?".

Ela ouviu o arrastar dos sapatos duros de Yan e se ergueu rapidamente, abandonando o conforto do sofá para a segurança da porta da frente. Pegou o Q e foi para a casa da mãe. Precisava se acalmar antes de encarar a multidão no bar.

Dessa vez Adele não mentiu para a mãe. Quando Rachel e Seth voltaram para casa, eles a encontraram esperando no escuro da cozinha. Eles sentaram cada um de um lado na mesa da cozinha e escutaram.

"Filho da puta", gritou Rachel.

"Esse homem é uma criança", Seth disse. "Existe apenas uma maneira de lidar com crianças."

Adele ergueu o braço para impedir Seth, que já havia vestido o sobretudo. "Você vai ser preso se machucar ele." Ela adorava a felicidade de sua mãe. Era um talismã de boa sorte para a felicidade que ela ainda acreditava estar ao seu alcance.

De sua parte, Rachel havia sonhado com peixe. Cinco dias seguidos ela havia sonhado com peixes saltando sobre a lua e deixando brilhantes cardumes de peixes no seu rastro. Eles devoraram o céu noturno, esses peixes devoraram, e se tornaram estrelas na noite. Ela esperou até que Adele houvesse se retirado para seu antigo quarto para segui-la e perguntar, "Bom, você está grávida?".

"*Você está?*", Adele disse timidamente.

"Não é hora para ironias." Rachel deu de ombros. "Estou velha demais."

Adele e Rachel e Seth foram deitar em suas camas. O telefone tocou às duas da madrugada.

"Venha para casa", Yan disse.

"Não", disse Adele. "Eu estou te largando."

"Me largando?"

Rachel entrou no quarto e tirou o telefone da orelha da filha. Dava para ouvir Yan repetindo *me largando* repetidamente. "Sim. Você."

Adele pegou o telefone de sua mãe. Havia um silêncio do lado da linha de Yan. E uma respiração pesada.

"Veias são profundas", ele disse.

Eles encontraram Yan no Columbia Presbyterian com uma montanha de travesseiros apoiando suas costas. Ele estava desdenhando do saco de batatas que as enfermeiras ousavam chamar de camisola. Em seu pulso direito tinha bandagens.

"Da próxima vez eu vou me matar. Juro por Deus, eu vou."

"Mande ele para um sanatório." Rachel bateu o pé.

"Se matar? Se matar?", Seth esbravejou. "Com todas as pessoas neste mundo que queriam viver? Deixe ele se matar!"

"Eu não quero a culpa da morte dele", Adele disse. Ela podia ter acrescentado que o amava, mas nessa questão estava ambivalente. Mas não podia haver ambivalência nos sonhos sobre peixes de sua mãe. Ela deixou o hospital com o marido.

Seis meses depois Adele deu à luz seu filho, Maximilian. Doze meses após o nascimento de Maximilian, nascia a sua filha, Freya. O desejo estava de novo presente no quarto de Yan e Adele. Eles estavam orgulhosos e, do jeito de pais novos, ambos cansados e felizes.

Adele continuou pintando. Avançou de pinturas de gatinhos para uma oficina anatômica intensiva com acrílicos e óleos. A oficina era limitada a um pequeno grupo seleto de estudantes. Estava atônita por receber uma bolsa parcial. Ela desenhava mulheres nuas, trapezistas, em um céu em chamas.

"Suas pinturas vão causar pesadelos nas crianças", Yan disse. "Eles vão crescer doidos e estúpidos."

Adele olhou para a sua tela. Via corpos desafiando a gravidade. "Ou, talvez, eles vão crescer determinados e curiosos."

Era impressão dela ou Yan havia cerrado os punhos? Adele ficou em silêncio. E em seu silêncio, começou a perceber o vaivém de empregadas e faxineiras que eram contratadas e então, sem avisar, se demitiam. Yan não precisava abrir a boca para as mulheres acelerarem o passo ou para seus corpos se enrijecerem em sua presença. Ele respeitava seus limites e dava boas gorjetas quando estava por ali, mas ela queria perguntar a elas — ou era só ela? — por que o mundo parecia sair dos eixos se ele estava por perto.

Ela pintou um prédio residencial com mãos gigantes e laceradas tentando alcançá-lo. "Magnífico", disse seu instrutor de arte.

"Adele", Yan perguntou. "Você está tentando matar nossos filhos?"

Adele parou de pintar na mesma hora.

Quando Max tinha três anos e Freya tinha dois, Rachel se casou com Seth. A recepção foi linda. Eles pediram para Adele cuidar do bar e da casa enquanto estavam em lua de mel. Adele chegou à casa e encontrou como agradecimento pincéis, um cavalete e uma coleção de tintas e telas. Não eram da melhor qualidade, mas era do que precisava para recomeçar.

Adele levava Max e Freya para a praia de manhã e os deixava encher baldes de plástico com areia. Enquanto cochilavam, ela fazia esboços. Adele saboreava a textura dos lápis e pincéis macios em suas mãos.

Por vários anos, as crianças interromperam algo em Yan. Ele deu menos atenção a seus negócios nebulosos e aguçou os ouvidos para o som dos seus pezinhos no piso de madeira. Suas risadas o deixavam tímido de uma forma adorável. As crianças passavam com caminhões por suas tempestades e se vestiam como fadas. Yan corria para cima e para baixo na plataforma da rua 86 com Max e Freya no carrinho duplo, algumas vezes derrapando perto da linha amarela e da luz branca do trem se aproximando. Uma fase boa, era uma fase boa, até que o humor sombrio voltava. E quando o humor sombrio voltava, Adele e Max e Freya passavam dias e noites e longos fins de semana na casa da vovó e do vovô em Coney Island.

"O que as crianças querem?", Yan frequentemente perguntava para Adele.

Era uma pegadinha? Uma explosão esperando para desfigurar seu rosto? Adele escolhia as palavras com cautela. "Os pais delas."

Yan deu de ombros. "Não podemos salvá-los, você sabe."

"Yan, moramos na América. Nossos filhos são as crianças mais seguras do mundo. Nossos filhos estão *muito* seguros." Ela achou que era vital dizer isso e vital que Yan ouvisse.

Cinco anos se tornaram sete anos. Sete anos se tornaram nove. Os filhos de Adele e Yan cresceram. Maximilian e Freya eram determinados e curiosos. Eles perceberam que Yan nunca havia mencionado sua mãe ou sua família ou qualquer coisa sobre sua infância. E ele se arrepiava se eles ou Adele indagassem ou perguntassem. Os irmãos não sabiam o que era mais desconcertante: morar com Yan ou isso de ele não ter um passado.

Maximilian e Freya fizeram dezoito e dezessete anos. Se formaram no colégio e ambos se mudaram para San Francisco para estudar em Berkeley. Freya havia pulado um ano e estava feliz em escapar com o irmão. Adele e Yan se ofereceram para levá-los em uma viagem pelo país, mas Maximilian e Freya recusaram.

"Venha nos visitar", Freya disse para a mãe.

"Queremos nos virar sozinhos", Maximilian disse para Yan.

Adele não os deixou verem suas lágrimas, mas quando foram embora, ela se lamentou. Yan colocou uma mão em seu ombro esquerdo. "Viu o que você fez? Você afastou os nossos filhos de nós."

"Eu? Eu?" Adele deu um tapa na cara de Yan tão forte que os lustres olharam para baixo e estremeceram.

A imagem de Adele de muletas era demais. Rachel disse para Seth, *"Mate ele"*.

Seth havia se arrependido do dia em que apresentara Adele para Yan. Esperou Yan aparecer em frente ao seu prédio. Pegou Yan antes que virasse a esquina da rua 85 com a West End Avenue. Yan estava esperando por Seth e mostrou o dedo do meio para o seu velho amigo.

"Me bate e vou contar para a Rachel que você sai com outras mulheres por aí."

Seth atingiu Yan mesmo assim e correu para casa para contar para Rachel que ele ocasionalmente era infiel. Rachel riu. "E daí? Eu também. Yan é um homem perigoso, Seth. Mate ele."

Seth voltou naquela mesma noite para matar Yan. Dessa

vez ele o encontrou do lado de fora da casa de pôquer em Hell's Kitchen onde se viram pela primeira vez. Seth espancou Yan, golpes de boxeador, sistematicamente batendo nele no tronco e no rosto de uma maneira que não entregava sua idade. Seth pretendia matar Yan, mas descobriu que, além de bom boxeador, era um bom juiz. Deixou Yan sangrando na calçada rachada.

"Matou ele?" Esse assunto do Yan estava deixando grisalhos os cabelos de Rachel. Ela agora aparentava ter o dobro da idade.

"Rachel", Seth disse. "Pensa no que está me pedindo para fazer."

Adele estava no sofá. No bar, Rachel percebeu que a filha havia começado a beber. Essa filha que dançava no meio dos bêbados agora secava o fundo dos copos. Bebia a saliva dos outros.

"Precisamos de Deus", Rachel declarou.

"Ou de um bom rabino", Seth disse.

Em preparação para sua conversa com o rabino, Adele se absteve de beber por vários dias. Ela gostava de kamikazes, uma mistura de suco de limão, licor de laranja e vodca. E martínis. Sim, martínis eram os seus favoritos. Não no bar. Em casa, onde ela às vezes se consolava com artigos de primeira. Ela não iria dizer isso ao rabino, é claro.

"Existem condições para cada casamento", o rabino disse. "Quais são as suas condições?"

"A torneira do chuveiro."

O rabino estava confuso. "A torneira do chuveiro?"

"O lava-louças", Adele murmurou.

"O lava-louças", o rabino repetiu. Ele era baixo, pensativo, com óculos no formato de olhos de coruja que ele ajustava constantemente. "É do meu entendimento que seu marido possui uma vida confortável. Você tem uma pessoa, não é? Alguém pago para ajudar você, digo."

Adele concordou. "Claro." E então continuou a construir sua lista. "O tapete do banheiro, o dobrador de roupas. A máquina de lavar. Os passos dele pela casa, com ou sem chinelos, à procura de algo rondando, gatunos que nunca chegavam. As roupas que você acabou de dobrar e ele desdobra. Explorar é compreender que é perguntar, O que vai acontecer agora? O que vai acontecer em seguida? Um turbilhão nos cantos da casa seguido por risos de alívio ou quietude. Um sorriso que é como uma máscara quando Yan entra pela porta, um bom-dia que não possui nada de bom, um olá que é um picador de gelo no coração, a desaprovação silenciosa de uma refeição que levou o dia todo para ser feita. Limonada servida em um copo. Antes de a boca dele tocar o copo, antes de o copo voltar para a mesa — *Açúcar demais*, a boca diz. Mas você sabe que não colocou açúcar na limonada porque da última vez que você colocou açúcar ele gritou que tinha demais. É um tom que faz com que você toque a barra da saia para ver se a anágua está aparecendo ou o modo reprovador com que ele se aproxima para te tocar."

"E você o ama?", perguntou o rabino.

Quantas vezes Adele havia feito essa pergunta a si mesma? A resposta era como a bebida que ela queria, um kamikaze. Kamikazes pulam para a própria morte. Toda vez que ela se perguntava isso, dizia para si mesma que fora cúmplice por ter ficado com ele.

Do nada, Adele gritou com o rabino, que se curvou para a frente para apaziguar sua raiva. "Uma orquídea sozinha deixada em um vaso! Uma caixa de trufas de nossa loja de chocolates favorita, Evelyn's! Alguma pequena lembrança que revela um mundo inteiro de pensamento e beleza que eclipsa cada milímetro de feiura que veio antes! O balançar de morangos maduros oferecidos frescos dentro da caixinha verde!"

Talvez haja esperança, o rabino pensou, mas para Adele ele apenas disse, "Eu gostaria de conhecer o seu marido. Eu não o vejo desde o casamento de vocês".

O dia do casamento de Adele era um borrão. Ela desviou o olhar. "Nós não somos praticantes. Talvez ele não venha."

"Você tem que convencê-lo", o rabino disse.

Adele voltou para o apartamento. Foi a primeira vez em seu casamento que Yan não havia ligado ou ido até a casa de Rachel e Seth para buscá-la. O rosto dele estava roxo e inchado devido ao espancamento de Seth. Ele havia decorado o apartamento inteiro com novos móveis modernos. Tudo era branco.

"Eu daria qualquer coisa", Yan disse. "Para ser uma pessoa diferente." Adele quase acreditou nele. Ela era grata por Yan não ter feito nada para alterar seu jeito de ser.

"Eu aluguei uma casa para o fim de semana em Long Island", ele acrescentou.

Adele queria contar para Yan sobre o rabino. Quem sabe ele a escutaria melhor descansado e relaxado.

Folheando o *East Hampton Star*, Adele descobriu que a casa Pollock-Krasner agora estava aberta à visitação. Jackson Pollock e Lee Krasner estavam mortos. O ano era 1988. A casa ficava a quinze minutos da casa de férias em Amagansett.

"Ele", Yan sussurrou, enquanto andavam pela fazenda e paravam diante de *Sem título* (*Composição com arco vermelho e cavalos*) de Pollock. "Um gênio? Eles o chamam de gênio. O imperador está na floresta e pelado."

"Ela", Adele disse, se movimentando por entre os cômodos modestos e suspirando quando se deparou com o quadro *Free Space* de Lee Krasner, suas intensas cores azul e verde oscilando, desafiadoramente abstratas e vivas. Adele resistiu à vontade de subir na cama da artista para uma visão mais íntima de *Rose Stone*, a litografia rosa-choque de Krasner. Yan aguardou pacientemente enquanto Adele se demorava em frente de cada fotografia e, concentrada, rabiscava anotações ilegíveis em um velho caderno Mead, pois ela não tinha pensado em levar uma câmera. Quando pediu para ver o estúdio de Pollock uma segunda vez, Yan apareceu e se ajoelhou ao seu lado enquanto ela tocava as manchas de tinta permanente no piso de madeira. Krasner havia trabalhado no estúdio de seu marido após a morte dele e Adele viu pistas dela em toda parte. "Eu gosto das pinceladas dela. A disposição ousada de cores. Yan, eu acho que os dois eram brilhantes."

Naquela noite, seus corpos se uniram, Adele adormeceu antes que pudesse mencionar o rabino para Yan. Ela não dormiu por muito tempo. Acordou com Yan sentado na beirada da cama.

"Não tivemos sucesso, sabe. Nossos filhos têm tudo, mas ainda assim, não estão seguros. Por que não conseguimos manter as crianças seguras?"

Seus filhos te odeiam, Adele pensou. *Nossos filhos têm pena de mim*, ela devaneou. Mas para Yan disse, "Você devia perguntar ao rabino".

"Não", o rabino disse. "Vocês não podem manter as crianças seguras. Somos os filhos de Deus e até Ele não conseguiu fazer com que seus filhos não comessem o fruto proibido. É da natureza humana conhecer os graus de sofrimento, mas o sofrimento não deve durar por uma vida inteira."

Yan apreciou a resposta não evasiva do rabino. "O que posso fazer pelo senhor hoje, rabino?"

"Não o que você pode fazer por mim, Yan. O que você pode fazer por si mesmo? E por Adele."

"Adele e eu estamos bem, eu acho. Melhor do que muitos."

O rabino era dono de uma casa em Manhattan Beach perto de Sheepshead Bay. Ele vinha de uma longa linhagem de relojoeiros. Ouvia tiques mesmo quando não havia taque nenhum, e taques quando não havia tiques. O barulho alto do tempo dava uma trégua quando ele lia a Torá e o Talmude. O rabino estudou Yan. "Isso não é assim."

"Mas *é sim*, meu bom rabino", Yan insistiu.

"Você bate em sua esposa."

"Vez ou outra", Yan admitiu.

"Adele não merece esse tipo de tratamento."

Yan não disse nada.

O rabino perguntou para Yan se ele se considerava um bom judeu. Yan respondeu que sim.

"Então pare de bater em sua esposa. Você está sendo um mau judeu", ele avisou.

Novamente, Yan não disse nada. Algo parecido com um sorriso surgiu em seus lábios. Os olhos de Yan percorreram o escritório do rabino com mais do que um interesse passageiro. Livros empilhados por toda parte. Se fossem montanhas, Yan iria escalá-las.

"Se você não ama Adele", o rabino disse, "vocês deveriam se divorciar."

"Mas que outra mulher iria me tolerar? Ela é uma gulosa e eu sou sua punição."

O rabino perguntou para Yan de qual aldeia na Rússia seu povo era. Yan deu de ombros. O rabino esperou. Mas Yan não iria nomear a aldeia na qual nasceu. "Por que isso importa?", desdenhou. "Depois do Stálin."

O rabino contou para Yan que seu povo era de Vitebsk em Belarus. Falou os nomes de sua mãe e de seu pai e dos seus avós e de seus bisavós. Dizer os seus nomes também acalmou o tique e o taque nos ouvidos do rabino e o firmou diante da presença de Yan, que olhava dentro dos seus olhos sem piscar. O rabino era um estudioso, mas também tinha uma crença inabalável na presença de demônios. Quarenta anos após a guerra, ele havia escutado muitas histórias e testemunhado demônios se mascarando como depressão e tristeza e raiva cega nas almas dos homens. O rabino encaminhou a conversa de volta para Adele, pelos caminhos maternos. "Pense em sua mãe."

"Eu nunca gostei da minha mãe", Yan disse.

De verdade? Yan estava brincando ou sendo sincero? A expressão de Yan não entregava nada. O rabino ficou pensando por que Adele tinha inventado de se casar com um homem que não amava a mãe. Mas então seu coração amoleceu, pois Adele nunca conhecera o pai.

Mais tarde, o rabino explicou a situação para a esposa, Lydia, que mencionou que nunca gostara da mãe do rabino; a mãe dele era uma enxerida.

O rabino se sentou na cama de casal deles. "Você nunca disse isso antes, Lydia."

"Eu? Reclamar da querida mãe do rabino com o rabino? Até parece. Certamente, você sabia disso, Isaac? Só Deus conseguia amar a sua mãe."

"*Eu* amava a minha mãe."

A esposa do rabino virou de costas para ele. "Não todos os dias."

"Bom, eu a amei o máximo que ela permitia. A guerra mexeu com ela."

"Por que você cria desculpas para as pessoas? A guerra mexeu com todos nós. Ainda mexe."

O rabino não dormiu bem naquela noite. Esperou três semanas antes de ligar para Yan.

"Você bateu na Adele recentemente?", perguntou o rabino. Eles estavam no escritório. Yan estava sentado com as mãos entre os joelhos. Como uma criança.

"Recentemente não", Yan disse.

"Talvez seja um progresso?"

Yan sorriu. "Chame do que você quiser."

"Você é um empresário de sucesso, sim?"

"Sou dono de um negócio que é dono de outro negócio."

"E sua especialidade?"

"Liquidações."

"Eu imagino que haja estresse. Nós homens temos estresses que nossas esposas não compreendem." O rabino abriu o Talmude. "Mas o Talmude proíbe um homem de injustamente bater em sua esposa."

Yan riu. "Quando bater em alguém é justo?"

"Então, concordamos, assim como está escrito no Talmude, que você não deveria levantar a mão para sua esposa?"

"O Talmude está aberto para muitas interpretações, meu bom rabino", disse Yan. Ele havia cortado a barba que vivia deixando crescer e diminuir. A aparada que ele mesmo dera era tudo menos ordenada. "Como nós dois sabemos. Podemos sentar aqui e discutir de uma maneira e então nos deparar com uma leitura que nos faz repensar. Você acha que eu não conheço o Talmude? Eu conheço o Talmude melhor do que qualquer um."

O rabino estava certo de que tinha escutado um desafio nas palavras de Yan. O rabino havia sido o melhor aluno em sua classe na escola rabínica. O orgulho o tentou a aceitar o desafio de Yan, mas sua humilde servidão a Deus o conduziu para o outro caminho.

"Como você conhece o Talmude tão bem?", perguntou o rabino.

"Meu pai era rabino."

"E ainda assim você não seguiu o caminho do filho de um rabino."

Yan e a cor de seu rosto se alteraram de súbito. "Foi um prazer, mas eu acredito que acabamos." Esse foi o primeiro resquício de emoção que o rabino viu em Yan.

A esposa do rabino havia entrado com chá durante a reunião, pois até ela não conseguia controlar a curiosidade. Quando avistou Yan se afastando do marido como um pavão pomposo ou como um cafetão, gritou para ele.

"Se você quer ser um valentão, vá até o Harlem e desça a mão em alguém lá!"

O rabino surgiu atrás de sua esposa. "Quieta, Lydia."

"Quero ver o quanto ele dura lá no meio dos selvagens!"

"Eu não te reconheço, Lydia. Essas coisas que estão saindo da sua boca ultimamente." O rabino acrescentou, "Você acredita que o pai dele era mesmo rabino?".

Harlem. Yan estava intrigado com as possibilidades do Harlem. Yan estava intrigado com o desafio furioso da esposa do rabino. Intrigado o suficiente para pegar o trem para a rua 138 com a Lenox Avenue em uma tarde quente de sexta-feira para ver o que esperava por ele lá. Ao contrário do rabino, Yan não conseguia resistir a um desafio.

O ano era 1988 e o hip-hop estava em alta. Yan se pôs bem defronte da Pan Pan Diner, o café da manhã completo com frango e waffles na rua 135. Ele sapateava mesmo sem sapatos de sapateado. Ele chamou os negros do Harlem, inclusive os bêbados e os viciados, para irem para a calçada e dançar com ele.

Mas os negros do Harlem não iriam entrar nessa.

Yan montou um circo de tumulto e atacou os negros do Harlem com uma enxurrada de insultos raciais e palavrões. Eles apontavam e riam ou ignoravam, todos exceto um garotinho com um casaco azul que se desvencilhou de sua mãe para confrontar Yan e, no processo, arrancou um dos botões dourados de seu casaco azul. Quando Yan se aproximou do garoto para pegar o botão, a mãe do garoto avisou, "Cara, tem limites. Não chega perto do meu filho".

Eles pareciam achar que era armação. Que Yan era um policial disfarçado. E que um cassetete esperava por eles. Ou que ele era louco. Eles não podiam saber que o falecido tio de Yan, Moishe, tinha sido dono de galpões no Harlem e no Bronx. Quando Yan imigrou para a América, seu tio Moishe o levava para a fábrica de piano em Mott Haven e o deixava ir de piano em piano tocando notas aleatórias.

Yan tomou seu rumo de volta para o Brooklyn para relatar suas aventuras para o rabino naquela mesma noite. Ele se recusou a deixar a casa do rabino, mesmo com a esposa do rabino insistindo que seu marido já havia se recolhido para dormir. Na manhã seguinte quando Lydia teve pena e levou Yan para o escritório, ele tomou duas xícaras de café e comeu metade do babka do rabino.

"Eu vim para lhe dizer que eu fui um perfeito valentão, mas os negros do Harlem têm mais problemas do que eu. Vi com meus próprios olhos, meu bom rabino. Aquela pobreza. E eu posso te dizer: os negros do Harlem nunca deveriam parar de cantar ou dançar. Pessoas que param de cantar ou dançar acabam ficando loucas. Me diz, meu bom rabino, não é verdade?"

O rabino perguntou para Yan novamente de qual aldeia na Rússia sua família era. Yan soltou uma longa lista de aldeias. E então ele começou a andar de um lado para outro. "Em algum lugar no Harlem, tem um garotinho negro com um casaco azul com um botão faltando. Eu carrego o botão dourado dele no meu bolso, porque a cidade é tão pequena quanto é grande. Quem sabe a gente se encontra de novo um dia desses..."

O rabino perguntou para Yan se ele conseguia lembrar qual escola rabínica seu pai havia frequentado na Rússia.

Yan chutou a bandeja de comidas com o babka e o café. O líquido quente voou para fora do bule de metal e se esparramou no tapete turco de pelúcia que havia sido um presente de casamento da tia-avó do rabino, Sabine. Tique. Taque. Tique. Taque. Tique.

"Quem quer foder com um bebê de fralda vermelha?", Yan disse. "Quem quer me foder?"

O rabino disse para Yan que ele precisava de um bom terapeuta. E implorou para ele ir embora antes que Lydia chamasse a polícia.

Desde Amagansett não houvera nenhum atrito. Yan havia evitado Adele a todo custo. Ela havia se rematriculado nas aulas de arte na Liga de Estudantes de Arte na rua 57. Tinha até pegado telas e cavalete e pincéis e tintas. Ela tinha acabado de começar as margens de uma nova pintura quando Yan entrou no apartamento. Eram onze da manhã. Ela sabia pelo som dos seus pés no piso de madeira que haveria uma discussão.

Adele estava bebendo muito, e a bebida lhe dava coragem. Yan a cercou na sala de estar. As janelas estavam abertas. Adele havia arrumado seu estúdio mais uma vez diante delas. Yan assistiu às margens da pintura se tornarem amplas pinceladas. Assistiu às amplas pinceladas se materializarem no Gato de Cheshire. Fazia tempo que Adele não desenhava gatos. Yan pegou um pincel e pintou por cima do Gato de Cheshire de Adele.

"Você não é nenhuma Lee Krasner", Yan disse. Ele salpicou tinta em todas as telas.

"E você" — Adele sorriu —, "você é um autocrata."

"Ah, então aprendemos a virar as páginas do dicionário. Finalmente."

"Você", Adele disse, "é um tirano."

"O que você sabe sobre tiranos, Adele? O que você sabe sobre qualquer coisa?" Yan podia lhe contar sobre tiranos, se estivesse disposto. Ele podia lhe contar dos invernos quando o frio falava. Dizia *você vai morrer aqui nesta sala hoje*. Ele podia lhe contar das orações do rabino, do homem que era seu pai, e da sala em que eles estavam reunidos, sob as ordens de Stálin, embora por um tempo Stálin parecesse, se não o defensor deles, certamente amigo deles. Ele podia lhe contar sobre quartos do tamanho de armários e de ficar suspenso entre o sono e os sonhos, sobre noites sombrias que se tornavam brilhantes com um feixe penetrante de lanternas e o barulho de pés que você aprendia a contar e o farejar de cachorros presos firme na coleira, então menos firme, e menos firme ainda, e os homens, os velhos rabinos como seu pai, e então as mulheres formando uma parede para proteger as crianças. Quem tinha protegido as crianças? *Eu*, Yan podia lhe contar — se quisesse. *Eu protegi assim como fui protegido*. Mas Yan nunca contaria.

"Estou te largando, Yan", Adele disse.

"Bom. *Largue*. Me pergunta se eu me importo?"

"Você tirou de mim tudo que me importava", Adele disse.

"Diz a mulher que nunca passou fome. Que sempre dormiu bem."

"Tudo."

Yan se afastou de Adele e disse que tiraria mais uma coisa.

Adele estava surpresa. "O que mais você poderia tirar de mim que você ainda não roubou?", ela disse.

"Sua paz de espírito." Yan largou o pincel cor de fezes e correu para as janelas da sala de estar. Ele pulou, levando consigo vidro e estilhaços e as plantas *Aloe vera* que estavam acomodadas no peitoril. Despencou doze andares para a morte.

Foi um *shiva* sem lágrimas. Apenas os filhos de Adele, Maximilian e Freya, choraram pelo homem que os aterrorizava.

Depois da morte de Yan, a bebedeira de Adele ganhou força.

"Não há nada pior do que uma bêbada velha", Rachel disse.

"Agora que ele se foi", Seth disse, "isso é um presente. Sua vez de viver."

Adele arrotou no rosto de Rachel e Seth.

Maximilian e Freya não disseram nada. Eles a ignoravam enquanto ela os xingava por irem embora para o oeste. Limparam o apartamento de Adele e penduraram as pinturas que ela havia mantido escondidas por anos. Pegaram um inventário superficial das contas do pai e ficaram incrédulos ao descobrirem que ele os havia nomeado conjuntamente testamentários de sua herança. Yan havia acumulado uma pequena fortuna em imóveis e investimentos particulares.

Adele se aprumou quando Freya e Max lhe contaram que ela era dona de uma casa em Amagansett. Ela retomou suas aulas de arte. E moderou a bebida. Uma noite, no quarto aniversário da morte do marido, Adele esbarrou em seu antigo instrutor de arte. A barriga ainda era rechonchuda e ele tinha catarata em ambos os olhos, mas tinha medo de operar.

"Seu professor de arte não consegue enxergar!", ele exclamou. Convidou Adele para uma festa, um evento beneficente em Upper West Side para uma escola pública local. Adele tipicamente evitava festas em Manhattan, mas uma voz baixinha dizia: *Vai, vai.*

Adele foi, mas controlou a bebida. Deu uns golinhos, não mais que isso. Deixou seu martíni na mesa e foi ao banheiro feminino. Quando retornou, um belo homem com cabelos grisalhos estava bebendo seu martíni.

"Não, não, esse é o *meu* martíni", Adele disse. Ela apontou para a marca de batom na borda.

"Me perdoe. Os olhos são a primeira coisa que vai embora", ele disse.

Ele tomou o martíni dela assim mesmo e se sentou no sofá Shelton. Adele se sentou ao seu lado. Seu nome era James Samuel Vincent. Era advogado, ele lhe disse: divorciado. Com um filho, Rufus, na Universidade Columbia. Tinha acabado de conhecer a nova namorada do filho — Claudia — na noite anterior. Eu acho, James disse, que é sério mesmo. Meu Ruff não é mais um menino. Ele contou isso para Adele enquanto pedia a um dos garçons que lhe trouxesse uma segunda rodada de martínis.

"Sim", Adele disse, pensando em seu querido professor de arte, na cegueira em geral, mas escutando James Samuel Vincent voltar a contar das alegrias e loucuras de sua vida antes de se virar para ele e lhe contar as suas histórias também.

"São as pequenas crueldades que te atingem", ela disse a ele. "Nunca as grandes mágoas, as dores que você consegue apontar, e dizer, 'Ah, eu vejo esse hematoma', mas os machucados que você nem consegue perceber que estão ali, até que um dia você está tomando uma tigela de sopa de erva-doce ou aproveitando o sol no deque da piscina e não consegue se mover, não consegue fazer nada, porque pensa, *Bom, algo está morto em mim, o que fizeram comigo, e por que eu permiti que isso acontecesse? E agora, e agora, e agora...*"

NOTAS DE HANK

2010

Agora havia uma iteração de primos na propriedade dos Camphor. Um dia, Hank disse a si mesmo, a lâmina iria emergir grandiosamente e ele não iria hesitar em zás-trás — romper laços e cortar fora essas pessoas para sempre. Ainda assim ele estava suportando mais um fim de semana do Memorial Day em Sunset Beach, a comunidade da ilha fechada de sua juventude. Para os Camphor, as festividades iniciavam sexta-feira à noite, quando parentes de bem longe como Spokane, Washington, e de bem perto como Duchess, Geórgia, alinhavam seus veículos e motocicletas na entrada dupla da garagem de Seamus Camphor III. Traziam com eles os bebês recém-nascidos em carrinhos de bebê de marca e velhas avós que ainda usavam talco da Avon e cremes da Maybelline para disfarçar as manchas senis. Os primos que moravam mais longe ficariam hospedados em Southside La Quinta ou no Holiday Inn, isso não se discutia. Hank

Camphor havia passado a maior parte de sua infância nessa mesma casa — ele era primo de segundo grau de Seamus Camphor III — e por isso era obrigado a ficar na propriedade da família no quarto que tinha sido dele. O antigo quarto de Hank havia sido remodelado para parecer um hotel chique com um bidê e um mictório no banheiro da visita e colchas geométricas e travesseiros triangulares e uma grande TV de tela plana acoplada à parede que podia ser configurada para cantar uma música para você dormir se você estivesse um pouquinho triste ou solitário.

Na companhia da multidão de primos, Hank regalava-se de seus próprios preconceitos. Ele compartilhava do mesmo traço de vaidade de sua mãe e de seu pai (Barbara e o falecido Charles Camphor). Conseguia tolerar praticamente tudo em outro ser humano exceto pouca higiene e obesidade, que pareciam ser duas coisas no mundo que uma pessoa podia controlar: seu peso e seu odor. Hank nunca acompanhava sua esposa, Susan, quando ela ia alimentar os sem-teto no abrigo local, e evitava fast-food com fervor, o que às vezes fazia Susan dizer, "Eu me casei com um doce homem vaidoso".

"Eu me casei com um doce homem vaidoso." Hank repetia as palavras de Susan em seu quarto de infância. A TV de tela plana fazia companhia a Hank, falava com ele, perguntava a Hank se ele preferia a Fox ou a CNN. Pornô, ele murmurou. Agora sozinho e longe de Susan e Tess, a filha de três anos deles, Hank pensou que talvez pudesse se permitir certas coisas. Achou ótimo quando a TV mudou automaticamente para um canal restrito com uma seleção impressionante de programação adulta. Hank preferia pornô da Era de Ouro, os duros e brutos clássicos de antigamente como *O diabo na carne de Miss Jones*, *Garganta profunda* e *Inside Seka*, predileções que ele havia adquirido no tempo em que fuçava o porão de seu pai, quando era garoto. Hank disse, "Pornô dos anos 1970", e se chocou quando uma lista de opções surgiu na tela. Escolheu *Atrás da porta verde*, com Johnnie Keyes e Marilyn Chambers.

Hank Camphor nunca havia traído Susan Weatherby Camphor, mas ocasionalmente se aventurava em pequenas trapaças. Passeava pelos corredores da Rite Aid ou cvs à procura de algum perfume barato e vibrante (quanto mais notas florais melhor) para irritar o nariz aquilino da esposa e para botar a imaginação dela na sexta marcha. Seu favorito, pessoalmente, era Lucky Me.

"Hank, que cheiro é esse?", Susan dizia, fungando.

"Não sinto cheiro de nada", Hank respondia, massageando a mandíbula. Susan era a vice-presidente de recursos humanos na Universidade Duke. Não era mulher de duvidar de si mesma, mas Hank conseguia enxergar grãos de incerteza na íris de seus olhos castanhos. Isso não tinha o efeito de deixá-la grudenta, mas de fazê-la se cuidar mais do que muitas mulheres. A dúvida de Susan dava vazão para um sexo imprevisível. Hank havia aprendido com seus pais sobre o valor da imprevisibilidade. Suas ações o envergonhavam, mas não o suficiente para modificar o mau comportamento quando estava funcionando.

SÁBADO, FIM DE SEMANA DO MEMORIAL DAY

As escapadas da família Camphor incluíam um sábado obrigatório para brincar em Sunset Beach. Churrasco de costelas de porco e ovos bem apimentados e frango frito em leitelho e favas de feijão eram colocados em coolers vermelho e branco para o dia todo. Esse passeio era o preferido de Hank, que adorava a praia. Ficava olhando as crianças construindo castelos de areia ou cavalgando as ondas com pranchas de bodyboard nos intervalos das corridas atrás de uma cadela jack russell terrier chamada Stella. O cachorro pertencia a Seamus Camphor III, o filho de Seamus II, que era primo de primeiro grau do pai de Hank. Stella passeava pela praia latindo para as gaivotas e remexendo sacos de lixo à procura de ossos. Stella lembrava Hank, mais ou menos, uma líder de torcida desengonçada que podia roubar o namorado da melhor amiga. Hank não tinha cachorro, nem gostaria de ter, mas quando era garoto — doía lembrar disso — tinha passado por uma curtíssima fase de querer um basset hound.

Chegava a noite e tinha assado de ostras e ensopado de caranguejos e camarões e batatas e linguiça andouille em um pacote já temperado. Hank deixava outros homens Camphor se sentarem em cadeiras de praia de náilon com bolsos fundos para as bebidas. Ele ficava mais do que feliz em desenrolar uma toalha de praia na areia plana e observar o perfeito pôr do sol. Toda vez que um homem de meia-idade passava com um corpo flácido e descuidado, Hank ficava satisfeito com a rigidez de seu corpo e a firmeza hercúlea de sua própria bunda. Tinha quarenta anos, mas parecia ter trinta e nem um dia a mais. Os homens Camphor compartilhavam da altura de Hank, mas haviam perdido a juventude e a agilidade.

Os Camphor viajaram quatro horas até a zona rural da Geórgia no domingo para prestar respeito aos finados. O pai de Hank e Big Seamus, o pai de Seamus III, estavam enterrados no Cemitério St. Matthews. A modesta igreja metodista não comportava mais seus filhos. Seamus III colocou bancos de madeira no gramado da igreja e instalou caixas de som para que todos pudessem ouvir o velho reverendo com olhar reumático recitar seu sermão anual sobre o filho pródigo. O reverendo chacoalhava um pandeiro Grover contra o quadril para deixar a pregação mais vibrante.

Hank nunca colocou flores na sepultura de seu pai. Levou uma bola de golfe Spalding em honra ao esporte que Charles Camphor amava. Charles havia morrido em um acidente de barco no decorrer do último ano de Hank na faculdade. Durante o almoço, dentro do anexo da modesta igreja, a mãe de Hank pegou em seu braço e disse, "Charles não é seu pai".

Hank via tanto de si mesmo refletido nos olhos de Charles Camphor que teve certeza de que Barbara estava fazendo uma piada cruel ou estava fora de si por causa da súbita morte de um bom marido. Ele havia ficado dentro do anexo olhando para as cadeiras cor de vinho e para as mulheres gordas e provincianas servindo a comida de funeral que ele iria se permitir comer como consolo. Hank estava estudando para ser cirurgião ortopédico e havia aprendido que se você espera tempo suficiente um caminho se abre para você, e, dessa forma, erros irreversíveis podem ser evitados.

"Eu conheci James Samuel Vincent em uma conferência muito tempo atrás. Tivemos um momento", Barbara disse. "Esse momento incluiu você. Sinto muito, Hank."

Puta. Hank queria ter dito para a mãe: *Deus é minha testemunha, e eu nunca vou me casar com uma puta.* Em vez disso ele chorou amarguradamente. Lágrimas que aqueles ao seu lado presumiam que eram pelo seu falecido pai.

Barbara se afastou e se pôs à frente da fila para a refeição. Hank a seguiu e, juntos, eles interpretaram o papel da esposa e do filho de luto enquanto o reverendo abençoava a comida e amigos e família formavam uma fila indiana e prestavam suas condolências mais uma vez. Mais tarde, depois que as pessoas foram embora e a sala do anexo se esvaziou, Hank encontrou sua mãe do lado de fora da igreja na parte onde haviam crescido bem alto as poas, apesar de terem sido podadas recentemente. O cabelo loiro arenoso dela estava puxado para um lado, e ela havia se livrado de seus escarpins pretos e estava fumando maconha com o primo de primeiro grau do pai dele, Big Seamus.

"Hank", Big Seamus disse. "Eu não pude evitar essa erva abençoada neste dia triste."

Charles Camphor não ligava para maconha ou cocaína ou droga alguma, embora soubesse muito bem do valor de um bom uísque, gim e bourbon. Hank olhou para as unhas pintadas de vermelho da mãe e a destreza com que segurava o baseado.

Barbara olhou para Hank desafiadoramente, despreocupada. "Só mais um trago ou dois e então eu paro."

Ela puxou um longo trago e deixou a fumaça se filtrar para fora do seu nariz e boca, e olhou para o baseado como se fosse um amigo íntimo antes de oferecê-lo a Seamus. Hank roubou o baseado da mão de sua mãe e puxou um trago. Big Seamus deu um tapinha em seu ombro.

"Sinto muito por sua perda", Seamus disse. Quantas vezes aquelas palavras tinham sido lançadas na cara de Hank? Cem. Duzentas? Muita gente fora ao funeral de seu pai. Jerome Jenkins, o único amigo negro que Hank pudera ter quando garoto, tinha vindo de Denver. Antes de ir embora, Jerome havia perguntado sobre os vizinhos de infância de Hank. "O que aconteceu com a família que morava do lado da sua casa? Aquele seu amigo, Gideon, com a irmã bonita que estava sempre com o nariz em um livro? Senhor, ela era linda. Adoraria vê-la hoje!"

"Os Applewood se mudaram faz muito tempo", Hank disse.

* * *

Um ano depois do funeral, a herança de Charles Camphor estava dentro dos conformes. Barbara se tornou alvo das sondagens de Big Seamus antes mesmo de poder pensar em pôr a casa à venda.

"Barbara, é muita casa para uma dama", Big Seamus disse. "Certamente, com tanto espaço, você estará nadando em lembranças."

Era o primeiro ano de Hank na faculdade de medicina de Duke. Ele e a mãe se falavam pouco, mas Hank havia começado a sentir uma ponta de curiosidade sobre seu pai biológico. Barbara enviou para ele uma polaroide de James Samuel Vincent em um jogo dos Yankees com o meio-irmão de Hank, Rufus. Hank estudou a polaroide no seu quarto e sala com pouquíssima mobília. Ele se maravilhava com a genética, os dois rostos tinham uma impactante semelhança com o seu. A fotografia tinha pelo menos uma década e seu meio-irmão parecia ter no máximo dezesseis ou dezessete anos. Isso significava que Barbara não havia visto James Samuel Vincent nos últimos anos? Hank não se deu ao trabalho de voltar a tocar nesse assunto com a mãe. Quando conheceu Susan Weatherby em uma festa de boas-vindas, jogou a polaroide no lixo. *Um homem faz a sua própria família. Um homem limpa seu próprio prato.*

Eles sobreviveram ao momento difícil, Hank e a mãe. Barbara pediu a ele para assumir a tarefa de vender a antiga casa deles.

"Fala o seu melhor preço", Hank disse para Big Seamus.

Big Seamus nunca havia se aproveitado de Charles Camphor da mesma forma que o resto de seus parentes. Hank sempre considerou o bombeiro com muito afeto. Ele ofereceu para Big

Seamus um bom acordo na venda da casa. Parecia o correto de alguma forma passar as chaves para o primo de primeiro grau do seu pai.

Eles nunca iriam entender como a cadela Stella tirou a Smith & Wesson da caixa de metal embaixo da cama Queen Anne de Seamus III e Maxine Camphor. A caixa de metal pesava pelo menos um quilo e trezentos gramas. Mas agora, às três e meia da tarde, enquanto todos estavam felizes e sentindo nenhuma dor, Stella estava de patas cruzadas sobre a Smith & Wesson. O cano da arma estava apontado em direção à multidão entretida, com uns e outros que tinham começado a beber antes do café da manhã.

"Bom, festa só começa para valer quando alguém puxa uma arma", Hank escutou Seamus III dizer. No momento, tudo o que Hank conseguia pensar era, *Graças a Deus eu deixei Susan e Tess em Raleigh.*

Os parentes de Hank riam toda vez que Stella se inquietava em cima da arma. Com cada movimento brusco de seu corpo, a arma, um revólver de nove milímetros prata e preto de sete calibres, parecia girar como a roda em uma mesa de roleta-russa.

"Tem balas nela?", Hank perguntou, passando pelo grupo de espectadores bêbados e entrando pela porta do quarto. Hank ouvia as crianças brincando do lado de fora, no grande gramado da frente. Ao menos elas estavam fora do alcance do perigo.

"Mas é claro, tem balas, mas está travada", Seamus III disse, erguendo o copo de uísque em suas mãos grossas e cheias de cicatrizes. Seamus era um bombeiro que vestia no corpo os troféus das batalhas francas com o fogo.

"Stella, saia de cima da arma e vá para a esteira", Maxine disse. Ela se virou para os convidados. "Stella sabe usar a esteira.

Se vocês entrarem no YouTube, vão vê-la se exercitando. Vão ver Stella correndo."

Hank tinha certeza de que escutara as crianças nas escadas. Teve a impressão de ouvir a voz de Tess. Continuou lembrando a si mesmo de que sua filha de três anos de idade estava segura em casa em Raleigh, Carolina do Norte.

"Precisamos pegar a arma." Hank virou para Seamus III. "Seamus, vamos lá."

"É só uma cadela gorda." Seamus riu, tomando um gole de uísque e piscando para a esposa, que vestia um vestido branco diáfano que para Hank evocava uma deusa grega. Olímpica. Afrodite. *Vênus.* Achar Maxine atraente pra cacete era uma coisa que frustrava Hank. Ele havia se casado não só pela beleza — sua Susan era bem bonita, de um jeito modulado — mas pela bondade e inteligência.

"Hank, se você já acabou de secar a minha esposa" — Seamus III sorriu —, "que tal agarrar a Stella pela frente enquanto eu pego pela parte de trás?"

Em respeito às balas que Seamus III reconheceu que a arma carregava, Hank e Seamus conduziram os convidados para fora do quarto principal, que era maior do que uma galeria de arte moderna. Quando Hank e seus pais tinham morado ali, as paredes do quarto eram off-white, não cor de salmão, e o quarto tinha metade do tamanho. Big Seamus e Maxine haviam derrubado paredes para fazer reformas de ponta, aumentando o que já era uma casa com suficientes cinco quartos e três banheiros. Os dois homens se moveram até Stella, que balançava a cauda e se enrijecia. A cadela cutucava a arma com o focinho e a Smith & Wesson deu mais um giro como uma roda de bicicleta.

"Tem certeza de que essa merda está travada?", Hank perguntou, sentindo o sotaque sulista que ele havia extirpado da voz enrugar os cantos dos seus lábios.

A arma disparou no exato momento em que o robusto filho de treze anos de Seamus, Fofão Seamus IV, chegou abrindo caminho até a grande entrada para a escadaria com as mãos e os joelhos, empurrando os convidados à esquerda e à direita, determinado a se pôr no meio dos adultos, onde a ação estava. A bala ricocheteou no beiral antigo das paredes salmão e raspou no lado direito superior do rosto de Seamus IV. Um ferimento rubro tomou forma quase que instantaneamente.

"Estou morrendo", Seamus IV disse. "Me ajude. Estou morrendo!"

"Você tá bem, Seam." Seamus III correu até o filho, o levantou e aconchegou o rosto generoso do garoto em sua mão. "Mas, isso não é mais do que um vergão."

O disparo à queima-roupa de uma bala expelida da câmara assustou Stella. A cadela correu para fora do quarto e desceu as escadas. Hank, desesperado por um cigarro e cansado de seus parentes, pegou o isqueiro e foi atrás da cachorra.

A porta da frente estava escancarada e havia meia dúzia de crianças brincando com um jogo de chá de porcelana, ou rebatendo bolas de croquet. Hank percebeu que não havia nenhuma supervisão adulta. Uma garotinha com sardas e com um incrível tapete de cabelos ruivos estava se debulhando em lágrimas na varanda da frente.

"Meu amiguinho morreu!", ela se lamentava. A criança fazia Hank se lembrar de Tess. Ele adivinhou que ela tinha três anos de idade. Hank se curvou para a criança, deixando as cinzas do cigarro que ele escondia nas costas vagarem em direção ao chão da varanda da frente. Ele não conseguia se lembrar do nome da criança.

"Seam. Seam", a menina chorava.

Ele se lembrou do nome: Penny. Era filha de Seamus III e Maxine. Hank queria dizer, *Penny, aquele idiota do seu irmão ainda está vivo*. Em vez disso, ele deu um tapinha em sua bochecha. "Está uma loucura lá dentro. Fique aqui fora."

Hank apagou a bituca de cigarro na varanda da frente da propriedade da família. Quando sua casa da infância havia se tornado uma propriedade? Ele não havia previsto isso quando vendeu a casa para Big Seamus. A cinza do tabaco tinha escurecido as mãos limpas de Hank. Mãos de cirurgião, elas eram: firmes. Penny com o tapete de cabelos ruivos se agarrou às suas pernas.

"Aquele não é o caminho para o cantinho da Stella", ela disse.

"O quê?" Algumas vezes, Hank pensava que iria se beneficiar de uma terapia, mas não acreditava em terapia como uma solução a longo prazo para nada. Não acreditava em terapia de forma alguma.

"Volte aqui, Stella!", Penny gritava, tentando explicar em seu tom de três anos de idade que Stella sempre fugia e não deixavam ela sair de casa ou ir para o quintal a não ser para fazer suas necessidades no cantinho. Hank pediu para ver onde era o cantinho de Stella, e Penny o guiou para o jardim traseiro e para o brejo. Hank olhou para o cantinho, cheio de adubo e jornal. Estava no mesmo lugar onde ele havia enterrado Tipper, mais de vinte e cinco anos antes. Lágrimas encheram seus olhos.

Penny olhou para Hank. "Stella gosta do cantinho dela. *Não chore*."

"Com licença, Penny", Hank disse, se afastando e correndo para alcançar Stella, que naquele momento a ansiedade fazia depositar montes de fezes em uma calçada até então impecável. Stella virou a esquina. E Hank também virou, acelerando o passo e se esticando para agarrar sua rígida cauda. Ele pegou Stella pelo corpo enquanto ela se balançava e tremia em seus braços, não diminuindo nem por um segundo o seu batismo de cocô.

Como se por misericórdia, começou a chover. Hank correu embaixo de chuva para fora da propriedade da família Camphor até a segurança de sua Mercedes. Abriu a porta e enfiou a cadela no piso do banco do passageiro. As chaves encontraram seu caminho até a ignição e seus pés encontraram seu caminho até o acelerador, e ele se foi de Sunset Beach.

UMA SEMANA DEPOIS

Hank enviou mil dólares para Seamus Camphor III pela jack russell terrier. Seamus havia ligado para Hank várias vezes desde o Memorial Day. Quando Hank finalmente teve paciência para atender o telefone, Seamus disse com uma fúria silenciosa, "Deixa eu entender direito. Você está me pagando mil dólares para ficar com o animal de estimação dos meus filhos?".

"Eu poderia pagar cinco mil dólares a mais."

"A *cadela* deles com a qual você fugiu?"

Hank estava no campo de golfe esperando no primeiro buraco. "Você sempre pode vir buscá-la."

"Ou talvez você pudesse enviar Stella de volta para nós."

"Acredite em mim. Ela está um caco. Ela não aguentaria."

"Amigo, qual é o seu problema?" Seamus tossiu. "É uma coisa boa pra cacete que os nossos pais eram primos. É tudo o que tenho para dizer sobre o assunto."

"Não há nada de *errado* comigo."

Depois de um tempo, Seamus disse ao telefone. "É a pequenininha, não é? Tess?"

Hank estava feliz que Seamus não estava lá para vê-lo titubear. Era verdade. Tess e Stella agora eram inseparáveis. A terrier dormia aos pés da cama de Tess e se sentava nas janelas da sacada da casa vitoriana de madeira de carvalho no centro de Raleigh como uma sentinela, até que Tess chegasse da pré-escola.

Hank não queria filhos. Foi Susan que o lembrou após cinco anos de casados que filhos eram parte do acordo. Mas Hank tinha se apegado a suas viagens de mergulho nas ilhas Turcas e Caicos e às temporadas de esqui em Telluride.

"Um filho, Hank, no mínimo."

"Eles vão nos atrasar."

"Eles vão nos manter jovens."

"E se eu for um péssimo pai?"

"Você é um homem impecável. Nossa progênie vai ser linda."

Eles tentaram engravidar por dois anos. E foram ver vários especialistas de fertilidade. Quando a mãe de Hank descobriu que estavam tendo problemas, ela sussurrou para Susan durante uma apresentação de *As bodas de Fígaro*, "Bom, não tem nenhuma conferência de recursos humanos para você ir?".

Susan se levantou durante a ópera e perguntou, "*Quem* é essa impostora, Hank? Nós a conhecemos?".

Naquela noite, Hank levou Susan para casa e a deitou no capô da Mercedes deles na garagem. Ele levantou a saia vistosa dela e tirou sua calcinha e fez amor com sua esposa com uma persistência e carinho excepcionais. Quando Susan deu à luz sua filha nove meses depois daquele dia, a criança tinha os olhos azuis dele. Hank sabia que Tess era sua.

Pouco tempo depois de Tess nascer, ele começou a praticar golfe.

"Deixe eu lhe contar uma coisa, Hank", Seamus disse. "As pessoas precisam de bombeiros mais do que de cirurgiões." Seamus devolveu o cheque que Hank havia lhe enviado pelo correio com um recado rabiscado com tinta vermelha que dizia a mesma coisa.

"Vejo você no próximo mês de maio, Seamus." Hank estava abismado por se ouvir pronunciar essas palavras, e perceber, em algum nível primitivo, que falava sério.

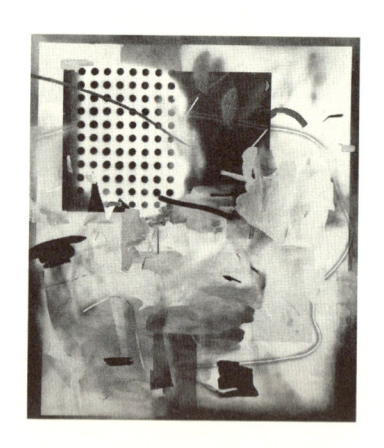

TERRA DA COR

2010

Dois meses após o fim de semana do Memorial Day, Hank Camphor recebeu um e-mail de seu meio-irmão, Rufus Vincent, dizendo que Rufus e sua família estavam voltando da Geórgia e queriam parar em Raleigh no caminho para Nova York. Por que não combinar um encontro em algum lugar "neutro" para tomar um café ou para almoçar? Hank gostou disso de Rufus deixar "neutro" entre aspas: refletia uma noção de limites apropriados.

Eles se encontraram no lobby da Terra da Cor, um laboratório de artes e ofícios instalado num edifício reformado de quatro andares no centro de Raleigh. A ideia do lugar era acordar o Picasso que existe em cada criança. Cada andar era dedicado a um tipo de atividade — paredes e ônibus grafitados; moda extravagante e acessórios domésticos; estandes para desenhar, pintar ou decorar cintos e carteiras; e abajures de lava para levar para casa ou para oferecer como presentes de aniversário e de Natal. O principal destaque era uma grande e borbulhante Fonte Líquida que esguichava giz de cera lavável e liquidificado para dentro de moldes plásticos que as crianças podiam carregar para o laboratório da Terra da Cor e solidificar. Era recomendado que pais e filhos vestissem capas de chuva porque a Fonte Líquida era conhecida por sua névoa parecida com as Cataratas do Niágara; o outro destaque era a academia infantil no terceiro andar, um labirinto de paredes desmontáveis e tubos com formatos geométricos que mudava de cor conforme as crianças rastejassem, saltassem, rolassem ou andassem por entre eles em direção a balanços que dobravam como escadas e caixas de salto e bolas ginásticas e, para os corajosos, uma tirolesa que despencava em frente à loja de suvenires, onde atores profissionais vestidos como pincéis e marcadores e folhas de papel cantavam e dançavam e animavam as crianças. Um lápis número 2 vermelho e cintilante com uma voz de barítono era o mais adorado pelas crianças na Terra da Cor. Estava sempre flertando com a folha de papel. "Eu sou madeira que escreve", ele dizia toda hora. "Quem precisa de caneta?"

Hank deu uma olhada no lobby. Achou a cena insuportavelmente barulhenta e começou a questionar a escolha de Susan.

Rufus Vincent e sua esposa e filhos chegaram com presentes para Tess: uma sacola cheia de livros da Books of Wonder, a livraria favorita deles em Manhattan. Eram acadêmicos. É claro que trariam livros. Hank estava feliz por Susan ter pensado em presenteá-los com dois dos brinquedos premiados que Jerome Jenkins dera. Hank e Rufus eram da mesma altura, o que Hank percebeu imediatamente, mas Rufus era curvado, uma postura casual que dava a Hank a ilusão de uma pequena vantagem. O jeito relaxado de Rufus se refletia em suas roupas — limpas, jogadas, roupas amarrotadas que eram caras.

Nos perfunctórios e-mails que Hank havia trocado com Rufus, ele não conseguia se lembrar de Rufus mencionar que seu pai — o pai *deles* — James Samuel Vincent os acompanharia. Mas ali estava ele. A mãe de Hank havia escolhido um perfeito substituto para Charles Camphor, um amante com quem ela pôde produzir um filho que Charles Camphor nunca duvidaria que era seu. Tanto o seu falecido pai como o seu pai biológico eram belos homens de olhos azuis, salvo que o cabelo de James Vincent era escuro e o cabelo de Charles Camphor sempre fora de um loiro arenoso.

"Ora, ora!" James Samuel Vincent tomou a dianteira de Rufus no lobby e estendeu a mão para Hank. Ele não parecia perceber que estava bloqueando a visão de Hank para seu meio-irmão e para a esposa de seu meio-irmão, Claudia. Hank deu um pequeno passo para o lado, apertando a mão de seu pai biológico, mas tomando nota da despojada bata verde-claro e das sandálias amarronzadas que a esposa de Rufus usava. Ela segurava as mãos das crianças, quase como se quisesse protegê-las. A filha de Hank, Tess, sempre tímida, ficou atrás de seus pais. Susan e Hank eram árvores que proviam sombra para Tess.

"Eu não imaginava que a Terra da Cor fosse tão cheia."

"E também é a Terra da Gente de Cor", Rufus Vincent comentou. Ele se virou para Claudia e ambos caíram na gargalhada. Hank sentiu seu rosto esquentar de vergonha.

"Winona e Elijah ficaram ansiosos por isso a semana toda", Claudia disse. Ela estendeu a mão para Hank.

Hank acenou. "Prazer, Claudia."

Hank estava feliz por Susan ter tido a ideia de comprar ingressos preferenciais. Eles puderam dispensar a longa fila e entrar imediatamente. Antes, todos os pais tinham que assinar um termo dizendo que se seu filho se machucasse ou morresse na Terra da Cor a empresa não se responsabilizaria. Em seguida todo mundo ganhava pulseiras da Terra da Cor.

Susan disse, "Acho que Claudia e eu podemos levar as crianças para cima na academia e deixar vocês rapazes conversarem na cafeteria".

Claudia sorriu. "Isso parece uma ideia maravilhosa."

Hank tentou disfarçar seu desapontamento. Ficou olhando Rufus beijar a esposa antes de ela sair. "Sem derivados de leite", ela disse. Susan guiou Claudia e as crianças pela entrada. Susan era quem geralmente trazia Tess para a Terra da Cor. Ela conhecia os meandros do lugar. *E também é a Terra da Gente de Cor,* Hank pensou. Ele havia se esquecido de beijar Susan em meio àquela agitação toda. Sua esposa havia se esquecido de beijá-lo.

A cafeteria da Terra da Cor lembrava uma lanchonete de 1950 com pisos preto e branco e cadeiras de vinil vermelho e cabines. O café que eles pediram era aguado como mijo, que Hank se lembrava de ter experimentado quando era garoto quando a mudança e o desenvolvimento de seu corpo e a curiosidade não o deixavam fazer nada, exceto alcançar a sua parte de baixo e se tocar.

Rufus se sentou encarando o interior da xícara de café. "Eu tenho que dizer, *isso* é estranho."

Hank se levantou imediatamente. "Bom, por que não procuramos outro lugar? Eu mando mensagem para Susan. E nós *todos* podemos ir para casa ou qualquer outro lugar."

"Não", Rufus esclareceu. "Ter um irmão e não saber. Um tão perto da minha idade também."

"Deve ser estranho para as nossas mães", Hank disse.

"Bom, minha mãe não sabia até recentemente." E Rufus olhou feio para James Samuel Vincent. "Quero dizer, ela sempre suspeitou que houvesse outras mulheres, mas *isso*, quando contei a ela, mamãe não sabia."

Hank havia tocado no assunto errado. Normalmente ele tinha mais tato. "Sinto muito", ele disse.

"Pelo que *você* sente muito?" Rufus deu de ombros. "Você não fez nada."

James olhou pela janela em direção ao estacionamento. Era um dia quente de verão. Mesmo quando garoto, ele odiava a umidade sulista. Pegou um voo assim que Rufus lhe contou que estava indo conhecer seu meio-irmão. Queria estar presente. Um facilitador. Um mediador. James tinha gostado de saber que havia gerado dois filhos saudáveis.

"Que tipo de médico é você, Hank?"

"Sou cirurgião. Minha especialidade é medicina esportiva."

"Você operou alguém famoso?"

Hank sorriu. "Eu poderia alegar que é segredo entre médico e paciente, mas ah, dane-se." Hank se curvou para a frente e contou para James e Rufus sobre dois jogadores da NFL que viviam se machucando porque tomavam muita birita e se colocavam em posições comprometedoras no campo e no quarto. Hank percebeu, enquanto recontava a história, que ele e Rufus tinham mãos parecidas, longas, dedos quase delicados, mas as mãos de Rufus estavam em movimento constante, circulando a beirada da sua xícara de café, despejando açúcar e leite, erguendo a xícara e abaixando-a antes de tomar um gole. Rufus parecia entediado, apesar da tentativa de Hank de puxar assunto. A mãe de Hank havia sido, afinal de contas, a outra, e se Hank tinha feito corretamente as contas, ele era mais velho que Rufus por cinco meses. Ele lutou contra a tentação de chamar Rufus de *maninho*.

"Você tem um esporte favorito, Rufus?", Hank sorriu.

"Bom, beisebol", Rufus disse. "Quando eu era criança, papai e eu fomos a vários jogos dos Yankees."

"*Meu* pai" — e Hank fez uma pausa — "Charles Camphor, o homem que sempre será meu pai, estudou em Clemson. Ele era atacante. No Sul, futebol americano é *o* esporte."

"Eu nunca entendi futebol americano. A não ser que seja futebol como futebol mesmo. Esse sim é um esporte que faz sentido", disse Rufus, mexendo o seu café nervosamente.

"Você jogou futebol americano na faculdade, Hank?", James perguntou.

Hank olhou para Rufus. "Algumas pessoas acham futebol americano envolvente porque é bem estratégico. E complexo. Tem várias coisas acontecendo e nem todo mundo consegue acompanhar tudo." Hank então se voltou para James Vincent. "Eu corro. Nove quilômetros todo dia. Eu não tinha a compleição física para jogar futebol americano. Eu era do time de corrida em Duke."

"Eu corro", Rufus riu. "De um auditório para outro." James jogou seu braço sobre o ombro de Rufus. "Rufus é especialista em James Joyce. Talvez seja o principal especialista em James Joyce no país." James Vincent falou com tanta segurança e orgulho que Rufus abaixou sua xícara de café e aparentou estar momentaneamente surpreso.

"Por que Joyce?", Hank disse.

"Eu não sei. Acho que é porque eu li na hora certa."

"Meu pessoal cresceu colhendo batatas", James Vincent disse.

"Eu não sabia disso." Os dedos longos de Rufus continuavam circulando a xícara.

"É claro que sabia."

"Tem muitas coisas que eu não sei", Rufus disse.

James Vincent deu de ombros. "Maine. Bom para pescar. Ruim para plantar. Um dentre quatro rapazes. Seu avô. Meu velho. Pelo menos era como ele contava quando tomava alguns drinques. As pessoas antigamente, às vezes, tinham que escolher uma filha ou um filho. Eles tiravam no palitinho para ver qual iria para a faculdade. Meu pai pegou o maior palito. Ele foi para Boston e nunca olhou para trás. Se tornou um bombeiro."

"Hmm. Meu pessoal era bombeiro também", Hank disse.

"Então, há continuidade", James Vincent disse, olhando para Hank Camphor cutucando Rufus. "Em Joyce. Joyce é a terra."

Rufus se recostou em seu assento. "Que merda, pai… Você é um expert em Joyce agora?"

James se virou para Rufus. "Uma batata quente pode curar terçol. Uma batata crua embaixo dos braços funciona melhor do que desodorante. Ponha uma batata no sapato e tchau resfriado. E esse é o dicionário do fazendeiro."

Por um momento, Hank se recordou da camaradagem com seu pai, especialmente durante o colégio e a faculdade. Ele sentia falta do pai.

"Vocês garotos precisam se dar bem", James disse.

O balcão era oval com uma variedade de cupcakes e pirulitos gigantes à disposição, o tipo com voltas e manchas coloridas. Hank havia falado para os lápis e canetas e folhas de papel teatrais se afastarem. Às escondidas ele tinha dado uma boa gorjeta para que os três pudessem ficar na deles. Rufus se levantou. "Alguém quer um pirulito? Eu quero um pirulito."

Hank caiu na gargalhada. Achou que Rufus estava brincando. "Não", Hank disse. "Estou bem."

"Qual é a graça?"

"Não sei. Nada", Hank disse, respeitosamente.

"Compre um para você", James Vincent virou para Rufus. "Compre um para todas as crianças. Winnie e Elijah e Bess."

"Tess", Hank corrigiu.

Rufus se inclinou. "O nome da filha de Hank é Tess, pai."

"Sim, Tess", James concordou. "Ela gostaria de um também."

Rufus olhou para Hank. "Houve um acidente. Ele bateu a cabeça e algumas vezes não ouve direito."

Rufus saiu.

"Conte-me sobre seu ferimento na cabeça", Hank disse.

James Vincent virou o resto do seu café. "Como está a sua mãe: Barbara?"

"Casada e feliz na Europa."

"O que o marido dela faz?"

Hank pensou que havia uma urgência na pergunta de James Vincent. "Ele é criador de cães britânicos."

"Eu nunca imaginaria a Barbara em uma fazenda de animais."

"Como você a imaginaria?"

"Não no exterior."

Agora era a vez de Hank se arrepiar. Ele não gostou da maneira como James questionou sobre Barbara pelas costas do seu filho, embora fosse ficar desapontado se seu pai biológico não perguntasse sobre sua mãe de forma alguma. "Bom, é do meu entendimento que vocês só se viram algumas vezes por ano, então talvez suas percepções fossem limitadas."

James Vincent olhou para ele. "Todas as percepções são limitadas."

Hank pegou seu celular e mostrou a James Vincent uma foto de Barbara Camphor. Sentada em frente a uma árvore de Natal vestindo um suéter feio com seu marido, Trevor, e uma nova ninhada de cachorros.

"Barbara", James disse, tocando o celular.

"É uma causa perdida", Hank disse. "Não se empolgue."

"Estou casado e feliz", James Vincent disse.

"Por que ela não está aqui?"

"Você gostaria de estar aqui se fosse a segunda esposa conhecendo o filho que seu marido teve num caso extraconjugal durante o casamento dele com a primeira esposa?"

"Então, você contou para ela?"

"Depois que ela adivinhou", James Vincent disse. "Adele adivinhou. Mulheres inteligentes adivinham."

Quando Rufus voltou para a mesa, Hank sussurrou para ele, "Sinto muito pelo que o nosso pai fez com a sua mãe. Mas eu acredito que sem ele nenhum de nós existiria".

A excursão na Terra da Cor durou uma hora e quinze minutos e as crianças se deram muitíssimo bem. Tess e Winona e Elijah correram pela academia infantil e brincaram na Fonte Líquida até que o sensor de sobrecarga os assustou e os deixou irritadiços e cansados, e todos eles caíram no choro na hora de dizer adeus.

"Winnie quer conhecer a Stella!", Tess bramiu enquanto Hank a botava no colo e tentava acalmá-la. Seu coração estava agradecido. Sua filha havia lhe dado a desculpa de que ele precisava para transformar a tarde em noite.

"Bom." Hank riu, mais confortável e confiante. "Eu tenho alguns parentes loucos e, francamente, Susan vai te contar, não tínhamos certeza do que esperar."

Rufus acenou. "Nós também não."

Hank reparou como os filhos de Rufus se agarravam a James Vincent. Ele sentiu a sombra de algo que queria afastar. Olhou para Claudia e pensou fugazmente em Lonnie Applewood de tantos anos atrás. "Se vocês estiverem a fim, talvez mais tarde, depois de as crianças cochilarem, um jantar cedo na nossa casa?"

"Isso seria ótimo", disse James Vincent.

Mas a pergunta de Hank visava Rufus e Claudia, não James Vincent.

"Claudia?" Rufus virou para sua esposa.

"Você que escolhe", ela disse. Estavam claramente resolvendo algo entre eles. Hank conseguia perceber pela leitura corporal. Reparando na temperatura. Moderada, nem quente, nem fria.

E é o que costuma acontecer nos jantares. Em algum ponto naquela mesma noite depois que as crianças já comeram e estão brincando no quarto de brinquedos, Hank as leva para uma volta no quarteirão para andar com Stella, que o faz amá-la ainda mais porque ela é tão boa com Winona e Elijah, que maltratam a cadela com excesso de carinho. Isso depois de Susan colocar o pijama de unicórnio em Tess e seu primo Elijah ler a história "The Funky Snowman" de seu livro favorito. E antes de Tess e Winona trançarem e destrançarem o cabelo da boneca Kaya American Girl, e Winona dizer que não deixam ela ter uma boneca American Girl e Tess perguntar o porquê, e Elijah olhar para Winona de um modo que diz *Fique quieta*. E é depois que James Vincent toma sua terceira rodada de martínis e Hank pergunta qual é a próxima parada, e Claudia diz que estão indo de volta para casa em Nova York após uma visita improvisada a sua mãe na Geórgia. E James diz que voará de volta para Nova York amanhã. Que ele veio expressamente para ver seu outro garoto. E é antes de Rufus se balançar para a frente e para trás na ponta dos pés admirando os livros de couro lindamente encadernados que Hank não lê — ele nunca foi um grande leitor, mas os coleciona para os seus anos como aposentado — e depois de Claudia cantar com uma voz desafinada como sua mãe para Winona dormir, planejando que Rufus a pegue e a deixe dormir o resto do caminho no carro. Agradecida por Winona dormir, na maior parte do tempo, pacificamente esses dias. E é antes de Hank pedir licença para fumar um cigarro e James Vincent cochilar com o copo nas mãos e depois de Claudia encontrar o caminho até o banheiro e Hank, que bebeu além de seu limite nessa noite também, espiar Claudia andando em direção ao banheiro através da porta corrediça do pátio e apagar seu cigarro e entrar no corredor.

É nesse momento que ele repara no balançar do vestido amarelo que Claudia vestiu para a noite e quer fugir com o tempo, virar a lua de ponta-cabeça e o sol de barriga para baixo e reverter o tempo para ser um garoto de treze anos outra vez parado na entrada da casa do vizinho. É nesse momento que Hank convence a si mesmo que vai caminhar reto até a biblioteca e se sentar e conversar com Rufus agora que o velho está cochilando, mas quando Hank dá por si seus pés estão gravitando em direção à porta do banheiro, onde ele para esperando a porta abrir e Claudia sair. O vaso dá descarga e soa como um oceano, a água corre e soa como um lago, e Claudia abre a porta e a correnteza de um rio pode do mesmo jeito ter saído para cumprimentá-lo e, embriagado e sem jeito, ele se curva e tenta plantar um beijo nos lábios dela, o que ela rejeita.

"Bom", Claudia diz, observando-o enquanto ele se apoia na parede. "Alguém bebeu demais."

Hank diz, "Você me lembra alguém que eu conheço. Conhecia".

Claudia pende a cabeça para o lado. E por um segundo, Hank tem certeza de que está encarando o rosto de Lonnie Applewood e escutando a voz de Lonnie Applewood. "Caro rapaz, nós todos não lembramos?"

Ele não consegue decifrar se Claudia está achando graça ou está irritada. Ela dá uma volta ao redor dele e retorna ao escritório. Hank retoma sua compostura e encontra seu caminho no corredor vagamente iluminado até o escritório, onde Rufus lê em voz alta as palavras gravadas na lombada de um livro e Claudia se serviu de um drinque e Susan pôs música clássica e James Vincent está roncando e Rufus levanta o olhar e diz a Hank, seus dedos nervosos desacelerando a passagem para cima e para baixo nas lombadas dos bons livros, "Estou feliz que pudemos fazer isso acontecer".

Hank fica olhando Rufus enlaçar com firmeza a cintura de Claudia. A ação de Rufus o induz a fazer o mesmo com Susan.

"Sim", Hank concorda quietamente. "Eu espero que não tenhamos sido muito decepcionantes."

ELOISE LEVANTA VOO

(PARTE DOIS)

1970 1978 1988 1989 1999 2010

Rua abaixo no apartamento da Friedrichshain onde Eloise Delaney deu seu último suspiro, agora existe uma balada. A balada fica em um velho frigorífico a alguns passos do Muro de Berlim. Através de janelas aleatórias em noites (como essa), silhuetas de corpos podem ser vistas dançando, oscilando — se movendo como a névoa e as sombras sob as luzes que cintilam e desvanecem e piscam convites quentes para os jovens.

Junto aos corpos jovens está um grupo de soldados americanos, principalmente negros e hispânicos. Eles viajaram da base do Exército em Londres, estão hospedados no Berlin Marker Hotel e se aventuram na geada de dezembro em busca de música, vida noturna e mulheres alemãs. Os soldados se dispersam de um táxi superlotado e entram na fila de festeiros. O aroma da maconha está em toda parte. Um soldado, de corpo franzino e exibindo um cavanhaque de férias, é do Condado de Buckner, Geórgia — da mesma cidade onde Eloise Delaney nasceu. Eles são primos, uma diferença de duas gerações, embora ele não saiba disso. Quando o soldado era um menino de dois anos, Eloise Delaney o fazia pular cuidadosamente sobre seus joelhos, mas ela está morta agora — vários anos se foram. No que diz respeito a este mundo, nem fragmento nem memória.

Em 1972, Eloise Delaney compareceu ao casamento de King Tyrone de muletas. Seu único primo respeitável se casou (aos cinquenta anos) com uma mulher melindrosa chamada Sarah Braun que lhe daria uma filha nove meses depois. O casamento foi celebrado no píer da ilha Tybee com o oceano Atlântico atrás deles e um pequeno grupo de convidados diante deles. A recepção que se seguiu foi um arranjo livre de frescuras com amostras generosas de camarão, ostras, vieiras e garoupa para o jantar. Você estava sem sorte se não gostasse do que o mar tinha para oferecer.

Eloise voltou para casa de uma guerra que muitos americanos estavam começando a desaprovar, embora a maioria continuasse sendo a favor da Guerra no Vietnã até a sua conclusão. Ela tinha vinte e cinco anos, e pela primeira vez desde que fora para o campo de batalha lia os jornais americanos e assistia aos telejornais. É um fato duro em uma guerra que para algumas pessoas viverem outras precisam morrer. O Vietnã atormentava Eloise quando estava sozinha à noite. E já que ela estava atualmente sem amante, era uma boa parte do seu tempo. Ela pensava em Jebediah Applewood dizendo que nada dessa merda era real. Se ele estivesse no Condado de Buckner, ela teria adorado bater boca com ele em volta de uma ou duas ou três cervejas, só para ter uma perspectiva diferente. Ela imaginava se algum dos seus antigos camaradas — quase nenhum deles manteve contato — partilhava do seu profundo sentimento de traição e confusão. Eloise ligava para Agnes vez ou outra. E Agnes, quase sem querer, ficava na linha, algumas vezes respondendo às perguntas de Eloise, algumas vezes contente com longos silêncios: só porque você não suportava alguém não significava que não o amava mais.

Para levantar o ânimo de Eloise, Flora Applewood apareceu para uma visita à tarde na ilha Tybee e levou Eloise para um "lugar novo" nos arredores do Condado de Buckner. O lugar novo era o Magnolia Lake Inn, um antigo hotel em um lago artificial. Em seu auge, famílias iam ao B&B para churrascos e piqueniques e para andar em pôneis, e aproveitavam as tardes bebendo coquetéis e tomando um doce chá gelado ou mordiscando ovos apimentados e delicados bolinhos de caranguejo. O novo proprietário havia retirado a tinta e o chumbo por baixo e reformado o hotel para ele ficar com cara de set de filmagem de Hollywood. Nas noites de fim de semana, um DJ ia para tocar LPs, e no primeiro sábado de cada mês uma banda de jazz tocava ao vivo. Era um estabelecimento para ir vestido chique ou casual, onde um homem podia levar sua amante ou seu amigo. E uma mulher podia levar ambos e estava perfeitamente bem tirar a roupa e ir nadar à meia-noite no lago. Eloise estava atônita ao ver uma mulher bebendo e fumando cigarros e dançando vagarosamente com os braços cruzados para todos verem. Mas então ela olhou com mais atenção para as cortinas pesadas e para a hora sombria do dia e pensou — pois ela não queria tirar a alegria e o ímpeto de Flora — *Nós ainda estamos basicamente nos escondendo.* Ela dançou vagarosamente em uma perna só com Flora e deixou que todos no Magnolia Lake Inn assinassem a sua perna engessada. Então Eloise contou à sua querida amiga que estava se mudando para a Alemanha.

"Eloise", Flora disse, "quando te disse para ir embora do Condado de Buckner, eu não quis dizer para sempre."

Mas como dizer para Flora que o Condado de Buckner massacrava seu coração com memórias. Memórias aguardavam por ela em cada esquina: sua mãe bêbada, seu pai ausente, irmã Mary Chorona escapando do convento e, é claro, Agnes: a que desapareceu. E continuou desaparecida.

Durante as seis semanas de Eloise no Condado de Buckner, ela se inscreveu em um curso intensivo de voo na Southeast Aviation, a mesma firma de engenharia em que o falecido Claude Johnson havia trabalhado. O instrutor de voo, um homem branco de meia-idade, olhou para a sua ficha de inscrição e lhe perguntou por que ela queria aprender a pilotar um avião.

Eloise acendeu um cigarro. "Eu quero pairar acima de tudo." E então, em antecipação a qualquer pergunta que ele pudesse lhe lançar, ela acrescentou. "Claro que você ouviu falar de Bessie Coleman, não?".

O instrutor de voo procurou em sua memória e deu uma resposta que fez Eloise reconsiderar a antipatia que estava sentindo. "Vagamente."

A primeira coisa que ele ensinava para seus novos alunos era como categorizar e inspecionar um avião. Eloise memorizou os painéis de controle e aguentou o tédio do treinamento de solo, que incluía aulas diárias de quatro horas e um diário de voo. Ela era o único rosto negro na sala. Foi também o primeiro aluno que o instrutor de voo ensinou a voar acima do campo de voo e sobre o pântano e os pantanais, onde ela espiava os jacarés lá embaixo tomando sol nas margens com os olhos fechados.

"Bom, como é a sensação, srta. Delaney?", seu instrutor perguntou.

Eloise gargalhou. "Contanto que eu não deixe esse bebê cair e a gente virar isca de jacaré, a sensação é boa."

Ela subiu quinhentos, setecentos, mil pés no ar com nada ao seu redor, exceto as nuvens e o céu. "Leve como uma pena. Estou pensando, agora mesmo, que eu poderia fazer qualquer merda que eu quisesse."

Ela foi embora para a Alemanha com um brevê de piloto amador.

Nos anos 1970, sessenta por cento das bases do Exército americano na Europa estavam situadas na Alemanha Ocidental. Eloise Delaney conhecia as explorações de Bessie Coleman em Friedrichshafen e Berlim. Mas não conhecia a longa e complexa história da Alemanha com afro-americanos. O dr. Martin Luther King viajou para a Alemanha Oriental e Ocidental em 1964, e, é claro, havia os soldados negros que tinham se alistado durante a Primeira e a Segunda Guerra Mundial para servir ao país deles

e lutar contra os alemães. Na França e na Alemanha, muitos experimentaram a liberdade que escaparia de suas mãos para sempre quando retornaram para casa.

Ela estacionou por dezesseis meses na base aérea de Ramstein, onde foi encorajada a trabalhar no departamento de relações raciais e compor estratégias para suavizar as tensões entre soldados negros e soldados brancos nas bases militares americanas ao redor da Alemanha.

Querida Flora,
Eu não gosto de morar nesta base. Fico sentada em um

cubículo empurrando papéis. Ser uma secretária de luxo não é para mim. Eu não ralei trabalhando com inteligência militar no Vietnã para sentar no escritório de qualquer um para fazer entrada de dados ou, a propósito, resolver conflitos de ninguém ou recrutamento. Seria egoísmo procurar um diploma avançado?

Sua, Eloise

Querida Eloise:
Nunca entendi a palavra: egoísmo. Procurar um diploma avançado faria você mais feliz? Feliz?

Sua, Flora

Querida Flora:
Após um ano no Quartel-General de Logísticas, eu não acho que vou me alistar novamente. Decidi me mudar para o setor público e me matricular em aulas na Universidade de Berlim. O futuro está nos computadores e satélites e tecnologia de segurança. Talvez eu estude criptologia.

Eloise, Criptologista

Querida Eloise, Criptologista:
Bom, está tudo lindo e maravilhoso, mas me incomoda você não dizer como está vivendo. Como você *está* vivendo, Eloise? Você tem uma amiga especial? A vida passa rápido. E a solidão é sua própria doença.

Flora, Curiosa
P.S. Você tem que explicar esse negócio de criptologia para mim.

Querida Flora, Curiosa:
Meu primeiro mês no meu apartamento em Berlim foi infeliz pra cacete. Os alemães são frios. Eu sabia que eles eram

frios, mas muitos deles são mais frios do que eu esperava. Furei o sinal para atravessar a rua e quase fui morta por um carro, que gritou comigo. Não acho que seja uma coisa racial. Eles não são o que eu chamaria de calorosos e carinhosos uns com os outros. Mas ainda atravesso a rua no meio do trânsito. Para mim não faz sentido ficar parada na calçada, perdendo tempo, até que não haja nenhum carro se aproximando. Se eu não te responder mais, significa que fui atropelada por um alemão impaciente.

Eloise Aventureira

Querida Eloise Aventureira:
Saia e conheça pessoas. Os alemães não podem ser todos impacientes ou maus. Saia e os conheça e veja mais coisas e quando os conhecer, pense em mim. Estou velha agora, Eloise. Bom Deus, estou mais velha do que queria estar.

Flora, Velha e Cansada

Querida Flora, Velha e Cansada:
Estou lhe enviando este presente para você levar até o King Tyrone, para sua bebezinha Deidre. Eles me enviaram fotos e ela é a coisa mais fofinha do mundo. Tem uma coisa na sua última carta que me fez achar que você está com pena de si mesma. Se estiver se sentindo velha, Flora, então não faria mal segurar algo novo em seus braços. Um bebê. As pessoas dizem que eles chegam inocentes neste mundo, mas acho que eles chegam neste mundo sabendo todas as coisas sábias que esquecemos. É só um chocalho de bebê. Os alemães são bons com coisas simples. Se segurar este bebê, eu saio e faço uma amiga. Embora eu deva confessar, para o meu gosto, as mulheres alemãs são um pouco pálidas. Eu gosto de mergulhar minhas mãos em chocolate.

Eloise Mergulhadora de Chocolate

Querida Eloise Mergulhadora de Chocolate:
Sua carta me deixou sem palavras. Eu não tenho muito o que escrever ou falar. Segurar a pequena Deidre ajudou bastante para recompor minha mente. E você conhece seu primo muito bem. Aquele chocalho combina com qualquer coisa. Um chocalho de *polvo*, como você pensou nisso?

Flora, De Volta aos Trilhos

Querida Flora De Volta aos Trilhos:
Eu ganhei dois quilos desde que cheguei a Berlim. Pela primeira vez em minha vida, tenho uma pequena protuberância atrás. É um traseiro que até a Diana Ross — ou Agnes — invejaria. Eu penso nela, sabe? Talvez seja por isso que estou comendo tanto. Ou talvez seja apenas a droga do pão e dos doces daqui. Os alemães parecem gostar de suas comidas bem fartas. Joelho de porco e schnitzel e salsicha. Não é muito diferente das comidas que crescemos comendo. E o pão! Isso que fez o serviço no meu traseiro. Flora, eu consigo comer uma cesta de pães em uma sentada. O pão me faz pensar na Padaria de Gottlieb e nos bolos da sra. Miller e, sim, em Agnes. Lá vou eu de novo. Mas, como eu prometi, pus o nariz para fora e explorei um pouco os arredores. É como o Velho Oeste. Eu mal consigo acompanhar as pessoas indo e vindo. A população daqui já esteve em queda, mas essa época passou. O governo forneceu subsídios — e tem essa abertura, essa energia, estando do lado oeste do muro da cidade. Os alemães que ficaram e os outros que estão se estabelecendo aqui agora parecem querer estar aqui. O custo de vida é baixo, especialmente se você estiver disposto a viver com certo nível de loucura diária. Eu estaria mentindo se chamasse Berlim de uma cidade bonita. Berlim não é Paris, querida. Há terrenos baldios e prédios abandonados e a escala das coisas, para quem vem do Condado de Buckner, fica completamente opressiva.

Algumas coisas têm a ver com eu tentando entender o idioma. Eu me saio melhor quando aprendo as coisas de pouco em pouco. O que mais gosto em Berlim, por ora, é que eu posso sair de casa e ser qualquer coisa. Eu domino o idioma e poderia começar uma nova vida. Digamos que eu seja livre — para me distrair. Consegui encontrar algumas amáveis e desinibidas amigas alemãs. Tem uma vida noturna lésbica vibrante aqui — com um pouco de tudo para todos. E você não tem que se esforçar para ir dormir à noite ou acordar de manhã ao lado de um rosto bonito. Eu conheci uma mulher chamada Greta — como Greta Garbo. Ela é do departamento de história da Universidade de Berlim, e é bem radical. Ela e sua ex-namorada dividem uma ocupação com outros sete estudantes em Kreuzberg. Duas portas abaixo dela está a única ocupação gay em Berlim. Quando os policiais aparecem, os homens vestem seus melhores figurinos e fazem uma grande saída. Flora, eu queria que você pudesse estar aqui para animá-los — para vê-los. Palavras não fazem justiça a eles. Eu aprendi que um modo de vestir pode se tornar um modo de vida. E um modo de vida pode mobilizar um movimento. Lugares velhos estão sendo demolidos para dar espaço a prédios mais novos e modernos. A atitude dos ocupantes é — por que deveríamos deixar vocês demoli-lo quando podemos arrumá-lo e morar nele? *Tudo* parece jovem e politizado em Berlim. Querida, esses estudantes estão sempre protestando. Eu acho que eles estão se inspirando nos anos 1960 dos Estados Unidos. Greta trabalha meio período no Café Berio em Nollendorfplatz. Um lugar que vou aos sábados para ver gente e comer bolo de marzipã. Estávamos flertando quando ela derramou café quente no meu colo. Você sabe que eu quase a matei. Estamos namorando desde então. Ela gosta de me arrastar para os comícios, e tem sido bom, porque estou aprendendo alemão muito mais rápido do que na base. Recentemente, fomos ouvir Angela Davis discursar. Fiquei parada pensando, tem tanta coisa que eu não sei. Posso viver uma vida inteira, e não vou saber de tudo.

Eloise, Nova Namorada

Querida Nova Namorada, Eloise:
Estou com ciúmes.

Flora, Ciumenta

Querida Flora Ciumenta:
Não fique com ciúmes, Doce Flora. Eu só amei duas mulheres. E você é uma delas. Greta é adorável. Greta é gentil. Ela aguenta muita bordoada quando estou a fim de distribuir maus-tratos. Outro dia estávamos fazendo salsichas em seu apartamento e alguma coisa sobre rechear as tripas com carne crua me trouxe memórias da minha mãe e do meu pai limpando caranguejos na fábrica de caranguejos. Greta e suas colegas de quarto e eu estávamos rindo e curtindo um tempo juntas. Bebemos nossa cota de cerveja e quando terminamos de rechear as salsichas, acredita que eu comecei a chorar? E quando elas perguntaram qual era o problema, respondi com palavrões. E Greta disse para todas irem embora e me perguntou o que ela poderia fazer para melhorar a situação. E eu comi ela porque, Flora, e você sabe que isso é verdade, às vezes é a única coisa que faz sentido. E Greta teve a coragem de me perguntar se ela era o meu fetiche. Eu não sabia o que responder sobre isso. Ela é uma jovem estudante de história, e estudantes de história consideram tudo. Eu contei a verdade para ela, que eu não desperdiço um segundo imaginando, enquanto ela escorre os dedos pelos meus cabelos naturais, se eu sou o fetiche *dela*. Não é uma resposta honesta, ela disse. Eu queria que você visse a Greta. Ela é loiríssima dos pés à cabeça. Fomos ao pub depois e eu contei uma história para

os nossos amigos. É só você me deixar um pouquinho bêbada e eu conto uma baita duma história. Sou famosa por isso.

Eloise, Contadora de Histórias

Querida Eloise, Contadora de Histórias:
Quanto silêncio. Quatro meses agora. Não tenho notícias suas há um tempo. Tudo bem em Berlim?

Flora, Ainda Aqui

Querida Flora, Ainda Aqui:
Greta se formou na universidade. Ela conseguiu uma vaga como professora em um bairro turco um ponto de ônibus de distância de seu antigo bairro. Decidimos morar juntas. Parece que estou oficialmente domesticada agora. Como essas coisas acontecem?

Eloise, Empolgada

Querida Eloise Empolgada:
Se eu soubesse a resposta, nós duas seríamos ricas.

Flora, Sem Arrependimentos

Querida Flora, Sem Arrependimentos:
Amor — e felicidade.

Sua Eloise

Eloise não podia saber disso na época, mas os anos 1970 e o início dos 1980 marcariam um dos períodos mais felizes de sua vida. Depois de uma guerra feia, foi uma boa década para trabalhar e viajar e ser despreocupada e desligada. Bowie estava morando em Berlim e gravando *Heroes*. Iggy Pop estava usando heroína. Eloise dispensou as drogas e encarou o sexo. Seu relacionamento com Greta acabou quando Greta acordou uma noite no apartamento delas em Kreuzberg e escutou Eloise falando ao telefone com outra mulher.

"*Amor*", Eloise disse ao telefone.

"Quem é ela?", Greta queria saber, depois que Eloise desligou o telefone.

"Só alguém com quem eu tenho minha própria história."

"Você não pode. Não devia."

Eloise e Greta terminaram, mas continuaram como amantes ocasionais e amigas próximas. Eloise escondeu seu recorte de Bessie Coleman dentro de uma gaveta e esqueceu dela e de voar. Continuou a contar histórias, exceto todas as coisas sobre o seu passado que ela preferia esquecer.

"Do lado da minha mãe são todos baderneiros", Eloise dizia nos pubs. "Todos eles morreram violentamente: armas, facões e facas. Vários da minha família foram enforcados, embora eu não saiba se essa violência pode ser considerada deles. A violência começou na área rural nos campos de arroz onde minha tatara-tatara-tatara-alguma coisa trabalhava pesado, e a filha da minha tatara-tatara-tatara-alguma coisa, Matilda, teve uma chance para trabalhar na Casa-Grande porque ela tinha pele clara. Mas no último minuto a senhora de cabecinha volúvel da casa disse,

Não, aquela não, essa aqui, o que enfureceu tanto minha tatara-
-alguma coisa que ela deu um tapa na senhora e na escrava esco-
lhida para tomar o lugar da sua filha. Como retribuição, o senhor vendeu Matilda. Dizem que minha tataratataravó lutou
contra algo horrível por causa disso e foi chicoteada até ficar
com a vida por um fio. Quando se recuperou, ela se recusou a
trabalhar, assim como os seus sete fortes filhos, apesar dos espan-
camentos e das chicotadas que levavam. Eles reuniram forças e
lutaram até que o senhor enforcou todos, exceto um, que conseguiu sobreviver à corda sem que seu pescoço quebrasse. O senhor percebeu que algumas lutas não podiam ser vencidas, e ao
estudar seu livro de contas, viu que havia perdido perto de dez
mil dólares tentando domesticar propriedade de primeira. O es-
cravo mais jovem, tendo visto seus irmãos morrerem sem nenhuma razão, não se importou mais com a vida. Pôs-se a vagar
pela fazenda esperando a morte levá-lo. E, ao final de tudo, a
garota de pele ainda mais clara que a senhora havia levado para
a Casa-Grande caiu morta pegando ovos, e a senhora teve abor-
tos espontâneos de quatro filhos do senhor, e ele, sendo sulista e
temente a Deus, determinou que havia uma praga em sua casa.
Comprou de volta a Matilda de minha tataratataravó. Matilda
mudou seu nome para Daisy quando viu as margaridas moles
crescendo dos túmulos de sua mãe e de seus seis irmãos. A perda
de todo o seu povo (seu irmão com problemas mentais sendo a
exceção) fez com que sua alma se inclinasse para o mal. Se o
galho frouxo de uma árvore a tocasse da maneira errada, ela pegava um machado e o fazia em pedaços. O senhor e a senhora
não incomodavam Daisy, embora ela quebrasse os pratos e deixasse o penico transbordar e deixasse a porta do galinheiro aberta
para as raposas e jogasse os baldes de água fresca no quintal assim que o carregador de água chegava do poço. E quando ela
cuspia na comida do senhor na cozinha, ninguém proferia uma

palavra, nem mesmo a tia Jemimas e o tio Toms, pois os dois tinham medo da ira dela. O senhor considerava parte da misericórdia de Deus ver o nascer do sol. Ele olhava para Daisy no início de cada manhã e perguntava, "Daisy, você vai me envenenar hoje?".

"Não, senhor", ela respondia. "Amanhã, provavelmente."

Daisy nunca envenenou o senhor ou a senhora, e quando morreram, Daisy e seu estúpido irmão se viram livres, mas livres para fazer o quê e ir para onde? Dizem que o general Sherman e seus soldados da União foram marchando até a fazenda uma tarde. (Aqui Eloise fazia uma pausa e tomava um gole de cerveja na frente de suas amigas alemãs pelo efeito dramático.) Sherman estava sempre marchando em algum lugar ou sobre alguém durante a Guerra Civil. Quando ele avistou Daisy depositando conchas em cima de sete túmulos bem cuidados, ele escutou sua história e lhe ofereceu sua tocha.

"Minha jovem, *queime tudo*", ele gritou, pois Sherman era tão sedento e calculista em sua jornada para vencer a guerra quanto Daisy era lúcida e malvada.

Eloise estava na adorável cidade medieval de Lucca, Itália, quando o Muro de Berlim caiu.

Ela acordou com uma dor aguda entre as pernas, em uma casa que ela não reconhecia e em uma cama com lençóis rasgados. Não conseguia lembrar onde estivera ou o que havia feito na noite anterior — embora conseguisse lembrar-se de um bar e de beber muito e quantidades enormes de vinho tinto. Ela havia alugado seu apartamento em Kreuzberg pelo triplo do preço porque, por mais significativa que a abertura do muro fosse, não gostava de grandes multidões. A perspectiva de liberdade era empolgante, mas também uma fonte de suspeita e medo. Alguns de seus amigos a haviam surpreendido — talvez nenhum mais do que Greta — pela recusa teimosa em acreditar que a unificação iria acontecer. O muro havia dividido Berlim Oriental e Ocidental e agora seu povo estava revisitando o passado e usando o muro para documentar marcos em suas vidas — casamentos, mortes, nascimentos — de uma maneira que fazia Eloise perceber que Berlim não lhe pertencia. Ela era uma americana, uma expatriada. Não queria brigar com a realidade de que a Berlim que ela conhecia estava prestes a mudar. Milhares de soldados americanos — muitos deles afro-americanos — seriam enviados de volta para casa, alguns deixando para trás namoradas, esposas e filhos — semanas depois da queda do muro. Mas ela ficaria bem. Trabalhava no setor público. Estava acostumada a não ver pessoas que pareciam com ela todos os dias. Mas não vê-las e saber que estavam ali — bom, era uma coisa completamente diferente.

Uma mulher de cabelos escuros e um nariz distintamente romano e usando jeans e uma camisa jogada aleatoriamente sobre a silhueta esbelta entrou no quarto e deu um beijo de bom-dia em Eloise. A mulher disse com um sotaque italiano precário que Hans estava fazendo café, mas ela pensava que seria melhor sair para tomar um café da manhã. Eloise se sentou na cama, que ela percebeu que estava borbulhando embaixo dela — um colchão de água — e encarou as paredes amarelas e o piso verde-folha. Suas roupas estavam espalhadas pelo chão verde, por todo canto. Nos últimos anos, ela havia cedido ao hábito de acordar com mulheres estranhas e beber descontroladamente.

"Que horas são?", Eloise perguntou à mulher em italiano.

"Meio-dia", a mulher disse, e beijou Eloise outra vez antes de desfilar para fora do quarto. Eloise não lembrava do nome da mulher de jeito nenhum e ficou aliviada depois de mexer em suas coisas e encontrar seu passaporte e carteira e tudo ainda ali.

Foi o homem Hans que pegou Eloise totalmente desprevenida. Ela entrou na cozinha completamente vestida e o encontrou cozinhando pelado.

"Bis?", ele disse, mexendo claras de ovos dentro de uma frigideira de ferro. A noite anterior veio a ela com clareza — trocando carícias com a mulher, Victoria, na enoteca, e Hans, Hans da Holanda, que estava cuidando da casa para um amigo. Eloise viu seu reflexo no vidro da janela que dava para o que nos meses de verão deveria ser um jardim esplêndido. Ela se achou impressionantemente parecida com a mãe. Sua cabeça latejava e sua boceta doía, e seu orgulho sofria uma hemorragia pela perda de algo precioso. Era 9 de novembro de 1989, o dia após a queda do Muro de Berlim. Ela estava nos seus quarenta anos e fumando um maço de cigarros sem filtro por dia, mas seus dias de bebedeira e de pegar mulheres estranhas estavam oficialmente acabados.

Durante os anos 1990, Eloise viajava para casa uma vez por ano. A mulher que havia se regozijado com a morte violenta de Claude Johnson agora buscava o parente mais próximo dele. Ela encontrou a família de Claude Johnson batalhando e pobre, e não sem seus demônios — a epidemia de crack havia migrado para o Sul na direção deles. Ela não era uma mulher rica, mas trabalhava duro, mesmo durante seus anos de festança. Eloise vendeu seu apartamento de dois quartos em Kreuzberg em troca de um apartamento de um quarto em Simon-Dach-Strasse em Friedrichshain. Procurou um consultor financeiro e montou um modesto fundo fiduciário para os parentes pobres de Claude. Porque é isso que uma titia sóbria, sem filhos, faz. Durante longas caminhadas na praia com King Tyrone e sua esposa e a filha deles Deidre, ela percebeu o conhecimento sobre pássaros, peixes e conchas da criança. Passou a enviar livros sobre recifes de corais e a vida marinha ao redor do mundo junto de mapas e vasilhas de pretzels cobertos de chocolate. Quando os supervisores de Eloise na embaixada americana em Berlim lhe ofereceram uma promoção mais do que merecida, ela aceitou. *O Condado de Buckner vai sempre ser meu lar*, ela disse para Flora, *mas a Alemanha é onde eu vivo.*

Em 2006, ela depositou flores no túmulo de Flora e chorou bastante. Em 2009, depositou flores no túmulo de sua mãe e chorou menos. Eloise adquiriu um lote ao lado de sua mãe para o seu próprio sepultamento.

Dois dias depois do funeral de sua mãe, Eloise esbarrou em Agnes Christie na Main Street. Era o primeiro encontro delas em anos.

"Agnes", Eloise disse.

"Eloise." Agnes acenou e continuou andando. Eloise estendeu a mão para pará-la.

Elas pararam na calçada em um fresco dia de outono com pessoas andando por entre elas. Eloise estava subitamente ciente de que havia envelhecido, mas Agnes, bom, Agnes ainda se parecia com Agnes, depois de todos esses anos.

"O que está fazendo aqui, Agnes? No Condado de Buckner, quero dizer?"

"Eu pergunto a mesma coisa."

"Minha mãe morreu."

"Ora, ora, ora", disse Agnes. Ela caiu no choro, e Eloise achou estranho porque, fora levar camarões para a casa dos Miller, Delores Delaney nunca havia dito duas palavras a Agnes.

"Eddie", disse Agnes, tirando o velho lenço vermelho de seu marido. "O câncer o levou."

Eloise prestou suas condolências e, dessa vez, elas eram sinceras. "Eu sinto muito, Agnes."

"Ele era um bom homem."

"Eu não o conhecia, mas tenho certeza de que era."

"Como? *Como* você sabe, Eloise?"

"Porque eu conheço você, Agnes. E você não se casaria com um homem ruim."

"Mas um bom homem pode se casar com uma mulher ruim."

"Bom, agora você está se contradizendo, Agnes. E não posso falar sobre contradições de estômago vazio. Eu estava prestes a entrar em um desses cafés para almoçar. Gostaria de me acompanhar?"

As duas mulheres se sentaram na cafeteria.

"Por que não está vestida como você mesma?", Agnes perguntou, com não mais que uma sombra de desaprovação na voz. Eloise estava de vestido em vez de calça em respeito ao falecimento da mãe.

A pergunta de Agnes deu esperança a Eloise. "Gostaria de me ver usando calças, Agnes?"

"Só estou feliz em vê-la", disse Agnes, batendo os cílios que eram tão espessos quanto haviam sido quando as duas eram crianças.

Eloise se sentiu encorajada o suficiente para adiar seu voo de volta para a Alemanha. Convidou Agnes para jantar na noite seguinte — e coquetéis antes de tudo no hotel boutique no qual ela estava hospedada no Buckner County Riverfront.

"Parece divertido." Agnes mostrou fotos de suas duas filhas crescidas, Beverly e Claudia, e de todos os seus netos. Eloise mal conseguia fingir interesse.

"Minha menina mais nova, Claudia", Agnes disse, "é especialista em Shakespeare."

Eloise sorriu. "Nossa, a irmã Mary Chorona iria adorar isso!"

"Quem?" Agnes franziu o nariz. As fotos voltaram para dentro da carteira e esta, para a bolsa de couro.

"*Irmã Mary Chorona* — a jovem freira que nos ensinou Shakespeare no St. Paul's", Eloise disse, acendendo um cigarro.

"Minha filha Claudia aprendeu Shakespeare com Eddie — o pai dela." Agnes deu de ombros. "Por que eu contaria para minhas meninas sobre um lugar como St. Paul's? Por que alguém iria querer falar sobre *isso*?"

"Você ainda é oito ou oitenta."

"Oitenta, principalmente."

Mas Agnes não aparecerá para o jantar ou coquetéis no hotel de Eloise na noite seguinte. E Eloise se sentará na cama dupla em um quarto com vista para o rio poluído inclinado à beleza de qualquer modo. Ficará olhando a lua branca navegar sobre a água e imaginando se o homem baixo e robusto que ela havia visto no Vietnã interpretando Shakespeare realmente fez Agnes feliz.

E ela dirá, "Eu sabia que ela não viria". E dirá para si mesma que é melhor assim porque uma coisa é jogar conversa fora em um café, perceber que está envelhecendo e ficando grisalha é outra coisa. *Eu pareço jovem, mas Agnes parece mais jovem.* Ela acenderá um cigarro e cederá às horas chafurdantes de autopiedade, imaginando o que ela teria esquecido. Teria esquecido de algo? Ela fechou seu coração para o amor. Passou anos esperando. Esperando por alguém que nunca irá partilhar dos mesmos sentimentos. *Como pode me deixar abrir meu coração desse jeito? Do que tem tanto medo, Agnes? Sério, o que pode acontecer que ainda não aconteceu?*

A caminho da Alemanha, ela se lembrará de Bessie Coleman. Quando voltar para casa, remexerá a gaveta em seu quarto em busca do recorte que tanto amava quando era criança. O recorte terá desbotado, mas Eloise Delaney ainda conseguirá decifrar o rosto de Bessie Coleman e algumas frases. Eloise se matriculará em uma escola de voo em Berlim naquela mesma semana, e aos sessenta anos recuperará seu amor por voar. Vez ou outra, convidará suas amigas mais intrépidas para se juntarem a ela. Continuará se apaixonando ou gostando de inúmeras mulheres, e elas, em graus variáveis, irão amá-la também. Mas sempre virá o momento inevitável quando uma delas dirá, "Eu não estava esperando…".

E Eloise revirará os olhos e facilitará para elas. "Não é você, querida. Eu não fui feita para relacionamentos longos."

Ela irá até um dos pubs do bairro em Friedrichshain enquanto elas arrumam suas coisas, mas voltará a tempo para se certificar de que elas não pegaram nada que não lhes pertence.

Quando sair com seu pequeno avião, Eloise não sentirá falta delas. Ou de ninguém. Ou de qualquer coisa. E por pura diversão, estudará o motor do avião e montará e desmontará as partes como um quadro da anatomia feminina: vàgina, pequenos lábios, grandes lábios, colo do útero, útero e ovários… E pensará, *Eloise, você é o resumo de uma mulher velha e safada.*

Ela continuará fumando um maço e meio de cigarros todos os dias: seu único vício. E não parará, mesmo quando os médicos a aconselharem a parar. *Quem é você para dizer a uma senhora que ela não pode fumar os cigarros dela? Eu moro em Berlim.*

Ela pegará um resfriado. No hospital aquele resfriado se tornará uma pneumonia. Irá se recuperar por tempo suficiente para voltar para seu apartamento de um quarto em Friedrichshain. Seus amigos alemães ligarão para sua família no Condado de Buckner, Geórgia, quando ela adoecer pela última vez. Neste ponto, ela terá sessenta e três anos, não historicamente velha — mas dificilmente jovem.

"Onde está minha mãe? Onde está meu pai? Onde está King Tyrone? Agnes? Agnes? Ah, meu Senhor! *Onde* está Agnes?" Ela olhará do seu leito de morte para o rosto da filha de King Tyrone, Deidre, que foi no lugar do pai, já que ele está enfermo e velho demais para cruzar o Atlântico.

Eloise agarrará as mãos de Deidre e perguntará pelos oceanos. Deidre, para seu deleite, se tornou uma bióloga marinha. Deidre nomeará os oceanos para sua tia Eloise: Pacífico, Atlântico, Índico, Ártico e Antártico. Eloise acenará com a cabeça e apertará mais forte as mãos de Deidre e, porque é o jeito dela de lutar até o fim, pronunciará todos os pensamentos odiosos e ruins que perturbam sua cabeça. *Tia,* Deidre sussurrará: *Deixe essas coisas.* Ela olhará por sobre o ombro de Deidre, onde espiará Flora e sua mãe e seu pai e a irmã Mary Chorona. Eles irão flutuar em sua direção e erguê-la como carregadores de caixão para fora da cama. Irão rir e puxar uma conversa dos mortos que rumina nos ouvidos de Eloise. E Eloise irá xingá-los em inglês e alemão.

"Tirem-me desta maldita caixa. Qual é o problema de vocês? Para onde estão me carregando? Onde está Agnes? Tirem-me desta caixa! Eu quero ser cremada. Eu mudei de ideia. Não me enterrem, estão ouvindo?"

Mas os mortos continuarão perambulando com Eloise, e Eloise — ou aquela coisa que chamam de alma — voará pela janela do quarto indignadamente, passando pela bandeira tricolor se agitando com o vento e pelo armazém, descendo a rua habitada por novos ocupantes que se movem como sombras embaixo das luzes que cintilam e oscilam, dependendo de quão bem-feita foi a gambiarra na eletricidade. A alma de Eloise parará por meio segundo para registrar a música fraca. Mas não há música.

Olá
Adeus
Beija meu traseiro preto

Há apenas sua voz vagando em direção ao céu para cumprimentar os elementos.

O PESO DE UM JACARÉ

2010

Suas filhas ficaram surpresas quando Agnes lhes contou que estava voltando para a Geórgia, se juntando a uma maré de aposentados das cidades do Norte que haviam vendido suas casas ou executado hipotecas ou estavam fugindo de seus filhos e netos disfuncionais ou simplesmente esperando se reconectar com entes queridos e morrer no lugar onde nasceram. Para Agnes, era menos sentimental e complicado. Ela sofria de crises incapacitantes de artrite reumática. Algumas vezes, quando saía do apartamento na Riverside com a rua 155, o vento cantava músicas angustiantes através de suas juntas. E agora, com Eddie falecido havia dois anos, não havia mãos familiares para suavizar suas dores com o Tiger Balm. Durante os meses de inverno Agnes se sentia frequentemente como se estivesse confinada — intimidada demais pelo frio para se aventurar do lado de fora. E então, ela passou seu apartamento para Beverly e seus quatro filhos e buscou o clima mais quente da Geórgia e os pouquíssimos dentre os amigos e família que ainda moravam lá. Um número chocante de seus amigos agora eram gordos, ou cegos ou diabéticos, debruçados em andadores e bengalas. Eles observavam Agnes com suspeita: "Em que fonte da juventude você esbarrou?".

"Fonte da juventude", Agnes disse, encarando seus vagarosos tênis Aerosole. "Eu morei em Nova York metade da minha vida. A essa altura, acho que eu nasci para andar." Naqueles momentos, ela estava feliz por ter alugado um pequeno apartamento de um quarto a alguns passos da biblioteca do bairro. Estava feliz por ter comprado um Saab verde-floresta de segunda mão e poder, quando necessário, dirigir até o Whole Foods ou até a feira semanal e fazer suas tarefas por si só. Ela não era uma mulher religiosa, mas ao despertar de cada manhã sempre dizia uma prece silenciosa. "Deus, abençoai estes membros."

Agnes Christie se voluntariou na biblioteca local três dias por semana. Duas vezes por semana ela ensinava inglês como segundo idioma para alguns imigrantes mexicanos que vieram para o Condado de Buckner para trabalhar nos arredores em uma fábrica de processamento de frango. Tinha sido ideia de Beverly que Agnes se inscrevesse para um certificado em ESL antes de ir para o Sul. "Mamãe", Beverly disse. "Eu imagino que você vai ficar deprimida lá se não arranjar algo para fazer." Mas foi sua filha mais nova, Claudia, e o marido de Claudia, Rufus, que fizeram a inscrição e pagaram pelo curso de certificação em ESL de Agnes. O casal também cobriu as despesas do voo e da mudança como parte do presente de despedida deles.

* * *

Um menino negro de dez anos de idade entrou na biblioteca e perguntou sobre um livro chamado A *pedra maganética*. A princípio Agnes conferiu o catálogo de ciências on-line, pensando que talvez fosse uma pedra de que ela nunca tinha ouvido falar. Mas na terceira tentativa, ela examinou o catálogo geral e o título A *pedra do mágico* surgiu. Ela virou o monitor do computador para o menino e apontou para o título: "Você quis dizer A *pedra do mágico?*". O menino piscou. Ele tinha um rosto angular e seus olhos, ela pensou, eram pequenos demais para sua cabeça. "Isso, esse mesmo", ele disse. Só por curiosidade — Agnes não gostava de pensar em si mesma como cruel — ela derrubou duas moedas de vinte e cinco centavos, três de dez centavos e uma de um centavo no chão de vinil. Ficou olhando as moedas rolarem e esperou para ver se o menino teria a boa educação de devolvê-las.

"E quanto temos aqui?", ela disse alegremente. A última moeda aquecia a palma de sua mão. O menino ficou parado diante da mesa de informações e contou oitenta e um centavos, articulando distintamente as palavras enquanto contava. Agnes olhou para ele e tentava ter compaixão da mesma forma que tentava não se gabar de seus lindos netos Elijah e Winona, crianças que, aos dois anos, sabiam ler, subtrair e somar. Quando Agnes observou esse menino, uma nota azeda vibrou em sua garganta como quando você come um pedaço de kiwi estragado. Sua estupidez fez os pensamentos dela se voltarem para os seus netos mais precários: Minerva, Amendoim, Keisha e Lamar. Em um dia ruim na biblioteca, quando as crianças estavam barulhentas e rebeldes, e ela tinha que chamar o guarda para acompanhá-los para fora ou aquietá-las, Agnes frequentemente prendia a respiração e imaginava o que seria dos filhos de sua filha Beverly. Ela não os via desde o Natal.

"Quantos anos você tem, querido?", Agnes perguntou.

"Dez", o menino disse.

Ela havia adivinhado. Agnes disse ao menino para ficar com as moedas e deslizou um dólar novinho para ele às escondidas. Após o trabalho, ela caminhou cinco quarteirões até o correio do Condado de Buckner e deixou um cartão escrito *Estou com saudade* no correio como forma de penitência. O cartão continha quarenta dólares, dez para cada um dos filhos de Beverly.

Dois dias depois que o menino retirou *A pedra do mágico*, ele voltou à biblioteca e pediu para Agnes comprar uma barra de chocolate como doação para a escola. Ela comprou quatro barras de chocolate ao leite e lhe pediu para não incomodá-la de novo. Purvis Middle School ficava bem do outro lado da rua onde estava a biblioteca do Condado de Buckner. Três vezes por semana, uns quarenta minutos antes de fechar, o diretor da escola sempre aparecia para reivindicar as pilhas de não ficção. Wilson Tart ficava um tempão explorando a seção de esportes antes de se aproximar da mesa de informações com uma ou duas biografias esportivas, na maioria sobre jogadores da velha Liga Negra como "o Babe Ruth negro", Josh Gibson. Agnes partilhava do gosto do diretor Tart por não ficção, mas seus interesses passavam mais pela flora e fauna nativas, os pantanais costeiros e a vida selvagem que se refugiava lá.

Agnes não pensava que haveria um homem depois de Eddie. Ela não queria um. Pensava que se Wilson Tart soubesse sua idade, ele certamente recuaria e procuraria alguém mais jovem. Ela recusou seu primeiro convite ao Festival de Jazz do Condado de Buckner — festivais de jazz faziam seu coração doer —, mas disse sim para um brunch no bufê de domingo "coma o quanto puder" na Longhorn. Brunches de domingo logo se tornaram um hábito entre eles. Em torno de uma travessa com um amontoado de tilápias recheadas, um peixe que ambos concordaram que quase não tinha sabor, Wilson perguntou se Agnes sentia que os jovens de hoje em dia talvez fossem mais do que relaxados, perguntou se talvez algo neles estava permanentemente maculado.

"Agnes", ele disse, metendo a colher no recheio da tilápia, "às vezes eles ficam fora de controle e eu tenho que repreendê--los com bastante veemência." Wilson era um homem no começo dos seus sessenta anos, com uma careca luzidia. Ele perdera o cabelo aos vinte e nove anos. Seu cabelo havia sido seu orgulho e sua felicidade, uma auréola de cachos naturais que não necessitavam do Dudley's Waving Wax ou do ativador Jheri Curl. Algumas vezes ele ainda procurava os cachos que já não estavam mais lá.

A repreensão, ele explicou, era principalmente verbal, mas quando a ocasião exigia ele arrastava um aluno para dentro de seu escritório fora da visão das câmeras e dava uns sopapos na cabeça.

"Com quem você está falando desse jeito, filho?", Wilson fazia a mímica de quando sacudia um aluno. "Minha querida e amada avó teria me esfolado por menos."

"Um deles te denuncia", Agnes avisou, "e esse é o fim de uma longa e notável carreira."

Wilson mudou de posição no assento estofado. "Ninguém me denunciou ainda. Esses jovens idiotas precisam de disciplina."

Agnes nunca havia sido disciplinada quando criança. Nem havia batido em Claudia e Beverly. Ela deixava as palmadas para Eddie, que não ousava ir além de uma chinelada ou outra. E suas duas meninas cresceram bem. Sua primeira filha era sua filha carente. Beverly havia chegado ao mundo precisando de algo que Agnes nunca fora capaz de dar: um amor abissal que vasculhasse tudo que ela olhasse ou tocasse. Ela requisitava amor com uma disposição feliz que desgastava a energia de Agnes como uma jovem mãe que tinha acabado de escapar do Condado de Buckner e estava se afeiçoando aos sentimentos humanos novamente. Sua outra filha, Claudia, chegou quando ela estava em um momento melhor. Quando havia distância suficiente entre o que havia acontecido na Estrada de Damasco e a pessoa que Agnes pensou que poderia ser. Agnes ergueu uma luz em memória de Claude por amar Claudia como Claude teria amado se ela tivesse sido sua.

"Tempo", ela disse para Wilson, "às vezes, os jovens precisam de tempo em vez de disciplina."

Wilson Tart considerava Agnes. Estava sempre considerando Agnes. "Há uma matinê no shopping. Se a gente pular a sobremesa talvez dê tempo. Ou então a gente podia assistir a um filme na minha casa."

Abençoado seja o coração dele, Agnes pensou. Wilson Tart a queria. Homens e mulheres sempre a quiseram. Fez um bem momentâneo a sua vaidade ver o olhar esperançoso no rosto careca de Wilson Tart. Companheirismo na velhice era uma coisa boa.

"Na semana que vem, Wilson", ela sorriu. "Eu tenho um encontro pelo celular com a minha caçula, Claudia, às oito. Eu odiaria ter que correr para casa."

PERGUNTAS, PERGUNTAS, PERGUNTAS

"Mãe, como se ama alguém o suficiente? Como você amou o papai o suficiente?" Por aqueles dias Claudia tinha acordado Agnes no meio da noite.

Agnes, vestindo sua camisola xadrez monogramada, se sentou aliviada de que a ligação de sua filha no meio da noite não era notícia da morte de alguém.

"Minha querida", Agnes disse, os olhos se ajustando à escuridão de seu quarto e à luz azul que emanava do celular. "Não tivemos tempo para ponderar esse tipo de coisa. E nem você deveria."

Mas quando ela desligou o celular, as perguntas de Claudia não deixavam Agnes dormir. Essa ideia de amar alguém o *suficiente* em vez de amá-lo, ou amá-la, no momento e se agarrar à verdade daquele amor porque você nunca sabia qual dia seria seu último. Seu Eddie havia passado os anos de formação do casamento deles no Vietnã. Ele odiava aquela guerra, mas por razões fora do conhecimento dela, ele havia se realistado. Seu Eddie estava indo embora, tipo de homem errante, mesmo quando estava parado na sua frente. Era simplesmente o temperamento dele.

Quando Claudia tocou no assunto com ela de novo, perguntou à filha o que estava precisamente errado. "Você ainda ama o Rufus?"

"Essa coisa com a Winnie", Claudia disse. "Ela está melhor. Estamos resolvendo isso, mãe, mas às vezes parece que não nos conhecemos de forma alguma."

"Isso é besteira..."

"Não", ela disse. "Não é, mãe. Já sentiu alguma vez que você e o papai tinham se afastado?"

"*Pra que* você quer que vocês se conheçam?"

"É o que casais fazem."

As pessoas hoje em dia pensam que precisam saber tudo sobre seus parceiros, Agnes pensou, mas para Claudia ela disse, "Algumas coisas nós simplesmente não precisamos saber. Pise com cuidado. Não sufoque o mistério do amor".

Era absolutamente natural quando Eddie estava no Vietnã que Agnes entrasse em bares à noite e pedisse um cosmopolitan. Ela dava um jeito para que as meninas passassem a noite com a mãe de Eddie e ela tivesse um tempo para si mesma. Ela se sentava numa poltrona palito observando o ambiente até que outra mulher se aproximasse dela. Agnes nunca teve que esperar muito até que alguma garota se aproximasse. Ela se levantava e o zigue-zague de seu vestido estampado ia com ela. "Eu estava sentada aqui esperando uma amiga aparecer", ela mentia. E se uma mulher tentasse puxar uma conversa com ela ou parar sua súbita urgência de fugir, Agnes ria, dando de ombros, dando de ombros às ofertas para pagarem sua conta.

"Eu acho que a minha amiga estava tentando me dizer algo. Me convidando para vir *aqui*. Ela devia estar tentando me dizer alguma coisa." Ela arrumava a faixa na cintura do seu vestido estampado, nunca perdendo as mulheres de vista dançando *fork knife fork knife fork knife* ao som de "I'll Take You There" dos Staples na pista de dança, ou reunidas ao redor da mesa de bilhar de veludo vermelho.

E algumas vezes, com menos frequência, embora mais do que a memória permitia a Agnes admitir, ela afundava na poltrona do bar e pedia mais um drinque ao barman. "Por que não mudamos um pouco? Eu vou tomar um sidecar esta rodada. Eloise deve chegar aqui a qualquer momento."

"Como que ela é?" Uma conversa se iniciava com a mulher do seu lado direito ou do seu lado esquerdo.

"Ah", dizia Agnes, descansando seus braços moles na beira do balcão do bar. "Ela tem por volta de um metro e setenta, pele caramelo suave, o que os espanhóis chamam de *dulce de leche*. Eu acredito que ela estará usando uma camisa de tricô e calças afuniladas e um fedora de algum tipo."

Agnes descrevia, entre um gole e outro do Cointreau, do suco de limão e do conhaque que iam dentro do sidecar, como ela conhecera Eloise. Como Eloise havia sido para todos os efeitos uma órfã deixada na entrada da casa dos pais dela. Como elas dividiram um quarto nos seus anos de adolescência antes de se afastarem. A fumaça do cigarro no bar gerava uma cortina espessa o suficiente para as meias verdades e as mentiras prontas de Agnes.

"As pessoas ficam solitárias e fazem coisas muito estúpidas", disse Agnes. "Como pegar o telefone para ligar para velhos amantes que era melhor deixar para lá ou para amigos que no fundo nunca foram amigos."

Em horas aleatórias o telefone tocava na casa de Eddie e Agnes Christie no sul do Bronx: meses, dias e horas aleatórios. Você quase pensava que o aparelho tinha iniciativa própria. É claro, havia dedos girando nos buracos no discador rotatório ou apertando os botões sonoros. Agnes sabia que era Eloise, mesmo antes de as primeiras palavras serem ditas.

"Eu sei que tem alguém aí", dizia Agnes, cobrindo o receptor, olhando por sobre o ombro para se assegurar de que suas filhas não estavam escutando. Mais respiração.

"Quem está aí?"

"Ninguém importante", Eloise Delaney dizia. "Desligue o telefone."

"Eu desligaria", Agnes dizia. "Se entendesse por que algumas pessoas persistem."

"Amor", Eloise sussurrava.

"Eu não sei nada sobre isso."

"Sim, suponho que o amor seja um fardo que eu tenho que carregar sozinha."

"Eloise, você está errada em me ligar em casa."

"Para onde eu deveria ligar, Agnes?"

"Lugar. Nenhum."

"Quando posso te ver?"

"Você me vê todos os dias", Agnes dizia. "Estenda as mãos. Para o ar."

Sempre tinha um ponto na noite quando até a mais determinada pretendente fitava Agnes com olhos cansados e se levantava para procurar outras opções. No Hazel's, um bar lésbico racialmente misturado no West Village em 1972, Sandy Simmens se sentou escutando Agnes por sólidos quarenta e cinco minutos antes de mergulhar as mãos dentro dos bolsos para pegar uma lixa e um cortador de unhas. Essa era a forma que Sandy havia aprendido quando criança para reduzir sua raiva quando alguém a chamava de machinho ou sapatão. Ou Joãozinho. Calmamente cortava as unhas antes de a briga começar. Para que seu adversário tivesse um momento para recuar e ela tivesse um momento para considerar se seria a vitoriosa ou a vítima.

"Ouça", Sandy Simmens disse para Agnes. "Ninguém quer ouvir essa bobajada. Você pode ficar aqui sozinha ou vir para casa comigo e ser fodida."

A aproximação direta e reta de Sandy Simmens atraiu Agnes. Assim como o corte baixo do afro e a camisa branca engomada enfiada dentro do jeans Halston almiscarado e preso com cinto. Ela se conteve para não dizer a Sandy Simmens o quanto ela se parecia com Eloise.

Como regra, Agnes nunca dormia com a mesma mulher duas vezes. Mas Sandy a beijou. E a chupou. E a comeu. E a atiçou, tocando notas em seu corpo como os músicos de jazz que improvisavam no restaurante no segundo andar do Hazel's, o restaurante onde Agnes nunca colocou o pé porque jazz fazia seu coração doer e porque o aroma de frango, camarão e peixe que os donos rodavam na farinha de bolo para dar leveza flutuava escada abaixo e se misturava com os cigarros de menta no Hazel's, então o odor impregnava suas roupas e ela tinha que lavá-las bem uma, duas, três vezes para tirar o cheiro de óleo queimado.

"Seja lá quem for a fulana, ela te ensinou bem", disse Sandy, se inclinando na cama de casal para pegar a caixa de fósforos Morton. O barulho da rua entrava pelas janelas que davam para o terraço do limpo apartamento de Sandy.

"O que te faz pensar que alguém teve que me ensinar alguma coisa?" Agnes, tímida de repente, enrolou os lençóis ao redor do ombro nu.

"Relaxa", disse Sandy, apoiando o cotovelo no travesseiro. "A gente devia fazer isso de novo. Jantar. Ou alguma coisa."

Ela sabia de homens no Sul que abandonavam esposa e filhos. *Pobre Eloise.* De crianças que ficavam olhando pelas cortinas da janela, esperando uma mãe ou pai, quase sempre um pai, vir para casa. Eloise havia sido uma dessas crianças, embora naquela época, ela, Agnes, tivesse sido egoísta demais para realmente perceber. Sim, sim, Agnes sabia de homens que apareciam de vez em quando para ver os filhos, comprar-lhes um saco de pipoca ou pegar biscoitos na cesta da loja da esquina. Agnes não havia sido uma dessas crianças. Ela era filha de um diácono, uma coisa completamente diferente.

Agnes atacou Sandy com beijos e então pegou o seu desvio de volta para casa até o Bronx, o que significa, ela foi para o sul em direção ao Brooklyn antes de viajar para o norte até o Bronx e pegar um táxi clandestino na Arthur Avenue. Viu Sandy outras três vezes e então se fechou de novo.

Ela conheceu Eddie Christie em 1967. Eles estavam em uma recepção de casamento atrasada da prima de primeiro grau de Agnes, Charlotte Applewood, um almoço em uma tarde de domingo organizado pelos pais de Agnes.

"Você tem uma nuvem acima da sua cabeça", disse Eddie Christie. Ele pulou para cima e para baixo no longo gramado verde tentando afastar as nuvens. Agnes içou seu longo pescoço em direção aos céus, mas não viu nada além de céus azuis.

"Uma brilhante nuvem de tristeza."

"Vá embora", Agnes disse. Na verdade, ela estava tentando fazer uma cara boa. Não estava no clima para almoço ou festa de ninguém.

"Toc, toc", ele disse, andando em círculos ao redor das mesas e cadeiras no pátio, golpeando cruelmente as nuvens. Agnes reprimiu um forte impulso para empurrá-lo para o ontem, o amanhã, para o meio do ano seguinte.

Um mês antes, Edward Christie havia sido padrinho e testemunha para Charlotte e Reuben Applewood em Las Vegas. Agora o pequeno homem negro corrompia a grama exuberante da família Miller com seus brilhosos sapatos militares e terno da Marinha com botões dourados. Agnes achou que ele se parecia com um pinguim azul da meia-noite.

"Você é um estorvo", ela vociferou.

Eddie se esticou para agarrar outra nuvem que estava em cima dela, mas parou no meio da ação quando percebeu que uma fila indiana se formava ao redor do ponche. Agnes ficou olhando enquanto os calcanhares dele tocavam o chão e ele gi-

350

rava em direção a noroeste, parando de prestar atenção nela e indo de mesa em mesa para atender pedidos das senhoras da igreja sentadas. Era primavera e azaleias rosa estavam florescendo em toda parte, mas não mais do que nos vestidos com estampas florais das senhoras da igreja. Eddie se curvava e escutava atentamente enquanto as velhas enxeridas sussurravam em seu ouvido. Agnes conseguia adivinhar o que elas estavam dizendo. *De onde você disse que era mesmo, querido? Olha, ele não é a coisa mais fofa. Veja se consegue levar este envelope para a noiva e o noivo. Não há muito dentro, mas talvez o suficiente para um conjunto Corningware.* Eddie Christie não parecia nem um pouco entediado ou desconcertado pela empatação, mas Agnes sabia, *simplesmente sabia,* que o hálito das velhas enxeridas era quente e úmido, uma mistura desagradável de saliva e de pastilhas de ervas para garganta que elas preferiam aos chicletes de hortelã.

Agnes levitou até a mesa de doces. No centro estava um lindo bolo de casamento de três camadas. Ela havia ficado acordada a noite anterior para ajudar sua mãe, a sra. Miller, a cobrir o bolo com uma rica cobertura de manteiga de limão. A sra. Miller ganhava um dinheiro extra fazendo bolos para os membros da igreja. Algumas vezes ela fazia bolos semanas antes de um casamento e os guardava no congelador da garagem. Mas esse bolo para Charlotte, sua única sobrinha, tinha sido feito na hora.

"Você tem dormido um pouco demais ultimamente", a sra. Miller dizia, salpicando a espátula com água morna para que a cobertura não grudasse no bolo e juntasse farelos.

"Eu tenho estado cansada."

"Tem certeza de que é só isso?"

Três semanas antes, Agnes havia terminado com Claude Johnson. Desde então, sua mãe estava caçando uma explicação.

"Mamãe", Agnes disse. "Pode ficar sossegada. Não estou grávida."

"É ela?"

Agnes enfiou o dedo na cobertura. Uma coisa que ela sabia que sua mãe não aprovava. "Dê nome a ela."

"Eloise", a sra. Miller disse. Foi sua mãe que havia pedido para Eloise ir embora.

"Eloise Delaney é o menor dos meus problemas", disse Agnes. Ela havia amado Claude Johnson mais do que qualquer um. Talvez, possivelmente, até mais do que Eloise, mas isso era algo que sua mãe não conseguia entender. E Agnes não tinha energia ou recursos para fazê-la entender.

Eddie Christie terminou de servir as bebidas e seguiu Agnes até a mesa do bolo comendo nuvens como um comedor de fogo come fogo. Agnes girou e olhou para dentro da boca dele. Por meio segundo ela viu fumaça de nuvem em seu hálito. Ele se curvou, um gesto galante, engoliu em seco e recuou de uma maneira tão exagerada que Agnes sorriu. Foi seu primeiro sorriso desde a Estrada de Damasco. Estava sorrindo porque ele era baixo e feio e se parecia com o escritor negro que eles liam em literatura inglesa na faculdade do Condado de Buckner: James Baldwin. Exceto que Baldwin, até onde Agnes sabia, era franzino. Eddie Christie, se não se cuidasse, podia ficar gordo. Mas o que era isso? Havia alguma coisa adorável nele.

"Bom, eu batizei o ponche", ele disse. "E estou pronto para o bolo."

Uma voz chamou por ele na multidão. *Eddie? Eddie, docinho?*

Tão rápido quanto havia comido as nuvens espiraladas ele se retirou novamente, arranjou outra tarefa. Agnes esperou até que Charlotte e Reuben Applewood se dessem os braços e cortassem o bolo de casamento, cada um oferecendo a primeira mordida para o outro. Agnes achou todo o arranjo delicado, tão delicado quanto o estiloso vestido-gaiola amarelo de Charlotte. As mulheres Miller tinham faro para roupas, se não magnificência. Todas as mulheres Miller se casaram bem.

"Quem é ele de novo?", Agnes sussurrou para Charlotte Applewood, acenando em direção a Eddie Christie.

"Aquele é o primo do Reuben, Eddie."

Reuben Applewood era bonito. Meticuloso. As pessoas podiam olhar para ele de cinco ângulos diferentes: em todos ele estaria bem. Reuben e Agnes haviam frequentado a mesma escola católica. Seus pais veneravam o mesmo Deus. Ela ficou olhando ele abrir caminho até uma mesa para abraçar sua tia Flora, que naquele momento abraçava Eddie Christie.

"Bom, eles não se parecem nem um pouco — Eddie e Reuben."

Charlotte alisou as dobras do seu vestido amarelo e riu. "Você sabe que temos esses primos de sangue e primos de amizade que são tão próximos quanto."

E não é que é verdade, pensou Agnes. As pessoas estavam falando a tarde toda que ela seria a próxima a garantir um marido. Que ela e Charlotte passavam como irmãs gêmeas. Agnes tentava não se ofender.

"Bom", Agnes disse finalmente. "Ele é bem ativo. E *eu* não gosto de homens baixos."

"Agnes", Charlotte disse. "Eu não me recordo de perguntar de quem ou do que você gostava." Tampouco ela comentou que Agnes tinha cortado duas fatias de bolo. Sempre existira um abismo entre essas duas primas porque, quando eram meninas, elas não se davam nada bem juntas.

"Pegue os brinquedos que você guardou", Charlotte dizia para Agnes. Sendo filhas únicas, elas tinham sido ensinadas a esconder suas coisas favoritas antes que os amigos chegassem:

conjuntos de porcelana eram escondidos em uma prateleira alta e conjuntos de chá de plástico ficavam à vista, a Baby Doll do ano anterior ficava na cama e a Baby Doll que podia fazer xixi e chorar ia para dentro do baú de cedro. E quando Agnes se recusava a devolver seu conjunto de chá de porcelana, Charlotte puxava seu rabo de cavalo até que uma das mães interviesse.

A distância geográfica intermediou algo como afeto. A família de Charlotte se mudou para Ohio quando as duas tinham oito anos.

Ao final da festa, Eddie e Agnes fizeram um jogo de girar, mesmo enquanto comiam o bolo de limão.

"Você não consegue ficar parado?", ela provocou, embora oscilasse de tontura mais do que ele. "Estou começando a pensar que você realmente batizou o ponche."

Eddie sorriu. "Ficar parado é um problema para mim."

Ela notou seus perfeitos dentes brancos. Era um dos seus poucos bons atributos. Ele lhe contou que ia viajar para o Vietnã em seis semanas.

"Da próxima vez eu posso precisar de você pra rasgar algumas nuvens para mim." Agnes, porque não conseguia pensar em nada reconfortante para dizer, tirou seus escarpins. Sem eles, ele era quase da altura dela. Eles se moviam pelas cadeiras de jardim dobráveis dos pais dela. A magia do que apenas horas antes havia sido uma festa vibrante tinha evaporado; as cigarras saíram para cantar.

Quando as cadeiras foram dobradas, Eddie as carregou até a pequena casa de carruagens onde os pais dela costumavam guardar o cooler, a grelha e móveis de jardim durante o inverno. A mãe dela ia observando tudo, com aprovação. A sra. e o diácono Miller estavam aliviados ao ver Agnes fazendo algo além de dormir.

* * *

"Alguém teve a grande ideia de pavimentar o nosso quintal no Bronx", Eddie disse. "A primeira coisa que vou fazer quando eu voltar para casa é arrancar aquele pavimento. Inferno, talvez eu ponha um gramado como este. Com um espaço para bocha."

Agnes nunca tinha ouvido falar de bocha. Eddie lhe contou que era um esporte da família do boliche que as pessoas jogavam desde tempos remotos, Roma Antiga. Ele lhe contou como os italianos jogavam bocha nos quintais e nos parques do bairro e fez como se estivesse jogando uma bola de bocha e xingou em italiano quando errou o alvo. Agnes gostou disso de ele falar italiano. E foi então que eles tiveram a ideia de pegar o carro e ir até a Sears e a JCPenny para ver se conseguiam encontrar um conjunto de bocha.

"Você pode jogar e pensar em mim", Eddie disse.

A Sears e a JCPenny se revelaram uma viagem perdida — nenhum dos lugares tinha conjuntos de bocha —, mas os vendedores disseram que estariam mais do que felizes em encomendar um. Naquela altura o entusiasmo tinha ido embora, mas a fome deles era real. Haviam comido bastante na recepção, mas Agnes levou Eddie para uma churrascaria que ela jurava que tinha as melhores costeletas da cidade. Eram dez horas quando Eddie estacionou na frente da casa dos pais dela. As silhuetas da sra. e do diácono Miller podiam ser vistas através das janelas da sacada assistindo TV.

Eddie deixou o carro em ponto morto. O velho Buick pertencia a seu pai. Ele havia usado o carro para dirigir do Bronx até a Geórgia. "Eu simplesmente vou ter que enviar um conjunto de bocha para você, ou talvez você tenha que ir para Nova York."

Agnes concordou e sem dizer o primeiro adeus começou a sair do carro. Antes de seus pés tocarem o meio-fio, ela caiu no choro. Eddie, que não tivera tempo de sair e abrir a porta para ela, se inclinou e lhe tocou o ombro.

"Qual é o problema, Agnes?", ele perguntou.

Sua boca abria, mas Agnes não tinha palavras para o que havia acontecido com ela na Estrada de Damasco. Ela queria contar para Eddie como havia olhado para a esquerda e para a direita para as árvores se inclinando em direção à luz do sol que se afastava do pântano. Como — seus olhos estavam lhe pregando alguma peça? — parecia ter cobras pretas balançando nas árvores. Como ela olhava para o céu e o céu parecia infinito. E seu coração saltava, saía do seu peito direto para a boca por causa de Claude Johnson. O que, ela imaginava, o policial estava fazendo com ele? E onde estava Deus. Deus estava rouco naquela noite? Ou talvez, talvez Ele estivesse com muito sono em Seus olhos? Os animais, as coisas que caminhavam pelos pântanos, tomaram o lugar de Deus e foram testemunhas. Sim, sim, ela queria contar tudo isso para Eddie Christie, mas o máximo que conseguia falar é que roupas lhe davam prazer: um bom pedaço de tecido, o jeito de a seda roçar em sua pele, como um lindo tule e renda, uma saia de lã pregueada, um vestido de verão, puro algodão, esvoaçando, carregados pela brisa, capturados pelo vento. Quando garota, ela colecionava moldes — *Redbook, McCormick, Simplicity, McCall's* — e os estendia em cima do tapete no seu quarto, se ajoelhava, sentia o peso das tesouras de tecido em suas mãos enquanto traçava o contorno do molde, então cortava, dando forma a algo disforme. Mas o que eram roupas na verdade senão uma reflexão tardia, um disfarce. Não havia uma real proteção em coisas frágeis. Um policial se vira e diz, *Senhorita, se você não tirar isso, eu vou. Melhor você fazer isso do que eu, senhorita? Esse vestido deve ter lhe custado uma pequena fortuna.* E na verdade, custara, arrancado do cabide na Fines's para o festival de jazz a que ela e Claude Johnson compareceriam. "Olha, Agnes", a sra. Miller havia dito. "Este aqui. Não é lindo?"

Eddie lhe entregou um lenço vermelho do porta-luvas. Ele a deixou ficar sentada quietamente no banco do passageiro, metade dentro, metade fora do carro, seus pés roçando a calçada. Ele não conseguia julgar se deveria se aproximar, talvez fazer um gesto para consolá-la. Não queria desrespeitá-la de qualquer forma. Ele não tinha entendido tudo que ela havia dito, mas entendia que algo horrível acontecera com Agnes Miller. Ele começou a transpirar, desejando que pudesse apagar essa coisa da memória dela.

"Tem algumas coisas que você precisa saber sobre o Bronx", Eddie disse finalmente, depois do que pareceu um longo tempo. "O Bronx é feio. Mas pode ser um lindo lugar para morar."

Agnes pensou que o homem baixo podia estar descrevendo a si mesmo. Seu primeiro impulso foi de se afastar, fugir, mas ela não conseguia, por tudo no mundo, soltar o lenço de Eddie Christie.

Toda tarde de quinta-feira no Condado de Buckner, Geórgia, Agnes Christie e Charlotte Applewood tiravam ervas daninhas dos túmulos de ancestrais que elas nunca haviam conhecido, mas dos quais agora se viam cuidando, no pós-vida. As duas idosas partilhavam a perda de dois bons maridos, nenhum deles enterrado no Cemitério Episcopal St. Andrew's. O marido de Agnes havia morrido dois anos antes de câncer no fígado. O amado de Charlotte, Reuben, havia morrido subitamente de aneurisma. E então, essas duas mulheres, que mal conseguiam tolerar uma a outra quando meninas, agora eram às vezes conhecidas e queridas amigas. Elas caminhavam no shopping em dias chuvosos para manter a pressão sanguínea saudável e a diabetes sob controle. Cuidavam do Cemitério St. Andrew's no começo para fornecer estrutura para seus dias, e depois porque quanto mais elas se aventuravam ali, mais descobriam sobre os ancestrais enterrados nas covas.

O cemitério dividia o espaço com uma das mais velhas igrejas episcopais negras no Sul. Uma igreja construída por ex-escravos. Agnes e Charlotte não sabiam da St. Andrew's quando eram meninas porque suas mães tinham aderido à casa de oração de seus homens, abandonando a secura da oração episcopal por serviços religiosos mais empolgantes nas metodistas e batistas. Agnes e Charlotte haviam se casado com homens que mantinham a fé católica, mas Agnes não frequentaria a igreja de ninguém. Ainda assim, ela nunca se opôs a Eddie levar as meninas para a missa aos domingos (se elas quisessem ir). As crianças precisavam de algo no que acreditar, Agnes pensou, para as horas em que acreditassem em nada.

"Como estão suas meninas?", Charlotte perguntou para Agnes.

"Bem", Agnes disse, "até onde sei." Ela preferiu não contar para Charlotte que estava preocupada com o casamento de Claudia. E que não tinha notícias de Beverly desde que havia entregado quarenta dólares em um envelope. Agnes achava que Beverly poderia ter a decência de pegar o telefone e lhe agradecer. Ou mandar as crianças ligarem. Ela era uma idosa que vivia com uma modesta aposentadoria. Dinheiro não era algo que tivesse de sobra.

"E Gideon e Lonnie?", Agnes perguntou para Charlotte sobre seus filhos crescidos.

Charlotte parou no meio da retirada de ervas daninhas. "Eu queria que eles me ligassem mais ou que pelo menos me visitassem."

"Eles gostam de fazer as coisas deles, Charlotte", Agnes disse, mas uma parte dela estava satisfeita em ouvir que os amados filhos de Charlotte também não a procuravam tanto quanto seria desejável.

"Gideon e o parceiro dele vão adotar uma menininha de Nairóbi", Charlotte anunciou. "A criança tem seis anos mais ou menos, por volta da idade do filho de Lonnie."

Agnes buscou no rosto de Charlotte por alguma pista de como sua amiga se sentia sobre Gideon ser gay. Charlotte estava decepcionada por não ter uma nora? Com que frequência Charlotte e Reuben passavam a noite acordados conversando sobre os hábitos de seus filhos? Quanto sono eles haviam perdido? E morando em San Francisco, nada menos.

"Eles não podem adotar um bebê? Quem sabe os tipos de problemas que uma órfã de seis anos de idade possa ter", disse Agnes.

O campo que rodeava St. Andrew's fora uma vez um refúgio para hippies militantes. Em alguns lugares, as pessoas ainda plantavam maconha assim como abobrinha, folhas de mostarda e tomates. Mas ultimamente, novas casas haviam começado a surgir na área, casas idênticas de classe média que pareciam que iriam sair voando assim que um forte vento as atingisse. Não era incomum ver um homem negro em uma roupa de caubói trotando em seu cavalo branco ou ouvir o apito dos trens de carga que passavam à tarde.

"Um bebê vem com suas próprias preocupações", disse Charlotte, levantando-se de repente.

Normalmente, Charlotte teria ajudado Agnes, por causa da artrite que às vezes travava as juntas da prima. Hoje ela estava inclinada a deixar Agnes se pôr de pé por conta própria. Elas haviam rondado uma a outra a vida toda, ela e Agnes, e esse rondar deixava Charlotte triste e cansada. Charlotte dera um menino para o marido, e embora Agnes não conseguisse articular o porquê disso, tinha certeza de que Eddie também havia desejado um menino. Agnes sentia que havia falhado com Eddie nisso e em outras coisas.

"E pense nisso!", Charlotte disse. "O diácono e a sra. Miller acolheram sua amiga Eloise Delaney. O que teria acontecido se eles tivessem *esperado* por um bebê? Por um tempo ela foi como sua irmã. Mais, até? Uma melhor amiga?"

Agnes se firmou sobre os pés. Charlotte estava mesmo insuperável.

"Eu não tenho visto ou pensado em Eloise há anos", Agnes mentiu. Ela vira Eloise um ano antes. Quando não fazia nem seis meses que ela havia chegado ao Condado de Buckner. Elas até tinham almoçado juntas na Main Street. O almoço tinha ido surpreendentemente bem, mas mais tarde naquela noite Agnes recuou em sua promessa de encontrar Eloise para coquetéis no hotel dela. Em vez disso ficou em seu apartamento e pegou cada peça de roupa que possuía e passou tudo a ferro a noite inteira. Ela estava velha demais para ficar revisitando coisas. E Eloise era uma mala cheia de coisas.

Agora, era a vez de Charlotte buscar verdade ou evasão no rosto de Agnes. Charlotte jogou um punhado de ervas daninhas no saco de lixo preto e preparou um tom de voz mais suave. Seria possível que Agnes realmente não sabia?

"Eu acho que você não leu o jornal esta manhã, Agnes?", disse Charlotte. "O nome de Eloise Delaney apareceu no obituário."

"Esta manhã?", Agnes repetiu.

"Sim, prima, infelizmente. Sim."

Agnes tomou ar, sugou-o traqueia abaixo.

Assim que chegou em casa, Agnes caiu na cama. Seu corpo se arrepiava e queimava: o formigamento de uma vida inteira, tão agudo e pungente que ela não conseguiria ir trabalhar na manhã seguinte, nem conseguiria pegar o telefone para ligar e avisar que estava doente. Havia mil agulhas percorrendo seu corpo, picando suas juntas e sua pele, e ainda assim ela não daria à dor o prazer de vê-la chorar. A certa altura, ela conseguiu virar para o lado e pensou — *por um segundo* — que Eloise Delaney estava ali na cama com ela, olhando para ela do jeito que olhava quando eram estúpidas e bobas meninas.

"Desculpe", Agnes gritou. "Desculpe-me, Eloise."

Foi Wilson Tart que passou no apartamento para dar uma conferida em Agnes quando ela não apareceu na biblioteca. Ele bateu na porta e foi recebido com silêncio. Um silêncio do qual Wilson achou melhor se afastar, porque não queria ver uma mulher de que ele havia começado a gostar morrendo ou em decomposição. Ele se lembrou de que Agnes tinha uma prima na cidade e telefonou para Charlotte Applewood, que apareceu dez minutos depois com a chave que Agnes havia lhe dado para uma emergência.

Charlotte ligou para Beverly e Claudia imediatamente.

No hospital, Agnes tomou soro e teve alta no mesmo dia. Seus órgãos vitais estavam normais. O que quer que estivesse afligindo Agnes, os médicos confirmaram antes da chegada de Beverly e Claudia, não era físico.

"*Você tem que sair dessa cama*", disse Beverly, puxando as cobertas da mãe quando ela e Claudia chegaram vinte e quatro horas depois no Condado de Buckner.

"Às vezes quando idosos ficam tristes", o médico havia dito, "eles não comem. Eles não dormem."

No apartamento de Agnes, Beverly era firme. "Camas são as inimigas das pessoas velhas. Você fica um ou dois dias a mais e o próprio Moisés não será capaz de te levantar."

"Claudia?", Agnes disse, olhando de Beverly para a filha que ela sempre havia amado. Aquela que ela tinha pensado que fosse ser engenheira. Mas para ela professora universitária já estava muito bom.

Beverly se afastou e disse para Claudia, "Ela é sua".

O choque de ver sua mãe na cama era demais para Claudia.

"Você tem que escutar a Bev", disse Claudia.

"Vocês, meninas, não precisam ficar aqui", Agnes disse.

"Bom, mãe, o que deveríamos fazer?" Claudia assumiu o mesmo tom duro da voz da irmã. "Deixar você deitada e morrer?"

Agnes olhou ao redor do quarto. Percebeu pela primeira vez que não havia feito muito para deixar o quarto ou seu apartamento com o aspecto de lar. Ela teria que pendurar quadros e instalar estantes. Não podia continuar vivendo no limbo.

"Sozinha? Não, eu tive uma amiga ou duas para me fazer companhia."

Claudia olhou para Beverly. As duas irmãs haviam promovido uma guerra por causa do pai delas, mas agora Beverly colocava uma mão no ombro da irmã e perguntava, "Mãe, em que ano a gente está?".

"Dois mil e dez."

"Quantos anos você tem?"

"Anos demais para o meu gosto."

"Quem é o presidente?"

"Um homem negro. Casado com a Michelle."

"Obama. O nome dele é Obama", Claudia acrescentou.

"Eu sei o nome do presidente, Claudia. Como estão os meus netos?"

"Quantos netos você tem?", disse Beverly.

"Podíamos ter parado no ano", Agnes disse.

"Rufus está vindo com a Winnie e o Elijah. E o Chico está trazendo os filhos da Beverly."

"Todos eles?"

Beverly acenou. "Quanto mais, melhor."

"Minha nossa. Temos que fazer alguma coisa. Vocês sabem que eu sou vaidosa. Eles não podem me ver desse jeito."

E assim foi que Beverly e Claudia e Rufus e Winona e Elijah e Minerva e Amendoim e Keisha e Lamar e Chico foram para o Condado de Buckner. Agnes insistiu que todos eles ficassem com ela, para economizar dinheiro, mas Claudia e Rufus queriam ficar no centro em um dos hotéis boutique com vista para o rio. Eles ficaram em uma suíte familiar deluxe, e, depois que caminharam pela margem do rio com as crianças, Rufus procurou o perfil de Hank Camphor no LinkedIn e lhe informou por e-mail que ele e sua família estariam seguindo de carro de volta para Nova York, mas talvez parassem em Raleigh no caminho para casa — se fosse conveniente para Hank. *Algum lugar neutro e legal para crianças*, Rufus disse no e-mail. Naquele mesmo dia, horas antes, ele tinha visto vários ferros de passar no apartamento de sua sogra, todos à mostra na lareira. Tinha achado aquilo um bom sinal e se perguntado se a pesquisa que ele havia retomado recentemente sobre folclores celtas na Bretanha o estava deixando supersticioso. Claudia disse que pensava que não, entre escovar os dentes e vestir uma camisola. Rufus era predisposto a ser supersticioso de qualquer forma — e um pouco neurótico.

Como sua mãe, Claudia nunca foi de usar négligés. Camisolas lhe caíam bem. Eram suas roupas de dormir preferidas. Ela começou a contar para Rufus como a incomodava a falta de fotos deles no apartamento da mãe. O lugar parecia tão vazio, a mãe vivendo daquele jeito, no meio de caixas, mas então Claudia se lembrou do que Agnes havia dito sobre estrangular o mistério do amor. Talvez ela e Rufus pudessem passar uma noite sem problemas. Ou reclamações. *Se Winnie dormir a noite inteira*, disse Rufus, tirando os olhos do computador para admirar a camisola off-white de Claudia. *Essa é nova?*

E Beverly, Beverly e as crianças ficaram no Marriott. Eles também dividiram uma suíte, mas Beverly mantinha as portas abertas porque Minerva tinha começado a namorar um menino que morava no prédio deles em Washington Heights. O namorado, Julio, veio junto na viagem. Beverly não iria deixar Minerva sozinha em um apartamento para ficar grávida como ela havia ficado quando era adolescente. A viagem tinha funcionado bem, porque agora Beverly conseguia ouvir Minerva e Amendoim no quarto ao lado discutindo sobre o que iriam assistir na televisão. E Julio estava tentando intermediar a paz. Beverly pensou que, do jeito que os garotos adolescentes eram, Minerva poderia ter arranjado um pior. Ela virou para dizer isso para Chico, mas a viagem até o Condado de Buckner havia sido muito longa para seu namorado. Chico tinha dirigido sozinho e já estava dormindo a sono solto. Tinha dormido antes dos gêmeos. Isso teria deixado Beverly brava, apesar de ela precisar do silêncio. Ocorreu a ela que um dia seria a matriarca da família. E esse pensamento punha seus pés no chão.

Agnes Christie ofereceu para suas filhas e netos e seus parceiros um passeio pelo Cemitério Episcopal de St. Andrew's. Eles caminharam pelo terreno e seguiram o caminho até as escadas da igreja branca do século xix e da paróquia que um dia fora uma escola de cômodo único para crianças escravas libertadas. Minerva e Amendoim repetiam, "Espera, nossos ancestrais construíram isso? Nossos ancestrais construíram isso?". As crianças menores — Elijah, Winona, Keisha e Lamar — só estavam felizes em correr e brincar na grama em frente à igreja, já que essa era uma das raras ocasiões em que todos brincavam juntos.

Estavam voltando para a cidade quando o estômago das crianças começou a roncar, e seus pais estavam de olho em placas de referência para um lugar rápido para comer que pudesse oferecer algo mais do que fast-food. As crianças avistaram o grande e brilhantemente pintado pássaro, um pica-pau da Geórgia, no topo de um restaurante estilo cabana de troncos. O pica-pau segurava uma placa no bico: *Great Byrd Lodge. Venha um. Venham todos.*

Agnes foi a primeira a sair da minivan. Se ela hesitasse, disse para si mesma, iria se dissuadir a entrar no restaurante. Entrou no Great Byrd Lodge e se encaminhou até o balcão de carvalho, onde o ex-policial William Byrd era o centro das atenções usando uma camisa xadrez vermelha e branca. O vermelho na camisa combinava com o ruivo flamejante de seu cabelo. Aos setenta anos, o policial exibia uma cabeleira mais brilhante do que aos vinte e cinco. Agnes ficou se perguntando se ele deixava a cor natural ou se usava tintura, pois ela tinha certeza de que ele antes era loiro. As pernas dele formaram um arco na velhice; uma parecia levemente menor do que a outra. Resultado do derrame que tivera aos cinquenta e cinco anos.

Beverly e Claudia seguiram Agnes para dentro do restaurante. Seus netos estavam lá também. Estavam mexendo no celular de Minerva e brigando. Normalmente, Agnes teria se incomodado com o barulho que seus netos faziam em um restaurante. Normalmente, ela teria questionado a *educação que eles traziam de casa*. Mas o Great Byrd Lodge não parecia um lugar onde boa educação importava. Todas as coisas consideradas.

"Eu diria que ele tinha por volta de quarenta quilos na flor da idade", disse Agnes, olhando do ex-policial Byrd para o jacaré morto exposto na parede. Ela não esperou pela resposta dele. Logo se sentou em uma das mesas rústicas. Esperou ali pela sua fatia de torta como cortesia.

O policial Byrd olhou em direção à mesa onde Agnes tinha se sentado. Algo acendeu em seu cérebro, mas esse algo estava confuso, entalado entre tudo que ele já havia feito e sido e desejado ou esperado esquecer.

"Bom", ele disse quando Beverly foi ao balcão. "A senhora acertou em cheio. Vocês são daqui?"

Beverly pegou um cardápio. Era uma tarde tranquila. O restaurante tinha pouquíssimas pessoas. Beverly estava querendo dar comida para seus filhos antes que eles ficassem mal-humorados.

"Minha mãe nasceu aqui", ela disse.

"Bem-vinda de volta", ele sorriu. "Ela acabou de ganhar uma fatia de torta de noz-pecã."

"Mãe, está tudo bem?" Claudia tomou um assento na mesa ao lado da mãe. Winona e Elijah e seus primos estavam espremidos nas mesas logo atrás delas. Claudia disparou um olhar para Rufus e Chico, e Rufus fez um sinal para dizer que eles estavam de olho nas crianças. Beverly chegou e se sentou do lado oposto de Agnes. Beverly também reparou no silêncio da mãe.

"Mãe?", Beverly perguntou.

Agnes estava tentando imaginar a vida que o jacaré havia vivido antes de vagar para fora do pântano. Era um jacaré macho, ela sabia porque tinha lido no jornal, era por isso que tinha adivinhado o peso. Mas havia coisas que ela não podia adivinhar tão facilmente. Como o que o jacaré teria sentido antes de o homem com o cabelo ruivo flamejante lhe apontar sua arma. Teria o bicho tido um pressentimento do que estava prestes a acontecer com ele? Ele havia investido ou agido por instinto?

O ex-policial William Byrd trouxe a torta de noz-pecã, disfarçando a perna manca. Agnes fechou os olhos e agarrou as mãos de Beverly e Claudia com mais força do que quando elas atravessavam a rua quando crianças. Ela esperou um segundo antes de abri-los. O ex-policial William Byrd havia se retirado para a cozinha.

"Eu estou feliz que vocês vieram me ver, meninas. Estou feliz que trouxeram as crianças." E então Agnes sorriu e bateu seus longos cílios para elas. Ela poderia ter sido jovem de novo, na flor da idade: tantas vidas e eus em um corpo.

"Torta de noz-pecã é completamente doce demais para mim. Mas vocês aproveitem. Estamos *aqui*. Ataquem."

Agradecimentos

Eu gostaria de agradecer ao meu editor, Alexis Washam, na Hogarth; a sua assistente, Jillian Buckley; e à equipe de publicidade e produção na Crown, que empenharam coração e alma ao conduzir *Os viajantes* para o mundo. Eu também gostaria de agradecer a Molly Stern. Estou imensamente em dívida com a minha agente, Ellen Levine, na Trident Media, por apoiar este romance desde o primeiro dia (junto com Claire Roberts, Alexa Stark e Martha Wydysh). A Oficina de Escritores do Iowa me forneceu tempo inestimável para escrever e estudar com professores que valorizam a palavra escrita: Ethan Canin, Samantha Chang, Charlie D'Ambrosio, Kevin Brockmeier, Allan Gurganus, Paul Harding, Margot Livesey, Ayana Mathis e Marilynne Robinson. Pela avaliação perspicaz e apoio deles, este é para meus colegas da oficina do Iowa Jen Adrian, Mia Bailey, William Basham, Charles Black, Jackson Burgess, Moira Cassidy, Yvonne Cha, Christina Cooke, Tameka Cage Conley, Susannah Davies, Amanda Dennis, Mgbechi Erondu, Jason Hinojosa, Maya Hlavacek, Eskor Johnson, Jade Jones, Aleksandro Khmelnik, Afabwaje Kurian, Maria Kuznetsova, Claire Lombardo, Lee Yee Lim, Paul Maisano, Magogodi Makhene, Daniel Mehrian, Melissa Mogollon, Grayson Morley, Derek Nnuro, Okwiri Oduor, Karen Parkman, Jianan Qian, Sergio Aguilar Rivera, William Shih, Kevin Smith, Lindsay Stern, Keenan Walsh, Dawnie Walton, Monica West, De'Shawn Winslow, David Ye e Michael Zaken. Meus agradecimentos a Joan Silber, Marcus Burke, Garth Greenwell, Van Choojitarom, Connor White e ao poeta Ryan Tucker, Kelly Smith, Connie Briscoe, Jan Zenisek e Deborah West.

Robin Christianson e sua família fizeram da Historic Phillips House um santuário durante meus anos em Iowa. A Bolsa de Estudos Rae Armour West para Pós-Graduação me permitiu fazer minha pesquisa quando voltei para casa. A bolsa de estudos na Oficina de Verão na Tin House me deu a oportunidade de trabalhar com Jim Shepard, e a Jentel Artist Residency no Wyoming forneceu um incrível cenário montanhoso para reescrever e fazer difíceis edições.

Obrigada a Daniel O'Rourke por compartilhar sua inestimável experiência e conhecimento sobre a Marinha e o Vietnã; ao historiador Allen Steinberg por me deixar frequentar o curso sobre "A Guerra do Vietnã nos Filmes" na Universidade do Iowa; a Gregory e Michelle Owens, duas das pessoas mais inteligentes que conheço, pela amizade e por sua avaliação; a Tim Cockey (alguém em cuja avaliação confiei bastante) e Julia Strohm; a Nosquia Callahan por dicas de pesquisa e todo seu conhecimento sobre afro-americanos na Alemanha; e à dra. Linda Brown, Dorothy Roberts-Truell e Xavier Gunn por me concederem entrevistas sobre o tempo deles no exterior pelo Exército. Obrigada a Brigitte Morel, Anthony Baggett e Andreas Mertens, que caminharam pela alameda da memória comigo em Berlin e me apresentaram a Chuck Root. Obrigada a Jake Schneider,

Ben Robbins, Bennett Sims e Carina Klugbauer por uma visita exclusiva ao Museu Schwules. Jean Morel foi meu consultor cultural e estético sobre a vida na fazenda e todas as coisas da Bretanha. Francena e Robert Edwards explicaram a rotina diária da vida em uma pequena fazenda de família. Obrigada a Vicki Mahaffey por compartilhar seu conhecimento sobre Joyce, a Christopher Dennis por compartilhar seu conhecimento sobre Shakespeare e a Allie Croker por um ótimo passeio no teatro Shakespeare's Globe. Eu paro aqui para agradecer a Margot Livesey, Paul Harding e Magogodi Makhene novamente por lerem múltiplas versões de Os viajantes. De'Shawn Winslow, Monica West, Claire Lombardo, Sasha Khmelnik e Mia Baily (minha companheira em todas as aulas na oficina e na viagem de Paris para Berlim) são agora amigos vitalícios.

Bessie Coleman: The Brownskin Ladybird de Elizabeth Hadley Freydberg e Lee Krasner de Gail Levin me aproximaram de Bessie Coleman e Lee Krasner (pioneiras em seus respectivos campos). Black Sailor, White Navy: Racial Unrest in the Fleet During the Vietnam Era de John Darrell Sherwood me ajudou a dar carne e osso a Eddie Christie e Jebediah Applewood. "Air Force Women in the Vietnam War" da general de divisão Jeanne M. Holm e general de brigada Sarah P. Wells e o Memorial das Mulheres no Vietnã iluminaram a história e as contribuições das soldadas americanas durante a Guerra do Vietnã.

Por último, mas não menos importante, minha mais profunda gratidão à família e amigos pelo apoio: minhas filhas, Nuala e Gaby, e seu pai, Brendan Mernin; meu falecido tio Robert Booker; meus irmãos, Ronald, Jackie e Michael; e minha sobrinha, Tamala. Obrigada a Drew Reed, Heather Gillespie, Bridget Battle, Gale Mitchell, Cassandra Medley, Janice Bennett, Steve Garvey, Vernell B. Jenkins, Liz Lazarus, Crystal e Martin Beauchamp, a Tim Sanford, Lynn Connor e à equipe Lost Lit, a Kareem e Yuka Lawrence, a Evan Smith, Tony Scott, Gaby Starr e família, a Lynn Nottage, Karen Duda, Julie e Matt Greenberger, a Lynn Holst e Lucinda Williams.

Créditos das imagens

p. 11: Delano, Jack, fotógrafo. *Unloading potatoes at a starch factory in Van Buren, Maine.* Out. Fotografia. Retirada da Biblioteca do Congresso, <www.loc.gov/item/2017792377>.

p. 16: Delano, Jack, fotógrafo. *Aroostook potatoes of the Green Mountain variety grown on a farm near Caribou, Maine.* Out. Fotografia. Retirada da Biblioteca do Congresso, <www.loc.gov/item/2017792173>.

p. 20: Foltz Photography Studio. *The Hermitage Plantation; Outbuildings.* Savannah, Geórgia. Data desconhecida. Fotografia. Cortesia da Georgia Historical Society.

p. 41: *Entrance to Columbia-Presbyterian Medical Center, West 168th Street.* Nova York, NY. 1928. Fotografia. Retirada dos Arquivos & Coleções Especiais, Biblioteca de Ciências da Saúde da Universidade Columbia.

p. 47: Foltz Photography Studio. *New Solms Hotel.* Ilha Tybee, Geórgia. 1938. Fotografia. Cortesia da Georgia Historical Society.

p. 62: Lazarus, Liz. *Bronx Front Porch.* Bronx, Nova York. 2016. Fotografia.

p. 64: Centro de Pesquisa Schomburg sobre Cultura Negra, Divisão de Pesquisa e Referência Jean Blackwell Hutson, Biblioteca Pública de Nova York. *Ira Aldridge as "Othello".* 1887. Coleção Digital da Biblioteca Pública de Nova York, <http://digitalcollections.nypl.org/items/510d47da-72e5-a3d9-e040-e00a18064a99>.

p. 78: Capa de *Rosencrantz & Guildenstern Are Dead* de Tom Stoppard (1967), reproduzida com permissão da Faber & Faber, Ltd.

p. 80: USS *Oriskany* (CVA-34) *Catapulting an A-4 Skyhawk during operations off Vietnam, 30 August 1966.* Fotografia Oficial da Marinha dos Estados Unidos. Cortesia dos Arquivos Nacionais, foto#: USN 1117395.

p. 82: *Piano Factory Workers, circa 1916.* Coleção de Cartões de Estereógrafo. Cortesia dos Arquivos da The LaGuardia & Wagner, Faculdade Comunitária de LaGuardia/Universidade da Cidade de Nova York.

p. 92: *Two sailors press pants during the ship's second Vietnam cruise* (USS *Intrepid Cruise Book*, 1967). Retirada da Coleção do Museu Intrepid Sea, Air & Space.

p. 94: *Programme for the 1995 production of* Rosencrantz and Guildenstern Are Dead *at The Lyttelton Theatre.* sjtheatre/Alamy Stock Photo.

p. 96: Porter, Regina. *Bronx Basement.* Bronx, Nova York. 2016. Fotografia.

p. 114: Coleção George Arents, Biblioteca Pública de Nova York. *George Washington Bridge.* Coleção Digital da Biblioteca Pública de Nova York, <http://digitalcollections.nypl.org/items/510d47e2-3624-a3d9-e040-e00a18064a99>.

p. 116: *Golferinos. c. 1905.* Fotografia. Retirada da Biblioteca do Congresso, <https://www.loc.gov/item/2002705510>.

p. 150: *Craftsmaster of YFU-74, Vietnam, 1969.* Fotografia Oficial da Marinha dos Estados Unidos. Cortesia dos Arquivos Nacionais, foto: USN 1139720.

p. 157: *E.O.D. Team member searches for mines, Da Nang, Vietnam.* 1966. Fotografia Oficial da Marinha dos Estados Unidos. Cortesia dos Arquivos Nacionais, foto: 428-K-31466.

p. 159: Centro de Pesquisa Schomburg sobre Cultura Negra, Divisão de Manuscritos, Arquivos e Livros Raros, Biblioteca Pública de Nova York. *The Negro Motorist Green Book: 1950.* 1950. Coleção Digital da Biblioteca Pública de Nova York, <http://digitalcollections.nypl.org/items/283a7180-87c6-0132-13e-6-58d385a7b928>.

p. 162: Trikosko, Marion S., fotógrafa. *MEMPHIS, TENNESSEE. Lorraine Motel.* Fotografia. Retirado da Biblioteca do Congresso, <www.loc.gov/item/2017646278>.

p. 165: *TV Dinner circa 1955: Still-life of a three-hold aluminum tray, "TV dinner".* Hulton Archive/ Getty Images.

p. 173: Vachon, John, fotógrafo. *Aberdeen vicinity, Maryland. Truck drivers having coffee at a diner along U.S. Highway 40.* Fev. Fotografia. Retirada da Biblioteca do Congresso, <www.loc.gov/item/2017846238>.

p. 181: *Bessie Coleman, the first African American licensed pilot shown here on the wheel of a Curtiss JN-4 "Jennie" in her custom designed flying suit (circa 1924).* Cortesia do Museu Smithsonian National Air and Space, foto: NASM92-13721.

p. 186: Centro de Pesquisa Schomburg sobre Cultura Negra, Divisão de Fotografia e Impressões, Biblioteca Pública de Nova York. *Negro school children, Omar, W. Va.* Coleção Digital da Biblioteca Pública de Nova York, <http://digitalcollections.nypl.org/items/510d47df-f8f3-a3d9-e040-e00a18064a99>.

p. 189: *Group Photo of Fire Company N. 16 with Steam Engine, 1875.* Cortesia do Missouri Historical Society, St. Louis, <https://mohistory.org /collections/item/resource:141351>.

p. 198: *Bessie Coleman, Aviation Pioneer* (Domínio Público). Cortesia do Museu Smithsonian National Air and Space, foto: NASM-980-12873.

p. 209: *Lyndon Johnson signs HR 5894.* 1967. Cortesia da foto do Museu U.S. Army Women.

p. 211: *U.S. Army Ranger Trains Degar Guerillas, circa 1966* (Domínio Público). Foto do Exército dos Estados Unidos.

p. 216: USS *Oklahoma City* .(CLG-5). *Saigon, Republic of Vietnam, 1964.* Foto Oficial do Exército dos Estados Unidos. Cortesia dos Arquivos Nacionais, foto: CC-26860.

p. 226: Gildersleeve, Basil Lanneay. Uma ilustração de Athena Parthenos, abril 1882, *Harper's Magazine*.

p. 236: Propaganda para Asbestos Iron, *c.* 1906. (Domínio Público.)

p. 260: *Amusement Park.* Keystone/ Getty Images.

p. 264: *Photograph of Jolly Mazie, a fat woman/fat lady and sideshow performer. Weight listed at 450 lbs.* Cortesia do Museu Circus World, Baraboo, Wisconsin.

p. 267: *Footpaths on new Manhattan Bridge.* [Entre 1907 e 1915.] Fotografia. Retirada da Biblioteca do Congresso, <www.loc.gov/item/97517149>.

p. 270: *Luna Park, 1904.* 1904, V1974.022.5.023. Fotografias e álbum de recortes de Eugene L. Armbruster, ARC.308. Brooklyn Historical Society.

p. 279: Larkin, Lawrence. *Jackson Pollock and Lee Krasner in Pollock's studio, 1949.* Fotografia de Lawrence Larkin, cortesia da Casa e Centro de Estudo Pollock-Krasner, East Hampton, Nova York.

p. 291: *Boy and Dog Playing Golf.* Hulton Deutsch/ Getty Images.

p. 304: Brien, Patrick. 2019. Óleo e acrílico sobre tela.

p. 316: *El Dorado.* Bundesarchiv, Bild 183-1983-0121-500/ Foto: o.Ang./ License CC-BY-SA 3.0.

p. 317: *Studio Portrait of a Couple Standing.* Coleção do Museu Smithsonian National sobre a História e Cultura Afro-Americana.

p. 321: *Martin Luther King Jr in Berlin.* Photoquest Photography/ Getty Images.

p. 321: *American troops, including African-American soldiers from the Headquarters and Service Company of the 183rd Engineer Combat Battalion, 8th Corps, U.S. 3rd Army view corpses at Buchenwald Concentration Camp.* 17 abr. 1945. Buchenwald, Alemanha. Museu Memorial do Holocausto dos Estados Unidos, cortesia de William Alexander Scott III.

p. 328: Centro de Pesquisa Schomburg sobre Cultura Negra, Divisão de Pesquisa e Referência Jean Blackwell Hutson, Biblioteca Pública de Nova York. *Bessie Coleman, aviatrix; Snapped in Berlin, Germany.* 1925. Coleção Digital da Biblioteca Pública de Nova York, <http://digitalcollections.nypl.org/items/510d47de-5184-a3d9-e040-e00a18064a99>.

p. 339: *Captured alligator in a mangrove swamp.* 1882. Impressão de foto em preto e branco. Arquivos do Estado da Flórida, Florida Memory, <https://www.florida memory.com/items/show/31258>.

p. 350: French Mannequin. Domínio Público. por volta de década de 1800.

ESTA OBRA FOI COMPOSTA EM ELECTRA PELO ACQUA ESTÚDIO E IMPRESSA
PELA GRÁFICA BARTIRA EM OFSETE SOBRE PAPEL PÓLEN SOFT DA SUZANO S.A.
PARA A EDITORA SCHWARCZ EM NOVEMBRO DE 2020